W9-AZB-545

Celtina

La Lance de Lug

Dans la même série

Celtina, La Terre des Promesses, roman, 2006.

Celtina, Les Treize Trésors de Celtie, roman, 2006.

Celtina, L'Épée de Nuada, roman, 2006.

Jeunesse

Le sourire de la Joconde, série Phoenix, détective du temps, Montréal, Trécarré, 2006.

Le Concours Top-Model, Montréal, Trécarré, coll. Intime, 2005.

L'amour à mort, Montréal, SMBi, coll. SOS, 1997.

La falaise aux trésors, Montréal, SMBi, coll. Aventures & Cie, 1997.

Une étrange disparition, Montréal, SMBi, coll. Aventures & Cie, 1997.

Miss Catastrophe, Montréal, Le Raton Laveur, 1993.

Adultes

Verglas (avec Normand Lester), Montréal, Libre Expression, 2006.

Quand je serai grand, je serai guéri! (avec Pierre Bruneau), Montréal, Publistar, 2005.

Chimères (avec Normand Lester), Montréal, Libre Expression, 2002.

CORINNE DE VAILLY

CELTINA
LA LANCE DE LUG

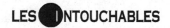
LES INTOUCHABLES

Les Éditions des Intouchables bénéficient du soutien financier de la SODEC, du Programme de crédits d'impôt du gouvernement du Québec et sont inscrites au Programme de subvention globale du Conseil des Arts du Canada.

Nous reconnaissons l'aide financière du gouvernement du Canada par l'entremise du Programme d'aide au développement de l'industrie de l'édition (PADIÉ) pour nos activités d'édition.

LES ÉDITIONS DES INTOUCHABLES
816, rue Rachel Est
Montréal, Québec
H2J 2H6
Téléphone : 514 526-0770
Télécopieur : 514 529-7780
info@lesintouchables.com
www.lesintouchables.com

DISTRIBUTION : PROLOGUE
1650, boulevard Lionel-Bertrand
Boisbriand, Québec
J7H 1N7
Téléphone : (450) 434-0306
Télécopieur : (450) 434-2627

Impression : Transcontinental
Conception de la couverture et logo : Benoît Desroches
Infographie : Geneviève Nadeau et Roxane Vaillant
Illustration de la couverture : Boris Stoilov

Dépôt légal : 2007

Bibliothèque et Archives nationales du Québec
Bibliothèque nationale du Canada

ISBN-10 : 2-89549-259-X
ISBN-13 : 978-2-89549-259-7

Chapitre 1

– Hé, toi !… Attrapez-la !

Alertée par les cris, Celtina se retourna précipitamment. Son sang se glaça dans ses veines. Trois chevaux emballés, l'écume à la bouche, fondaient sur elle. De toute évidence, les cavaliers qui les montaient étaient des chevaliers romains ; leurs casques à cimier* à queue de cheval rouge leur faisaient une auréole sanglante autour de la tête. Les cavaliers avaient tiré l'épée et leurs armes lui renvoyaient des éclats de lumière menaçants. Les cris des hommes se mêlaient au piétinement des bêtes. Ils fonçaient droit sur elle dans un nuage de poussière.

La jeune prêtresse se mit à courir de toutes ses forces, malgré le poids de son équipement. Sous le coup de la peur, ses pieds foulaient à peine le tapis rugueux de bruyère mauve et blanche de la lande. Son cœur battait à tout rompre et elle avait du mal à respirer car ses poumons étaient en feu, mais qu'importe, la fuite était son seul salut.

Elle s'élança droit devant elle, son regard affolé cherchant désespérément un arbre ou un abri quelconque. Mais la lande s'étendait à perte de vue, il n'y avait aucun refuge à sa portée. Elle entendait maintenant distinctement le renâclement des chevaux lancés au galop. Elle pouvait capter leur odeur sauvage et le bruit métallique de leur harnachement. Les soldats hurlaient leurs cris de guerre. D'un instant à l'autre, elle s'attendait à sentir le fil d'un glaive mordre sa chair.

Sa course bifurqua au moment où les chevaux allaient la piétiner. Les cavaliers mirent quelques secondes à comprendre qu'elle leur avait échappé et passèrent tout droit en la frôlant. Puis, ils tirèrent violemment sur les rênes, firent tourner leurs montures pour revenir à la charge. Mais leur manœuvre avait permis à Celtina de gagner plusieurs coudées sur ses assaillants et de reprendre sa course. Toutefois, elle constata rapidement son erreur de parcours. Elle s'était dirigée directement sur le bord d'une falaise.

Elle pivota pour se placer face à la mort, comme le lui avait dit l'Ankou. Derrière elle, la mer grondait; au-dessus d'elle, le ciel s'obscurcissait; le temps était à la tempête. Elle n'avait plus aucun moyen d'échapper aux Romains. Elle recula un pied, puis l'autre. Recula encore d'un pas à la fois. Soudain, sous sa sandale droite, ce fut le vide. Elle tenta de se projeter vers l'avant pour rétablir son équilibre, peine perdue. Elle dérapa sur des fragments de roches cuivrées et son corps glissa le long de la falaise rose. Elle ferma les yeux en songeant qu'elle emportait avec elle les vers d'or que ses amis lui avaient confiés. Sa chute mortelle scellait aussi le sort de la Celtie. Jamais la Terre des Promesses ne serait restaurée, jamais les combattants celtes ne vaincraient leurs ennemis romains.

Tout à coup, un choc rude sur la plante de ses pieds la força à ouvrir les yeux. En baissant le regard, elle s'aperçut que sa descente avait été arrêtée à une vingtaine de coudées du gouffre où elle voyait la mer rageuse se précipiter. Elle était tombée sur une saillie* rocheuse d'à peine une coudée de large, suffisante toutefois pour lui éviter un plongeon fatal. Un profond soupir de soulagement souleva sa poitrine tandis que d'un revers de la main elle essuyait la sueur glacée qui perlait sur son front.

En levant la tête, elle aperçut les visages grimaçant de fureur de ses trois poursuivants. Ils n'avaient aucun moyen de l'atteindre. Soulagée et presque moqueuse, elle leur sourit, alors qu'ils continuaient de la menacer, en vain, de leurs épées. *Heureusement qu'ils n'ont ni flèches ni javelots,* songea-t-elle, *car je leur offre une belle cible.*

Puis, ne prêtant plus attention à leurs menaces et à leurs cris, elle examina son perchoir. Elle ne pouvait ni remonter au sommet de la falaise ni sauter dans la mer qui claquait en contrebas. Sa position n'était pas très enviable. *Mais ç'aurait pu être pire*, se dit-elle. *Si les Romains m'avaient capturée, c'en était fait de ma quête ! Réfléchissons !*

Elle s'assit, les pieds ballants dans le vide, le regard perdu dans le creux des vagues. Elle ressentit soudain les premières gouttes d'une pluie soudaine sur sa peau. Mauvaise nouvelle, car elle n'avait accès à aucun abri. Elle appuya son bouclier à l'oblique le long de la falaise de façon à former un petit auvent, et se glissa dessous. Ce n'était pas l'idéal, et elle espérait que l'averse cesserait rapidement. Elle entendit le piétinement des chevaux des Romains, puis un galop. Les soldats fuyaient sous l'ondée.

Le crépitement de la pluie sur son bouclier redoubla d'ardeur, devenant un gros grain*. Des petits cailloux roses vinrent rebondir près d'elle ; l'eau de ruissellement faisait glisser des morceaux de la falaise dans la mer de plus en plus houleuse.

Je vais devoir me transformer en oiseau, c'est le seul moyen de me sortir de là, se dit-elle en commençant à psalmodier les incantations qui devaient la mener à la transe pour opérer sa métamorphose.

Elle avait à peine prononcé les premiers mots de son chant magique qu'un énorme tremblement fit osciller la frêle corniche. Puis, de grosses pierres dévalèrent la falaise et vinrent frapper durement son juchoir*, y arrachant des morceaux de granit de plus en plus larges. Elle ramassa tout son armement et son sac de jute. *Il est temps de filer !*

Mais elle n'eut pas besoin et surtout pas le temps de reprendre sa récitation magique. Une grande brèche s'ouvrit dans la paroi, projetant son perchoir dans le vide. Sans réfléchir, elle bondit vers l'avant dans l'anfractuosité miraculeusement créée.

Ses yeux ahuris découvrirent alors une grotte d'une douzaine de coudées de profondeur sur un peu moins en largeur. À cet instant, un éclair illumina le ciel et, un bref moment, projeta sa lumière dans la caverne. Elle entr'aperçut des gravures de chevaux tout au fond de son nouveau refuge.

Maintenant qu'elle était sauve et à l'abri, la curiosité l'emportait sur la prudence. Elle s'avança à la rencontre de ces dessins pour les admirer et essayer d'en percer la signification. Une toute petite ouverture au plafond de la grotte, probablement créée par la chute des pierres durant l'averse, permettait à un mince filet de lumière d'éclairer faiblement l'œuvre préhistorique.

En plus des chevaux qui avaient attiré son attention, elle reconnut des corps humains, des empreintes de mains, des ours, des sangliers, des chèvres, des bouquetins, des grues, des cervidés, des bisons et un mastodonte aux longues défenses encadrant un nez qui s'allongeait jusqu'au sol. Elle n'avait jamais vu ni entendu parler d'un tel monstre et le regarda attentivement pendant de longues secondes. Puis, en s'approchant pour mieux observer les gravures des chevaux, son pied heurta un amas de poteries. Elle les examina de près et reconnut un bol de grès rose qui avait sans doute servi de lampe. Il était noirci de suie, preuve qu'un feu y avait été entretenu. Elle trouva des dents de loups percées qui avaient dû constituer une parure pour les premiers hommes de cette région, et de multiples pointes de sagaie* en pierre.

Elle fouilla dans son sac, y repêcha le nodule de pyrite et le silex qu'elle y avait glissés à sa sortie du Tertre Douloureux. Elle entreprit d'allumer un feu en enflammant quelques touffes de bruyère qui pendaient à l'ouverture du plafond et qu'elle déposa dans la lampe paléolithique* trouvée plus tôt.

La représentation d'un petit cheval à l'écart des autres gravures l'attira. L'animal mesurait un peu moins d'une cinquantaine de mains*, une raie lui parcourait l'échine et des zébrures ornaient ses membres fins mais solides. Sa tête semblait un peu lourde et son profil était légèrement plat et écrasé, mais cela lui donnait un petit air têtu. Ses dents étaient petites et ses oreilles longues portées en avant et de côté. Il avait de petits yeux en amande et un toupet abondant sur le front. Son encolure, courte et large, était décorée par une abondante crinière. Il avait une croupe oblique avec une queue flottante.

– Tu es très mignon, toi, murmura Celtina en passant sa main sur le dos de l'animal peint.

Elle ressentit alors un mouvement sous sa main et sursauta; l'image gravée s'animait imperceptiblement. Les naseaux du cheval frémirent, puis lentement l'animal se détacha de la paroi en renâclant et en prenant vie sous ses yeux écarquillés de stupeur.

Je n'ai pourtant rien fait, prononcé aucune incantation pour accomplir ce miracle, songea-t-elle en flattant doucement l'encolure du petit cheval à la robe isabelle* pour le calmer.

– Je suis contente qu'il te plaise, lança dans son dos une voix qui la fit se précipiter sur son épée.

Reconnaissant Épona, la déesse des Cavaliers et des Chevaux dont elle avait déjà vu de multiples représentations dans la Maison des Connaissances, elle se détendit.

– Le cheval est le bien le plus précieux d'un Celte, continua la déesse. Malaen est à toi.

– C'est un cheval magique venu de l'Autre Monde? l'interrogea Celtina tout en continuant de caresser avec tendresse les naseaux de son nouveau compagnon, qui secouait sa longue crinière et sa queue touffue et noire.

– Oui. Et il te rendra de grands services si tu sais le protéger, le soigner et l'aimer. C'est un présent des Thuatha Dé Danann pour faciliter tes déplacements sur la terre et sous la terre, dans ce monde et dans le Síd.

– Malaen, murmura Celtina dans le creux de l'oreille du petit cheval qui hennit tout doucement en entendant son nom. Merci, Épona !

Elle se retourna ; la déesse avait disparu.

– Reviens, Épona ! Comment vais-je sortir d'ici ? lança-t-elle en frappant du plat de la main les murs de sa prison de roc.

– Je connais le chemin, lui répondit Malaen en décochant un coup de sabot à l'endroit où sa silhouette apparaissait encore, gravée dans le granit rose.

La pierre s'effrita sous le choc. Celtina s'empressa de dégager l'ouverture ainsi créée et, rapidement, elle aperçut l'entrée d'un souterrain qui, sans doute, s'enfonçait sous la lande. Toutefois, au moment où elle allait s'y engouffrer, le tumulte éclata au-dessus de sa tête. Elle tendit l'oreille.

– Pas de bruit ! ordonna-t-elle au petit cheval.

– Je sais. Les Romains sont revenus !

En effet, le piaffement des chevaux semblait être l'indice qu'une troupe nombreuse se pressait en bordure de la falaise.

– Ils sont revenus en force, murmura-t-elle. Ne bougeons pas, ne faisons pas le moindre bruit, car ils pourraient découvrir le trou au plafond de la grotte.

Elle s'approcha lentement sous l'ouverture; les voix des soldats lui parvenaient clairement.

– Elle a dû tomber dans le gouffre, constata un Romain.

– Je ne crois pas, centurion. Nous nous sommes précipités sur le bord de la falaise et nous l'avons vue sur une avancée rocheuse, juste ici en contrebas…

– Êtes-vous sûrs que c'était ici? Je ne vois aucune avancée…

– Je te répète qu'elle était assise ici. Elle se moquait de nous.

– L'averse l'a sans doute précipitée dans la mer… C'est embêtant de ne pas savoir si elle a péri ou non. Gwenifar en sait trop sur nos positions et sur nos plans contre les Vénètes…

– Je ne comprends pas que tu aies ramené cette fille de chez les Brigantes, tu aurais dû la laisser dans son île, elle ne nous cause que des problèmes, grogna le soldat.

– Ça suffit! tonna le centurion. J'ai le droit d'épouser qui je veux!

Celtina entendit un homme s'éloigner, sans doute le centurion. Puis, une voix marmonna tout bas:

– On voit où ça nous mène!

– Calme-toi! intervint tout bas une troisième voix. Si le centurion t'entend, tu risques d'avoir des ennuis…

– Pourquoi? reprit le premier soldat. Sa jolie Celte nous a faussé compagnie et elle en sait beaucoup trop sur les plans de César pour envahir son île.

– Veux-tu te taire? répliqua le second soldat. Si quelqu'un nous entend…

– Qui veux-tu qui nous entende, idiot? Il n'y a personne ici…

– Leurs dieux aiment fréquenter les bords de mer et les rochers. Partons, je n'aime pas cet endroit…

– Superstitieux! se moqua le premier.

Puis, la voix du centurion tonna un commandement qui ramena les deux soldats à l'ordre:

– En selle, cavaliers!

Les voix s'éloignèrent et Celtina ne put en entendre plus. Mais elle avait déjà parfaitement saisi de quoi il retournait. Ce n'était pas à elle que les Romains en voulaient, mais à cette Gwenifar venue d'au-delà de Mor-Breizh.

J'espère que la Brigante pourra leur échapper et regagner son île avec les secrets qu'elle a appris, songea-t-elle. Puis, elle s'adressa à son nouvel ami à quatre pattes.

– Malaen, sortons d'ici et éloignons-nous rapidement. Tous les Romains sont sur le qui-vive pour retrouver cette Brigante et s'ils m'ont déjà confondue une fois avec elle, cela risque de se reproduire. Je ne peux pas tomber entre leurs mains.

– Monte sur mon dos et accroche-toi bien à ma crinière. Je vais nous propulser par des voies inconnues des hommes, mais qui servent souvent aux Thuatha Dé Danann, aux bansidhe* et aux korrigans pour voyager en toute tranquillité.

Plus rapide que le vent, Malaen, le cheval magique, emporta la jeune prêtresse dans une série de souterrains où elle perdit bientôt tout sens de l'orientation.

Les parois défilaient autour d'eux à une vitesse prodigieuse. Elle aperçut des salles illuminées de couleurs pastel, des fumerolles*, des coulées de lave brûlantes rouge et jaune, des stalactites* et des stalagmites* suintantes, puis des silhouettes transparentes – des dieux ou des bansidhe? Impossible à dire –, des formes immatérielles, tout un monde étrange qui vivait dans les profondeurs de la terre et dont elle avait été loin de soupçonner la présence sous la lande.

Chapitre 2

Ce fut d'abord un minuscule halo de fine buée qui perça entre deux pierres moussues, puis un frémissement à travers les feuilles, finalement une branche qui craqua, et les oreilles et les naseaux de Malaen apparurent. Enfin, la tête de Celtina, penchée sur l'encolure du petit cheval jaune, sortit à son tour de la basse caverne qui s'ouvrait au ras d'un ruisseau qui chantait.

Tout autour d'eux, seuls les sons de la nature étaient perceptibles : des cris d'oiseaux tout proches ; des frôlements de cervidés à quelque distance ; un grognement de sanglier au loin ; la plainte du vent dans les hautes branches et le chant d'une cascade à deux pas. Elle percevait en note de tête* une odeur de feuilles et de champignons en décomposition, mais, en note de fond*, celle plus âcre du bois brûlé.

Après avoir minutieusement examiné les environs, la jeune prêtresse et sa monture osèrent s'aventurer entre les hêtres et les chênes aux troncs couverts de lierre, près des pierres d'éternité qui se dressaient fièrement parmi les arbres. Ils aperçurent non loin une colline dont les reflets d'or miroitaient sur les eaux lisses d'un étang clair.

– Nous sommes près de Balan-Dun, la colline aux Genêts. Ici, c'est la vallée des Fées, chuchota Malaen avec beaucoup de respect, nous sommes à la porte de Broch Anwynn, la forteresse de l'Autre Monde. Nous allons franchir le Canecorito, le gué des Joncs…

– Il y a une odeur de feu de bois…, fit remarquer Celtina.

Les naseaux du petit cheval jaune frémirent pendant qu'il humait l'air.

– Ça vient de ce côté, fit-il en avançant prudemment ses sabots sur les rochers glissants. Probablement du côté de la Fontaine qui bout.

– La Fontaine qui bout? s'étonna la jeune fille en se penchant pour éviter une branche basse, tandis que Malaen l'entraînait sous le couvert des arbres.

– Oui, l'eau frémit continuellement comme si le feu couvait dans son lit. La fontaine est consacrée à Bélénos le brillant.

Ils arrivèrent finalement en vue d'une nappe à fleur de terre* surmontée d'un amas de roches; l'eau dansait doucement, mais lorsque Celtina y trempa les doigts, elle constata qu'il ne s'agissait pas d'une source chaude; au contraire, elle était glaciale comme la pierre.

En relevant la tête, elle découvrit, à l'écart de la fontaine, caché par de grands houx, un ovale de pierres dressées avec, en son centre, les traces d'un feu qui achevait de se consumer. Le charbon de bois était encore tiède.

– C'est le Jardin des Druides, lui expliqua Malaen. On a dû y célébrer Beltaine en grand secret…

À ces mots, Celtina sentit son cœur se serrer, des larmes montèrent à ses yeux, une boule bloqua sa gorge, et la nostalgie des jours perdus l'envahit. Ainsi, déjà quatre saisons complètes étaient passées depuis la dernière cérémonie en l'honneur de Bélénos. Qui donc avait remplacé Solenn en tant que nouvelle reine de mai? Une année de plus s'était aussi gravée au calendrier de ses jours. Elle venait d'avoir treize ans, et personne n'avait souligné son passage de l'enfance à l'état de jeune adulte.

La rage la fit grincer des dents. Désormais, les druides et les prêtresses en étaient réduits à se cacher au cœur des forêts pour rendre hommage à leur dieu à la chevelure d'or, de crainte d'attirer les Romains qui ne manqueraient pas de les massacrer ou de les réduire en esclavage s'ils les découvraient. À cette pensée, son esprit s'envola vers Banshee. Que devenait donc sa famille? Les retrouverait-elle un jour? Le doute venait parfois se glisser dans son cœur, comme en cet instant où elle se sentait seule au monde, faible et sans défense face à tous ces barbares venus du sud qui ne respectaient ni les dieux, ni la nature, ni les hommes de Celtie.

Pendant qu'elle s'abandonnait à la mélancolie, elle n'avait pas pris garde au grand loup gris efflanqué qui venait d'apparaître entre les ronciers. Ce fut Malaen qui en sentit l'odeur sauvage et qui s'en inquiéta.

Celtina essuya rapidement une larme sur sa joue, respira profondément et concentra toute son attention pour faire monter en elle la dose de détermination dont elle avait besoin pour faire face à l'animal.

Elle apercevait distinctement la tête triangulaire, les oreilles rondes et les fentes étirées des yeux de la bête dont le corps apparaissait à moitié derrière un tronc de chêne creusé par la foudre.

Sans mouvement brusque, elle retira une flèche de son carquois et l'installa sur la corde de son arc. Elle visa un point entre les yeux de l'animal et banda son arme. Au moment où la flèche quitta la corde, un cri lui vrilla les tempes et le loup se sauva. Le trait se perdit dans la profondeur des bois. Alors, se déplaçant sur deux jambes, surgit une bête énorme, hirsute et grise, qui se mit à l'invectiver.

— Pourquoi essaies-tu de tuer maître Bleiz? Je pourrais te changer en ver de terre pour cet acte insensé!

Celtina avait du mal à reconnaître un homme dans cette apparition. Il brandissait un énorme bâton noueux dans sa direction. Il était sale et une peau de loup maculée de boue lui recouvrait les épaules. Il marchait jambes nues, et une croûte de saleté lui recouvrait les membres. Il dégageait une forte odeur de bête sauvage.

La jeune prêtresse dégaina son épée et la leva devant elle, tout en se protégeant de son bouclier, tandis que Malaen reculait, prenant son élan pour mieux se précipiter sur cet être étrange si ce dernier faisait mine de s'en prendre à la jeune fille.

Il ressemble à Koad, et pourtant, ce n'est pas lui. Il me semble âgé et surtout plus dangereux que le mage de la forêt, songea-t-elle en reculant.

– Ah, tu as raison de te méfier, jeune fille ! ricana l'être hideux. Eh oui, je peux lire dans tes pensées ! Nous, les druides, conservons ce pouvoir même lorsque la folie s'empare de notre esprit.

– Tu es un druide ? lança Celtina sans le quitter des yeux un seul instant.

– On m'appelle Marzhin… Tu es ici sur mon domaine. Je vis dans ces bois et Bleiz le loup gris est mon maître.

– Comment un loup peut-il être le maître d'un druide ? l'interrogea Celtina, déconcertée par cette révélation, tout en demeurant sur ses gardes.

– Ah, c'est une longue histoire ! soupira l'homme sauvage. Mais peut-être n'as-tu ni le temps ni l'envie d'écouter les aventures d'un vieil homme qui en est à l'hiver de sa vie ?

– J'ai un peu de temps, répliqua Celtina en fichant son bouclier dans l'humus pour s'en faire un rempart, au cas où.

– Il y a bien longtemps, commença Marzhin, j'étais le guide d'une redoutable tribu d'une forêt de Calédonie. J'y ai combattu en portant le bouclier sur l'épaule, en tant que conseiller ; l'épée reposant sur la cuisse, en tant que chef de clan ; et la harpe à la main, car j'étais aussi barde royal. Mon statut de druide me donnait l'avantage de mener les hommes au combat, tout en sachant d'avance l'issue de la bataille, grâce au sommeil druidique… J'ai donc pu prédire la victoire de mon clan !

– Tu étais redoutable, commenta Celtina, et beaucoup de druides ont dû envier ta position.

– Mais, par Hafgan, continua le druide sans prêter attention aux paroles de la prêtresse, le malheur s'est de nouveau abattu sur ma tribu quelque temps après cette victoire sur les barbares. Cette fois, c'étaient des Bretons du nord et leur chef Hueil qui s'en prenaient à nous, refusant de se soumettre à mon autorité. Ils sont tombés sur ma tribu sans crier gare et ont ravagé nos terres… J'ai donc dû reprendre les armes pour diriger nos armées…

— Tu n'es pas à blâmer, Marzhin, tu as fait ton devoir en protégeant ta tribu...

— Ne comprends-tu pas que Hueil était mon propre jeune frère ? s'exclama Marzhin, d'un ton fâché. Un enfant que j'ai aimé, formé, bercé de mes légendes, et dont j'ai loué les prouesses de jeunesse. Alors que déjà mes cheveux devenaient blancs comme la gelée de l'hiver, pourquoi les dieux ont-ils permis que deux frères en viennent aux mains ? Je suis le seul responsable de cette discorde.

Celtina se mordit les lèvres ; elle ne trouvait pas les mots pour réconforter le vieil homme aux prises avec le remords qui parcourait ses veines depuis tant et tant d'années.

— J'ai vu le sang de mes amis, de mes parents, de mes frères couler sous la main des uns et des autres dans chacun des deux camps. Comme barde et guerrier, j'étais au centre du carnage... et le seul responsable.

— C'est terrible ! s'exclama Celtina, compatissante, tout en quittant la protection de son bouclier pour s'avancer vers le vieux sage écroulé sur le sol.

— Mon esprit m'a quitté, poursuivit Marzhin, et je me suis cru assiégé par des fantômes furieux. De terreur, j'ai brisé mon épée et, comme un lâche, je me suis enfui du champ de bataille. La société des bêtes sauvages m'a semblé désormais préférable à celle des hommes de ma nation qui en avaient pourtant la férocité. Je me suis donc enfoncé dans les bois pour vivre avec les animaux… et pour pleurer en solitaire la honte que Hafgan m'a infligée.

– Et maître Bleiz? demanda doucement Celtina en constatant que le loup était de retour près de Marzhin et qu'il lui asséchait le visage en lapant ses larmes.

– Maître Bleiz vient d'un clan de loups forts et courageux. Leurs seuls ennemis sont les hommes, et tu sais combien ces derniers nourrissent une haine profonde envers eux. Lorsqu'un homme et un loup se trouvent face à face, il est rare que tous deux survivent.

Celtina opina de la tête. Le surnom du loup n'était-il pas «le mauvais» en langue celtique?

– La tradition veut que tous les loups de Celtie se réunissent une fois par année, ici même dans Broch Anwynn, au cœur de la forêt inextricable, continua le vieux druide. C'est surtout le grand rassemblement des loups solitaires mâles et femelles; ils viennent ici pour trouver l'amour d'une vie. Bleiz a fait partie de ces bêtes esseulées. Ce jour-là, il est arrivé le premier et m'a trouvé allongé dans la neige fraîche, à l'agonie. Il s'est approché doucement, avec méfiance, comme on le lui avait appris, puis, voyant qu'il n'avait rien à craindre de moi, car j'étais à moitié mort, il m'a emporté dans la caverne de l'autre côté du gué des Joncs. Bleiz est allé chasser pour me nourrir et m'a même rapporté des aliments que nul loup n'a jamais goûtés : des légumes et des fruits qu'il volait, au péril de sa vie, dans les villages des alentours. Et puis, une fois que notre méfiance mutuelle a été dissipée, Bleiz m'a enseigné la magie des loups ; par exemple, à voir la nuit aussi bien que le jour en me servant non pas de mes yeux, qui se sont bien usés avec l'âge, mais en utilisant mon odorat. Ainsi, il m'a appris à me servir du vent pour repérer une odeur ou, au contraire, pour masquer ma présence. Il m'a montré comment décrypter les traces olfactives* laissées par tout être vivant dans la forêt et à en comprendre le message. Il m'a enseigné à me servir de mon ouïe pour entendre des sons distants de plusieurs leucas* et surtout à reconnaître son hurlement, même parmi ceux de loups étrangers.

Lorsque Marzhin s'interrompit, Celtina, en fichant ses yeux dans ceux du vieux druide, comprit que l'homme allait bientôt lui confier un grand secret.

– Ma vie touche à sa fin, jeune prêtresse, et celle de maître Bleiz ne sera plus très longue non plus, car de nombreux hivers sont passés sur son dos et son poil a blanchi. Le moment est venu pour nous de transmettre nos connaissances. Veux-tu suivre notre enseignement ?

Celtina ne répondit pas tout de suite. Elle réfléchit.

– Je ne sais pas, je n'ai pas le temps de rester plusieurs lunes en ta compagnie…

– Quelques nuits suffiront, insista Marzhin. Une fois que je t'aurai transmis les grandes lignes de notre savoir, tu pourras les mettre en application et les expérimenter toute seule. Tu n'as pas fini ta formation auprès de Maève, la grande prêtresse de Mona. Il y a encore bien des choses que tu ignores et dont tu auras besoin pour poursuivre ta mission. Je sais tout de toi, Celtina du Clan du Héron, ton nom commence à être connu dans toute la Celtie. Il le sera encore plus si tu survis pour achever ta quête, mais pour cela, tu dois renforcer ton pouvoir. C'est ce que je t'offre !

Après quelques moments d'hésitation, Celtina accepta enfin de recevoir l'enseignement de Marzhin et de maître Bleiz.

Les deux nuits suivantes, le loup gris lui montra comment lire les traces d'urine et d'excréments des animaux, comment reconnaître les empreintes des hommes, même dans le lit d'une rivière ou sur la roche la plus dure. Il lui enseigna les tactiques de chasse les plus redoutables ; à s'approcher d'une proie sans trahir sa présence, à lui tendre une embuscade, à s'attaquer aux pattes d'abord pour empêcher la fuite, et à se montrer opportuniste quand la traque devient difficile en s'en prenant au maillon le plus faible d'un troupeau.

— Si tu dois attaquer les Romains, ces techniques te seront profitables, lui dit Marzhin le troisième jour, en la mettant à l'épreuve avec un troupeau de cerfs. Et maintenant, laisse-moi te montrer comment guérir les morsures de serpents, même les plus venimeux. D'abord, tu dois connaître le chant qui fera lâcher prise aux reptiles. Répète après moi : « Siffle, siffle, serpent, le savant te chassera de la saussaie*, desserre, desserre, serpent, le savant sait susurrer la suite des sons ! » Puis, en appliquant ta bouche sur la plaie, tu aspires le venin, que tu recraches ensuite. Cela a pour but d'en neutraliser les effets et de cautériser la plaie avec ta salive. Ne confie jamais ce secret à quiconque. Avant de procéder, tu auras pris soin de déposer sur ta langue un mélange de plantes rares qui viennent de très loin, là où les hommes ont la peau noire. Il faudra te procurer l'*euphorbia** et le *rauwolfia serpentina**, que tu mélangeras avec le banatlos*, de la cire d'abeilles et de l'os de cerf moulu, puis un peu de venin de vipère. Ainsi, tous croiront en tes pouvoirs surnaturels. As-tu bien retenu ?

— Oui, je m'en souviendrai, répliqua Celtina qui se demandait bien à quoi pourrait lui servir cette incantation.

Les seuls serpents qui avaient jamais croisé sa route n'étaient que d'inoffensives couleuvres qui avaient eu plus peur d'elle qu'elle ne les avait craintes. Marzhin lui dévoilait des secrets bien inutiles, mais elle n'avait pas le cœur à l'interrompre.

Sa main s'égara sur les poils rudes du crâne de maître Bleiz qui dormait près d'elle, le museau entre les pattes, mais les oreilles toujours aux aguets et se dressant au moindre bruit.

– Je vais maintenant te fournir d'autres remèdes à base de bettula*, destinés à empêcher les blessures de s'infecter. Tu connais déjà les herbes, je t'en donnerai les proportions exactes et les combinaisons appropriées pour en faire des poisons, des contrepoisons et des remèdes infaillibles.

Pendant de longues heures, Celtina écouta Marzhin lui égrener sans répit le nom des plantes et leurs propriétés. Elle avait faim et bâillait à pleine bouche, mais rien n'y faisait. Le vieux druide continuait inlassablement sa litanie*. Maître Bleiz, lui, dormait à poings fermés ; elle crut même l'entendre ronfler.

Et le pire, se dit Celtina, *c'est que je sais déjà tout ça. Je n'ai pas passé toutes ces années à*

Mona sans avoir rien appris. Marzhin a vraiment perdu la tête et il radote ! C'est décidé, demain, je m'en vais !

Le soir était arrivé et le ciel scintillait de centaines d'étoiles. Son regard s'amusa à dessiner des symboles en tentant de lier les astres entre eux.

– Je vois que tu t'intéresses à l'astronomie, jeune prêtresse, dit Marzhin, interrompant enfin sa récitation soporifique des plantes, tout en allumant un feu destiné à les réchauffer pendant la nuit.

– Je sais reconnaître la position des planètes qui annoncent les saisons…

– Tu as donc été une élève attentive et Maève t'a bien formée. Mais connais-tu l'astrologie ?

– Astrologie ? Qu'est-ce que c'est ?

– C'est l'art de prévoir le destin des hommes en fonction de la position des planètes. Tu vois, cette étoile, la plus brillante dans le ciel, elle brille dans la constellation du Char d'Ahès. Si tu la suis sans la perdre des yeux, tu iras directement vers les Îles du Nord du Monde.

Celtina plissa les yeux pour bien voir l'étoile en question, puis elle se retourna vers Marzhin, ébahie, avant de reporter son attention sur le ciel. Elle répéta ce petit manège à trois ou quatre reprises, ce qui déclencha le rire du druide.

– Comment... comment le sais-tu? lui demanda-t-elle enfin. Maève ne nous a jamais parlé de cette science...

– Les druides ne s'intéressent pas à l'astrologie, Celtina. Seule l'astronomie a de l'importance à leurs yeux... et pourtant!

– Mais toi, comment as-tu découvert cette science si aucun autre druide n'a pu te transmettre ses connaissances?

– Dans ma jeunesse, je ne me suis pas contenté de rester dans mon clan... j'ai exploré le monde. Un jour, alors que je voyageais sur la grande mer vers les Îles du Sud du Monde, mon bateau a été abordé. L'équipage et moi avons été vendus à des marchands grecs qui nous ont emmenés très loin, dans un pays qui s'appelle le Château du Ka de Ptah, et que les Grecs nomment Aiguptos. C'est là-bas, auprès de maîtres astrologues de la divine Onou, la ville du Soleil, que j'ai appris cette science que je te transmets aujourd'hui.

Celtina l'écoutait bouche bée, se demandant si les propos de Marzhin étaient vrais ou s'il s'agissait d'élucubrations* tout droit sorties de son esprit malade.

– Et en observant les étoiles, tu peux dire ce qui va se passer dans les jours qui viennent? l'interrogea-t-elle, un brin de scepticisme dans la voix.

– Depuis Samhain*, alors que Grannus traversait les Pinces du Scorpion, j'interroge sans fin les astres. Actuellement, nous sommes placés sous la protection du Bélier, mais lorsque Grannus traversera le territoire des Jumeaux de Macha, alors une grande bataille opposera les Celtes du bord de la mer aux barbares venus du sud.

– Érec des Vénètes va sûrement encore s'en aller à la bataille, et probablement que Viridorix des Unelles fera de même. Est-ce que les Celtes vont vaincre? demanda-t-elle.

Mais Marzhin ne répondit pas. Son esprit s'était envolé vers les étoiles qu'il fixait intensément. Soudain, elle le vit vaciller et s'écrouler, le corps en proie à de profondes convulsions.

– Le Mal sacré! s'exclama-t-elle.

Elle fouilla dans son sac et y trouva une poignée de merioitoimorion* qu'elle jeta dans un bol d'eau pour préparer une infusion afin de ramener Marzhin de son extase involontaire.

Chapitre 3

Brusquement, les crapauds se turent, le ronronnement des engoulevents cessa, un cerf détala. Les oreilles de maître Bleiz, mises en alerte par le soudain silence, frémirent. Au même instant, Malaen s'agita et renâcla. Alors, sans raison apparente, le loup gris bondit sur ses pattes et, le museau pointé vers la lune, il hurla pendant de longues secondes. Le petit cheval rua en piaffant.

Surprise, Celtina laissa tomber l'écuelle de merioitoimorion qu'elle portait aux lèvres tremblantes de Marzhin. Elle regarda attentivement le loup : il avait les mâchoires serrées, les babines étirées, le front plissé, les oreilles baissées, les paupières fermées et le poil de l'échine hérissé. Marzhin lui avait appris que Bleiz affichait ce comportement lorsqu'une menace planait. Malaen aussi était très nerveux ; il s'ébroua plusieurs fois en piétinant le sol.

La jeune prêtresse leva les yeux au ciel, suivant la direction du hurlement du loup, et vit une comète plonger au-delà de la ligne des arbres. Son cœur se serra. Était-ce un mauvais présage ?

Comme s'il répondait à un signal, Marzhin se mit tout à coup à délirer, ou plutôt à prophétiser. Son esprit avait de nouveau quitté le Jardin des Druides pour se projeter dans l'avenir.

– Sept feux descendent du ciel. Sept batailles sont livrées ! Dans la septième, grande est la gloire de Bélénos !

Puis emporté par sa fougue prophétique, le druide clama :

– Sept lances transpercent ! Sept fleuves se gonflent, sept fleuves débordent ! Sept chefs suprêmes sont pour l'éternité aux côtés de Téthra dans le brouillard de Tory…

Celtina frissonna. La répétition du chiffre sept, elle le savait, renvoyait aux bansidhe, les messagères du Síd. *Mais qui sont donc ces sept chefs qui courent vers l'Autre Monde ? Et que vient donc faire Téthra, le roi des Fomoré, dans la vision de Marzhin ?* se demanda-t-elle.

Elle remarqua qu'un peu d'écume sortait de la bouche du druide qui râlait maintenant comme si une intense douleur avait envahi tout son corps. Elle essuya la bave sur le visage du devin et le força à avaler les quelques gouttes de merioitoimorion qui restaient dans l'écuelle qui s'était renversée sur le sol.

Après quelques râles et une crise d'étouffement qui le laissa sans force, Marzhin se calma enfin et sa respiration se fit moins haletante. Maître Bleiz et Malaen s'apaisèrent aussi peu à peu. Le loup déposa sa tête sur la cuisse du druide comme si sa seule chaleur pouvait rassurer le vieil homme.

Celtina veilla le sage une partie de la nuit, mais, épuisée, elle finit par s'endormir alors que Sirona pâlissait dans le ciel.

Ce fut la fraîcheur du petit matin qui la tira du sommeil ; le feu s'était éteint au cours de la nuit. Elle se leva et ramassa deux branches pour le rallumer, mais elle interrompit brusquement son geste. Elle jeta des regards inquiets autour d'elle. Marzhin et maître Bleiz avaient disparu. Malaen broutait paisiblement des herbes tendres un peu à l'écart.

– Ils sont partis sans me saluer, déplora-t-elle en caressant l'encolure de Malaen.

Elle les remarqua alors. Ils étaient une douzaine. Douze petits sachets de cuir déposés sur son sac de jute. Elle en ramassa un et en huma l'odeur ; elle reconnut une plante appelée duconé*, renommée pour la teinture violette que l'on pouvait en tirer. Elle les sentit tour à tour. Certaines odeurs lui étaient familières, comme celle de la rhodora* qui avait le pouvoir de soulager les douleurs et les maux de tête, mais d'autres, au parfum plus piquant, lui étaient totalement inconnues. Elle glissa tous les sachets dans son sac, ramassa ses affaires et quitta la clairière. *Je trouverai sûrement en chemin les premiers fruits de la saison*, songea-t-elle en constatant que son estomac criait famine. *Et puis, je peux aussi chasser…*

– Adieu, Marzhin, adieu, maître Bleiz, lança-t-elle vers les bois, prenez bien soin l'un de l'autre. Allez, on y va, Malaen !

En chantonnant des vers appris à Mona et qui louaient les exploits des grands guerriers celtes d'autrefois, elle reprit sa route vers le sud, Malaen trottinant derrière elle.

Pendant ce temps, vaincus par les Thuatha Dé Danann et chassés du territoire unelle et d'Ériu, les Fomoré s'enfuyaient sans se retourner. Ils n'avaient qu'une hâte : retrouver l'abri des brouillards de Tory, leur refuge depuis toujours. Toutefois, l'un d'eux était resté derrière. Torlach le sorcier était bien décidé à faire payer à Ogme l'affront que le dieu de l'Éloquence avait infligé à sa race en lui ravissant Orna, l'épée magique du roi Téthra.

Caché à proximité de Tara, la capitale des Thuatha Dé Danann, Torlach attendait le moment propice pour s'introduire dans la forteresse. Le sorcier était résolu à voler Dur-Dabla, la harpe de Dagda. Cet instrument de musique avait une particularité magique :

il vibrait quatre fois l'an pour déclencher le renouvellement des saisons. Le sorcier comptait bien, en s'emparant de l'objet, susciter une température plus clémente dans l'île du Brouillard qui était, en permanence, froide et recouverte de brume. En modifiant le climat de son île, Torlach espérait également favoriser la croissance des végétaux et garantir des récoltes abondantes aux Fomoré ; ainsi, les dieux de la Mort n'auraient plus besoin d'envahir d'autres terres pour s'approprier les biens d'autrui.

Torlach attendit longtemps, mais enfin sa patience fut récompensée. Un soir, Dagda quitta la forteresse d'un pas nonchalant. C'était sa chance de s'y introduire. S'enveloppant dans un manteau de brouillard qui le rendit invisible, le sorcier se faufila devant Gamal le portier. Ce dernier éternua au passage d'un halo de brume, mais ne prêta pas attention à la présence de ce nuage à la forme inhabituelle.

Après avoir erré dans la forteresse, le Fomoré découvrit enfin la maison de Dagda. Il ne pouvait pas se tromper ; le chaudron du Dieu Bon occupait presque toute la pièce, et sa massue, montée sur roues tant elle était imposante, trônait dans un coin. Il repéra la harpe qui pendait à un mur et la décrocha en prenant garde de ne pas en faire vibrer les cordes pour ne pas attirer l'attention.

Puis, toujours sans encombre, Torlach sortit de Tara et, aussi vite que sa jambe unique pouvait le porter, il se précipita vers une crique où l'attendaient quelques membres de son clan. Ils montèrent rapidement dans un bateau et levèrent la voile. Un vent favorable les poussa bientôt hors de vue de la côte.

Sur ces entrefaites, Dagda revint à Tara et constata la disparition de son précieux talisman. Alertés par ses cris, Lug et Ogme se précipitèrent dans sa chambre.

– C'est un sale coup des Fomoré, j'en suis certain ! s'exclama Dagda, en reniflant. La puanteur de ces êtres flotte dans l'air. Je la reconnaîtrais partout !

– Il n'y a pas un instant à perdre, poursuivons le voleur avant qu'il ne parvienne à se rendre à Tory, car une fois chez lui, il sera beaucoup plus difficile de reprendre Dur-Dabla, décréta Lug.

Dagda, Lug et Ogme se précipitèrent donc hors de Tara et, grâce à la forte odeur de vase et d'algues en décomposition que dégageait Torlach, ils n'eurent aucun mal à le suivre et à découvrir la crique d'où le bateau était parti. Mais plus aucune trace d'embarcation sur l'océan.

– Manannân ! appela Ogme. Vite, nous avons besoin de toi.

Répondant rapidement à l'appel de son ami, le fils de l'océan se manifesta sous la forme d'une énorme vague qui vint soulever les trois dieux de la plage. Ils fendirent ainsi les flots en direction de l'île du Brouillard.

Malgré leur vitesse de déplacement, Lug, Dagda et Ogme ne parvinrent pas à rattraper Torlach avant que le sorcier ne débarquât sur Tory. Et Manannân n'eut d'autre choix que de les projeter sur les côtes déchiquetées et dangereuses du pays fomoré.

– Nous allons devoir négocier avec eux pour récupérer la harpe, soupira Lug. Je n'aime pas cette idée, car ils vont sûrement avoir des exigences exorbitantes.

– Rien du tout! éclata Dagda. Je ne négocierai rien. Cette harpe m'appartient. De toute façon, ils ne sauront pas l'utiliser. Elle ne répond qu'à son nom et n'émettra pas le moindre son si ce n'est ma voix qui lui commande de jouer.

Dagda, Lug et Ogme s'enfoncèrent dans le brouillard. Toujours guidés par l'odeur, ils arrivèrent dans le village fomoré. Ils se dirigèrent vers une longue résidence de forme rectangulaire qui ne pouvait être que la salle du conseil. Sans prendre la peine de s'annoncer, Dagda enfonça la solide porte d'un violent coup de son énorme massue. Les Fomoré, qui ne s'attendaient pas à une telle visite, n'eurent pas le temps de réagir. Dadga vit sa harpe accrochée à un mur et l'interpella:

– Viens, Dur-Dabla!

Alors, l'instrument se décrocha et vola vers son propriétaire en heurtant violemment les crânes de neuf Fomoré au passage, les assommant net.

– Dur-Dabla, chante le *Goltraigh**, commanda Dagda.

Aussitôt, les cordes de la harpe vibrèrent et des notes tristes s'insinuèrent dans le cœur des Fomoré qui fondirent en larmes, sans pouvoir se retenir.

– Dur-Dabla, chante le *Gentraigh**, ordonna le Dieu Bon.

Alors la harpe changea de mélodie et, cette fois, les Fomoré éclatèrent de rire jusqu'à en avoir mal aux mâchoires et au ventre. Plusieurs se tordaient de douleur. Ils rirent à s'en éclater la rate.

Lug et Ogme décochèrent des coups d'œil de reproche à Dagda.

– Veux-tu cesser ce jeu, et partons d'ici avant que les Fomoré ne se jettent sur nous ! le semonça Lug.

– Dur-Dabla, chante le *Swantraigh** ! répondit Dagda, avec un air buté.

Alors, tous les Fomoré du village tombèrent profondément endormis et les trois Tuatha Dé Dannan purent quitter l'île du Brouillard sans encombre.

Mais, à leur réveil, les Fomoré étaient furieux et bien décidés à ce que les choses n'en restent pas là.

– Puisque nous ne parvenons pas à nous venger sur les Tribus de Dana, alors il faut faire payer les Celtes... et une Celte en particulier, qui est leur protégée, jugea Torlach. Voici mon plan.

Le sorcier expliqua comment il comptait s'y prendre et tous trouvèrent son idée formidable. Torlach la mit aussitôt à exécution.

Ce fut ainsi que Celtina rencontra par hasard aux limites de Broch Anwynn une jeune Fomoré qui semblait égarée. La prêtresse, méfiante à l'égard de cette race de dieux, faillit passer son chemin, mais son bon cœur lui fit prêter attention aux pleurs de l'enfant fomoré, qui lui arrachaient l'âme.

– Que se passe-t-il, pourquoi pleures-tu ainsi? s'inquiéta Celtina en se penchant, compatissante, sur l'être difforme écroulé sur un tapis de mousse.

– Tous les Fomoré sont repartis à Tory et on m'a oubliée, sanglota la jeune fille.

– Mais, en tant que déesse, tu dois avoir un moyen de rentrer chez toi, s'étonna Celtina qui ne s'était pas tout à fait départie de sa méfiance. Et quand bien même tu ne pourrais rentrer seule chez toi, pourquoi n'appelles-tu pas ton père, ton frère ou n'importe quel guerrier?

– Parce que ma geis m'interdit de reparaître chez moi si je ne trouve pas la réponse à une certaine question. Et j'ai beau réfléchir, je ne la trouve pas.

– Quelle est cette question? Peut-être pourrais-je t'aider, offrit Celtina.

Aussitôt, les larmes de la Fomoré cessèrent et son œil unique brilla d'un éclat de ruse vite camouflé pour ne pas alarmer la jeune prêtresse.

– La question est: Quelle est la chose que tu parcours en te hâtant?

Celtina réfléchit quelques secondes, en faisant appel à sa mémoire, car Maève leur avait enseigné la réponse à cette épineuse question, puis elle énonça:

– C'est le champ de l'âge; c'est la montagne de la jeunesse. C'est la chasse des âges à la poursuite du roi dans la maison de terre et de pierre, c'est-à-dire dans ce monde terrestre, entre le combat et la haine du combat, donc pendant les luttes de la vie, jusqu'à son terme qui mène à la paix de la mort. Cette paix que l'on trouve…

Celtina s'interrompit brusquement. Elle venait de comprendre dans quel piège la jeune Fomoré avait tenté de la faire tomber. Si elle avait terminé sa phrase, alors cette déesse de la Mort l'aurait entraînée sans possibilité de retour vers Tory, l'île du Brouillard.

Voyant que Celtina ne prononçait pas les derniers mots fatidiques qui étaient «dans les bras des guerriers de Téthra», la Fomoré se remit à pleurer.

– Non… je ne dirai rien de plus ! s'exclama la jeune prêtresse. Va-t-en, tu n'es qu'une messagère de la mort. Je n'ai pas le droit de te tourner le dos, mais je n'ai pas non plus l'obligation de te suivre.

Alors, sachant son stratagème découvert, la jeune Fomoré se métamorphosa et reprit sa véritable identité, celle de Torlach. Furieux d'avoir été déjoué, le sorcier fomoré disparut dans un nuage de brume, en menaçant :

– On se reverra !

Chapitre 4

À plusieurs centaines de millariums de là, le légat Publius Licinius Crassus se retourna sur sa couche. Il dormait mal depuis plusieurs nuits, et ce n'était pas les nouvelles qu'il allait recevoir dans quelques minutes qui lui feraient retrouver le sommeil.

À la cinquième heure du jour, alors qu'Apollon s'étirait paresseusement juste avant de se lever à l'est, le tribun* Marcus Trebius Gallus écarta vivement un pan de la tente de cuir du praetorium* où le commandant romain tentait de se reposer.

– *Ave*, légat! Mauvaise nouvelle. Je rentre tout juste d'Arvii, la capitale des Curiosolites. Leur nouveau vergobret* est un entêté; il refuse de nous livrer l'épeautre*, l'avoine et l'orge selon l'entente que nous avions avec eux. Et nos émissaires* me rapportent que les Ésuviens et les Vénètes sont dans les mêmes dispositions.

Déjà de mauvaise humeur à cause de sa nuit blanche, Publius Licinius Crassus sentit une vague de colère monter en lui. Il repoussa la couverture de fourrure qui le couvrait et sauta en bas de sa couche.

– Un nouveau vergobret ? Où est celui que nous leur avions imposé ?

– Ils en ont changé, comme c'est leur coutume. Comme tu le sais, leurs vergobrets ne sont élus que pour une seule année. Cette fois, ils l'ont choisi eux-mêmes, à notre insu, pendant la saison froide. Et ce n'est pas tout…

Mais de la gorge du légat monta un grognement de rage qui interrompit le rapport du tribun. Jugeant qu'il en avait entendu suffisamment pour prendre une décision, Crassus chassa Gallus du revers de la main. Il enfila rapidement sa cuirasse par-dessus sa tunique, qu'il gardait toujours pour dormir, et sortit en trombe de sa tente. Il interpella un chef de manipule* :

– Tous les centurions, préfets* et tribuns au forum* !

Les légionnaires se hâtèrent de transmettre l'ordre du légat qui se dirigea d'un pas rapide vers la grande place de rassemblement du camp de Silviacus, installé depuis Samhain sur le territoire des Andécaves et où la VIIᵉ légion avait hiverné. Comme les réserves de céréales n'étaient pas suffisantes pour nourrir les quelque cinq mille Romains qui campaient là, Publius Licinius Crassus avait exigé des Curiosolites, des Ésuviens et des Vénètes qu'ils fournissent à l'armée une partie de leurs provisions.

– Où sont Titus Terrasidius, Quintus Velanius et Titus Silius? cria le commandant romain, s'impatientant du retard des trois tribuns militaires.

– C'est justement là le problème, commandant. J'ai essayé de vous en parler…, répondit Marcus Trebius Gallus. Ils sont retenus en otage par les tribus placées sous leur responsabilité.

– En otage? explosa Crassus. Eh bien, nous aussi, nous avons des otages! Qu'on coupe la tête des jeunes Curiosolites, Ésuviens et Vénètes qui nous ont été envoyés! Et qu'on informe les tribus que leurs chers enfants pourrissent en enfer!

– Bien, commandant! Mais…

– Quoi, encore?

– Les Celtes n'ont que faire de l'enfer, commandant. Pour eux, cela n'existe pas, pas plus que le bien ni le mal, d'ailleurs! Quand un Celte meurt, il rejoint le Síd, peu importe qu'il ait été juste ou mécréant, voleur ou sage devin…

– Eh bien, qu'on envoie ces enfants dans leur Síd… et n'en parlons plus! grogna Marcus Trebius Gallus, agacé par les explications de Gallus, dont il se moquait éperdument.

Les coutumes de ceux qu'il ne considérait que comme des barbares ne l'intéressaient pas et ce n'était pas aujourd'hui qu'il allait se lancer dans l'analyse de leurs mœurs et de leurs croyances.

– Puis-je suggérer une autre solution? hasarda Gallus. Les Gaulois demandent qu'on leur renvoie leurs enfants et, en échange, ils s'engagent à libérer les tribuns militaires qu'ils détiennent…

– Le principe des otages permet d'assurer la paix, réfléchit Crassus qui, s'il s'emportait rapidement, retrouvait tout aussi vite une parfaite maîtrise de ses émotions. Qui pourra empêcher les Gaulois de nous déclarer la guerre si nous leur renvoyons les otages qu'ils nous ont donnés en garantie?

– D'un autre côté, si nous les tuons, ce sera un acte de guerre…, expliqua Gallus. Il vaut mieux les renvoyer pour démontrer notre bonne volonté.

– C'est bon, Marcus Trebius Gallus, abdiqua Crassus après de longues secondes de silence. Ramenez vous-même les enfants chez eux, et revenez avec nos hommes.

Puis, le problème étant selon lui réglé, il se tourna vers deux centurions pour leur lancer:

– Tournée d'inspection du camp! Attendons-nous à une attaque des Gaulois…

Publius Licinius Crassus, les deux centurions sur les talons, parcourut à grandes enjambées les voies perpendiculaires du camp disposé en rectangle. Il s'attarda surtout à vérifier les fossés.

– Qu'on élargisse ce fossé, lança-t-il à trois légionnaires qui jouaient aux dés devant leur tente.

Les trois soldats se jetèrent sur leurs pelles et leurs pioches et s'affairèrent à la tâche, envoyant la terre à l'intérieur du camp de manière à former un talus plus haut.

– Et installez des pieux, nous en aurons besoin sur tout le flanc droit.

L'un des légionnaires se précipita pour répercuter l'ordre à d'autres soldats qui sortaient de leurs tentes, à peine réveillés.

Avec ces remparts de bois et les tours de surveillance que le commandant avait déjà fait ériger aux quatre coins du rectangle, la garde était renforcée.

– Il faut prévenir Quintus Titurius Sabinus, il a trois légions sous ses ordres pour tenir les Unelles, les Curiosolites et les Lexoviens en respect, suggéra Marcus Trebius Gallus. Si nous sommes attaqués, il pourra nous fournir des renforts et même prendre les Gaulois à revers.

– Allez ! acquiesça le commandant.

Le cheval fourbu s'affaissa au centre de l'oppidum. Son cavalier, couvert de poussière et épuisé, glissa sur le sol. Il avait les yeux hagards et il suffoquait. Le druide Verromensis lui versa une rasade d'eau fraîche dans la gorge à même une outre de peau. L'homme avala goulûment, puis, après avoir déglути plusieurs fois, il retrouva son souffle et expliqua son entrée fracassante dans An Drinded.

– Les Curiosolites et les Ésuviens sont avec nous! Ils ont accepté de retenir les tribuns militaires en otage. Ils font dire qu'ils se battront aux côtés de nos guerriers et subiront le même sort, quoi qu'il arrive.

Érec, le roi des Vénètes, arriva à ce moment-là et s'adressa à ses troupes.

– Les Vénètes sont la nation la plus puissante de toute la côte!

Une immense clameur monta des gorges des guerriers rassemblés pour souligner ces paroles dignes d'un grand chef comme l'était Érec.

– Notre grand nombre de vaisseaux nous permet de communiquer avec tous les peuples maritimes, continua le roi vénète. Personne n'a une maîtrise de la navigation telle que la nôtre, et puisque les Romains n'aiment pas la mer, il faut profiter de notre supériorité!

– On m'a aussi chargé de te dire qu'Acco des Sénons, Conconnetodumnos et Cotuatos des Carnutes entrent dans la bataille, continua le messager qui reprenait peu à peu des forces.

– Il faut que toutes les nations se soulèvent pour nous maintenir dans la liberté que nous avons reçue de nos pères, plutôt que de subir le joug des Romains! Nous vaincrons! hurla Érec, le poing levé au ciel.

Alors les cris des guerriers redoublèrent, bientôt relayés par les encouragements hystériques des femmes et des enfants.

Ce soir-là, les feux illuminèrent longtemps l'oppidum d'An Drinded tandis que les bardes chantaient les prouesses des combattants et que l'hydromel et la cervoise coulaient à flots.

Pendant ce temps, chez les Romains, l'heure n'était pas à la fête, mais bien à la préparation au combat. Grâce à un efficace relais de messagers vers l'Italie, en quelques jours seulement, César avait été mis au courant du soulèvement qui se préparait sur les côtes de Celtie. Sans perdre une minute, le général avait ordonné de procéder à la construction de navires, en plus de réquisitionner la flotte de ses alliés. Puis, le tribun Marcus Trebius Gallus avait rejoint le jeune général Decimus Junius Brutus dans ses quartiers d'hiver en pays namnète, plus précisément à Contigwic, sur le bord de la rivière Liga, c'est-à-dire «eau trouble» en celte. Une ville que les Romains avaient rebaptisée Condivicnum.

– César t'ordonne de prendre le commandement des bateaux des Pictons et des Santons, Decimus Junius Brutus, déclara le tribun. Il te nomme commandant de la flotte romaine.

– Et César, où sera-t-il? interrogea le jeune général.

– Il te rejoint avec les troupes terrestres. Il te donne l'ordre de te diriger sans tarder chez les Vénètes. Il t'y rejoindra dans quelques jours.

Ignorant ce qui se tramait chez les Romains, Celtina avait repris sa route. Elle devait traverser le territoire des Pictons, mais avait choisi de le faire en longeant les côtes, même si c'était le chemin le plus long. L'intérieur de leur pays était couvert de vastes forêts sombres où elle risquait de faire de mauvaises rencontres. Depuis que les Pictons et les Santons s'étaient alliés aux Romains, la plupart des Celtes se méfiaient de ces nations toujours promptes à leur jouer un sale tour.

Ce fut en approchant de Lemonum, nom donné par les Romains à l'oppidum fortifié des Pictons, qu'elle les vit. À leur taille, à leur chevelure blonde et à la couleur de leurs vêtements, elle les reconnut pour des Thuatha Dé Danann. Les trois dieux portaient une tunique orangée et une cape verte sur les épaules ; ils avaient également une imposante épée à la garde d'ivoire et un bouclier rouge sang ; elle les interpella.

– Puis-je me joindre à vous ? Je me sentirai plus en sécurité avec de vaillants guerriers de votre trempe.

– Bien sûr, Celtina du Clan du Héron, lui répondit celui qui de toute évidence commandait la petite troupe, et qui l'avait reconnue puisqu'elle était désormais bien connue de tous les dieux. Tu es toujours sous la protection des Tribus de Dana.

– Je ne connais pas tous les dieux… Qui es-tu ? demanda Celtina en faisant marcher Malaen au pas, près des trois compagnons.

– Brian, se présenta le premier, et voici mes frères Iuchar et Iucharba…

– Oh ! Vous êtes les fils de Tuireann… Ceux qui… ceux qui ont tué Cian, le père de Lug ! s'exclama-t-elle sur un ton où perçait une pointe de frayeur et de défiance.

– Pour notre plus grand malheur, par Hafgan, nous sommes bien ceux-là ! répondit Brian. Mais ne crains rien, nous ne te ferons aucun mal !

– La famille de Lug et la nôtre sont en perpétuelle dispute et cela ne pourra se terminer que lorsque nous aurons payé une compensation au dieu de la Lumière, expliqua Iuchar.

– Lug nous a imposé huit épreuves pour payer notre crime, enchaîna Iucharba. Nous avons réussi à voler trois pommes au Jardin du Soleil ; obtenu du roi de Grèce la peau de porc qui donne la guérison… Nous nous rendons maintenant chez Pisear, le roi parthe, pour lui prendre Luinn, sa lance empoisonnée.

Cette histoire me dit quelque chose, songea Celtina. *Voyons ! qui m'en a parlé ?*

Elle demeura silencieuse quelques secondes, perdue dans ses réflexions, puis s'écria :

– Gudwal !

Les trois dieux sursautèrent et la dévisagèrent, intrigués.

– J'ai rencontré votre compagnon Gudwal. Il a survécu à l'attaque de la Tarasque. Il faut aller le chercher dans cette île où vous l'avez laissé pour mort. Je lui ai promis de vous prévenir quand je vous verrais.

– La Tarasque ? Jamais je ne remettrai les pieds sur cette île de malheur, protesta Iuchar. Ce monstre a massacré nos compagnons… et même si nous sommes des dieux, les démons peuvent nous causer bien du tort, et même prendre nos vies, comme nos compagnons en ont déjà fait la triste expérience.

– Mais il n'y a plus aucun danger, la Tarasque est morte…, le rassura Celtina, avec un peu de peine au cœur pour la bête qu'elle était parvenue à apprivoiser.

– Dans ce cas, Gudwal ne court aucun risque. Il nous attendra. Nous devons avant tout réussir les huit épreuves imposées par Lug, expliqua Brian. Lorsque ce sera fait, nous irons le rechercher.

– Ne pouvez-vous au moins envoyer un autre de vos compagnons pour le secourir? insista la jeune prêtresse.

– Entêtée! s'exclama Brian. C'est bien pour te faire plaisir… et parce que tu es l'Élue. Lorsque nous serons à Lemonum, je demanderai à Ciabhan d'y aller. C'est un jeune guerrier picton courageux et intrépide, on peut lui faire confiance. Il retrouvera Gudwal et le ramènera sain et sauf. Pour le moment, entrons dans la ville des Pictons, tu pourras t'y reposer et manger à ta faim.

– Et où comptez-vous aller ensuite? demanda la jeune fille.

– Nous devons descendre vers le sud, dit Iucharba.

– Vers le sud! Mais c'est exactement ma direction.

Elle hésita un instant, puis sur un ton plus timide, elle enchaîna:

– Puis-je… euh! j'ai un grand service à vous demander…

Brian sourit. Il savait très bien ce qu'elle allait lui dire.

– Tu te dis que, puisque nous sommes des dieux, nous pouvons te dire où trouver ta famille et, surtout, t'emmener jusqu'à elle, n'est-ce pas?

Elle esquissa une grimace.

– Effectivement, nous pourrions te le dire... mais nous ne le ferons pas! continua Iuchar.

Les traits de Celtina s'affaissèrent sous le coup de l'étonnement et de l'affliction.

– Tu dois les retrouver par toi-même, poursuivit le dieu, cela fait partie de ton apprentissage, et nous n'avons pas à intervenir dans ta destinée. Nous pouvons te donner des moyens d'accomplir ta mission, te protéger même, mais pas vivre à ta place les expériences que tu dois traverser. Mais, surtout, n'oublie pas que tu es l'Élue. Une mission encore plus grande t'a été confiée. Tu ne peux pas l'abandonner en cours de route.

– Tu dois rapporter les vers d'or des druides sur la Terre des Promesses... c'est très important! insista Iucharba. Qu'en dis-tu?

Celtina soupira. Bien entendu, les fils de Tuireann avaient raison, mais il lui était difficile d'accepter que le sort du monde celte reposât en partie sur ses épaules et de ne pouvoir le sacrifier au profit d'une cause personnelle. Les dieux l'avaient jugée digne de restaurer la Terre des Promesses, elle ne pouvait pas les trahir. Mais elle se demanda pourquoi ils l'avaient choisie, elle. Elle avait envié le choix de Solenn en tant que reine de mai, et à ce moment précis, elle aurait bien échangé sa place avec n'importe lequel de ses compagnons de Mona. *Pourquoi pas Tifenn, ou Gildas, ou mieux encore Arzhel? À propos, qu'est devenu mon ami?* Après avoir laissé ses pensées vagabonder quelques secondes, elle se décida.

— Je vous accompagne à Lemonum!

Les trois dieux n'y virent aucune objection et acceptèrent sa compagnie.

Chapitre 5

Lemonum, le village de l'orme, « Lemo » en gaulois, portait bien son nom. Il était entouré de vastes étendues d'arbres qui formaient une sorte de tunnel végétal conduisant à la porte des fortifications de l'oppidum. L'orme était également le bois de prédilection des Pictons qui s'en servaient tout autant pour fabriquer la semelle de bois de leurs galoches*, les roues de leurs chariots que pour la coque de leurs bateaux. D'ailleurs, Celtina et ses compagnons croisèrent quelques bûcherons, hache sur l'épaule, qui se dirigeaient vers une trouée dans la futaie pour y prélever les troncs et les branches nécessaires à la vie quotidienne du village. La vie grouillait autour de l'oppidum, qui avait l'air d'un immense chantier de construction. On était en train de creuser des tranchées et de fortifier les remparts. Mais ce qui laissa Celtina sans voix, ce fut de constater que les Pictons travaillaient sous les ordres de centurions romains. De leur plein gré. Ces Gaulois n'étaient donc pas des prisonniers condamnés aux travaux forcés, mais bien des ouvriers au service de la nouvelle province que les Romains avaient conquise.

– Les Romains ont choisi de renforcer Lemonum pour en faire une forteresse de leur nouvelle province qu'ils appellent l'Aquitania, lui expliqua Brian.

– Ils craignent une attaque des Andécaves et des Namnètes qui refusent de se soumettre à Rome, précisa Iuchar.

– Le roi picton Duratios est un faible, il s'est résigné à se ranger derrière César…, chuchota Iucharba, alors qu'ils se frayaient un chemin entre divers marchands et ouvriers qui entraient et sortaient de Lemonum.

– Pas tous, selon moi ! s'exclama Celtina en montrant d'un rapide coup de tête une troupe de guerriers au visage peint de spirales et de serpentins bleus. Ceux qui se peignent le visage ne sont probablement pas aussi soumis que les Romains le pensent.

– Ils sont assez rusés, ces Pictons. Sous prétexte de faire du commerce du bleu de guède* en tant que teinture pour leurs étoffes, plusieurs continuent de l'utiliser pour se tatouer et colorer leurs cheveux : un signe de rébellion que les Romains sont incapables de comprendre. Bien joué ! dit Brian.

– Trouvons Ciabhan et filons d'ici, fit Iucharba. Même si de moins en moins de Celtes croient encore aux dieux, ils n'ont pas tous perdu le pouvoir de nous voir et je ne voudrais pas que nous soyons la cause des ennuis que Celtina pourrait avoir avec eux.

– Tu as raison, mon frère, hâtons-nous !

Ils trouvèrent Ciabhan devant sa maison, en train de faire retoucher ses tatouages.

– Je vois que, toi, tu as refusé de te soumettre, l'apostropha Brian en se dirigeant vers lui.

– Nous sommes quelques-uns qui n'accepteront jamais d'appeler Lug du nom d'Apollon ou de Mercure, de rebaptiser Goibniu en Vulcain. Et imaginez Dagda devenant Jupiter, c'est risible, ou Nuada prenant le patronyme* de Mars ! N'importe quoi !

– Nous avons besoin de toi, jeune Picton, pour secourir Gudwal, l'un de nos compagnons. Celtina va t'expliquer ce dont il s'agit.

La jeune prêtresse narra sa rencontre avec la Tarasque et indiqua le chemin pour retrouver l'île où Gudwal devait mourir d'ennui depuis presque une année entière.

– Enfin une aventure qui vaut la peine d'être vécue ! s'exclama Ciabhan. Je prends mes armes et je pars sur-le-champ. Tout plutôt que de rester ici à subir les risées et les fanfaronnades des Romains.

– Sais-tu où nous pourrions trouver un bon bateau pour poursuivre notre voyage ? demanda Brian.

Celtina se tourna vers lui, un grand point d'interrogation semblant danser dans ses yeux.

– Mais vous êtes des dieux… vous pouvez vous en procurer un facilement! s'étonna Ciabhan, lui enlevant presque les mots de la bouche.

– Nous avons un léger différend avec Lug en ce moment, souffla Iuchar en faisant un signe discret à Celtina pour qu'elle ne parle pas de l'assassinat de Cian. Il nous a interdit de nous servir de la barque de Manannân ou des chevaux d'Épona. Nous devons donc emprunter les mêmes moyens de transport que le commun des mortels.

– Eh bien, prenez le bateau de ma mère… Elle n'en a pas besoin en ce moment, déclara Ciabhan, car les Romains lui ont interdit de commercer avec nos amis britons, à cause de mes positions envers eux. Elle ne sera que trop heureuse d'aider les dieux.

– Ciabhan, comme je vais partir vers le sud avec Brian et ses frères, je te confie Malaen… C'est un cheval venu du Síd, donc, prends bien soin de lui! Je le récupérerai à mon retour.

– N'aie crainte, Celtina! la rassura le petit cheval. Je saurai te retrouver moi-même dès que le besoin s'en fera sentir et j'irai te rejoindre où que tu sois. Que Ciabhan me conduise dans une grotte ornée de dessins exécutés par les hommes d'autrefois, je me dissimulerai parmi les représentations d'animaux.

Ainsi fut fait!

– Et maintenant, faisons voile vers le royaume parthe de Pisear afin d'obtenir Luinn, sa lance magique, cria Brian en hissant la toile carrée du curragh* gaulois.

– Peut-être que, là-bas, j'en apprendrai un peu plus sur le sort de ma famille, déclara Celtina en s'accrochant fermement aux gréements* du bateau.

L'embarcation qui accueillait les trois Thuatha Dé Danann et la jeune prêtresse fila comme une flèche sur l'eau, touchant à peine l'onde et volant au-dessus des plus fortes vagues sans être inquiétée. En unissant leurs pouvoirs, Celtina, Brian et ses frères étaient parvenus à doter leur bateau d'une vitesse telle que même les cormorans ne les voyaient pas passer.

En peu de temps, ils abordèrent les côtes en face de la forteresse du roi Pisear.

– Déguisons-nous en poètes, ordonna Brian. Les artistes sont toujours bien accueillis…

Aussitôt les mots prononcés, leur équipement guerrier fut instantanément recouvert par la robe des bardes; même Celtina se retrouva dans une longue aube verte.

Ils se présentèrent ainsi déguisés à la porte du roi et demandèrent à être reçus par Pisear, qui était réputé pour aimer les arts et les filidh*.

– Nous sommes des bardes de Celtie, expliqua Brian aussitôt qu'ils furent introduits dans la salle du trône. Nous venons te faire découvrir le talent des chanteurs de notre peuple.

– Je t'écoute! dit Pisear qui s'était confortablement installé sur des peaux de tigres.

La voix claire et posée de Brian s'éleva dans le silence respectueux qui régnait dans la salle du trône.

L'if* est le plus fin des bois,
celui de Luinn, la lance magique
Elle sert le plus grand des rois
Personne ne peut vaincre Pisear
Sans risquer sa vie mille fois

Puis, Brian s'inclina pour saluer.

– C'est un beau poème, apprécia Pisear. Mais pourquoi avoir choisi de parler de ma lance magique?

– Ce n'est pas difficile, précisa Brian. Puisque tu apprécies mon poème, tu dois me donner une récompense, c'est la loi de ton royaume. Eh bien, en guise de présent, j'exige que tu me remettes ta lance merveilleuse.

– Ce n'est pas une bonne idée de me demander Luinn, poète de Celtie. Lorsque tu as abordé mes côtes, j'aurais pu vous mettre à mort, toi et tes amis, mais je vous ai laissé la vie sauve et j'ai même accepté de vous écouter, alors la récompense est déjà bien grande.

En entendant ces mots, Brian se tourna vers Iuchar. Ce dernier avait dans la main l'une des trois pommes d'or qu'ils avaient réussi à voler au Jardin du Soleil. Sur un signe de tête, le Thuatha Dé Danann lança la pomme à la tête du roi Pisear et l'assomma. Puis, sortant leurs épées qui étaient bien dissimulées sous leurs robes de poètes, les trois frères attaquèrent les gardes du roi.

– Celtina, prends la lance magique! cria Brian tout en combattant deux soldats à la fois.

Déstabilisée par cet assaut soudain des dieux contre les gardes, la jeune prêtresse regarda tout autour d'elle avec un air paniqué. Elle découvrit finalement l'arme empoisonnée dont le fer était plongé dans un chaudron d'eau froide. En effet, Luinn avait aussi la particularité de mettre le feu à tout ce qui l'entourait si sa pointe à découvert venait à toucher le sol.

Prudemment, Celtina souleva le chaudron en prenant garde que la lance y restât bien trempée. Elle ne voulait pas s'embraser à son contact.

– Vite, sauve-toi! Nous te retrouverons au bateau, l'encouragea Iucharba en bloquant le chemin à d'autres gardes qui tentaient d'empêcher Celtina et son trophée de sortir du palais.

À peine s'était-elle installée dans le curragh que les trois Thuatha Dé Danann sautèrent à bord à leur tour et, en soufflant sur la voile, réussirent à éloigner l'embarcation bien loin des côtes de Parthie.

– Pourquoi avoir fait usage de vos armes? leur reprocha Celtina dont le cœur battait à tout rompre.

– Parce que Pisear ne nous aurait pas donné Luinn de lui-même et nous aurait fait exécuter. Nous n'avons pas de temps à perdre si nous voulons sauver notre vie. Lug a exigé huit présents, nous devons le satisfaire, répliqua Brian.

Des larmes mouillèrent les yeux de Celtina. Les fils de Tuireann étaient des brutes et elle craignait qu'ils ne s'embarrassent pas de morale pour s'accaparer des huit talismans dont ils avaient besoin.

Jamais je n'aurais dû lier ma destinée à Brian et à ses frères, mais que puis-je faire maintenant? Je ne sais même pas dans quelle partie du monde nous sommes! songea-t-elle, attristée.

– Vous êtes des dieux, vous auriez pu prendre cette lance autrement, par la ruse, entre autres…, protesta-t-elle encore.

– Les hommes n'ont pas à s'opposer aux dieux, tonna Iucharba. Ceux qui ne veulent pas nous obéir ne méritent pas que l'on pose les yeux sur eux. Ils ne méritent que la mort.

– Et maintenant, cap sur Siogar! lança Iuchar.

– Mais je n'ai pas eu le temps d'interroger quiconque sur le sort de ma famille, se désola Celtina en voyant les côtes s'éloigner. C'est pour cela que j'ai décidé de vous accompagner...

– Tu ne pouvais pas demeurer là-bas, jeune fille ! Pisear sera furieux de la perte de la lance, et il aurait pu se venger sur toi. Reste avec nous !

La jeune prêtresse se résigna à suivre les Thuatha Dé Danann en se promettant bien que, la prochaine fois, elle interrogerait la population avant que les trois frères ne cherchent à s'emparer de quoi que ce fût.

Encore une fois, leur curragh survola l'océan, déjouant les coups de vent, se moquant des vagues, contournant les écueils, et ils parvinrent rapidement à destination.

– Cette fois, nous allons nous engager comme mercenaires* auprès du roi Dobair. Ainsi, sans avoir besoin de nous battre contre ses armées, nous pourrons découvrir où il garde les chevaux et le char magiques que Lug exige en compensation pour la mort de Cian, expliqua Brian en jetant un coup d'œil à Celtina qui approuva la décision avec un hochement de tête, même si elle n'était pas dupe de la soi-disant bonne volonté des dieux.

Lorsqu'ils abordèrent l'île de Siogar, ils virent que de nobles combattants de l'entourage du roi les attendaient sur la plage. Ils furent rapidement escortés vers le palais de Dobair pour lui rendre hommage.

– D'où venez-vous et que voulez-vous ? s'enquit le roi, qui était un homme prudent et qui ne laissait pas les étrangers fouler les herbes tendres de son royaume sans raison valable.

– Nous sommes de vaillants guerriers, déclara Brian, et nous avons servi de nombreux chefs qui n'ont eu que des louanges pour notre courage et notre force.

Dobair était sceptique, mais les trois Thuatha Dé Danann conjuguèrent leurs pouvoirs et se glissèrent dans son cerveau pour changer la méfiance naturelle du roi en une confiance aveugle.

– Soyez donc les bienvenus ! Voulez-vous entrer à mon service ? demanda finalement Dobair, au grand étonnement de sa cour, stupéfiée par cette volte-face assez improbable.

– Rien ne nous ferait plus plaisir ! sourit Iucharba avec un petit air sournois.

Les trois frères firent tant et si bien qu'ils se lièrent d'une grande amitié avec le roi; malheureusement, malgré leurs immenses pouvoirs, ils ne parvenaient pas à déterminer l'endroit où il gardait ses deux chevaux enchantés et son char, car Dobair avait demandé à ses druides de les protéger d'une infranchissable barrière magique.

Quant à Celtina, elle avait beau interroger tous les guerriers, tous les serviteurs, tous les esclaves et tous les nobles du royaume, rien. Aucune trace de son petit frère ni de sa mère. Et pourtant, elle le sentait, ils ne devaient pas être bien loin. Son cristal de glace, qu'elle gardait toujours dans son sac, brillait d'une lumière intense, beaucoup plus éclatante qu'il ne l'avait jamais fait. À son avis, c'était un signe que sa mère vivait tout près de là. Elle avait essayé de la contacter par la pensée, mais l'énergie que dégageaient les trois dieux qui l'accompagnaient venait contrecarrer ses propres pouvoirs, qui étaient bien faibles par rapport à ceux des Thuatha Dé Danann.

– Nous perdons du temps, protesta Iuchar un soir, en retrouvant ses frères dans les écuries royales où ils continuaient leurs infructueuses recherches.

– Que pouvons-nous faire? Nous n'avons toujours pas vu ces chevaux et ce char, c'est donc bien difficile pour nous de nous en emparer!

– J'ai une idée! intervint Celtina. Préparez votre équipement et revêtez vos vêtements de voyage. Nous allons quitter Siogar sur-le-champ!

– Non, non, tu ne comprends pas! Nous avons besoin de rapporter les chevaux et le char à Lug! protesta Brian.

– Vous les aurez si vous suivez mes conseils! trancha Celtina.

Et tout bas, elle expliqua son plan aux dieux.

Peu de temps après, ils se présentèrent tous les quatre devant le roi en tenue de voyage, pour lui dire au revoir. Étonné, celui-ci leur demanda pourquoi ils partaient. N'étaient-ils pas bien traités à sa cour?

– Tu sauras, roi Dobair, déclama Brian, que nous sommes des mercenaires, mais nous ne nous contentons pas de servir les rois et les chefs de clans au moment des guerres, nous leur servons aussi de confidents et de conseillers en temps de paix. Et si ces rois possèdent de fabuleux trésors, ils ne nous les cachent pas comme si nous n'étions que de vulgaires voleurs. Nous savons que tu as les deux meilleurs chevaux et le plus beau char du monde, mais tu te gardes bien de nous les montrer et de nous en parler. Ta méfiance nous blesse, alors nous partons!

Ils pivotèrent sur leurs talons pour s'éloigner, mais le roi les retint.

– C'est mal de me quitter pour une raison si futile. De tous les mercenaires qui sont à mon service, vous êtes ceux que j'apprécie le plus. Et si vous m'aviez demandé à voir mes chevaux et mon char dès le premier jour, je l'aurais fait volontiers, car je n'ai rien à vous cacher. Mais puisque vous me faites des reproches, alors je vais vous les montrer à l'instant même.

Le roi claqua dans ses mains et ordonna à deux serviteurs d'aller chercher les chevaux et de les atteler au char pour que Celtina, Brian et ses frères puissent les utiliser.

L'attelage fut rapidement avancé dans la cour. Alors, pour respecter la promesse faite à Celtina de ne pas user de ses armes, Brian saisit le cocher par une jambe et le propulsa hors du char. Ses frères soulevèrent l'adolescente comme une plume et la projetèrent à bord. Brian prit la place du cocher et fouetta les chevaux, et ils s'enfuirent vers le bateau qu'ils avaient bien pris soin de mettre à l'eau avant d'aller faire leurs adieux au roi.

– Il n'est pas nécessaire de se battre pour parvenir à ses fins. Un peu d'intelligence et de ruse, et le but est atteint, déclara Celtina, fière d'avoir pu épargner la vie des gardes du roi Dobair en empêchant les dieux de s'en prendre à eux.

Toutefois, elle était désolée d'avoir agi en voleuse, même si c'était la seule solution pour éviter des actes de violence.

– Nous verrons si nous pourrons obtenir les porcs d'Easal, le roi des Piliers d'or, sans combattre, fit Iuchar, un brin sceptique.

– Laissez-moi lui parler, fit Celtina, je saurai trouver les mots pour le convaincre.

Et une fois de plus, le curragh fendit les flots comme l'éclair fend le ciel les soirs d'orage.

Chapitre 6

Leur embarcation se faufilait, vive comme un vent d'automne, entre deux rangées de hautes falaises qui marquaient l'entrée du royaume des Piliers d'or. Ces deux éperons rocheux constituaient un passage obligé entre la mer Intérieure et la mer Extérieure. Distants de quelques leucas à peine, ils avaient surgi droit devant sans que Celtina eût pu un instant se douter que de tels monolithes* pussent exister au cœur de cette mer turquoise et calme.

Brian et ses compagnons se dirigèrent vers la colonne de pierre la plus proche, située aux portes du pays des Ibères. Gigantesque, démesurée, elle semblait avoir été taillée par des géants. La jeune prêtresse leva les yeux vers son sommet encapuchonné de nuages blancs; elle était impressionnée et écrasée par sa puissance. Le rocher avait l'air d'un énorme lion endormi.

Les quatre compagnons en firent le tour pour dénicher une crique où accoster. Entre deux langues de roches dures, entre les pattes du lion, ils purent débarquer.

À leur arrivée, ils constatèrent que, cette fois, le roi était venu les accueillir en personne sur la plage. Easal avait été mis au courant des exploits des fils de Tuireann, mais il tenait néanmoins à s'enquérir de leurs intentions.

– Que cherchez-vous dans ce pays? demanda-t-il avec curiosité.

– Nous sommes ici à cause d'une injustice que nous avons commise, déclara Brian. À cause d'une compensation que nous devons verser, nous devons emmener tes porcs magiques.

En effet, le roi des Piliers d'or possédait un troupeau de sept porcs bien particuliers. Même si on les tuait le soir pour les manger, on les retrouvait vivants le lendemain. Et celui qui en mangeait un morceau n'était jamais malade.

– Si tu les donnes, roi Easal, nous repartirons sans bataille et tu auras notre gratitude, intervint Celtina en insistant particulièrement sur son désir que tout se déroulât sans violence.

– Mais si tu refuses, nous les emporterons malgré tout, même si pour cela nous devions user de la force, menaça Iuchar en agitant son épée tandis que ses deux frères tiraient la barque au sec.

Ce ne serait pas une bonne chose de livrer bataille à des dieux, nous serions immédiatement battus, réfléchit Easal qui était avisé et prudent.

– Laissez-moi consulter mon conseil… Entre-temps, je vous invite dans mon palais. Mes serviteurs vont vous préparer des appartements.

Tandis que les quatre voyageurs s'installaient confortablement, le roi du pays aux Piliers d'or convoqua sages et devins pour discuter de la conduite à tenir.

– De toute façon, qu'est-ce que Lug pourrait bien faire de ces animaux, lui qui a déjà tant de pouvoir ? réfléchit Easal à haute voix.

– Ce n'est qu'une épreuve imposée aux fils de Tuireann, intervint le druide du royaume aux Piliers d'or. Je suis sûr que Lug nous renverra vite nos porcs magiques, puisque ce sont les dieux qui nous en ont fait cadeau en d'autres temps.

– Il n'y a aucun risque à les leur laisser ? insista encore Easal pour être bien sûr de prendre la bonne décision.

Pendant les discussions, Celtina avait décidé de parcourir les rues étroites de la capitale, taillées à même le rocher, pour interroger les nobles et les soldats, les serviteurs et les ouvriers, mais personne n'avait entendu parler de sa famille. Le découragement commençait à la gagner ; toutefois, elle refusait d'y céder. Il n'était pas question de renoncer.

Alors qu'elle parcourait les hautes falaises, son regard mélancolique errant sur la mer, elle entendit des cris perçants en provenance d'une cavité. Elle prêta l'oreille, se demandant ce qui pouvait bien provoquer une telle cacophonie.

Un mouvement derrière elle la fit se retourner vivement. Elle aperçut un petit groupe d'une quinzaine d'êtres velus, au pelage gris-jaune, de petite taille ; ils avaient tout au plus une coudée de haut. Leur visage portait deux arêtes brunes qui se rejoignaient au-dessus du nez, et ils arboraient une couronne de poils dressés brun doré. Ils poussaient des cris stridents en gesticulant dans sa direction. L'un d'eux, assurément le mâle dominant, ouvrit grande sa large bouche en une grimace menaçante sur deux belles rangées de dents acérées.

Eh bien, le roi Easal a vraiment des sujets étranges, songea-t-elle. *À moins que ce ne soit une race particulière de korrigans qui ne vit que dans ce royaume ? Ils n'ont pas l'air commode.*

Dressé sur ses pattes postérieures, le mâle dominant cherchait à impressionner Celtina par ses mimiques et ses cris ; ses longs bras s'agitaient en tous sens et il affichait un air renfrogné. Même si elle faisait près du triple de leur taille, Celtina se méfiait de ces êtres bizarres et se demandait s'il s'agissait de petits hommes, de korrigans ou d'animaux qui ressemblaient étrangement à des humains.

Elle s'accroupit pour se mettre à leur hauteur et ainsi leur signifier qu'elle ne leur voulait aucun mal.

Après avoir échangé de nombreux cris perçants avec le chef de son clan, l'un des êtres s'approcha enfin. La jeune prêtresse l'identifia comme étant une femelle; un tout-petit était accroché fermement à son dos.

Celtina se projeta dans l'esprit de la femelle pour sonder ses intentions; elle n'y découvrit qu'un sentiment de curiosité mêlée de crainte; aucune pensée cohérente n'émanait d'elle.

Bien, voilà une chose certaine, c'est un animal, décréta Celtina. *Mais de quoi s'agit-il? Je n'en ai jamais vu de cette espèce.*

La jeune prêtresse eut alors l'idée d'offrir un présent à l'animal pour gagner ses bonnes grâces. Elle plongea la main dans son sac et en tira des fruits rapportés de Siogar. Ce ne fut certainement pas la meilleure idée qui lui fût venue. Aussitôt, le groupe se précipita sur son sac pour le piller pendant que le mâle, dévoilant ses redoutables canines en grondant, la maintenait à distance. Celtina se concentra et réussit à se métamorphoser en énorme chien féroce, mais il était trop tard. Effarée, elle se rendit compte que la femelle s'était emparée de son cristal de flocon de neige. Puis, le groupe détala.

Toujours sous sa forme canine, l'adolescente s'élança à leur poursuite, bondissant de roche en roche, se glissant dans des anfractuosités pour ressortir par d'autres trous, car il était hors de question de les laisser partir avec ce précieux talisman qui la reliait à sa mère.

Les petits êtres velus étaient rapides et agiles, elle avait du mal à ne pas les perdre de vue. Finalement, elle constata que le groupe se scindait en duos et en trios. Gardant son attention centrée sur la femelle qui avait dérobé son cristal, Celtina fonça à sa suite par l'imposante ouverture d'une caverne. Elle remarqua que de nombreuses stalactites et stalagmites s'étaient effondrées sous leur propre poids, devenu trop lourd au fil des siècles. Elle voyait à peine où elle posait ses pattes. Elle reprit donc son apparence humaine, tout en s'assurant d'opter pour une vision nyctalope, c'est-à-dire lui donnant la capacité de distinguer les formes dans la pénombre. Après quelques minutes de méticuleuses observations de son environnement, elle découvrit la femelle poilue et son petit blottis dans un renfoncement ; le cristal de flocon de neige brillait entre les longs doigts de la mère. Elle s'approcha lentement pour ne pas créer de panique ; elle ne tenait pas à ce qu'ils s'enfuient de nouveau avec son irremplaçable trésor.

Elle murmura une douce mélopée dans des mots venus du fond des âges, des sons apaisants qui s'insinuèrent dans le cerveau peu développé de la petite bête et qui finirent par l'assoupir. Celtina sourit à sa réussite. Elle avait toujours été la plus habile des élèves de Mona pour mettre en pratique cette technique d'hypnose enseignée par Maève. Avec ces animaux, la chose s'était révélée beaucoup plus facile qu'elle n'avait osé l'espérer, sans doute parce que la femelle et son petit n'avaient pas les capacités mentales pour lui opposer de résistance.

Elle se baissa pour ramasser son cristal qui était tombé des mains de la bête. Ce fut en relevant la tête que son œil capta un éclat particulièrement vif par une alvéole creusée dans le calcaire d'une énorme stalagmite. Elle s'avança dans cette direction et, après avoir escaladé des amas de colonnes écroulées, elle s'arrêta, bouche bée, devant le fantastique spectacle qui s'offrait à ses yeux.

Dans une immense salle protégée par plusieurs gigantesques piliers blancs suintant d'eau d'infiltration, elle repéra des paniers d'osier moisis remplis d'objets d'or, d'électrum*, d'argent, de bronze, de pierres précieuses aux multiples couleurs, mais aussi d'ivoire, de marbre blanc, de bois exotiques, et de grandes poteries décorées de lignes noires ou rouges. Il y en avait pour des centaines de talents*, voire plus. Elle découvrit des chars recouverts d'or, des attelages sertis de pierreries, des boucliers et des casques rutilants. Saisie, elle n'osa pas faire un pas de plus.

Un trésor… À qui appartient-il? Comment est-il arrivé ici?

Elle s'avança au milieu de l'amoncellement pour mieux examiner les objets. Les motifs des torques, des bracelets et des pendentifs ne lui étaient pas familiers. De toute évidence, les habiles orfèvres celtes n'avaient pas contribué à créer ces bijoux. Les dessins étaient géométriques et de formes droites. Elle remarqua des carrés et des triangles qui n'avaient rien à voir avec les cercles et les serpentins celtiques.

Remise de sa surprise, elle passa un joli bracelet à son bras. L'éclat de l'or et des pierreries l'attirait comme un aimant. Elle s'imagina tout ce qu'elle pourrait faire avec cette fortune. *Il y en a assurément assez pour racheter la liberté de mes parents et de mon petit frère… et même plus! Avec tout cela, Viridorix et Érec pourraient armer de meilleurs navires, attirer plus d'hommes dans leurs armées, acheter des espions chez les Romains…*

À pleines mains, elle fouilla dans le fabuleux butin, soulevant des colliers fort lourds, essayant un anneau, une bague, des boucles d'oreilles et des casques magnifiques. Ses yeux reflétaient les mille feux des joyaux qui lui montaient à la tête.

Brusquement, elle se secoua pour se forcer à revenir à la réalité. Que lui arrivait-il? Elle n'avait que faire de tout cet or. Toutefois, elle comprenait que cette richesse ne devait jamais tomber entre les mains des Romains. Il lui fallait garder le secret de l'emplacement du trésor pour un jour le dévoiler aux guerriers de son peuple qui sauraient sans doute en faire bon usage.

Ayant retrouvé ses esprits, elle se métamorphosa une nouvelle fois en se dotant d'une force colossale qui lui permit de glisser devant l'entrée de la salle d'énormes blocs de calcaire pour en condamner l'accès et, surtout, la protéger d'éventuels visiteurs ou des mains avides de ces petits êtres poilus qui semblaient particulièrement attirés par tout ce qui brillait.

Puis, serrant précieusement dans le creux de sa main son flocon de cristal de neige, elle sortit de la grotte, laissant la mère et le bébé se réveiller doucement, à l'abri dans leur cachette.

La lumière de son précieux fétiche était toujours aussi intense. Elle tenta encore une fois d'entrer en communication avec sa mère, mais peine perdue. Son esprit ne parvenait pas à capter un seul son, une seule image, une seule pensée de Banshee.

Mère et Caradoc sont toujours vivants et ils ne doivent pas être loin… mais où? songea-t-elle. *Pourquoi Banshee ne répond-elle pas à mes appels? Elle pourrait sûrement me guider vers elle. Je n'y comprends rien, son silence est inquiétant.*

Comme elle n'avait aucun indice pour guider ses pas, elle jugea qu'il valait mieux poursuivre son chemin avec les fils de Tuireann ; grâce à leur puissance de dieux, ils lui permettaient de se déplacer rapidement d'un pays à un autre. Les distances qu'elle aurait mises des années à parcourir à pied étaient franchies en quelques jours, et souvent même en quelques heures.

Brian et ses frères la retrouvèrent au détour d'une ruelle gorgée de soleil.

— Viens, Easal nous a convoqués pour nous donner sa réponse. Il vaut mieux que tu ne t'éloignes pas, car si nous devons nous battre ou fuir, il faudra que tu fasses très vite…

— Hum ! Tu as un beau bracelet, remarqua Iuchar.

Elle rejeta vivement son bras derrière elle, mais le dieu sourit.

— N'aie crainte ! Nous n'avons que faire du trésor de Delphes… Tous les Thuatha Dé Danann connaissent parfaitement l'existence de cette grotte où tu as trouvé cet amas de richesses ; nous, les dieux, n'en avons pas besoin.

— Les petits singes magots* volent parfois un bracelet ou un torque, et ce larcin* entretient la légende de la caverne aux trésors du royaume des Piliers d'or, continua Iucharba.

– Le trésor de Delphes! s'étonna-t-elle.

– Tu as sans doute entendu parler des exploits du Gaulois Brennus, intervint à son tour Brian.

– Oui, bien entendu. Dans la Maison des Connaissances, nous avons appris que Brennus a combattu jusqu'à Delphes, qu'il a même détruit le sanctuaire grec d'Apollon avant d'être vaincu et de perdre la vie. De sa formidable armée de deux cent cinquante mille guerriers, pas un n'est revenu et on n'a jamais retrouvé non plus toutes les richesses qu'ils avaient pillées...

– Crois-tu que l'on n'ait rien retrouvé?... Crois-tu vraiment que pas un d'entre eux ne soit revenu? insista encore Brian en désignant son bracelet d'or qui miroitait dans un rayon de soleil.

– Le trésor de Brennus! murmura-t-elle d'une voix remplie de respect.

– Un groupe d'un millier de Tectosages a réussi à se sortir du guêpier* de Delphes et a échappé aux combattants grecs qui leur avaient tendu une embuscade. Ce sont eux qui ont ramené le trésor jusque dans cette caverne que tu as découverte avec l'aide des singes.

– Les Tectosages, bien sûr! Ils ont entreposé la plus grande partie du trésor ici et ont emporté le reste à Tolosa, leur capitale.

Ils ont toujours adoré se parer d'or pour montrer leur puissance ; c'est sans doute la raison pour laquelle les Romains leur ont confisqué leurs richesses dès qu'ils ont pris possession de leurs terres...

– Bien ! Ton esprit est vif et tu raisonnes correctement, jeune fille. Tu sais que, pour les Grecs, Apollon est un dieu venu des Îles du Nord du Monde ; en fait, Apollon est le nom qu'ils donnent à notre ami Bélénos.

– Mais Bélénos est un Thuatha Dé Danann ! s'étonna-t-elle.

– Exactement. Tu sais que Bélénos transforme l'homme en lumière et lui confère l'immortalité. Donc, en affichant l'or volé à Apollon partout sur eux, les Gaulois de Brennus voulaient affirmer à la face des dieux qu'ils étaient dorénavant les égaux du soleil, investis de sa force, de sa puissance, de sa clarté. Ils se proclamaient l'incarnation vivante de Bélénos. Ce ne fut pas une bonne idée de nous défier ainsi, car nous les avons punis de leur arrogance. Ils ont presque tous perdu la vie avant de revoir la terre où ils étaient nés.

– Brennus voulait ressembler aux dieux par la bravoure, l'éclat et l'immortalité, enchaîna Iucharba. À ses yeux, la possession de cet or magique lui assurait la royauté suprême, incontestée. Car nul ne peut rivaliser avec les guerriers descendus du soleil. Ainsi, qui donc aurait pu lui refuser l'autorité suprême sur tous les Celtes après un tel coup d'éclat? Personne!

Celtina songea qu'elle aussi, au moment où elle avait découvert tout cet or, avait un instant eu la tentation de s'en emparer. Elle poussa un profond soupir. À son avis, l'histoire ne tarderait sûrement pas à se répéter. Les Celtes n'avaient su tirer aucune leçon du massacre de la formidable armée de Brennus; un peu partout dans la Grande Celtie, des rois et des chefs de guerre croyaient encore pouvoir défier les dieux et se passer d'eux dans le combat qu'ils menaient contre les Romains. Combien de temps son peuple pourrait-il conserver sa liberté et sa culture? Elle sentait confusément que la fin était proche, mais elle ne pouvait se résoudre à l'accepter. Elle était l'Élue, elle pouvait sans doute faire quelque chose pour éviter que son peuple disparaisse. Elle retira doucement le bracelet qui enserrait son biceps droit et le glissa dans son sac, avec son flocon de cristal de neige.

– Nous sommes d'accord, déclara finalement Easal après quelques heures de palabres* avec son conseil. Vous pourrez emmener mes bêtes merveilleuses.

Brian, Iuchar, Iucharba se réjouirent. C'était la première fois qu'ils obtenaient un présent sans combattre ni utiliser la ruse. Le roi les invita même à se restaurer et à se reposer avant de reprendre leur route.

Le lendemain matin, Easal fit monter les porcs dans le curragh et demanda à Brian où ils comptaient se diriger.

– Nous devons maintenant convaincre Ioruiadh de nous donner sa petite chienne Fail Inis.

– C'est un petit chien qui fait peur aux plus féroces molosses. Même les bêtes sauvages se couchent devant lui, raconta Celtina en rapportant les propos que lui avait tenus Iucharba quelques heures plus tôt.

– Je connais cette chienne, s'exclama le roi des Piliers d'or, car Ioruiadh est le mari de ma fille ! Mais mon gendre est un homme têtu, il ne se séparera pas de Fail Inis sans combattre.

– Alors, ta fille va perdre son mari ! répliqua Iuchar, le plus jeune des fils de Tuireann et celui qui était toujours prêt à en découdre.

– Je vais vous accompagner, annonça Easal, et je vais essayer de vous faire donner le chien sans qu'il y ait de problème.

– Tu as raison, c'est une sage décision, le félicita Celtina en aidant le roi à monter près d'elle dans le curragh.

Chapitre 7

Ce fut d'abord la fraîcheur qui surprit la jeune prêtresse. On était à la belle saison et pourtant, dans la région, le vent charriait de l'air beaucoup plus frisquet que ce à quoi elle s'était attendue.

Puis, au fur et à mesure qu'ils progressaient vers le pays d'Ioruiadh, son regard émerveillé, mais aussi légèrement inquiet, découvrit de longues colonnes d'eau qui jaillissaient par intermittence et retombaient dans des cratères bouillonnants. Elle n'avait jamais vu de telles manifestations de la nature auparavant.

– Qu'est-ce que c'est? demanda-t-elle au roi Easal.

– Les Jaillisseurs*! C'est l'avant-garde de l'armée de mon gendre! répondit-il en l'aidant à mettre pied à terre.

Les jets fusaient avec puissance, dressant devant eux un barrage infranchissable. Rapidement, ils furent cernés par les colonnes qui s'élevaient de plus en plus haut à chaque éruption. Le bruit des jets était accompagné par celui, plus assourdissant encore, des torrents tapageurs qui ricochaient de pierre en pierre et d'une succession de cascades bouillonnantes qui projetaient dans les airs une brume opaque.

– Comment allons-nous faire pour franchir ce rideau d'eau brûlante? s'enquit la jeune prêtresse. Si je me transforme en poisson, je vais finir en fumet*! Si je me transforme en oiseau, je vais terminer ma vie en bouillon de poulet…

Les dieux éclatèrent de rire. Apparemment, Celtina pouvait aussi faire preuve d'humour, même devant une situation difficile.

– Je connais bien les Jaillisseurs, rétorqua Easal. Ils sont plus déroutants que dangereux. En fait, ils existent surtout pour impressionner les étrangers. Ne bougeons pas, dans quelques secondes, ils vont cesser de cracher et nous pourrons passer.

Comme Easal l'avait annoncé, les Jaillisseurs finirent par se calmer, ne laissant au sol que des bouillons claquants. Ils avancèrent en prenant garde de ne pas tomber dans des cratères en fusion lorsque, tout à coup, Celtina fut saisie d'effroi. Un Grand Jaillisseur affichait toute sa force devant une cascade d'or alimentée par une rivière glacée. Puis, ils sentirent le sol trembler sous leurs pieds et des grondements horribles montèrent de la terre.

– Il n'y a pas de danger, intervint Brian. Ce n'est que Sutur, le dieu du Feu des Norrois, qui remue les entrailles de la terre. En agissant ainsi, il évite que votre monde explose dans l'univers.

Comme pour donner raison à Brian, un énorme bruit répondit à ses paroles, puis, du sommet d'une haute colline, par une cheminée à peine visible, la jeune prêtresse vit Sutur se propulser en coulées rouges, vives et brûlantes, puis dévaler la pente en bouillonnant et dévorer sur son passage le peu de végétation qui poussait là.

Elle ne put retenir un frisson.

– Cette terre me rappelle un peu Acmoda, le royaume d'Yspaddaden le géant… Il n'y a pas un arbre à l'horizon, pas une plante qui parvient à vivre dans ce chaos ! Il s'agit d'un monde désolé, on pourrait presque se croire dans l'enfer des Fomoré…

– Ce n'est pas la seule étrangeté du Pays des Glaces et des Jaillisseurs, expliqua encore l'aîné des Thuatha Dé Danann. En été, il y fait clair tout le temps, même la nuit, et l'hiver, Grannus ne se montre pas et ne peut éclairer ce monde ravagé ! Un peu plus au nord de l'île, on trouve de la glace sur de vastes étendues, et il n'y fait jamais assez chaud pour qu'elle fonde.

Tout autour d'eux, de plus petits Jaillisseurs continuaient à manifester leur mauvaise humeur en grondant. Brusquement, le Grand Jaillisseur lâcha dans le ciel un jet puissant qui retomba en un brouillard de gouttelettes et de vapeurs chaudes. Puis, le calme revint. Ils attendirent. Les Jaillisseurs s'étaient tus pour plusieurs heures.

– Profitons-en pour nous éloigner, suggéra Easal. Celtina et moi, nous ne sommes pas des dieux, nous risquons d'être ébouillantés. Les Jaillisseurs peuvent resurgir à tout moment, de tous les côtés à la fois si la fantaisie leur en prend.

Après plusieurs heures de marche dans un pays désert où ne poussaient que des roches noires et parsemé de longues langues de sable, ils arrivèrent enfin tous les cinq dans la ville fortifiée d'Ioruiadh. Et ils purent constater qu'elle était bien gardée. La renommée des fils de Tuireann les avait précédés et, en haut lieu, on savait qu'ils ne repartiraient pas sans le petit chien de la Destinée. Ils trouvèrent donc de nombreuses troupes prêtes au combat : les lances étaient affilées, les boucliers et les cuirasses brillaient, les soldats aux longs cheveux blonds et à la moustache rebelle ne bronchaient pas d'un cil.

Heureusement, Easal était avec eux. Il fit prévenir son gendre de leur arrivée. Une fois qu'ils furent tous confortablement installés dans la salle principale de sa forteresse de pierre, le roi des Piliers d'or lui raconta les voyages et la quête des fils de Tuireann, mais Ioruiadh fulminait au fur et à mesure de la narration des exploits des dieux celtes.

— Pourquoi les avoir conduits ici, dans mon pays ? reprocha-t-il à Easal. Tu sais que je ne me séparerai jamais de ma jolie petite chienne.

— Si tu décides de te battre, il n'en résultera que malheur et destruction pour ton pays, lui expliqua Celtina. Tu ne peux pas t'opposer aux dieux.

Et elle lui raconta ce qui était arrivé au Grec Thuis, qui avait refusé de leur donner sa peau de porc et dont l'armée avait été complètement anéantie, et au Parthe Pisear qui avait finalement perdu sa lance empoisonnée malgré l'héroïque résistance de ses soldats.

— Non, ils n'auront pas Fail Inis ! s'entêta le jeune roi, en retenant par sa laisse un minuscule chien dont les yeux et le nez formaient trois petits points noirs brillants au milieu d'une toison blanche frisée comme celle d'un mouton.

Celtina remarqua aussi que le chien avait les oreilles rouges.

Cet animal porte la marque des êtres féeriques appartenant à Arawn, le maître de l'Autre Monde. Comment a-t-il bien pu arriver entre les mains d'un simple mortel ? Je me demande si Ioruiadh n'a pas volé ce messager de l'Autre Monde. Fail Inis lui a-t-elle été envoyée pour le convoquer dans le royaume des morts ? Dans ce cas, s'il s'oppose aux Thuatha Dé Danann, il risque d'y perdre la vie !

Plongée dans ses réflexions, elle n'avait pas remarqué que le refus d'Ioruiadh avait plongé les trois frères dans une grande fureur. Leurs visages rouges et congestionnés ne laissaient présager rien de bon.

Elle allait intervenir pour mettre en garde le roi du Pays des Glaces et des Jaillisseurs, mais Brian, Iuchar et Iucharba la prirent de vitesse. Grâce à leurs pouvoirs magiques, ils se multiplièrent en milliers de guerriers tous dotés d'une force invincible. Aussitôt, ces combattants magiques se jetèrent sur les soldats du roi.

Brian s'occupa des gardes du flanc droit, Iuchar de ceux du flanc gauche, tandis qu'Iucharba pourchassait les fuyards. L'assaut fut terrible. Même les Jaillisseurs qui dressaient leurs longues colonnes d'eau bouillante ne parvenaient pas à contenir les guerriers des Tribus de Dana. Ces derniers les traversaient comme s'il ne s'agissait que de vulgaires filets d'eau inoffensifs. Sutur avait beau remuer ciel et terre, rien ne venait à bout des trois frères et de leurs milliers de doubles qui ne pouvaient être ni battus, ni blessés, ni tués. Le sol grondait, le ciel s'obscurcissait, l'air était appesanti par la vapeur lourde et chaude des centaines de Jaillisseurs. La terre d'Ioruiadh était dévastée.

Puis, après de longues heures de tumulte, Brian, impitoyable, se précipita sur Ioruiadh, mais, au lieu de lui trancher la tête comme cela arrivait fréquemment dans les combats, il le ligota et le promena ainsi, attaché comme un chien en laisse, au milieu de ses troupes, pour l'humilier. Puis, Brian força le jeune roi à se mettre à plat ventre devant Easal.

– Il aurait été plus facile pour moi de tuer ton gendre, roi Easal, mais par égard pour toi et parce que tu as compris qu'il valait mieux ne pas combattre les dieux, je lui laisse la vie sauve. À toi de décider de son sort !

– Ioruiadh, déclara Easal, ta vie est entre mes mains. Je te rendrai la liberté et tu retrouveras ton royaume seulement si tu acceptes de donner ta petite chienne de la Destinée aux fils de Tuireann.

Le vaincu n'avait d'autre choix que de laisser Fail Inis monter dans le curragh. Il avait le cœur gros de voir partir ce minuscule chien blanc dont le caractère ombrageux lui permettait de se mesurer aux plus méchants molosses.

– Ne sois pas triste, tenta de le consoler Celtina. Je te promets de veiller sur Fail Inis pendant tout notre voyage, comme si elle était ma propre petite chienne.

Celtina et les trois Thuatha Dé Danann purent donc reprendre la mer sans tarder. Le roi Easal resta quelque temps auprès de son gendre et de sa fille pour apaiser leurs souffrances devant une séparation qu'ils avaient toujours sue inévitable. Fail Inis était un chien magique ; un jour ou l'autre, il était évident que les dieux viendraient le chercher.

Brian et ses frères reprirent la mer, enchantés d'avoir réuni presque tous les présents que Lug avaient demandés en guise de réparation.

À Ériu, le dieu de la Lumière, qui avait suivi les exploits des fils de Tuireann grâce à ses pouvoirs de double vue, était, pour sa part, assez mécontent de constater que les trois fils de Tuireann s'en tiraient plutôt bien. Alors, il se mit à chanter un charme druidique que le vent se chargea de porter par-delà les mers et la terre, au-dessus des collines, en se faufilant dans les souterrains, jusqu'au sommet des arbres et sur les ailes des oiseaux. Cette incantation était si puissante que lorsqu'elle atteignit le curragh, elle tomba sur les épaules des fils de Tuireann et de Celtina comme un grand manteau d'oubli.

Les quatre compagnons ensorcelés en oublièrent qu'il manquait encore deux présents pour payer la compensation due à Lug. Le dieu de la Lumière avait aussi su instiller dans leur cœur un profond désir de revoir Ériu. Ainsi, les trois Thuatha Dé Danann et la jeune prêtresse celte prirent-ils le chemin du retour vers Tara sans se douter que leur mission était sur le point d'échouer.

Après quelques jours de navigation, Brian et ses frères étaient de retour chez eux. Ils se précipitèrent chez leur père pour relater leurs prouesses. Tuireann les conduisit très vite auprès de Lug afin de lui donner les présents demandés et d'obtenir son pardon pour la mort de Cian.

Par contre, ayant eu connaissance de leur retour, Lug avait décidé de quitter Tara. Il fallut donc envoyer des messagers dans tout le pays pour le trouver. Dagda dut même insister pour l'obliger à se présenter à l'assemblée des nobles des Tribus de Dana.

Quand Lug daigna enfin les recevoir, les fils de Tuireann déposèrent à ses pieds le prix de la compensation. Lug examina les pommes d'or, la peau de porc qui guérit tout, la lance empoisonnée, les chevaux magiques et le char, les sept porcs merveilleux et la petite chienne de la Destinée, puis il s'exclama :

– Heureusement que les dieux des Tribus de Dana se sont portés garants* de votre intégrité, sinon je vous aurais tués immédiatement, fils de Tuireann. Comment osez-vous vous présenter devant moi, alors que vous n'avez pas payé le plein prix de la réparation que j'exige ?

– Quoi ? s'étonnèrent en chœur les trois frères éberlués.

Lug les regarda avec mépris et prononça d'une voix ferme et forte pour que toute l'assemblée pût entendre :

— Où sont la broche à rôtir et les trois cris que je vous avais demandés ? Il me semble que je ne vois rien de tout cela ici…

La mémoire revint aussitôt aux fils de Tuireann. Ils furent atterrés en se rendant compte de leur oubli.

— Aie pitié d'eux, grand Lug, supplia Celtina. Donne-leur encore une chance de te prouver leur vaillance et leurs remords…

Lug hésita, puis se détourna avec un air hautain. Les trois frères comprirent qu'il leur restait une dernière chance de trouver les deux objets manquants. Ils remercièrent chaleureusement Celtina pour son intervention ; sans elle, Lug les aurait punis en leur ôtant la vie à l'instant même.

Le comportement de Lug me semble pour le moins étrange, se dit Celtina. *Je trouve qu'il les laisse partir un peu trop facilement. Il doit sûrement y avoir quelque chose là-dessous. Les fils de Tuireann sont beaucoup trop orgueilleux et sûrs d'eux pour réfléchir à cet aspect de la question. Il faudra faire preuve de méfiance au cours des prochaines épreuves.*

Ce fut le cœur lourd de devoir encore une fois quitter leur famille que les fils de Tuireann remontèrent dans leur curragh. Celtina les y suivit. Elle espérait toujours que les trois frères aborderaient dans un endroit où l'on pourrait lui donner des nouvelles de sa famille. Même si elle en doutait de plus en plus, c'était une possibilité qu'elle ne pouvait pas écarter du revers de la main.

Malheureusement, l'endroit où se trouvait la broche à rôtir était beaucoup plus difficile à atteindre que tous les royaumes qu'ils avaient explorés jusqu'à ce jour. Et Celtina songea que ce n'était sûrement pas dans ce lieu qu'on pourrait la renseigner efficacement sur le sort de Banshee et de Caradoc. L'ustensile de cuisson appartenait aux sirènes de Finchory qui vivaient au plus profond de l'océan, sous les glaces éternelles, au nord du monde.

Après plusieurs jours de voyage périlleux entre des montagnes de glace dérivantes, Iucharba jeta l'ancre au pied d'un énorme bloc gelé, presque bleu à force d'être soumis au froid. L'endroit était sinistre, et les nombreux craquements de la glace ne laissaient présager rien de bon. À tout instant, leur embarcation était menacée d'écrasement par ces mastodontes de glace. Si elle n'avait pas été en compagnie des dieux, Celtina aurait eu véritablement peur de rester dans cette région. Heureusement, elle savait que les fils de Tuireann veillaient à sa sécurité.

– Nous ne pourrons pas combattre les sirènes de Finchory, se lamenta Iuchar. Elles sont toutes de la famille de Manannân. Si nous les défions ou, pire, si nous blessons ne serait-ce qu'une seule d'entre elles, alors notre sort sera scellé. Jamais le fils de l'océan ne nous le pardonnera.

– Et si nous n'y allons pas, ce sera Lug qui se vengera ! Nous sommes coincés, conclut Iucharba.

– Je suis l'aîné, déclara Brian à ses frères, je vais plonger et m'introduire chez elles. Si je ne suis pas de retour à la pleine lune, c'est que j'aurai échoué, alors retournez à Ériu sans moi.

– Non, le retint Celtina. Je vais y aller. Manannân est mon ami, et Morvach, son cheval de mer, m'emmènera jusqu'à lui en toute sécurité. Je peux vous aider.

– Mais… la compensation que nous devons verser ne te regarde pas, ce n'est pas toi qui dois subir notre punition à notre place, contesta Brian.

– Réfléchis, Brian, c'est la seule solution ! intervint Iuchar. Il ne peut rien se passer, Manannân ne permettra pas qu'il lui arrive le moindre accident.

Après avoir argumenté quelques instants, les trois dieux acceptèrent finalement l'offre de l'adolescente tout en lui recommandant la plus grande prudence.

Répondant à l'appel de la jeune prêtresse, Morvach se présenta sous la forme d'une très puissante vague à la chevelure blanche. Elle l'enfourcha sans crainte et le vaillant cheval de mer plongea sous les flots. Elle le guida par la pensée vers Finchory, la ville sous les eaux.

Au fur et à mesure de leur descente, Celtina adaptait son mode de respiration en prenant pour modèle celui des dauphins. Grâce à ses capacités de transformation, elle bloquait ses narines pour éviter d'absorber de l'eau, et ralentissait considérablement sa respiration. En fait, elle respirait désormais quinze fois plus lentement qu'elle ne le faisait à l'air libre. Elle avait également pris soin de ralentir son rythme cardiaque, se mettant presque en état de veille. Morvach lui permit ainsi d'atteindre le repaire des sirènes situé à plusieurs dizaines de coudées de profondeur, et cela, sans fatigue et surtout sans risque de noyade.

La ville était constituée d'un regroupement de palais de coquillages dont les fenêtres s'ornaient de milliers de lueurs brillantes. Les rues étaient bordées d'échoppes illuminées ; aux devantures s'étendaient des étoffes magnifiques de soie et de satin. La jeune fille demeura une fraction de seconde béate d'admiration devant autant de richesses et de splendeurs. Des marchands essayèrent de l'attirer en lui disant : « Achète-nous quelque chose ! » et en lui présentant leurs plus beaux articles. *Non, je ne suis pas venue ici pour cela,* songea-t-elle en fermant son esprit aux invitations bien tentantes des vendeurs qui lui montraient encore leurs poteries, leurs bijoux, leurs vêtements d'apparat.

– Morvach, conduis-moi vite auprès des sirènes ! lança-t-elle en pensée au cheval marin.

Ce dernier se dirigea aussitôt vers un escalier de cristal bordé de jardins d'algues vertes et de plantes marines multicolores, et constellés d'étoiles de mer.

Dans la salle principale aux murs agrémentés de perles, elle découvrit un groupe de sirènes occupées à coudre et à broder. Cachée derrière une colonne de nacre, Celtina les observa pendant presque une minute. Elles semblaient tellement concentrées sur leurs travaux manuels que pas une ne leva la tête durant ce laps de temps.

Bien, elles ne se sont pas rendu compte de ma présence ! Ou alors, elles m'ont peut-être confondue avec un dauphin.

Elle s'introduisit dans la pièce sans être vue. Enfin, c'est ce qu'elle crut ! La jeune prêtresse examina bien la salle. Tournant dans un âtre immense, elle vit plusieurs broches à rôtir où cuisaient chevreaux et porcelets. Elle ne pouvait décidément en prendre aucune sans se brûler les doigts. Mais l'une d'elles était appuyée contre le manteau de la cheminée. Un halo doré la faisait luire et semblait même appeler Celtina. Ce fut celle-là que l'adolescente décida de subtiliser, car la broche irradiait d'une lumière qu'elle jugea surnaturelle.

Sans faire de bruit ni provoquer la moindre ondulation dans l'eau, elle dirigea Morvach vers l'ustensile de cuisson. Elle se pencha sur la droite, mais, au moment où sa main allait se refermer sur la broche à rôtir, de puissants sons tintèrent à ses oreilles avec une violence inouïe.

– Aïe! Qu'est-ce que c'est? Ça fait mal! s'exclama-t-elle en portant les mains à ses oreilles et en serrant ses tempes, incapable de supporter ces ondes.

De son côté, Morvach était totalement paralysé; impossible pour lui d'avancer ou de reculer. Il était figé, comme si on lui avait administré un tranquillisant. Sa nageoire dorsale battait au ralenti, le maintenant à peine à la verticale. Le vaillant cheval de mer avait l'air complètement assommé.

Les clics stridents continuaient à frapper les tympans de Celtina avec violence. Elle en avait les larmes aux yeux tellement la douleur était intense. Avec peine, elle tourna le regard vers une ombre gris pâle qui se dirigeait vers elle avec une vélocité surprenante. Un cri de terreur se figea dans sa gorge. L'animal était immense. Mais ce fut surtout l'incroyable lance torsadée qu'il arborait à la bouche qui provoqua sa stupeur. Celtina n'avait jamais encore rencontré de licorne de mer.

Pendant de longues minutes, le narval décrivit de grands cercles autour d'elle, qui se rétrécissaient au fur et à mesure qu'il se rapprochait. La jeune prêtresse était incapable de fuir, elle ne parvenait plus à prendre de décision, et Morvach semblait sans force. Le narval avait le pouvoir de paralyser leur esprit et leurs mouvements en émettant des ultrasons.

Comment échapper à ce filet d'ondes sonores que cette chose étrange fait dériver vers nous? se demanda l'adolescente.

Ses grands yeux émeraude plongèrent dans ceux d'un noir profond du cétacé; elle n'y décela aucune malice, aucune méchanceté, plutôt de la curiosité. Celtina comprit que les ultrasons émis par la bosse sur la tête de ce mammifère marin n'étaient qu'une manière pour lui de savoir ce qu'il se passait devant et de déterminer qui elle était et si elle représentait un danger.

Fermant les yeux doucement, elle se projeta dans le cerveau de l'animal pour mieux l'analyser, puis, par métamorphose, elle se transforma à son tour en licorne de mer et émit des clics tout aussi stridents que le grand mâle qui lui faisait face. Morvach ne put le supporter et perdit aussitôt connaissance. Il se retrouva étendu au fond de la mer, sur un lit d'algues brunes.

Celtina jeta un rapide coup d'œil vers son ami, puis, jugeant qu'il ne courait aucun danger immédiat, elle se mit aussitôt en communication avec le narval qui ne cessait de l'interroger.

– Qui es-tu ? Que viens-tu faire ici ? Que veux-tu ?

– Je ne te veux aucun mal, répliqua la prêtresse en employant le même langage fait de sifflements et de clics. Je veux simplement une broche à rôtir. Dès que je l'aurai, nous repartirons sans causer le moindre tort aux sirènes ou aux licornes de mer.

– Tu ne peux pas prendre ce qui ne t'appartient pas sans mon accord, car je suis responsable de surveiller les portes de Finchory.

– Alors, donne-moi ton accord, puisque tu vois bien que nous ne sommes pas venus pour vous faire du mal…

– Pour obtenir mon autorisation, tu dois te soumettre à une épreuve…

– Je n'ai pas peur. Je sais me battre. Je connais aussi le secret des plantes et des pierres, répliqua-t-elle aussitôt en bombant fièrement le torse.

– Tu n'auras pas besoin de faire appel à la force ni à la magie. Je te demande seulement de faire preuve d'intelligence, répliqua le narval en touchant la longue dent que Celtina avait acquise sous sa forme de licorne de mer.

– Oh! Tu me proposes donc de résoudre une énigme… Bien, je t'écoute!

– Dis-moi quel être de la mer n'a aucun organe: ni cœur, ni poumons, ni yeux, mais est composé de simples cellules agglutinées les unes aux autres.

Celtina inspira profondément et laissa promener son regard aux alentours. La réponse était forcément là sous ses yeux; il lui suffisait d'être attentive à son environnement. Elle s'attarda sur les animaux marins qu'elle voyait: des étoiles de mer, des méduses, des oursins, des coraux, des poissons de toutes les tailles et de toutes les couleurs, des coquillages, grands et petits, des crustacés, des vers, et même des algues. Elle garda le silence plusieurs secondes tandis qu'elle analysait la situation.

– Je peux te donner un renseignement de plus, lui dit la licorne de mer en constatant son hésitation. Les cellules de cet animal d'exception ont la faculté de se détacher les unes des autres pour aller ailleurs et construire un autre être de même nature…

L'adolescente continua d'explorer le fond marin. Elle constata avec tristesse et crainte que Morvach respirait de plus en plus difficilement. Elle devait absolument trouver la solution rapidement pour ramener le cheval marin en lieu sûr, car il n'avait même plus la force de se changer lui-même en vague blanche.

Puis, brusquement, alors qu'elle désespérait de parvenir à trouver la solution, elle comprit qu'elle avait trouvé. Elle venait d'apercevoir de longs tubes jaunâtres accrochés à un rocher qui aspiraient l'eau pour la filtrer et ainsi se nourrir du plancton qui passait à leur portée.

– Je connais la réponse à ta question. Il s'agit de l'éponge de mer! cliqueta-t-elle à l'intention du garde.

Et d'un coup de sa longue défense, elle en décrocha une du rocher pour la tendre au grand narval.

– C'est bien! approuva-t-il en touchant la défense de Celtina de sa propre incisive. Tu as gagné le droit de pénétrer dans la salle des sirènes, mais je te suggère de te hâter, car elles pourraient ne pas avoir envie que tu leur subtilises une de leurs broches à rôtir.

Puis le narval fit demi-tour et s'éloigna. Ses clics ultrasonores se firent de moins en moins stridents. Celtina reprit également sa forme, car les ondes qu'elle dégageait elle-même étaient nuisibles à Morvach. Elle espérait qu'il n'était pas trop tard pour son fidèle coursier des mers.

Heureusement, après quelques longues secondes d'étourdissement, le cheval recouvra ses forces et Celtina put de nouveau le chevaucher. La broche à rôtir était toujours à portée de sa main et les sirènes ne semblaient s'être aperçues ni de sa présence ni de l'intervention de la licorne de mer.

Elle se pencha donc vers la broche et la saisit au vol, et dans un même mouvement fit faire une rapide volte-face au cheval de mer. Elle s'apprêtait à s'enfuir lorsque le rire clair des sirènes la cloua sur place.

– Tu es bien hardie pour une jeune prêtresse ! s'esclaffa l'une d'elles en déposant son travail de couture sur sa longue queue argentée.

– Sais-tu que si Brian et ses frères t'avaient accompagnée, jamais nous ne vous aurions permis de prendre cette broche ? continua une deuxième.

– Au contraire, nous vous aurions attaqués, crevé les yeux et vous n'auriez plus jamais revu la surface de l'océan, renchérit la troisième.

À ces mots, Celtina se raidit. *Aïe, la punition me semble disproportionnée*, soupira-t-elle pour elle-même. Elle chercha les mots les plus pertinents pour assurer sa défense, mais déjà une quatrième sirène intervenait :

– Mais tu es venue seule et sans défense. Tu ne nous as pas agressées et, de toute évidence, tu as réussi à résoudre l'énigme que le grand narval est chargé de poser à nos visiteurs, alors nous sommes prêtes à te pardonner.

na avait encore à la mémoire sa
avec les sept sœurs de la Forteresse
es. Elle espérait que son aventure
rimorganes* n'allait pas se répéter.
is, pas question de transformer
l'eau en montagne de glace pour
*vitalité des sirènes doit sûrement
*gréable à connaître, mais je n'ai
vie d'en profiter, songea-t-elle.
*elle cherchait une solution
ce mauvais pas sans avoir à
, elle n'avait pas fait atten-
la première sirène qui lui

illa-t-elle. J'ai mal compris.
éter ses paroles, mais n'en
monde offensée.

peux emporter cette
u es brave, tu as fais
l'observation et c'est
nous te donnons la

ouleva de gratitude.
ent les sirènes tout

à la surface où
èrent. Eux aussi
ment de cette
tents d'avoir
avoir eu à se

Leur embarcation fut remise à la voile e
les Thuatha Dé Danann se dirigèrent au nor
du royaume de Lochlann où, normalemen
devait se situer la colline de Mochaen s
laquelle ils devaient pousser les trois c
décisifs. Mais comment en être sûr, puisqu
langue celte le nom de cet endroit signif
« le Royaume de nulle part » ?

Celtina avait encore à la mémoire sa rencontre avec les sept sœurs de la Forteresse des Barques. Elle espérait que son aventure avec les Marimorganes* n'allait pas se répéter. Car cette fois, pas question de transformer une cascade d'eau en montagne de glace pour s'évader. *L'hospitalité des sirènes doit sûrement être grande et agréable à connaître, mais je n'ai vraiment pas envie d'en profiter,* songea-t-elle.

Pendant qu'elle cherchait une solution pour se tirer de ce mauvais pas sans avoir à subir de préjudice, elle n'avait pas fait attention aux propos de la première sirène qui lui souriait pourtant.

– Pardon? bredouilla-t-elle. J'ai mal compris.

La sirène dut répéter ses paroles, mais n'en parut pas le moins du monde offensée.

– J'ai dit que tu peux emporter cette broche sans crainte. Tu es brave, tu as fait preuve d'un bon sens de l'observation et c'est la raison pour laquelle nous te donnons la permission de repartir.

Le cœur de Celtina se souleva de gratitude. Elle remercia chaleureusement les sirènes tout en se félicitant de sa chance.

Puis Morvach la ramena à la surface où les fils de Tuireann la repêchèrent. Eux aussi furent heureux du dénouement de cette aventure et surtout très contents d'avoir obtenu la broche sans même avoir eu à se mouiller.

Leur embarcation fut remise à la voile et les Thuatha Dé Danann se dirigèrent au nord du royaume de Lochlann où, normalement, devait se situer la colline de Mochaen sur laquelle ils devaient pousser les trois cris décisifs. Mais comment en être sûr, puisqu'en langue celte le nom de cet endroit signifiait « le Royaume de nulle part » ?

Chapitre 8

Plusieurs millions d'années avant la naissance de Celtina, la nature, violente mais si magnifique, avait fait émerger de l'océan un important massif montagneux. Sur celui-ci, elle avait creusé des vallées et des lacs, découpé des côtes rocheuses, et créé des milliers d'îles isolées au milieu des courants marins. L'un de ces îlots en chapelet émergeant à fleur d'eau avait reçu le nom de Malveillant; il était situé au nord du Royaume de nulle part. Invisible pour les mortels, ce rocher aux côtes dangereuses n'était fréquenté que par les dieux. En son centre se dressait une butte assez élevée, que les dieux avaient baptisée la colline de Mochaen. Son sommet avait toujours la tête dans les nuages, et le vent y soufflait si fort qu'il était impossible à quiconque de s'y tenir debout. La pluie y tombait vigoureuse et constante, et la tempête y régnait presque tous les jours de l'année. Bref, c'était un lieu où il ne faisait pas bon s'attarder.

Malheureusement pour lui, Miach, le fils de Diancecht, dieu-médecin des Tribus de Dana, avait eu la mauvaise idée d'y poursuivre les émissaires fomoré puants et globuleux venus négocier le rétablissement de Bress à la tête des Thuatha Dé Danann, juste avant la bataille de Moytura. Depuis, personne ne l'avait revu à Tara et, malgré tout leur pouvoir, aucun des dieux n'avait pu entrer en contact avec lui. On s'était résolu à le croire disparu à jamais. Mais il n'en était rien.

En fait, Miach avait fait une mauvaise rencontre. Son chemin avait malencontreusement croisé celui de Torlach, le sorcier fomoré, être visqueux et malfaisant dont la seule ambition, et aussi la seule joie, était de provoquer du tort à autrui. Torlach retenait Miach prisonnier grâce à des envoûtements connus de lui seul et qu'il avait mis plusieurs centaines d'années à élaborer. Il avait fait du fils de Diancecht le Gardien du silence. En effet, Torlach avait fortement insisté : rien ne devait jamais venir troubler la quiétude* du Malveillant. Pas un oiseau ne devait s'y poser, pas un souffle de vent ne devait faire chanter les rochers, pas un dieu, et encore moins un mortel, n'avait le droit d'y mettre le pied. Quant à y pousser trois cris sur la colline, il ne fallait même pas y penser ! La mission de Miach était donc de repousser tous ceux qui chercheraient à troubler la paix dans ce monde silencieux et oppressant.

Lorsque, après plusieurs jours de recherches infructueuses sur plusieurs îles et îlots de la région, les fils de Tuireann et Celtina aperçurent enfin les côtes inhospitalières du Malveillant, ils devinèrent que leur quête tirait presque à sa fin. Ils abordèrent la terre au pied de longues falaises disposées en arc de cercle.

– C'est la marque de Sleipnir, le cheval à huit pattes des Norrois, qui est passé par ici il y a bien longtemps, indiqua Brian. Il a laissé son empreinte sur la roche volcanique avant que le froid ne la durcisse à jamais.

– Ce lieu tourmenté ne me plaît pas du tout, commenta Celtina. Êtes-vous sûrs que nous sommes au bon endroit ?

– Je pense que oui ! insista Iuchar en désignant un creux dans la falaise d'où Miach les observait.

– On se demandait tous ce qu'il était advenu du fils de Diancecht. Eh bien, le voilà ! fit remarquer Iucharba. C'est une bonne nouvelle pour nous : en tant que membre des Tribus de Dana, il est de notre côté. Il va pouvoir nous faciliter l'accès à la colline de Mochaen.

– N'en sois pas si sûr, mon frère, intervint Brian. Nous captons sa présence, nous le reconnaissons pour l'un des nôtres, et pourtant quelque chose dans ses pensées est confus, je ne ressens pas d'ondes positives en provenance de son esprit. Méfions-nous !

– Je comprends maintenant pourquoi Lug a été si gentil avec vous en vous laissant continuer votre quête, déclara Celtina. Votre plus grand défi est encore à venir. Comment allez-vous pouvoir pousser trois cris sur cette colline et les lui rapporter ? C'est impossible ! Si vous parvenez à crier, le son de votre voix va se disperser dans l'air. On ne peut enfermer un son... et même si vous êtes des dieux, je doute que vous réussissiez ce tour de force. Pour ma part, je ne connais aucun enchantement ni aucune magie pour vous venir en aide.

– Allons demander à Miach ce qu'il en pense. Puisqu'il vit ici depuis plusieurs mois, il a peut-être trouvé un moyen de capturer les sons, proposa Iucharba en se lançant dans l'escalade de la falaise sans attendre la réponse de ses frères.

Ses pieds accrochant la roche rose oxydée du Malveillant déclenchèrent un petit éboulement, et, par le fait même, la colère de Miach lorsqu'il entendit le bruit dur des petits et des grands cailloux qui s'entrechoquaient. En tant que Gardien du silence, le fils de Diancecht prenait son travail très au sérieux et il se mit à jeter des pierres sur la tête des fils des Tuireann. Évidemment, le bruit redoubla, ce qui augmenta d'autant son mécontentement et déchaîna chez lui un nouvel accès de rage.

Alors, emporté par l'avalanche de rochers, Iucharba cria... C'était le premier cri qui eût jamais retenti sur l'îlot depuis des lustres et des lustres. Mais comme Celtina l'avait prédit, le son se dispersa dans l'air.

Malgré l'échec de cette première tentative, les fils de Tuireann n'allaient pas renoncer si près du but. En tant que dieux, ils n'avaient pas besoin de se fatiguer à grimper à la force de leurs bras et de leurs jambes. Si Iucharba avait essayé, c'était simplement pour ouvrir un passage sûr pour Celtina, mais devant l'échec de sa tentative, il leur fallait penser à un moyen plus efficace et surtout plus sécuritaire.

Brian et Iuchar passèrent chacun un bras sous une aisselle de Celtina et tous trois s'élevèrent dans les airs, propulsés par leur force surnaturelle vers le sommet de la falaise. Iucharba, ayant retrouvé ses esprits malgré le dur caillou qui lui avait heurté le crâne un peu plus tôt, les y rejoignit sans aucune difficulté.

Miach vint aussitôt se planter devant eux et leur demanda ce qu'ils voulaient.

– Laisse-nous pousser les trois cris que Lug nous a imposés et ensuite nous partirons, plaida Brian. Nous ne te dérangerons plus et l'îlot retrouvera sa sérénité. Tu pourras toi aussi rester ici en paix, si tel est ton désir.

– Je ne peux permettre à quiconque de pousser ces cris, car une geis de ce pays dit qu'un cri poussé sur la colline de Mochaen fera perdre leurs couleurs et leurs forces aux hommes de ces contrées ; que les femmes en perdront leur enfant à naître ; que les fils et les filles en perdront la raison et que tous les animaux, les arbres, la terre et les eaux deviendront stériles*.

– Quels hommes, quelles femmes, quels enfants, quels animaux, quels arbres?… Tout est déjà stérile ici, nous ne pourrons pas faire pire, ricana Iucharba.

– Je suis le Gardien du silence, le protecteur du Malveillant, s'entêta Miach, je ne peux rien pour vous. Partez.

– Tu es avant tout un Thuatha Dé Danann, insista Brian, tu n'as pas à obéir à un interdit prononcé par des Fomoré ou des Norrois ou par quiconque qui n'est pas de notre race.

– Ne te mets pas en travers de notre chemin, menaça Iuchar, car même si tu es le fils de Diancecht, je n'hésiterai pas un instant à t'anéantir pour réussir ma mission.

Oh là là, les choses risquent de mal tourner, songea Celtina. *Que faire? Je suis sûre que les Fomoré seraient très heureux de voir les dieux des Tribus de Dana se battre entre eux, leur méchanceté triompherait. Il faut que je trouve un moyen de détourner l'attention de Miach pour laisser le temps aux fils de Tuireann de pousser leurs trois cris.*

Celtina réfléchissait en silence, fermant son esprit pour éviter que Miach perçût ses intentions. Les yeux levés au ciel, elle observait la course des nuages qui glissaient sur le sommet de la colline; elle eut alors une idée.

Il me suffit d'invoquer le vent!

Elle s'éloigna du quatuor de dieux qui continuaient à s'injurier et à débattre leur point de vue respectif. Elle leur tourna même le dos pour qu'ils ne puissent lire sur ses lèvres et, tout en fermant les yeux, elle concentra son souffle au maximum. *Seul le vent druidique peut résister à un pouvoir divin. Jamais Miach ne parviendra à le ralentir ou à le détourner.*

Elle devait faire appel à toutes ses capacités de concentration, puiser au plus profond de ses poumons le moindre souffle d'air qu'elle pouvait en tirer. Ses joues se gonflèrent, ses lèvres devinrent bleues sous l'effort, de la sueur coula de son front, laissant glisser des gouttes salées jusqu'à ses yeux qui se firent larmoyants.

Elle sentit alors le premier souffle glisser entre ses lèvres, puis, de plus en plus violemment, l'air fut expulsé. Maintenant, elle ne pouvait plus rien contrôler et devait laisser ses poumons se vider.

Les dieux se précipitèrent vers elle, mais le vent froid et violent qui sortait de sa bouche les renvoya au loin, cul par-dessus tête. Faisant se détacher des rochers de la falaise, bouleversant le sable qui s'envolait en tournoyant, la tempête ne pouvait plus être maîtrisée. Si les fils de Tuireann se réjouissaient de l'initiative de Celtina en entendant le vent mugir dans les anfractuosités des rochers,

Miach, pour sa part, s'agitait en tout sens, désespéré de ne pouvoir l'approcher pour faire cesser le vent druidique. Le vent qui rend fou secouait Miach comme un damné, sifflait furieusement à ses oreilles au point de lui en donner mal à la tête, et plaquait les nuages les uns contre les autres. Les falaises qui abritaient des gorges vertigineuses, d'étranges formations rocheuses, des grottes profondes et une vallée encaissée où rebondissaient des dizaines de cascades, tout s'était mis à faire du bruit, encouragé par le vent druidique.

Profitant du fait que l'attention de Miach était détournée par la cacophonie des éléments, Brian poussa un premier cri. Un long écho lui répondit. Iuchar lança son cri à son tour, et l'écho se répercuta de rocher en rocher. Finalement, Iucharba imita ses frères, et l'écho leur revint. Les fils de Tuireann avaient réussi à pousser leurs trois cris sur la colline de Mochaen.

Celtina, épuisée d'avoir maintenu le vent druidique, s'écroula sur le sol. Miach était recroquevillé contre un rocher, accablé, car il n'avait pas su se montrer à la hauteur de sa tâche et s'en voulait. Brian et ses frères regardaient tout autour d'eux, se demandant ce qu'ils pouvaient faire pour rapporter la preuve des trois cris à Lug. Tous attendaient de voir ce qui allait se passer... mais il n'arriva absolument rien.

– Nous n'avons quand même pas fait tout cela pour rien ! se révolta Iuchar.

– Tu as raison, mon frère, nous avons poussé les trois cris sur la colline de Mochaen et pourtant rien ne se passe. Aurions-nous commis une erreur ? ajouta Iucharba.

– J'ai une idée, intervint Celtina. Peut-être devriez-vous pousser chacun votre cri, mais tous ensemble. Ainsi, il sera plus puissant et déclenchera peut-être une réaction du Malveillant…

– Et la manifestation du Malveillant sera probablement constituée d'un élément tangible que nous ramènerons à Lug, compléta Brian. Très astucieux, comme idée. Essayons !

Les trois frères se concentrèrent, respirèrent profondément en synchronisant leur souffle, puis trois longs cris puissants et stridents jaillirent des trois gorges. Ils étaient si terribles que Celtina et Miach durent se protéger les oreilles pour ne pas en avoir les tympans percés. Mais malgré toutes ses précautions, la jeune prêtresse n'était pas préparée à de tels hurlements, et elle perdit connaissance.

Alors, du fond de la vallée, un seul écho tout aussi puissant leur répondit. Puis les rochers tremblèrent, et de l'un d'eux se détacha une silhouette grise constituée de pierres volcaniques.

— Qui demande Hroptatyr ? s'enquit l'imposant géant de pierre en se dirigeant vers eux, faisant trembler le sol à chacun de ses pas.

— Hroptatyr, celui qui provoque les échos, le dieu norrois des Cris ! s'exclama Brian. Comme je suis heureux de te voir !

— Des Thuatha Dé Danann… quelle surprise ! répliqua le géant norrois, mais dont l'attitude démentait tout à fait la stupéfaction. Nous n'avons pas l'occasion de nous fréquenter souvent, je suis heureux de vous accueillir dans mes terres.

— J'ai un grand service à te demander, mon bon ami, continua Brian.

— Que puis-je pour vous, fils de Tuireann ? s'enquit Hroptatyr. Je serais heureux de vous rendre service.

— Peux-tu nous accompagner jusqu'à Tara pour témoigner de ce que tu as entendu ? Lug nous a demandé de pousser trois cris sur la colline de Mochaen, et tu es le seul à pouvoir témoigner de notre réussite.

— Lug ! Lui aussi, il y a bien longtemps que je ne l'ai vu. Je serai heureux de vous accompagner, un petit voyage à Tara est toujours le bienvenu, accepta Hroptatyr.

Ayant réussi à accomplir entièrement leur mission, les dieux n'avaient plus aucune raison de voyager comme de simples mortels.

Profitant de l'évanouissement de Celtina, ils se transportèrent avec elle directement dans la forteresse des Tribus de Dana.

Fiers de leur réussite, les fils de Tuireann se présentèrent à Lug avec la broche à rôtir et, surtout, avec leur principal témoin, Hroptatyr, le dieu des Cris. La compensation pour la mort de Cian était totalement payée et ils avaient hâte que Lug levât la sentence qui pesait sur leur tête.

Mais le dieu de la Lumière n'avait toujours pas décoléré. Que les fils de Tuireann eussent réussi leur mission lui importait peu, car cela ne lui ramènerait pas son père. Le meurtre avait été si odieux que même la terre avait refusé par huit fois d'accepter la dépouille de Cian, rejetant les ossements à chaque tentative d'inhumation. Lug y avait vu un signe : le pardon était impossible.

Fier et tyrannique, le jeune dieu accueillit les trois frères dans le cercle de pierres monumentales de Míodhchuarta, la salle des banquets ; sa chevelure enflammée brillait de mille feux et le faisait paraître encore plus redoutable et imposant que d'habitude.

Après avoir écouté le récit des exploits des fils de Tuireann, il déclara :

– Jamais je n'ai autorisé que vous receviez l'aide de quiconque. Vous avez laissé Celtina prendre la broche à rôtir, vous avez donc failli à votre mission.

– Ah non! Tu n'as jamais dit que je ne pouvais pas les aider, intervint Celtina qui était à peine remise de ses émotions. C'est trop facile. Pour ne pas respecter ta parole, tu trouves n'importe quel prétexte…

Les dieux restèrent abasourdis. Était-ce le choc des hurlements qui avait dérangé son esprit pour que l'adolescente osât ainsi s'opposer au dieu de la Lumière? Tous dévisagèrent Lug. Ils s'attendaient à voir le feu s'abattre sur l'impertinente.

Dagda éclata brusquement d'un gros rire lourd, ce qui détendit quelque peu l'atmosphère.

– Elle a du courage et du front, ma petite protégée! fit remarquer le Dieu Bon.

Cette phrase était destinée à Lug, une façon de lui rappeler qu'il ne pouvait pas s'en prendre à l'Élue qui était sous la protection des Tribus de Dana.

Lug fronça les sourcils, ses yeux s'embrasèrent, puis il laissa tomber:

– La compensation pour la mort d'un brave parmi les braves est le prix du sang…

– Ils ont payé!, intervint encore Celtina.

– Mais…, continua Lug sans s'occuper de l'interruption de la jeune fille, je dois aussi reconnaître que vous avez su rapporter le dédommagement que je demandais. Donc, je ne prendrai pas votre vie…

Celtina poussa un soupir de soulagement et battit même des mains, mais Lug n'avait pas fini de prononcer sa sentence.

– Fils de Tuireann, je vous condamne au bannissement. Dès cet instant, vous n'êtes plus les bienvenus dans le cercle des Thuatha Dé Danann. Vous quitterez Tara à jamais pour mener une vie d'hommes mortels.

– Mais jamais personne n'a été déchu chez les Tribus de Dana! s'étonna Ogme.

– Ils seront les premiers, persista Lug. Partez maintenant, avant que je ne revienne sur ma décision et vous tranche la tête…

En guise d'adieu, Brian, Iuchar et Iucharba firent l'accolade à leur père Tuireann et à Celtina, puis s'en allèrent la tête basse. Devenus de simples humains, ils comprenaient que leur vie, même si elle n'était plus menacée dans l'immédiat, serait désormais bien courte, car ils n'étaient plus immortels.

– Quant aux attributs magiques que les fils de Tuireann ont rapportés à Tara, reprit Lug, ils ne retourneront pas entre les mains des rois auxquels nos pères les avaient prêtés. Les hommes de Celtie abandonnent de plus en plus leurs croyances ancestrales pour se tourner vers d'autres divinités. Ils devront dorénavant se débrouiller par leurs propres moyens sans plus compter sur l'aide des symboles et emblèmes des Tribus de Dana.

Celtina fit une grimace. Les temps avaient bien changé pour les Celtes. L'urgence de sa mission lui apparut alors dans toute son importance. Si les dieux se détournaient des hommes, le secret des druides risquait de disparaître à tout jamais.

Chapitre 9

Grâce aux indications que Celtina lui avait données, Ciabhan, le jeune Picton de Lemonum, avait pu récupérer Gudwal, le dernier compagnon de Brian, qui se morfondait dans l'île déserte qui, autrefois, avait été le domaine de la Tarasque.

Désormais en lieu sûr, Gudwal avait pu retrouver sa famille et n'aspirait plus qu'à couler des jours heureux dans son village natal, d'où, il se l'était bien juré, plus aucun dieu ne parviendrait à le tirer, peu importe la cause à défendre ou les aventures à vivre. Peu après, les Thuatha Dé Danann avaient fait venir le jeune Picton à Tara afin de lui donner le prix de sa juste récompense.

Depuis plusieurs heures, ce n'était que fêtes et chants, et Ciabhan appréciait l'honneur qu'on lui faisait en l'incluant dans les réjouissances divines.

Alors qu'il était en train de festoyer aux côtés de Celtina, le regard du jeune Celte fut attiré par la beauté féerique de trois garanos* qui trompetaient leurs *krou krou* à quelque distance sur les eaux miroitantes d'un lac calme et pur.

Ces grues cendrées sont magnifiques. À coup sûr, elles ne peuvent appartenir qu'à un dieu. Si je possédais de tels volatiles, je serais le plus heureux des hommes, songea Ciabhan en soupirant de convoitise.

— Tu as raison, jeune homme, lui répondit une voix de la douceur du miel, mes garanos peuvent par leur chant endormir les douleurs les plus profondes et soigner les maux les plus terribles.

Ciabhan dévisagea celle qui s'était ainsi adressée à lui. À sa vue, son cœur bondit dans sa poitrine, son front se couvrit de sueur, ses mains devinrent moites, sa gorge se noua. Il demeura ébahi par la splendeur de la jeune femme qui se tenait à ses côtés. Il ne l'avait pas du tout entendue approcher.

— Qui… Qui êtes-vous? bredouilla-t-il.

Il semblait avoir perdu tous ses moyens, lui qui pourtant ne manquait ni d'éloquence ni d'audace.

— Cliodhna, déesse de la Beauté, répondit-elle en lui décochant un sourire qui, aux yeux de Ciabhan, fit aussitôt pâlir toutes les étoiles dans le ciel.

Pour le jeune homme, plus rien n'exista désormais que le charmant regard de braise de la splendide déesse; il avait été frappé par l'amour, et plus rien désormais ne pourrait l'arracher à la vue de la belle.

Le jeune homme à la chevelure rebelle et bouclée était magnifique de bravoure et de résolution. Cliodhna sentit, elle aussi, son cœur fondre pour ce Picton, mortel bien sûr, mais tellement fascinant et attendrissant.

Tout à leur fête, les dieux ne s'étaient aperçus de rien. Seule Celtina avait été témoin de cet amour naissant entre Ciabhan le mortel et Cliodhna la déesse. Et elle se réjouissait pour son ami picton, avec néanmoins une petite angoisse au cœur, car les relations entre les humains et les dieux n'étaient pas toujours au beau fixe. Mais puisque le jeune homme avait encore la capacité de voir les dieux, la jeune prêtresse songea qu'il était digne de leur intérêt.

La nuit s'écoula, douce et bercée de musique, les mets les plus délicats furent servis. Mais, depuis longtemps, Ciabhan et Cliodhna s'étaient éclipsés pour vivre leur romance à l'abri des regards indiscrets.

Juste à l'endroit où la neuvième vague de la mer dissimulait un rocher à fleur d'eau, parfaitement invisible de la salle des banquets, la jeune déesse avait installé son camp de nuit autour duquel elle avait dressé un mur de protection magique qui leur assurait intimité et tranquillité.

Au plus profond de la nuit, Ciabhan goûtait donc avec délices les offrandes de la déesse.

– Je ne veux plus jamais te quitter, lança le jeune Picton pendant que de l'index il jouait avec une mèche des cheveux noir corbeau de sa compagne.

– Pour profiter de l'hospitalité de ma cachette, tu dois me prouver ton amour…, murmura la déesse.

– Demande-moi tout ce que tu veux ! s'exclama Ciabhan. Je suis prêt à affronter des légions de Romains, à te donner tout ce que je possède, à…

– Je n'ai pas besoin de tes biens ni de ta vie, jeune Picton, l'arrêta Cliodhna.

– Alors que veux-tu ? l'interrogea Ciabhan en plongeant ses yeux dans le feu du regard de sa divine amoureuse.

– La geis des dieux m'interdit de posséder les précieux talismans des Tribus de Dana, expliqua Cliodhna. Cet interdit précise que je ne pourrai les toucher que si un mortel me les offre en gage d'amour. Et le talisman que je convoite pourrait aussi être très utile à ton peuple pour combattre les Romains.

– Que désires-tu ? J'irai te le chercher, ma déesse ! s'emballa aussitôt le Picton.

– Je veux posséder Luinn, la lance magique que Brian a rapportée à Lug, et…

grâce à elle, ton peuple sera invincible, murmura-t-elle sur un ton envoûtant.

Elle semait ainsi dans l'esprit du jeune homme le désir farouche de s'emparer du dangereux talisman.

– Considère que Luinn t'appartient déjà! s'exclama Ciabhan en bondissant sur ses pieds et en dégainant l'épée qui pendait à sa ceinture.

– Tu partiras au petit matin, le retint-elle. Mes fidèles garanos t'accompagneront pour te guider et te protéger. Pour l'instant, reste avec moi.

Grannus avait à peine écarté les nuages qui le recouvraient pour la nuit que déjà Ciabhan chevauchait l'un des oiseaux magiques de Cliodhna, fonçant vers sa dangereuse mission.

Celtina le chercha partout pendant des heures, mais personne ne put lui dire où le Picton était allé. Cliodhna restait, elle aussi, introuvable.

Hum! Ces deux-là sont sûrement tombés amoureux, songea la jeune prêtresse. *Je ne dois pas me mêler de leur histoire. Ils vont bien finir par réapparaître… Laissons-les vivre leur amour en paix. J'espère simplement que cela ne finira pas en catastrophe. Un mortel amoureux d'une déesse, ce n'est pas forcément une bonne idée!*

Ne pouvant rien pour Ciabhan, Celtina demanda à Dagda de la ramener au pays des Pictons afin de poursuivre sa route sur les traces de sa famille. Elle espérait apprendre quelque chose sur le sort de ses parents et de son frère en fréquentant les Romains qui contrôlaient la région.

Lug avait entreposé la lance magique dans la forteresse de Tara, à l'abri du cairn* de Blucc, cerné de profondes et larges fosses remplies d'eau agitée de vagues immenses. Cette arme était si dangereuse que le dieu de la Lumière la faisait garder jour et nuit par des crieurs et par Ki-Du, un effroyable chien noir, immense et mauvais, possédant trois rangées d'yeux. Les crieurs patrouillaient les eaux furieuses par file de sept, caracolant sur la crête des vagues. Ils avaient l'air de feux dansant sur les flots.

Les crieurs, que l'on appelait des Hop ar Noz*, étaient constitués de gaz enflammé. C'était les âmes des noyés de l'année courante qui n'avaient pas encore trouvé le repos. Les crieurs voyageaient parfois dans des Bag an Noz*, les barques de nuit de sinistre présage. Les apercevoir n'était jamais bon signe.

Lorsque le garanos déposa Ciabhan sur le cairn de Blucc, le jeune Picton retrouva toute sa lucidité. Il se demanda ce qu'il était venu faire là et pourquoi il avait accédé à la demande de la déesse. Il sentit la peur glisser le long de sa colonne vertébrale et la chair de poule courir sur ses avant-bras lorsqu'un grognement terrible fit trembler l'amas de pierres où il avait pris pied. Le Ki-Du l'avait sûrement repéré. Malheureusement, il était trop tard pour qu'il revînt sur ses pas, car les grues cendrées l'avaient abandonné à son sort et tournoyaient au-dessus de sa tête en poussant leurs lugubres *krou krou*.

En tournant la tête vers les vagues déferlantes, il vit les flammes enflées des crieurs furieux. Puis ce fut l'odeur qui le frappa : une émanation pestilentielle montait d'une cavité creusée dans le cairn, au ras de l'eau. En se penchant vers le trou, il aperçut une multitude d'yeux injectés de sang et, dessous, des babines retroussées sur une mâchoire dégoulinante de bave ainsi que de longs crocs blancs comme la neige et tranchants comme la glace vive. Le Ki-Du allait bondir d'un instant à l'autre. Ciabhan se savait perdu, il allait servir de pitance à ce monstre indomptable. Sa seule chance était de sauter à bord d'une Bag an Noz, quitte à se faire brûler par un Hop ar Noz. Il préférait être consumé par le feu des trépassés plutôt que de mourir dévoré par le Ki-Du.

Le Ki-Du déclenchait son attaque. Ciabhan prit son élan et se précipita dans la première barque de nuit. Les crocs se refermèrent sur le vide, et un long hurlement de frustration monta de la gorge du terrible chien noir. Mais le Picton n'était pas sauvé pour autant. La barque de nuit n'était pas conçue pour transporter des vivants, seulement les âmes des noyés. Comme prise de folie, elle se mit à tourbillonner, à tanguer, à donner de la gite*, cherchant à se débarrasser de l'intrus. Ciabhan tentait de s'agripper au plat-bord*, mais l'embarcation le refusait, et ce fut après un superbe vol plané qu'il atterrit directement dans la cavité du cairn. Emporté par son élan, il fut projeté violemment jusqu'au fond par un étroit conduit où, heureusement, le Ki-Du qui l'avait pris en chasse ne put s'introduire à cause de sa taille trop imposante.

Il fallut un peu de temps à Ciabhan pour se remettre de ses émotions et surtout du violent choc à la tête qui l'avait laissé sonné plusieurs minutes. En ouvrant les yeux, il se dit que, finalement, sa peur du Ki-Du et sa vertigineuse descente dans le cairn en avaient valu la peine, car à portée de sa main se trouvait Luinn, dont la pointe reposait dans son chaudron d'eau froide.

Il posa la main droite sur la hampe de l'arme magique et, de la main gauche, s'empara du chaudron. Mais il se rendit vite compte qu'en tirant le chaudron, il lui était impossible d'emprunter le même chemin au retour qu'à l'aller. Il avait besoin d'une main libre pour s'aider. Et puis, au bout du tunnel, il voyait luire les trois rangées d'yeux rouges du Ki-Du. Il retira la lance magique du récipient et la brandit devant lui en se traînant dans le conduit.

Si je réussis à piquer le chien noir avec la pointe empoisonnée de Luinn, je vais pouvoir sortir du cairn sans problème. Cliodhna sera fière de moi!

Ciabhan mit aussitôt son plan à exécution. Dès qu'il arriva à portée du Ki-Du, il le piqua à de nombreuses reprises. Le chien tenta plusieurs fois de le happer et de jeter sa bave visqueuse sur le Picton pour le piéger dans une enveloppe paralysante, mais Ciabhan sut l'éviter habilement et, finalement, le chien vacilla avant de s'écrouler, mort.

Le Picton se hissa en dehors de la cavité sans s'apercevoir qu'un crieur l'attendait. Le gaz enflammé lui sauta au visage. Ciabhan y porta les mains, mais, ce faisant, il lâcha Luinn qui l'atteignit au pied droit. Son sort était scellé. Sa gorge se noua, il avait l'impression d'étouffer tellement le poison de la lance était puissant. Il chancela et tomba à la renverse sur le cairn.

Les trois garanos qui tournaient dans le ciel avaient tout vu de la scène et ils descendirent sur lui en piqué, puis l'entourèrent. Seul le pouvoir de guérison des trois grues qui lui servaient de protectrices pouvait encore lui sauver la vie.

Les garanos entamèrent un chant plaintif et lancinant pour endormir la douleur de Ciabhan. Puis, petit à petit, la magie de leurs *krou krou* répétés se mit à extraire goutte à goutte le poison qui n'avait pas encore eu le temps de se disséminer dans le sang du jeune Picton.

Après de longues minutes où son souffle hésita entre la vie et la mort, Ciabhan retrouva ses couleurs. Il parvint aussi à se glisser sur le dos du plus gros des volatiles sans oublier d'emporter le talisman qu'il était venu chercher au péril de sa vie. Les oiseaux reprirent le chemin du repaire de la déesse de la Beauté. Cliodhna attendait son ami avec impatience. Elle l'entoura de mille soins et d'amour en constatant son piteux état. Elle était si fière de son amoureux qui avait su déjouer les pièges du cairn de Blucc pour lui prouver son amour.

Toutefois, non loin de là, à Tara, Lug laissait éclater sa fureur. Les crieurs lui avaient rapporté le vol de Luinn. Ils avaient ajouté que le voleur n'avait pas pris la précaution de laisser sa pointe plongée dans le chaudron d'eau froide. Rien de bon ne pouvait résulter d'un tel méfait. Et lorsque la fureur habitait le dieu de la Lumière, plus rien ni personne ne trouvait grâce à ses yeux. Dans ces moments-là, il valait mieux être loin de sa flamme vengeresse.

– Les crieurs ont identifié le voleur! cria-t-il à l'intention de Dagda. C'est Ciabhan, le Picton. Voilà comment il nous remercie de notre hospitalité. Nous lui ouvrons les portes de Tara et la première chose qu'il fait, c'est nous voler. C'est une trahison!

– Hum! Cliodhna n'est pas étrangère à ce qui s'est passé, avança Brigit. J'ai remarqué qu'elle avait manifesté un intérêt particulier pour ce mortel lors de notre grande fête. Et tu sais combien elle souhaite pouvoir mettre la main sur l'un des quatre talismans des Thuatha Dé Danann.

– Cliodhna! Où est-elle? Qu'on me l'amène sans tarder! tempêta Lug.

– Elle demeure introuvable…, avoua Morrigane.

– J'ai vu ses garanos tournoyer au-dessus d'un rocher au large d'Ériu…, déclara Manannân. Comme elle se sépare rarement de ses oiseaux, elle doit se trouver sur cette île, même si elle a pris soin de se dissimuler par un champ d'invisibilité.

– Je te charge de la punir, Manannân. Que le Picton soit renvoyé dans son village et que Cliodhna retourne dans le Síd… à tout jamais. Je la bannis de l'assemblée des dieux de Tara, proclama Lug.

Personne n'osa intervenir pour suspendre la sentence qui pesait sur la tête de Cliodhna. La jeune déesse avait enfreint les règles des Tribus de Dana en tentant de déjouer sa geis qui lui interdisait l'accès aux talismans, et elle devait en payer le prix.

Chapitre 10

Heureusement pour eux, Cliodhna et Ciabhan avaient décidé de ne pas s'attarder dans les parages de Tara. La déesse de la Beauté avait promis à son ami de se servir de la lance magique pour venir en aide aux Celtes qui étaient aux prises avec les Romains et, surtout, de libérer les Pictons de l'emprise de ces barbares. Les amoureux se rendirent donc à Lemonum, chez la mère de Ciabhan.

Lorsque celle-ci découvrit que son fils était accompagné d'une Thuatha Dé Danann, la femme celte esquissa une grimace. Elle savait, elle aussi, que les amours entre mortels et dieux ne finissaient jamais bien, même si elle ne pouvait s'y opposer. La déesse était trop redoutable.

– Mère, que se passe-t-il ici? demanda le jeune guerrier après avoir embrassé Gladez. Il y a encore plus de Romains qu'avant mon départ.

– C'est une catastrophe, mon fils. Les Vénètes ne cessent de tendre des embuscades à la VIIe légion et retiennent le tribun militaire Titus Silius. Publius Licinius Crassus a décidé de regrouper une partie de ses forces dans notre oppidum pour lancer son attaque contre Érec. Le village grouille de légionnaires.

– Où sont passés mes amis? Je n'ai vu aucun guerrier au visage peint…

– Ils sont partis à Novioregum, chez les Santons, pour les convaincre de lever une armée et de prendre les Romains à revers.

– C'est donc là-bas que j'irai moi aussi! trancha Ciabhan.

– Sois prudent, mon fils! recommanda Gladez, dont les yeux s'étaient remplis de larmes, car elle était presque sûre de ne jamais revoir le jeune guerrier.

– Cliodhna me protégera, mère, et nous avons une arme redoutable qui nous permettra de gagner cette guerre. Ne t'inquiète pas!

La femme celte poussa un soupir. Elle n'était pas rassurée par les propos enthousiastes de Ciabhan. Une larme glissa sur sa joue tandis que le jeune Picton et sa compagne disparaissaient de sa vue dans un nuage druidique.

Aux yeux de Ciabhan, ce qu'il découvrit à Novioregum lui apparut comme un véritable sacrilège. Des centaines d'ouvriers santons et romains étaient à l'œuvre dans le village entouré de palissades de bois. Il aperçut des bains publics, que les envahisseurs appelaient des thermes, creusés à même le sol rocailleux, mais aussi des entrepôts et les assises d'un temple romain. De toute évidence, les Santons n'étaient plus les maîtres de l'oppidum. En parcourant le village, il aperçut une poignée de guerriers au visage peint qui affichaient un air abattu.

– Que se passe-t-il donc ici ? demanda-t-il à l'un d'eux qui était assis sur un rocher, son bouclier entre les genoux.

– Les Romains ont décidé de s'installer dans ce village, ils changent tout… En quelques jours, ils ont démoli nos cabanes, puis creusé des bains et bâti des dizaines de bâtiments en pierre.

– Que fait le chef du village ? s'insurgea Ciabhan.

– Ça fait longtemps qu'il est l'allié des Romains. Il collabore avec le tribun qui a pris le commandement de Novioregum. Il nous a ordonné de déposer les armes. Les guerriers santons sont obligés de nourrir la troupe, alors beaucoup d'entre eux ont dû troquer leur épée contre la charrue. Tu les trouveras dans les champs, comme des paysans. D'autres sont devenus pêcheurs…

– Êtes-vous tous vendus à la cause des Romains ou reste-t-il encore quelques hommes qui osent les défier ? l'interrogea encore le jeune Picton sur un ton où perçaient quelques traces d'agacement.

– Nous sommes peut-être une vingtaine, dans ce village, qui sommes prêts à nous battre. Tu trouveras d'autres guerriers dans la colline, là-bas, plus loin.

Il désigna une hauteur qui surplombait le village et derrière laquelle s'étendait une forêt dense.

– C'est bien. Je vais m'installer ici et je tenterai de regrouper tous ceux qui veulent se battre, décida Ciabhan. Puis, nous irons rejoindre les troupes d'Érec le Vénète. Es-tu avec moi?

– Évidemment! s'exclama le guerrier. Mes tatouages bleus te prouvent que je ne suis pas un traître. D'ailleurs, je vois aussi la déesse qui t'accompagne, Cliodhna des Tribus de Dana. Je n'ai pas renié nos dieux, moi.

– Comment t'appelles-tu?

– Ecolius.

– Eh bien, Ecolius, allons chez toi pour mettre au point notre plan d'attaque.

Pendant plusieurs jours, Ciabhan et Ecolius parcoururent les alentours de l'oppidum afin de trouver des alliés pour mener la révolte contre les Romains. Comme il leur fallait se montrer discrets, Ciabhan avait décidé de se faire pêcheur, métier qu'exerçait aussi Ecolius, afin de ne pas attirer l'attention des centurions chargés de surveiller les Celtes.

Ce matin-là, donc, le Picton et le Santon étaient partis en barque dans l'estuaire du fleuve que les gens de la région appelaient Ecoranda. La rivière grouillait de poissons, mais le plus apprécié était le grogneur*, un énorme monstre marin dont la chair était très recherchée par les Gaulois. D'ailleurs, même les Romains avaient appris à l'apprécier et achetaient souvent toute la pêche des Santons pour se nourrir.

L'oreille collée au fond du bateau, Ecolius écoutait les bruits de la mer. Car pour pêcher le grogneur, rien de plus simple : il suffisait d'avoir l'ouïe fine. Le poisson émettait une sorte de grognement qui lui avait valu son nom et qui était perceptible lorsque le niveau de l'eau était bas.

– Le bruit vient d'un muscle qui fait résonner sa vessie, expliqua Ecolius. Lorsqu'il y en a beaucoup, on dirait les vibrations d'un nid d'abeilles. Tiens, écoute !

Ciabhan se jeta à plat ventre au fond de l'embarcation et tendit l'oreille. Mais ce ne fut pas le bourdonnement d'un banc de grogneurs qu'il entendit. Il s'agissait plutôt d'un grondement sourd, comme si quelqu'un raclait le lit de la rivière. Il allait prévenir son ami lorsqu'il sentit la barque se soulever sur la crête d'une vague…

– Par Hafgan, qu'est-ce qui se passe ? cria-t-il, effaré.

– La vague… La vague qui remonte le courant. Pourtant, ce n'est pas la saison. Vite, fuyons! le pressa Ecolius en s'emparant des rames pour diriger leur barque vers le rivage.

Ciabhan remonta rapidement la voile et leur embarcation se dirigea vers la côte, à la recherche d'un abri sûr.

– Je n'y comprends rien, je n'y comprends rien! répétait Ecolius. D'habitude, ce phénomène a lieu pendant Edrinios*, aux environs de l'Alban Elfed*. On l'appelle le mascaret*.

Ce que les deux amis ne savaient pas, c'était que la vague énorme qui se dirigeait sur eux avait été envoyée par Manannân, le fils de l'océan, sur ordre de Lug. Elle fit basculer leur fragile bateau et le projeta sur les rochers. Les deux pêcheurs perdirent connaissance en s'échouant rudement.

Une série de vagues avaient remonté tout l'estuaire pour venir frapper la côte, juste à l'endroit où se dressait la cabane d'Ecolius, dans laquelle Cliodhna attendait le retour des pêcheurs.

Sur sa lancée, la grosse vague déferla avec violence et enleva Cliodhna pour l'entraîner dans le Síd, d'où il lui serait formellement interdit de sortir dorénavant. Surprise par le mascaret, la jeune déesse n'avait rien pu faire pour contrer la magie de Manannân. Malgré sa fâcheuse position, elle était bien décidée à ne pas se laisser emporter sans réagir. Faisant appel à toute sa magie, elle se battit contre le courant avec l'énergie du désespoir. Mais elle n'était pas de taille à lutter contre les incantations du fils de l'océan. Petit à petit, ses forces et sa volonté faiblirent. Elle ne parvint pas à garder toute la concentration nécessaire pour contrer les enchantements jetés sur elle. La noyade était inévitable. Elle s'accrochait désespérément à la lance de Lug pour ne pas la perdre, comme si cette arme pouvait lui être d'un quelconque secours. Malheureusement, la force du courant finit par avoir raison de sa volonté et, un à un, ses doigts engourdis se détachèrent du pilum* magique.

Heureusement pour elle, Blarney, un Vénète qui retournait chez lui par la mer, fut témoin de la scène. N'écoutant que son courage, le valeureux commerçant plongea au risque d'être lui-même happé par la vague qui se retirait. Puis, en quelques brasses énergiques, il s'approcha de la déesse et attrapa la chevelure noir corbeau qui flottait comme une algue à la dérive. Il tira de toutes ses forces et réussit à ramener, de peine et de misère, la jeune femme à bord de son curragh.

– Dé… déesse, bredouilla le commerçant qui était bègue. Re… reviens à la vi… vie !

Cliodhna râla, hoqueta et enfin cracha toute l'eau qu'elle avait avalée malgré elle. Elle était transparente comme une bansidh, mais au moins elle vivait. Le Vénète l'enveloppa dans une rugueuse couverture de laine et la frictionna vigoureusement ; le rouge lui revint aux lèvres et aux joues, puis elle ouvrit les yeux. En constatant que sa main avait lâché Luinn, elle poussa un lugubre cri de désespoir. La perte de la lance magique était catastrophique pour elle, mais surtout pour tous les Thuatha Dé Danann. Ce talisman fabriqué par le druide Esras, dont le nom signifiait « moyen d'agir », venait des Îles du Nord du Monde, plus précisément de Gorias. C'était avec cette lance que l'on adoubait* les rois des Tribus de Dana. Sa perte pouvait signifier la fin de la royauté pour les dieux. Cliodhna était anéantie. À n'en pas douter, la vengeance de Lug serait sans pitié. Elle n'aurait aucun endroit où se cacher ; partout, le dieu de la Lumière saurait la retrouver et la punirait sévèrement.

Le curragh filait maintenant à vive allure, emporté par le reflux de la dernière vague du mascaret qui retournait vers la mer. Blarney n'arrivait plus à contrôler son bateau et devait le laisser suivre le courant sans intervenir. Après de longues minutes d'incertitude sur leur sort, ils débouchèrent enfin dans la mer Extérieure, et le commerçant vénète put reprendre le contrôle de la barre.

— Eh… eh bien, tu as frô-rô-lé la mo-mort de près, bégaya Blarney.

— Je te dois beaucoup, brave Vénète, reconnut Cliodhna.

Mais tu aurais peut-être dû m'abandonner à mon triste sort, songea-t-elle. *Que dois-je faire maintenant que Luinn a disparu? La punition de Brian et de ses frères n'est rien à côté de celle qui m'attend. Je dois profiter du fait que je suis encore une déesse toute-puissante pour confier mon secret à ce marchand, car nul ne peut dire ce qu'il adviendra de moi ensuite.*

— Pour te remercier de ta bravoure, reprit-elle finalement à voix haute, je vais te donner le don de la parole sans défaut. Vois-tu cet énorme rocher qui se dresse là-bas sur la côte?

— Bien… sû-sûr! Je le reco-connais. C'est Men Er Hroëc'h, la Pie-Pierre des Sor-Sor-sorcières… Co-comment se fait-il que-que nous sommes dé-déjà si loin sur-sur la mer?

— Le gwalarn te ramènera en toute sécurité à Siata, ton île au milieu du golfe de la Petite Mer. Toutefois, arrêtons-nous un instant près de Men Er Hroëc'h, car j'ai un cadeau très important à te faire.

Cliodhna utilisa sa magie pour diriger le curragh vers la côte où se dressait, fière et immense, la Pierre des Sorcières, que les navigateurs pouvaient voir à des leucas à la ronde.

Lorsqu'ils furent tout près du fantastique mégalithe, Cliodhna glissa son esprit à l'intérieur du granit pour en manipuler mentalement les composantes. En quelques secondes, le menhir éclata en cinq tronçons, dont quatre de bonne dimension qu'elle dédaigna, et un plus petit que la déesse fit voler jusque dans l'embarcation de Blarney.

– Tant que tu posséderas cette pierre, Blarney, expliqua-t-elle, tu seras un habile orateur, un barde reconnu et admiré de tous. Ta renommée sera si grande que tous les rois et les chefs de clans s'inclineront devant toi. Cette pierre assurera ta richesse et celle de toute ta famille tant que vous la garderez près de vous.

– Déesse, le cadeau que tu me fais n'a pas de prix, déclara le commerçant sans hésiter sur une seule syllabe. J'étais si malheureux de bégayer que j'évitais de discuter avec mes clients. Dorénavant, en plus de pouvoir échanger mes marchandises avec les autres peuples celtes, je pourrai aussi colporter les nouvelles et chanter les exploits de nos braves aux quatre coins de la Celtie. Merci, merci énormément.

– J'ai un autre sortilège à jeter sur cette pierre. Mais, surtout, n'écoute pas mes propos, car tu pourrais devenir sourd, le prévint la déesse.

Blarney s'éloigna donc vers la proue de son bateau pour replacer les caisses de marchandises qui s'étaient dispersées sous l'effet de l'énorme vague.

– Pierre des Sorcières, écoute mon histoire. Je vais te raconter comment la lance magique de Lug est entrée en ma possession et comment je l'ai perdue. Tu ne la répéteras qu'à une personne honnête et sincère, et qui saura lire les signes que je te confie.

Cliodhna traça en entrelacs* et en spirales les péripéties de son histoire d'amour avec Ciabhan sur la pierre qu'elle destinait à Blarney. Puis, elle appela le Vénète.

– Tu placeras cette pierre derrière ta maison, dans un lieu difficilement accessible. Mais tu laisseras tous ceux qui le veulent s'en approcher, car une seule personne pourra en percer le secret.

Blarney lui promit de faire ce qu'elle demandait et la déesse poussa la barque vers Siata, l'île où résidait le commerçant. Lorsque, après avoir descendu ses marchandises, le Vénète retourna dans son curragh pour inviter la déesse à l'accompagner chez lui pour rencontrer sa femme et ses enfants, il constata que Cliodhna avait disparu. Il n'aperçut que trois grues cendrées qui s'en allaient vers le large en poussant leurs étranges *krou krou*.

Lorsque Ciabhan se réveilla sur le rivage où la vague énorme avait poussé la barque d'Ecolius, il constata que le mascaret avait fait d'énormes dégâts le long du fleuve Ecoranda. Les deux Gaulois se hâtèrent de regagner leur cabane sur la rive de Novioregum. Devant leurs yeux horrifiés se tenait un enchevêtrement de branchages, de meubles détruits et de chaume mouillé. Plus aucune trace de Cliodhna.

Ciabhan passa des jours et des nuits à hurler son nom dans le vent; rien. La déesse avait disparu. Il passa ensuite des heures et des heures à se lamenter et à pleurer son amour perdu, jusqu'au moment où Ecolius et d'autres guerriers au visage peint réussirent à le sortir de sa torpeur. Leur petite troupe était prête à combattre les Romains, et ils partaient tous rejoindre Érec et les Vénètes. Ciabhan était leur chef et il devait les mener au combat. Le jeune Picton accepta finalement de prendre la tête du détachement et de partir en guerre.

En fouillant les décombres de la maison d'Ecolius pour trouver un souvenir de sa bien-aimée, il découvrit Luinn, la pointe fichée dans la terre. Il la tira, la soupesa pour en vérifier l'équilibre, et décida de l'emporter.

Cette lance me sera utile. J'espère que ses pouvoirs magiques fonctionneront même si c'est moi, un simple mortel, qui l'utilise. Et puis, si je perds la vie en combattant les Romains, alors

*je retrouverai sûrement Cliodhna dans le Síd,
elle doit m'y attendre,* se dit-il en marchant
vers son destin d'un pas léger et le cœur gonflé
par la joie de la retrouver bientôt.

Chapitre 11

Macha était profondément satisfaite de la cruauté dont Arzhel avait fait preuve envers Énogat, l'étudiant fomoré, dans le but de lui soutirer un vers d'or. La redoutable Dame blanche continuait de surveiller le jeune druide avec attention. Il devenait de plus en plus habile et sournois, au grand bonheur de la sorcière. L'enseignement qu'elle lui avait donné pendant qu'il était sous son emprise portait ses fruits, même si, pour l'instant, elle ne lui avait dévoilé qu'une infime partie de ses secrets.

Bien entendu, après la disparition d'Énogat, Arzhel avait rapidement fui les lieux de son crime. Il ne savait pas si son ancien compagnon de l'Île sacrée s'était noyé sous sa forme de poisson ou s'il s'en était tiré, mais il s'en moquait bien. Le plus important pour lui était qu'il connaissait maintenant un deuxième vers d'or du secret des druides. Et il était bien décidé à les retrouver tous.

Ses pas l'avaient mené sur une pointe de terre, en bordure de mer, à une leuca du village namnète de Guiriac'h. Les Celtes de cet oppidum étaient fiers de leurs bateaux qui leur assuraient richesse et renommée, car Guiriac'h était un important port de pêche et de production du sel.

Détendu, le dos appuyé contre un menhir, Arzhel gardait les yeux fixés sur un point de l'océan, à quelques pas de la côte. Un étrange rocher avait attiré son attention quelques instants plus tôt. C'était la marée basse, et les vagues venaient clapoter à sa base. Il s'agissait d'un bloc de granit énorme, d'environ trois coudées de hauteur sur un peu plus de huit de longueur. Le rocher était creusé d'un côté et sa surface était profondément sillonnée de stries. Du sommet, des lignes coulaient sur toutes ses faces, certaines droites et d'autres légèrement courbes. Ces rigoles prenaient leur source à une dizaine de petits trous circulaires de trois doigts* de profondeur. Des lichens* s'étaient incrustés dans le monument de pierre. Intrigué, Arzhel ne pouvait en détacher le regard. Il se demandait quel pouvait bien être le message caché que les Anciens avaient gravé dans le roc.

– Tu sembles perdu, l'apostropha un saunier* qui passait par là avec un énorme sac de sel sur le dos.

– Ah! bonjour, marchand. Je me demandais ce que nos ancêtres avaient voulu nous dire en laissant les traces de leur passage sur cet étrange rocher.

– Il ne faut pas t'approcher de ce rocher, c'est le tombeau d'Almanzorius, murmura le saunier sur un ton ferme. Il s'agit de la frontière entre le monde des humains et l'Autre Monde…

– Je n'ai pas peur! lança Arzhel, fanfaron. Qui es-tu pour me dicter ce que je peux ou ne peux pas faire?

– Je suis Melaine, le meilleur livreur de sel des Namnètes, s'exclama l'homme. Je te le redis, il vaut mieux que tu suives mon conseil…

Arzhel haussa les épaules et se dirigea d'un pas ferme vers le rocher, bien décidé à en percer le secret. Alors, Melaine ramassa une branche morte qui gisait sur la plage et la lança de toutes ses forces dans la partie creuse du rocher. Aussitôt, la branche s'enflamma.

– Si tu essaies de franchir cette porte sur l'Autre Monde, voici ce qui va t'arriver.

Arzhel s'immobilisa aussitôt. S'il tentait de passer, il se consumerait comme la branche de bois mort. Ses yeux lançaient des éclairs de colère. Il ne supportait pas que l'on s'opposât à sa volonté.

Melaine a l'air d'un simple paludier*, mais peut-être est-ce un dieu? songea-t-il en dévisageant l'homme.

Arzhel n'osait pas le défier. Il jeta encore un regard au tombeau d'Almanzorius avant de reporter ses yeux sur l'endroit où Melaine aurait dû se tenir, mais le marchand avait disparu. Arzhel regarda de tous les côtés:

aucune trace du vieil homme. *C'était donc un dieu… et il m'a sauvé la vie.* Le jeune druide ne savait que penser de cette rencontre ; il se demandait pourquoi Melaine avait pris la peine de le protéger. *Peut-être parce que je viens de Mona et que je suis l'Élu*, pensa-t-il, tandis qu'un sourire de satisfaction se dessinait sur ses lèvres.

Ce fut alors qu'une plume noire vint atterrir à ses pieds. Levant les yeux au ciel, il aperçut un corbeau qui croassait en tournoyant au-dessus du tombeau d'Almanzorius. Puis, l'oiseau descendit en piqué vers lui et se posa sur le monticule rocheux tout en gardant son œil rond et sombre fixé sur lui. Il sentit un frisson lui parcourir l'échine. L'oiseau s'ébroua, écarta ses ailes et Macha la noire prit forme humaine. Ses lèvres rouge sang s'étiraient en un rictus* mauvais.

— Ainsi, les Thuatha Dé Danann te protègent… C'est sans doute leur façon de me défier. Mais je ne les laisserai pas te prendre, tu m'appartiens !

Un croassement rauque sortit de sa gorge. Ses bras soulevèrent sa cape de plumes et elle se mit à battre des ailes en psalmodiant une incantation magique.

— Malédiction sur Guiriac'h et son sel. Que la saumure croupisse dans les sacs, que la marchandise soit corrompue, et que jamais le sel n'arrive à destination.

Ses mots vibraient encore dans l'air quand elle s'envola sous sa forme de corbeau.

Arzhel la suivit des yeux un instant. Cette voix lui était familière et avait réveillé en lui des souvenirs de son errance, quand il était Koad, le mage de la forêt. Mais, comme le soir tombait, il décida de trouver refuge pour la nuit à Guiriac'h, plutôt que d'essayer de suivre l'oiseau.

Une fois entré dans l'oppidum, il se garda bien de révéler à qui que ce soit sa rencontre avec Melaine et surtout avec Macha la noire.

Ce soir-là, comme presque tous les soirs d'été, une procession de six sauniers devait partir de Guiriac'h en suivant la falaise pour se rendre à Grannona, le port d'où les bateaux chargés de sel s'en allaient faire commerce avec les autres peuples de Celtie.

La troupe de marchands prit donc la direction du port ; c'était une route périlleuse remplie de crevasses et de fondrières profondes. Malheureusement pour eux, Macha la noire, furieuse de l'intervention de Melaine, avait entrepris de se venger. Ne pouvant s'en prendre directement au dieu-saunier, elle voulait exercer ses représailles sur les paludiers qui auraient le malheur de parcourir la route entre les deux oppida* gaulois.

Elle se dissimula donc aux abords de la première crevasse et attendit. Au moment où Sirona apparut dans le ciel qui s'obscurcissait, elle passa à l'action. Se glissant à l'arrière du groupe de porteurs de sel, elle passa ses longues ailes noires devant les yeux du dernier marchand, ce qui l'aveugla. L'homme fit un écart et glissa au fond de la crevasse ; paralysé par un charme de la sorcière, il ne cria pas. Elle répéta le même stratagème deux fois encore. Lorsque, au petit matin, les trois survivants parvinrent enfin à Grannona, ils furent bien étonnés de constater la disparition de trois d'entre eux, car ils n'avaient rien vu ni entendu au cours de leur périple. Ils déchargèrent leur sel, mais, évidemment, il manquait celui des disparus. Comme le coracle ne pouvait pas partir à moitié plein, les marchands acceptèrent de faire un autre voyage le lendemain.

Sur le chemin du retour, ils cherchèrent leurs compagnons disparus, mais ne les trouvèrent pas.

Toute la journée, les bouilleurs de sel de Guiriac'h travaillèrent à obtenir du sel marin par évaporation de l'eau de mer chauffée dans des godets* d'argile. Les Gaulois suaient et peinaient sous le chaud soleil ; les yeux piquaient et le sel brûlait les mains et les pieds nus, mais il n'était pas question de laisser un bateau partir avec la moitié de sa cargaison.

Le soir venu, les trois marchands s'en allèrent, chacun portant deux gros sacs de sel sur le dos. Mais, une fois encore, Macha la noire les attendait. Et comme la veille, elle fit tomber les hommes un par un dans des crevasses. Cette fois, aucun Gaulois ne réussit à atteindre Grannona.

Le lendemain matin, un messager vint à Guiriac'h pour demander des comptes au chef de clan Smertulitanus.

– Ce n'est pas possible! Mes trois derniers sauniers sont partis hier soir comme convenu…

– Mais ils ne sont jamais arrivés! compléta le messager.

– Je n'y comprends rien, se lamenta le chef de clan. Quel malheur!

– Et maintenant, qui va nous livrer le sel? demanda le messager. Si ton village ne peut plus assurer le ravitaillement, il va falloir que nous prenions le sel d'un autre clan, et le tien sera condamné à mourir de faim.

Smertulitanus se lamentait, incapable de trouver une solution pour remédier au problème, lorsque Melaine apparut près des bouilleurs de sel. Le dieu-saunier savait que la rage de Macha se déchaînait sur le village parce qu'elle ne pouvait l'atteindre lui-même directement. Il s'approcha du chef de clan et lui prodigua ses conseils par la pensée.

– Je te suggère de faire porter le sel par des femmes… et de suivre mes recommandations.

Smertulitanus esquissa un sourire. Le plan de Melaine était redoutable et saurait assurément déjouer les machinations de la Dame blanche.

Les bouilleurs se remirent au travail avec ardeur et réussirent à remplir près d'une dizaine de sacs. Une douzaine de femmes du village furent chargées de prendre la relève des sauniers et s'en allèrent vers Grannona.

Ce soir-là, Macha reprit son manège. Une des femmes fut projetée dans la plus profonde crevasse du chemin. Mais, au lieu de la secourir, les autres femmes lui jetèrent des pierres avant de poursuivre leur route sans se retourner, comme l'avait recommandé Melaine. Elles arrivèrent à Grannona saines et sauves et purent livrer leur marchandise. Puis, elles revinrent chez elles, à Guiriac'h, en chantant.

Smertulitanus leur demanda de raconter ce qu'elles avaient vu pendant la nuit. Sterenn, son épouse, lui répondit :

– La dernière femme de notre groupe est tombée dans une crevasse et, comme Melaine l'avait demandé, nous lui avons lancé des pierres et avons poursuivi notre chemin. Mais nous ne comprenons pas pourquoi il nous a fallu sacrifier Soazig, notre compagne.

– Qui parle de me sacrifier ? s'exclama une voix qui fit sursauter tout le monde.

C'était Soazig qui sortait de sa cabane.

– Mais que… que fais-tu là ? l'interrogea Sterenn, le regard rempli de terreur, car elle croyait avoir affaire à une revenante.

– Comment, qu'est-ce que je fais là ? Je n'ai pas bougé de ma maison depuis hier, comme me l'avait recommandé Melaine… Voilà ce que je fais là !

Ce fut le moment que choisit le dieu-saunier pour se manifester de nouveau.

– Ce soir, allez tous près de la grande crevasse. Vous y trouverez des plumes noires. Il faudra les ensevelir sous une hotte de gros sel, et plus jamais vous ne serez embêtés par celle qui a voulu exercer sa terrible vengeance contre vous.

– Ta magie est forte. Mais dis-moi, pourquoi cherche-t-on à nous nuire ? le questionna Smertulitanus.

– Macha la noire m'en veut personnellement, répliqua Melaine, mais elle ne peut pas m'affronter, car je suis un dieu et elle n'est qu'une sorcière. Toutefois, elle peut nuire aux mortels comme bon lui semble. Il vaut mieux se débarrasser d'elle.

Rassuré par l'intervention de Melaine, tous les habitants du village vaquèrent à leurs occupations quotidiennes… tous, sauf Arzhel qui avait bien compris que si les plumes noires étaient recouvertes de gros sel, Macha la noire disparaîtrait à tout jamais. Ainsi, s'assurant de ne pas être vu, il s'engagea sur la falaise qui menait à Grannona. Il trouva facilement la crevasse, puisque en plein jour elle était bien visible. Il descendit lentement dans le gouffre et découvrit, comme l'avait prédit Melaine, quatre plumes noires qu'il ramassa et s'empressa de glisser dans son sac. Puis, il s'éloigna rapidement du village.

Après avoir marché plusieurs heures, Arzhel découvrit un abri sûr sous le renflement d'une falaise. Il étala les quatre plumes noires devant lui, puis plongea sa main dans son sac pour en sortir les plantes dont il avait besoin. Il émietta un peu d'ercinon* et de rhodora sur les rémiges*, puis marmonna les paroles que Maève leur avait enseignées pour insuffler la vie à des objets morts. Les quatre plumes frissonnèrent, puis voltigèrent, et Macha la noire se manifesta. Elle déplia ses larges ailes, sa tête baissée se releva lentement et ses yeux morts s'ouvrirent, puis, petit à petit, ils retrouvèrent leur éclat vengeur.

– Ainsi, ces Gaulois pensent pouvoir se débarrasser de moi... Ils n'ont pas fini de souffrir, grogna-t-elle de sa voix éraillée. Melaine m'a projetée dans la crevasse au lieu de la femme gauloise. Ils vont tous payer pour cela. Je vais t'enseigner les plus redoutables maléfices qui soient. Je ne connaîtrai le repos que lorsque ces Celtes auront payé pour ce qu'ils m'ont fait subir.

Arzhel ne disait pas un mot, mais en lui-même, il jubilait. Que Macha lui dévoile tous ses secrets, voilà qui était inespéré. C'était le moment qu'il attendait depuis si longtemps. Maève avait enseigné aux élèves de Mona les vertus magiques des plantes et leur usage dans un but noble, jamais pour faire le mal; le jeune druide avait donc hâte de connaître toutes les propriétés des simples*, même les plus dangereuses.

Chapitre 12

Macha entraîna Arzhel sous la falaise, au plus profond d'une grotte. Comme il y faisait noir, humide et froid, le jeune druide alluma un feu avec des branches mortes. À l'évidence, cette cavité servait souvent de refuge, car il y dénicha aussi des peaux d'ours étendues sur le sol, prêtes à l'emploi. La couche semblait confortable. Il s'y étendit.

– Ce n'est pas le moment de te reposer, le gronda la Dame blanche. Tu es ici pour être initié aux mystères des druides…

– Je connais le secret des plantes, les incantations et comment procéder aux métamorphoses, répliqua Arzhel, en tapotant la fourrure d'ours pour en chasser les plis inconfortables avant de s'y installer.

– Tu te crois très malin parce que Maève t'a montré deux ou trois de ses petits tours de magie, grinça Macha la noire entre ses dents. Moi, je te parle d'autre chose. D'un mystère que seuls les druides confirmés détiennent…

Le garçon se releva sur un coude, intéressé, mais légèrement sceptique. Maève était la maîtresse de Mona, elle avait été choisie par les Tribus de Dana pour dispenser les connaissances druidiques à des dizaines d'apprentis depuis plusieurs années. Qu'est-ce qu'une simple sorcière pouvait savoir de plus qu'une grande prêtresse?

Percevant sa réticence, Macha sortit d'une poche de sa robe quelques boules ocre qu'elle fit danser dans le creux de sa paume.

– Sais-tu de quoi il s'agit? lui demanda-t-elle, ironique et mystérieuse.

Arzhel se redressa un peu plus tandis que Macha lui passait les sphères sous le nez. Il grimaça.

– Ça sent la terre! s'exclama le jeune druide.

Puis, en les regardant mieux, il ajouta:

– J'en ai déjà vu. Dérulla, le druide de Caldun, en mâchait parfois pour parler avec les dieux. Il disait que c'était les Noisettes de la Sagesse.

Macha la noire éclata d'un rire qui résonna sur les parois de la caverne, ce qui lui donna une sonorité presque diabolique.

– Certains disent aussi le Frère du Beth*, le Serpent rouge tacheté, les Pommes d'or, les Bulles de Sagesse ou la Chair rouge… mais c'est toujours la même chose: la nourriture des dieux.

Arzhel frissonna. La nourriture des dieux était un aliment tabou. Seuls les druides les plus expérimentés pouvaient la mâcher sans danger ; pour les autres c'était la mort assurée. Il recula sur sa peau d'ours, effrayé par le pouvoir contenu dans ces petites billes.

– N'aie crainte, jeune druide, tenta de le rassurer la sorcière. Avec ce secret, tu achèveras ta formation, tu n'auras plus rien à envier à Dérulla ou aux druides plus âgés, tu deviendras leur égal…

– On ne peut pas se servir des Noisettes de la Sagesse sans surveillance, murmura Arzhel, c'est trop dangereux.

– Je serai près de toi, n'aie crainte. Je ne te laisserai pas une seule seconde… Tu es mon élève. Tu es l'Élu. Pour commencer, tu n'en mâcheras qu'un petit morceau, il n'y a pas beaucoup de risque, et tu ne partiras pas pour très longtemps. Place la paume de tes mains sur tes joues, tu vas dormir.

D'un coup d'ongle, qu'elle avait long et acéré comme la griffe du corbeau, elle trancha un tiers de la plus petite sphère ocre. Comme Arzhel hésitait à desserrer les dents, elle lui ordonna :

– Ouvre la bouche !

Prenant une profonde inspiration, il obtempéra en tremblant. Elle déposa le petit morceau sombre sur le bout de sa langue.

– Qu'est-ce que c'est ? demanda Arzhel. Ça n'a pas le goût de noisette ni de viande, c'est âcre, on dirait de la moisissure.

– Je te le dirai quand tu reviendras de ton voyage. Tu vas maintenant vivre l'*Imbas Forosnai**, la Source de la Révélation. Cela te permettra d'interpréter les rêves, de comprendre le sens de tes divinations, et tu pourras te projeter dans l'avenir.

Mais, déjà, les mots de la sorcière se perdaient dans la brume qui avait envahi l'esprit d'Arzhel. Les bras et les jambes du jeune homme s'agitèrent en tous sens. Surveillant ses convulsions, Macha voyait à ce que son corps ne s'approchât pas du feu. Puis, le jeune druide se mit à chanter une formule magique apprise à Mona. La chanson à peine terminée, un rire incontrôlable le secoua, provoquant des larmes qu'il ne put retenir. Après plusieurs minutes d'hilarité, son visage se teinta d'une profonde tristesse, ses épaules se voûtèrent. Après l'euphorie, il faisait l'expérience de la dépression. Puis, vint le moment de la vision.

Il se sentait léger, flottant dans un monde de couleurs brillantes et joyeuses. Des êtres humains, des animaux, des dieux y cohabitaient en parfaite harmonie. Il comprenait qu'il n'y avait plus de temps ni d'espace dans cet endroit merveilleux. Brusquement, il arriva devant des centaines de pommiers qui portaient à la fois des fleurs odorantes et des pommes bien rebondies. Il vit de petites abeilles qui butinaient des fruits d'or, des bourgeons et des feuilles qui glissaient dans des eaux aux reflets d'argent. Il vit des saumons qui y batifolaient et, partout, de magnifiques oiseaux aux plumes bleues ou jaunes et de très belles grues au plumage argenté. Deux papillons aux ailes multicolores vinrent jouer un instant dans ses cheveux. Il les accompagna du regard et découvrit tout près un palais de cristal aux portes de bronze, dont les habitants l'accueillirent avec bienveillance. Une très jolie déesse, Clethan, la maîtresse de la Terre des Promesses, lui tendait la main pour l'inviter à entrer. Son cœur se gonfla de joie et de fierté. Il avait atteint Avalon, l'île aux Pommes. Arzhel avança la main vers Clethan, mais, tout à coup, il sentit que le brouillard se dissipait : la déesse s'éloignait peu à peu, les couleurs devenaient plus fades, l'odeur des fleurs et des pommes tournait à l'âcre… Il ouvrit les yeux. Macha la noire était en train d'éponger la sueur de son front. Il se rendit compte qu'il était trempé, comme si toute la pluie du monde avait coulé sur son corps.

– Mach… a, balbutia-t-il.

Il avait la gorge en feu et la bouche sèche, il n'arrivait pas à articuler convenablement. La sorcière lui fit boire une décoction de fruits de sorbier*. Après en avoir avalé deux bonnes gorgées, il repoussa la main de la sorcière et lança, surexcité :

– Macha, Macha! La Terre des Promesses, je suis allé à Avalon, Clethan était accueillante! Je suis l'Élu, je suis l'Élu… Je dois rapporter le secret des druides, je dois retrouver tous les vers d'or. Je suis l'Élu!

Il se releva vivement de sa couche et voulut se mettre sur ses pieds. Mais sa tête était en feu et douloureuse, et ses jambes, encore affaiblies par le pouvoir des Noisettes de la Sagesse, le lâchèrent. Il oscilla, puis recula, chancela et s'écroula.

– Je me sens tout drôle! Comme si j'étais ivre…

– C'est normal, le Frère du Beth est très puissant. Tu n'en as pris qu'un tout petit morceau, ton corps et ton esprit n'ont pas encore appris à réagir à sa force.

– Tu dois me dévoiler son secret… tu me l'as promis!

– Oui, j'ai promis! Écoute-moi bien. Le Frère du Beth est un champignon. Tu en as déjà vu des milliers dans les bois, mais tu n'as jamais su que c'était lui. Il a un pied blanc et un chapeau rouge parsemé de verrues blanches…

– Mais oui, bien sûr! fit Arzhel en se frappant le front du plat de la main. Le Frère du Beth, son nom le dit. Ce champignon pousse entre les racines des bouleaux, on en voit partout à l'automne. Maève a toujours pris soin de les écraser du pied quand nous en trouvions, elle nous avait interdit d'en ramasser.

– Elle avait raison. C'est un champignon très dangereux, insista Macha la noire, car il peut provoquer la mort. Tu ne dois jamais – jamais, j'insiste – consommer le Frère du Beth sans surveillance. Un druide expérimenté doit absolument veiller sur ton sommeil magique pour pouvoir te ramener de tes visions si jamais les choses tournaient mal.

– Je m'en souviendrai, lui lança Arzhel en tournant entre ses doigts la petite bille dorée du champignon séché que Macha venait de glisser dans sa main.

– Tu ne dois non plus jamais divulguer son pouvoir à qui que ce soit. Si des Celtes te demandent de lire l'avenir ou de prédire l'issue d'une bataille, tu en consommeras à l'abri de leur regard.

Arzhel hocha la tête pour acquiescer aux propos de la sorcière, qui poursuivit sur le même ton :

– S'ils te voient mâcher cette substance, tu continueras à employer les mots de Frère du Beth, Serpent rouge tacheté, Noisettes de la Sagesse, Baies cramoisies ou tout autre formule que l'on emploie parmi les Celtes, mais jamais tu ne prononceras le nom exact du champignon.

– Ce secret est trop précieux pour que je le partage, ricana Arzhel.

– C'est bien. Je dois également te mettre en garde. Le champignon est plus puissant lorsqu'il est frais. Donc, si tu dois l'utiliser, commence par en mâcher de très petites quantités séchées. Tu pourras le consommer frais lorsque tu seras beaucoup plus expérimenté, dans quelques années seulement. Maintenant, raconte-moi ce que tu as vu pendant ton voyage…

Le jeune homme lui offrit la description fidèle des visions enchantées qu'il avait eues.

— Tu as vu plusieurs éléments intéressants, songea Macha à voix haute. Pour commencer, analysons l'abeille. Grâce à elle, on peut fabriquer le vin miellé et l'hydromel, la liqueur d'immortalité. L'abeille est le symbole de la perfection, c'est une marque de sagesse et d'immortalité de l'âme.

— Ma formation de druide me prédestine à la sagesse, s'emporta Arzhel, mais Macha lui imposa le silence en lui décochant un coup d'œil sombre et perçant.

— Tu as vu des grues argentées. Ces garanos détiennent des pouvoirs surnaturels. Ce sont les compagnons de Cliodhna, la déesse de la Beauté, mais aussi de Tarvos, le Taureau blanc, et d'Ésus, le dieu de la Destruction. Ce sont des oiseaux de l'Autre Monde…

— Les grues étaient seules, je n'ai vu personne à leurs côtés, expliqua Arzhel. Il est donc difficile d'en tirer des conclusions…

— Hum! Poursuivons. Tu as parlé de papillons, il me semble…

– Oui. Magnifiques, doux, aériens, fit Arzhel en fermant les yeux, tout en se rappelant le frôlement de leurs élytres* transparentes dans ses cheveux.

– Le symbolisme du papillon est celui de l'âme débarrassée de son enveloppe charnelle. Il représente ton voyage dans la Terre des Promesses, c'est un bon présage. Surtout que tu as vu le saumon de la Connaissance juste avant, le symbole de la science sacrée. En apprenant le mystère du Frère du Beth, tu as désormais accès à la connaissance suprême. La chair rose du saumon doit te rappeler le chapeau rouge du champignon magique.

– Et les pommes, le pommier ? l'interrogea Arzhel.

– Elles sont, elles aussi, le symbole de la science et de la connaissance. Tu sais qu'Avalon veut dire « l'île aux Pommes » dans la langue celte, tu as donc mis un pied dans le domaine du savoir, du pouvoir et de l'intuition magiques.

Arzhel avait les yeux écarquillés de stupeur. Tous ces mystères qui se dévoilaient à ses yeux le gonflaient d'orgueil. *Plus personne ne pourra s'opposer à ma volonté*, se dit-il. *Je détiens la connaissance suprême, le mystère sacré des druides, je suis l'ours et le sanglier, le roi et le sage, l'Élu.*

Des images du druide Dérulla remontèrent à sa mémoire. Maintenant, il se savait capable de reprendre le contrôle de son clan, de chasser le traître et de diriger son peuple. Mais il avait d'autres ambitions, plus grandes, plus valorisantes que de mener des guerriers ignorants et rustres* au combat. Sa destinée était plus grande, plus flamboyante, plus...

— Tu ne dois pas tomber aux mains des Romains, répétait Macha pour la deuxième fois lorsqu'il reprit pied dans la réalité.

— Je ne compte pas les fréquenter, lâcha Arzhel.

— Au contraire! s'exclama-t-elle. Tu vas te mêler à eux. Le meilleur moyen de passer inaperçu est de te ranger de leur côté. Car s'ils t'attrapent alors que tu erres dans les bois, ils auront les moyens de te faire parler et de te soutirer tous tes secrets...

— Mais les Romains... ce sont... ce sont des barbares! protesta Arzhel. Ils détruisent notre peuple et nos croyances. Je ne peux pas...

— Tut, tut, tut! Pas de protestation. Tu seras en sécurité s'ils te prennent pour un traître. Tu vas les aider à vaincre leurs ennemis...

— Mais, mais... ce n'est pas possible. S'ils gagnent la guerre, le peuple celte va disparaître, avec ses croyances, ses coutumes, ses lois, ses habitudes et même sa culture.

— Érec et Viridorix ne sont pas importants, ce sont de petits roitelets de rien du tout qui mènent la guerre sans penser à la Celtie, simplement pour le prestige des Vénètes et des Unelles. Non, le plus important de tous, c'est Vercingétorix... mais le roi des Arvernes n'est pas encore prêt à livrer le combat final. La rébellion d'Érec et de Viridorix lui nuit, ils ont agi beaucoup trop tôt. Le moment n'est pas encore venu de chasser les Romains.

– Comment saurons-nous que le moment est venu ?

– C'est Camulogenos des Parisii qui doit déclencher les hostilités, ce sera le signal pour mener le combat final. Alors, tu rejoindras ton clan pour persuader ton père Éribogios d'envoyer des troupes à Vercingétorix. Dérulla ne pourra pas s'opposer à ta volonté. Mais n'agis pas avant le signal.

– Et les vers d'or ?

– Tu dois absolument les connaître tous pour les mettre à l'abri. Ils t'ouvriront les portes d'Avalon pour l'éternité. Grâce à eux, tu t'assureras l'immortalité.

– Celtina en possède plusieurs...

– Elle te les révélera quand elle comprendra que tu es l'Élu, que tu connais le mystère des Noisettes de la Sagesse. Ce mystère seulement peut ouvrir les portes d'Avalon, elle ne le connaît pas, donc elle ne pourra pas y mettre les pieds. Elle abandonnera ses prétentions et te révélera ce qu'elle sait le moment venu. Ne t'impatiente pas !

Chapitre 13

Tous les Pictons et les Santons ne s'étaient pas rangés aux côtés des Romains, loin de là. Ciabhan était parvenu à réunir un peu moins d'un millier de Santons et d'hommes au visage peint pour mener la lutte contre les légions de César. Ils étaient tous prêts à mourir pour préserver leur indépendance. Mais plus l'armée romaine avançait, plus le pays plongeait dans le trouble et l'épouvante. Certains druides et prêtresses prophétisaient des calamités sur ceux qui osaient défier le roi picton Duratios, fidèle allié de Rome.

Parmi ces oiseaux de mauvais augure, il en était un qui portait une cape de plumes noires. Laissant Arzhel, son protégé, rejoindre Publius Licinius Crassus dans le camp de Silviacus, Macha avait décidé de jeter des sorts et de semer le trouble dans les esprits des guerriers de l'entourage de Ciabhan.

Sous les grands chênes, aux abords d'un immense dolmen, ses incantations les incitaient au combat, leur faisant oublier la prudence et la réflexion. Elle avait aussi une autre idée en tête : s'emparer de Celtina. Elle voulait forcer l'adolescente à livrer à Arzhel les vers d'or qu'elle connaissait déjà. Sa haine farouche des dieux des Tribus de Dana se reportait maintenant sur la jeune fille.

Au cours de l'assemblée des rebelles santons et pictons convoquée par Ciabhan pour décider des moyens à prendre pour contrer les Romains, Macha la noire se glissa au milieu des Gaulois. Enveloppée dans sa cape de plumes noires, elle fit forte impression. Tellement que plusieurs crurent qu'elle était une envoyée des Thuatha Dé Danann venue les conseiller.

Rangés en cercle, tenant à la main leur bouclier et brandissant soit leur lance soit leur épée, les combattants attendaient l'avis de la femme sacrée. Sa physionomie était sévère, son regard halluciné, sa parole hardie et convaincante. Elle fascinait toute l'assistance.

Les derniers rayons de Grannus tombaient sur la mer, et Sirona éclairait faiblement les lieux. L'ambiance autour du dolmen était impressionnante. L'assemblée des guerriers avait l'allure d'un rendez-vous d'ombres de la nuit. Juchée sur la pierre grossière du dolmen, les cheveux en désordre, les plumes de sa cape ébouriffées, Macha la noire clamait son exhortation avec exaltation. Son visage pâle chargé de haine et de fureur lui donnait l'aspect d'un spectre.

– Écoutez-moi! cria la sorcière. Je suis la voix d'Ésus. Je suis la messagère des dieux et je suis là pour vous guider. Ésus ne vous abandonnera pas, mais il exige le prix du sang. Ramenez-lui l'imposteur, celle qui se dit l'Élue, vous la connaissez, c'est Celtina du Clan du Héron! Cette nuit même, elle doit être sacrifiée pour conjurer les menaces qui pèsent sur vous, peuples de Celtie.

Sa voix rauque se brisa sous l'effort qu'elle avait déployé; elle était surexcitée, enflammée par la folie et par la haine. Son appel sauvage fut suivi par un silence terrifiant. Seuls un raclement de gorge et le cliquetis d'une épée contre un ceinturon lui répondirent. Personne n'osait prononcer une parole, ils étaient tous envoûtés par sa voix et son charme maléfiques.

Macha, le visage déformé, attendait que sonne l'heure de sa vengeance. Ciabhan était paralysé de stupeur. Finalement, lorsque de gros nuages sombres vinrent voiler la lune, il retrouva un peu de son aplomb. Dans le lointain, il entendait rouler les vagues furieuses de la mer, poussées par le vent du large. Une formidable tempête menaçait. Des guerriers se faufilèrent d'arbre en arbre, effrayés par cette manifestation du courroux des dieux, et s'enfuirent. D'autres, paralysés par la peur, n'osaient faire ni un pas en avant ni un pas en arrière. On les aurait crus changés en statues de pierre.

Ce fut à ce moment que quatre hommes recouverts de peaux de bêtes, les cheveux raidis de boue, surgirent au cœur de la nuit. Ils portaient sans ménagement une jeune fille gémissante et solidement entravée. Malgré leur déguisement, Ciabhan les reconnut: c'étaient des Anaon, les âmes damnées de Macha la noire. Leurs corps filiformes et transparents et leurs longs membres squelettiques ne parvenaient pas à retenir les pelisses de bêtes qui glissaient sur leur peau lisse et vaporeuse.

La tempête continuait de se déchaîner et les arbres étaient secoués d'un terrible frémissement. Leurs craquements lançaient des avertissements lugubres au cœur de la nuit.

Macha s'avança pour saisir la prisonnière en entonnant un hymne incompréhensible mais violent. Portée par sa haine, elle projeta sans ménagement Celtina sur la table du dolmen. Puis, avec des gestes brusques et saccadés, la sorcière arracha brutalement la tunique de la jeune prêtresse. Elle tira un coutelas de sa manche et s'élança sur elle pour le lui pointer sur le cœur.

— Révèle-moi les vers d'or des druides… et je te laisse la vie sauve! la menaça-t-elle de sa voix éraillée. Sinon, tu finiras par parler, car je saurai te faire très mal, sans jamais t'enlever la vie… en te maintenant à la limite de la douleur et de l'inconscience…

Au moment où le couteau touchait la poitrine de Celtina, un éclair déchira le ciel. La terre trembla et s'ouvrit brusquement au pied du dolmen. Macha vacilla et le couteau effleura l'épaule de la jeune fille, y provoquant une fleur de sang sans gravité. Les arbres s'abattirent les uns sur les autres et certains plongèrent dans le gouffre. Macha poussa un hurlement perçant à l'instant où le vent l'arracha de terre. Un tourbillon l'emporta dans le ciel, où elle parvint à prendre sa forme de corbeau pour échapper au cataclysme. Les Anaon la suivirent en volutes informes.

Ayant échappé à l'influence de Macha la noire, Ciabhan recouvra tout à fait ses esprits. Malgré les branches qui fouettaient son visage, malgré la pluie qui ralentissait ses mouvements, malgré la peur qui raidissait ses doigts, le jeune Picton réussit à détacher Celtina. Affaiblie et apeurée, elle glissa en bas du dolmen. La foudre s'abattit sur la pierre dure et la fracassa. Réfugiés dans les bras l'un de l'autre, ils se précipitèrent sous l'amas rocheux. Tout autour d'eux, c'était le sauve-qui-peut général. Les guerriers affolés s'enfuyaient dans toutes les directions tandis que le feu embrasait les arbres foudroyés.

Ésus, le dieu de la Destruction, s'acharna sur la clairière toute la nuit. Enfin, au petit matin, alors que la brume se glissait dans la forêt, le calme revint. Celtina et Ciabhan sortirent de leur cachette. Ils étaient seuls. Prudemment, ils explorèrent la clairière et ramassèrent des armes abandonnées par les guerriers. Puis, peu à peu, ils retrouvèrent quelques Celtes qui s'étaient cachés soit dans une grotte, soit dans un trou pratiqué dans des fourrés. Un à un, Pictons et Santons vinrent se joindre à eux. Plusieurs étaient encore abasourdis par les événements de la nuit et interrogèrent Celtina et Ciabhan sur ce qui s'était réellement passé.

— Nous avons été attaqués par Macha la noire, soupira Celtina. Ce n'est pas la première fois qu'elle et ses Anaon s'en prennent à moi. Ils essaieront de nouveau, j'en suis convaincue. C'est l'intervention d'Ésus qui m'a sauvée !

— Il t'a sauvée toi, mais nous, nous avons failli y laisser notre peau, s'exclama un homme au visage peint sur lequel l'adolescente vit subsister des traces de peur.

— Si Ésus se manifeste, déclara Ciabhan, c'est que la guerre n'est pas loin.

— Cette nuit d'horreur nous a surpris alors que nous nous hâtions pour retrouver nos amis vénètes, expliqua l'homme à Celtina. Les troupes de César se dirigent contre Érec, nous allons lui prêter main-forte.

— Viens avec nous ! lança Ciabhan.

— Non, ce n'est pas ma route, trancha l'adolescente. Je dois me diriger vers le sud, pas vers le nord.

Ciabhan haussa les épaules et lui tourna le dos. Ses hommes lui emboîtèrent le pas. Certains jetaient des regards obliques du côté de Celtina, ne comprenant pas qu'elle ne mît pas ses pouvoirs de prêtresse au service des combattants celtes. Ils s'éloignèrent en bougonnant, plusieurs la traitant de peureuse ou, pire, de traître. Ces mots lui faisaient mal, et elle sentit des larmes lui mouiller les yeux.

– Je ne peux pas risquer ma vie dans une bataille. Je détiens une partie du secret des druides et je dois à tout prix éviter de tomber entre les mains des Romains, murmura-t-elle, mais aucun des guerriers ne l'entendit.

Elle leur souhaita bonne chance et se mit en route dans la direction opposée.

Celtina savait que les Vénètes étaient la nation la plus puissante de la côte. Ils possédaient de nombreux vaisseaux, solides et bien armés. Ils contrôlaient plusieurs ports et étaient de hardis navigateurs. Leur point faible était cependant leur richesse. Les Vénètes prélevaient des droits de passage sur tous les bateaux de la côte, ce qui leur avait valu la rancœur et la jalousie des Pictons et des Santons, qui eux aussi étaient de bons constructeurs de bateaux. C'était la raison pour laquelle Duratios, le roi des Pictons, s'était allié avec les Romains.

Convaincue qu'Érec avait toutes les ressources pour s'opposer aux Romains, surtout s'il recevait des renforts des quatre coins de la Gaule, la jeune prêtresse avait confiance dans les chances des Armoricains. Jusqu'à maintenant, les Romains n'avaient gagné que de petites escarmouches contre eux, elle ne les pensait pas de taille à vaincre définitivement les Vénètes.

Elle avait résolu de se diriger vers le pays des Andécaves. Elle avait entendu parler d'oppida dissimulés sous terre, où les rebelles résistant à César vivaient à l'abri des regards et préparaient leur riposte. Les Romains les avaient appelés les terriers des Gaulois. Celtina se dit que Malaen, son petit cheval, l'y attendait sûrement.

Sa seule crainte pendant ce voyage était d'être trahie à tout moment, mais il était important qu'elle s'y rendît. Elle était à peu près sûre d'y trouver Iorcos, surnommé Petit Chevreuil, un ancien élève de Mona, qui était originaire de cette tribu. Maève lui avait confié un vers d'or et Celtina devait le retrouver avant les Romains. Si ceux-ci se rendaient compte que le jeune Andécave était un druide, ils le forceraient à livrer son secret. Elle espérait aussi qu'Iorcos saurait convaincre Dumnacos, le roi de son peuple, de se joindre aux armées qui se levaient contre les envahisseurs latins.

Après plusieurs jours de marche, Celtina arriva enfin dans les environs de Trango, un oppidum des Andécaves en cours de construction dans de la roche blanche. Elle découvrit des hommes au travail. Ils s'affairaient à creuser le tuffeau* d'une falaise où ils comptaient bien trouver refuge.

– Je cherche Iorcos, dit-elle au premier tailleur de pierre.

Sans relever la tête, il pointa sur sa droite, en grommelant des mots qu'elle ne comprit pas.

Elle suivit néanmoins la direction indiquée et arriva devant un amas de roches. Elle entendit un grondement et leva les yeux. Elle eut juste le temps de s'écarter ; un énorme bloc minéral s'écrasa à ses pieds.

– Hé, attention, maladroit ! cria-t-elle à l'intention d'un adolescent blanc de tuf* qui venait de pousser le bloc du haut d'un trou dans la falaise.

– C'est à toi de faire attention, écarte-toi ! répliqua-t-il sans cesser de pousser de plus petits morceaux de tuf devant lui.

Elle allait répliquer lorsqu'elle entendit le bruit d'un galop. Elle pivota sur ses talons, puis se rejeta rapidement en arrière pour ne pas être heurtée. Malaen, effrayé, venait de sortir à toute vitesse de l'une des grottes déjà creusées.

– Malaen, Malaen… c'est moi ! Où vas-tu ?

– Je file d'ici, ces gens sont fous ! Et si tu tenais un peu à la vie, tu ferais comme moi, répondit le cheval en revenant sur ses pas pour s'arrêter à sa hauteur. Vite, sur mon dos !

Elle prit appui sur un morceau de tuf et sauta sur le petit cheval jaune. Mais rapidement, elle comprit son erreur. Elle était à peine assise que Malaen se transforma en cheval blanc qui l'emporta à la vitesse du vent. Traversant buissons et champs d'épines, fondrières et plaines parsemées de pierres, la jeune prêtresse et le cheval magique fendaient l'air comme des êtres diaboliques. Elle avait beau murmurer des incantations pour conjurer le sort, menacer sa monture des pires représailles, rien à faire. Ses connaissances n'étaient pas assez étendues pour contrecarrer la méchanceté de la Malbête et elle devait s'en remettre à la chance pour sortir de sa fâcheuse position. Elle ne maîtrisait plus rien.

Brusquement, le cheval pila net et, emportée par son élan, Celtina fit une cabriole par-dessus son encolure pour finir dans une mare de boue où trois cochons étaient en train de se baigner. Alors, elle perçut un rire qu'elle connaissait bien. C'était Iorcos qui se moquait d'elle.

– Eh bien, jolie cavalcade et belle culbute ! rigolait le garçon blanc de tuf qui avait failli l'écrabouiller un peu plus tôt.

– Iorcos, c'est bien toi ? Je ne peux y croire !

Elle se précipita sur son ancien ami pour lui faire l'accolade, mais ce dernier s'écarta en grimaçant, car elle était couverte de lisier* et dégageait une odeur pestilentielle.

– Tu peux bien me remercier. Heureusement que je me suis souvenu de nos cours de botanique sur l'Île sacrée.

– Qu'est-ce que viennent faire nos cours de botanique dans ma chute?

Elle s'examina en parlant et fit la grimace; elle était répugnante.

– J'ai cueilli une poignée de visumarus* que j'ai frotté sur ce menhir, tout près de la mare. Tu sais comme moi que les chevaux magiques en raffolent.

– Il en a senti l'odeur et s'est arrêté net..., confirma Celtina. Mais franchement, tu aurais pu éviter de choisir précisément ce menhir, car il était évident que je finirais tête première dans la fange.

– Je ne sais pas qui t'a joué ce sale tour, mais pour t'envoyer la Malbête, c'est qu'on t'en veut! continua Iorcos sans répondre aux reproches de son amie.

– Je sais qui m'a fait ce cadeau vicieux, c'est Macha la noire. Ce que je ne comprends pas, c'est pourquoi elle s'acharne contre moi.

– On se penchera sur son cas plus tard. Pour l'instant, tu dois te nettoyer, tu en as bien besoin. Tu trouveras un baquet d'eau de pluie devant la caverne de Dumnacos.

Les deux amis retournèrent vers l'oppidum troglodyte* en riant et en échangeant des nouvelles.

Chapitre 14

Les mains derrière le dos, Publius Licinius Crassus parcourait son camp à larges pas ; il était préoccupé. Ses yeux se posaient sans les voir sur les fortifications qu'il avait fait ériger. Son esprit était ailleurs.

Les nouvelles n'étaient pas bonnes. De tous côtés retentissaient les carnyx* et les chants guerriers des Armoricains. Certes, les tribuns retenus en otage avaient été libérés en échange des enfants gaulois, mais le légat n'était pas certain que ce fût une si grande victoire. Assurément, les Vénètes et les Unelles préparaient quelque chose. Mais quoi ?

Il fit demi-tour pour se diriger vers sa tente lorsque son regard tomba sur un jeune Celte, tout vêtu de noir, accroupi devant un foyer sur lequel il faisait cuire un épais ragoût. Sur son bouclier, déposé à quelques pas, il reconnut un ours.

– D'où sors-tu, toi ? lui balança-t-il en le bousculant rudement.

– Euh… je suis de…, bredouilla Arzhel, surpris d'avoir été interpellé par le commandant en chef du camp qui, d'habitude, n'adressait la parole qu'à ses propres hommes.

– Ah, bien sûr! Un auxiliaire* consoranni..., enchaîna le Romain sans se rendre compte du trouble qu'il avait semé dans l'esprit d'Arzhel.

Le jeune druide ne le détrompa pas. Il savait les Romains incapables de faire la différence entre les nations celtes. Ils ne parvenaient jamais à identifier correctement les tribus même en ayant leurs totems sous le nez.

Le légat réfléchit quelques secondes, puis, assénant un autre coup de pied dans les côtes d'Arzhel, il lui ordonna:

– Suis-moi dans ma tente, j'ai une mission pour toi!

Arzhel ramassa son bouclier et son glaive et, la peur au ventre, il suivit le chef des légionnaires.

Lorsque, une dizaine de minutes plus tard, Arzhel ressortit de son entrevue avec Publius Licinius Crassus, il était investi d'une nouvelle mission: il était devenu un espion à la solde de Rome.

Les choses ne se présentent pas trop mal, songea le jeune homme. *Macha m'a dit qu'il fallait à tout prix que Viridorix et Érec perdent la guerre; les nouvelles que je vais leur apporter devraient les inciter à commettre de graves erreurs.*

Il partit sur-le-champ pour le pays vénète. Grâce à un ordre de mission délivré par le légat, un cheval rapide et robuste lui était fourni dans chaque garnison romaine qu'il rencontrait sur sa route.

Il ne lui fallut que peu de jours pour enfin arriver à Kamoël, un petit port entre terre et océan, sur les bords de la rivière Gwilen. À moins d'une leuca de l'oppidum, il rendit la liberté à sa monture et poursuivit sa route à pied. Une arrivée à cheval aurait pu le faire paraître suspect aux yeux des Vénètes.

Lorsqu'il pénétra dans l'oppidum, couvert de poussière et épuisé, il n'eut aucune difficulté à se faire passer pour un transfuge*.

— Je t'apporte une grande nouvelle, roi des Vénètes, lança-t-il aussitôt qu'il se trouva en face d'Érec. Ta rébellion porte ses fruits. C'est la panique chez les Romains. Le légat Publius Licinius Crassus va se porter par voie terrestre vers le nord, car tes alliés Curiosolites et Redons l'inquiètent beaucoup.

— Et Quintus Titurius Sabinus? l'interrogea Érec, les yeux remplis de joie et la moustache frémissante de plaisir.

— Il en a plein les bras avec Viridorix... Il ne te causera aucun problème.

— Mon ami, ton message me remplit de bonheur. Je vais envoyer un messager à Viridorix pour l'enjoindre à maintenir la pression sur Sabinus. Cette fois, c'est sûr, nous allons remporter une éclatante victoire !

– Je suis volontaire pour porter ton message, roi Érec, lança aussitôt Arzhel, malgré sa fatigue évidente.

Le Vénète ne soupçonna aucune malice dans cette offre. Au contraire, il y vit même une excellente proposition.

– Bonne idée ! Ainsi, tu pourras lui raconter exactement ce que tu as vu dans le camp romain. Rien ne vaut un témoignage de première main. Prends mon meilleur cheval dans l'enclos et hâte-toi !

Arzhel fit l'accolade au roi Érec et se dépêcha de sortir de l'oppidum. Toutefois, pendant quelques leucas, il prit soin de jeter de fréquents regards derrière lui. Il n'avait pas été pris en filature.

On m'a cru sur parole, voilà qui est plutôt encourageant ! Et il se prit à siffloter un air que son père lui avait appris durant son enfance.

Cinq jours plus tard, Arzhel était en grande discussion avec Viridorix, roi des Unelles, qui avait convoqué une assemblée de ses principaux chefs de clans et aides de camp venus des tribus des alentours.

– César est pressé par les Vénètes, il court les plus grands dangers, déclara-t-il. Il a demandé du renfort. La nuit prochaine, Sabinus et la plus grande partie de ses troupes quitteront furtivement le camp pour lui porter secours.

Ses paroles furent saluées par de nombreux cris. Les chefs de clans se félicitèrent de leur force, de leur bravoure, de leur stratégie guerrière.

– Ah, voici l'occasion que j'espérais, s'enflamma Viridorix. Il faut absolument prendre ce camp. Je n'aime pas savoir les Romains si près de mes oppida.

– Tu n'auras aucun mal à t'emparer des soldats romains qui resteront sur place, l'assura Arzhel, car ils manquent de vivres, et tes alliés refusent de leur livrer les céréales qu'ils demandent depuis deux lunes…

À cette nouvelle, tous les chefs de clans réunis pour écouter le messager laissèrent éclater leur joie, comme si, déjà, la victoire leur était acquise.

À peine la réunion terminée, les guerriers, les artisans, les commerçants, les hommes, les femmes et même les enfants se hâtèrent de ramasser des branches pour confectionner des fagots destinés à combler les fossés qui entouraient le camp romain de Sabinus, de façon à leur permettre de les franchir sans difficulté.

Aux premières lueurs du jour, convaincus par Arzhel qu'ils allaient trouver un camp presque déserté, Viridorix réunit des milliers d'Unelles, d'Ésuviens, de Lexoviens et d'Abrincates à environ deux millariums du camp romain, qui était situé sur une hauteur. Se faufilant par un réseau de petits chemins et de sentes serpentant à travers la forêt, les guerriers avançaient rapidement, sans chercher à se dissimuler. Ils menaient un train d'enfer qui s'entendait à des millariums à la ronde. La discrétion n'était pas un mot faisant partie de leur vocabulaire.

Sabinus, prévenu par Crassus du plan mis au point par César, s'était retranché dans son camp et attendait les Gaulois de pied ferme. La nuit même, il avait fait sortir ses troupes par la porte principale en bon ordre, enseignes et souffleurs de cors en tête, pour faire croire à leur départ. Mais les hommes avaient rapidement réintégré le camp par petits groupes en prenant garde de passer inaperçus.

Le stratagème semblait avoir fonctionné mieux que prévu, car lorsque les combattants gaulois arrivèrent enfin au pied de la colline où était construit le camp romain, ils montèrent à l'assaut des pentes douces au pas de course. Viridorix avait insisté, il fallait se presser pour ne pas laisser le temps aux gardes romains de percevoir le danger et de s'armer. Lorsqu'ils arrivèrent au bord des fossés, les combattants étaient hors d'haleine. Alors, Sabinus fit ouvrir les deux portes de sa forteresse et lâcha ses troupes placées en ordre de bataille. Au premier choc, ce fut la débandade. Leur incapacité à se battre avec leur charge de bois sur le dos et l'épuisement dû à leur course effrénée sur les pentes de la colline ne leur permirent pas de se défendre. En quelques minutes, des milliers d'entre eux périrent sous les coups des fantassins romains. Puis, la cavalerie s'élança à la poursuite des fuyards. Rares furent ceux qui eurent la vie sauve. Viridorix se battit vaillamment pendant de longues minutes, puis, atteint mortellement par un jet de pilum lesté de plomb, le roi unelle tomba au milieu de ses hommes.

Pendant ce temps, chez les Vénètes, on ignorait tout du triste sort de Viridorix. Les choses se présentaient même plutôt bien pour eux, puisque César n'arrivait pas à prendre leurs oppida bien défendus et fortifiés. La plupart des villages vénètes étaient en effet situés sur des îles ou des caps entourés par la mer.

À marée basse, le général romain faisait construire des terrasses, creuser des galeries. Rien à faire, dès que l'eau montait, tout était à recommencer. Et s'ils tentaient de s'approcher des villages, ses soldats étaient criblés de javelots. Si, par un hasard miraculeux, un village se retrouvait sur le point de tomber, alors la flotte vénète profitait de la marée haute pour accoster et recueillir les assiégés avec toutes leurs richesses. Ensuite, les Vénètes mettaient le feu au village et les Romains n'avaient plus rien à piller. Ce petit manège dura pendant plusieurs semaines et les légionnaires commençaient à avoir le moral très bas.

Finalement, dépité par cette résistance imprévue, César lança l'ordre à Decimus Junius Brutus de passer à l'action.

La flotte romaine devait forcer Érec à rester hors de ses ports trop bien défendus. Toutefois, le combat naval était loin d'être gagné pour les Romains, car les Armoricains disposaient d'environ deux cents vaisseaux de chêne d'une robustesse admirable. Leur coque à fond plat était très élevée, ce qui permettait aux marins vénètes d'avoir une vue imprenable sur les ponts des galères romaines, beaucoup plus légères. De plus, les voiles de cuir des bateaux gaulois leur permettaient de profiter de la force du vent pour manœuvrer, tandis que les Romains devaient se fier à la force musculaire de leurs rameurs.

Cependant, contre toute attente, le piège tendu par César fonctionna à merveille. Lorsque Érec vit apparaître les vaisseaux des Pictons et des Santons mis à la disposition des Romains, il fit sortir ses bateaux des ports qui les protégeaient. De Gesocribate, une vingtaine de ses plus imposants vaisseaux, pouvant accueillir chacun une trentaine d'hommes, vinrent se positionner au large de l'île de Siata. D'autres arrivèrent, toutes voiles dehors, de Vorgo du pays des Osismes. Bientôt, près de huit mille Armoricains furent prêts au combat dans les eaux de la Petite Mer.

Les bateaux pictons et santons étant aussi robustes que ceux des Vénètes, l'issue du combat allait désormais reposer sur la stratégie plutôt que sur la force pure. Et sur le plan de la tactique, aucun chef ni roi celte n'égalait le général romain Caius Julius Caesar.

– Nous devrions peut-être prendre le large et laisser les Romains se morfondre sur les côtes, suggéra Brist, un chef de tribu osisme. Leurs galères sont trop fragiles pour résister aux vagues de la mer Extérieure.

– Et s'ils n'ont personne avec qui se battre, ils finiront par s'en aller, osa un chef vénète.

– Nous pourrions récupérer notre peuple et brûler les villages. Les Romains n'auraient que des landes dévastées à contrôler, ce qui finira bien par les affamer, car personne ne peut cultiver des champs brûlés. La disette* finira bien par les faire partir, continua Brist.

– Et ainsi, nous sauverions tous nos vaisseaux…, lança un autre chef.

La discussion dura longtemps, mais beaucoup de Vénètes étaient d'avis qu'il fallait répondre à la violence par la violence. Ils avaient même hâte de se mesurer à ces Romains que l'on disait invincibles et de prouver leur valeur.

– Ma décision est prise, trancha finalement Érec. Nous nous battrons en vue de nos côtes, sous le regard de nos familles qui ainsi pourront mesurer notre bravoure et nous prodiguer leurs encouragements.

Lorsque l'affrontement débuta, les femmes et les enfants celtes, perchés sur les hauts menhirs et dolmens de la côte, eurent en effet une vue imprenable sur le golfe. Les cris et les chants montaient en vagues de soutien dans le ciel bleu du pays vénète.

Dans les galères romaines, les fouets retentirent et les galériens qui maniaient les rames des quinquérèmes redoublèrent d'ardeur. Petit à petit, les éperons romains vinrent percuter les flancs des navires armoricains. Sous le choc, ces pointes de bronze s'arrachèrent avec tout l'avant des bâtiments. Plusieurs galères se remplirent instantanément d'eau et coulèrent à pic. Sur les vaisseaux vénètes fusèrent des exclamations de joie, bientôt suivies toutefois par des cris de rage.

D'autres navires romains portant des tours de bois s'approchaient. Les Romains firent pleuvoir des billes de plomb sur les matelots vénètes. Vinrent ensuite les boulets de pierre, les pilums et les javelots enflammés… Peine perdue, les plats-bords gaulois étaient si hauts que les jets ne parvenaient pas à les franchir. Les Armoricains répondaient coup pour coup, et plusieurs galères s'enflammèrent. L'euphorie gagna les rangs des Celtes. Leur supériorité maritime était évidente.

Soudain, un grand cri monta d'un bateau osisme. Tous se tournèrent dans la direction indiquée par le marin. La stupeur gagna les commandants des deux cents vaisseaux. Aucun d'eux n'avait jamais vu un tel monstre sur les eaux. Sur les tours installées en proue et en poupe des quinquérèmes apparaissaient d'immenses faux qui scintillaient au soleil.

Brist fit faire demi-tour à sa flotte, il ne tenait pas à expérimenter la nouvelle stratégie de son adversaire. Malheureusement, le vent était tombé pendant la bataille et les imposantes voiles des Gaulois pendaient lamentablement sur les mâts ; elles ne leur étaient plus d'aucune utilité. Sans vent, les bateaux armoricains étaient à la merci de leurs adversaires, car aucun d'eux ne possédait de rames.

Ce fut avec terreur que les marins celtes virent s'avancer vers eux, sur une seule ligne, de nouvelles galères romaines, toutes armées de ces puissantes faux. En cadence, elles avançaient sans ralentir. Puis, les faux d'acier s'abattirent sur les ponts celtes et elles tranchèrent net le sommet des mâts, coupant les cordages et faisant choir les voiles sur les têtes des marins, les prenant aussi bien que des poissons dans un filet. Des ponts d'abordage furent lancés et les légionnaires se jetèrent sur les vaisseaux adverses en poussant des hurlements de joie. Au corps à corps, les Romains étaient beaucoup plus à l'aise et leur armement leur assurait l'avantage. Les couteaux de marin des Celtes ne valaient rien contre les glaives des Romains.

Du rivage, César assistait avec confiance et ravissement à cette terrible bataille navale. Il ne cessait d'envoyer de nouveaux bateaux et de nouveaux soldats. Le spectacle le réjouissait, car sur les deux cents navires celtes, il n'en resta bientôt plus un seul avec le mât debout. Partout sur la mer, ce n'était que casques d'acier et corps flottants. Au vacarme des cris de guerre se joignait maintenant le bruit des trompettes de la victoire dont jouaient les légionnaires romains chaque fois qu'ils s'emparaient d'un navire gaulois.

Le combat avait duré toute la journée, et maintenant l'horizon rougeoyait. Grannus jetait ses derniers feux sur les milliers de vieillards, de femmes et d'enfants qui, abattus, avaient assisté au désastre depuis la côte.

Toute la nuit, les survivants des vaisseaux armoricains furent recueillis par les pêcheurs de Siata ; aux premières lueurs de l'aube, on repêcha aussi le corps sans vie d'Érec, le roi des Vénètes.

Chapitre 15

À Trango, le travail continuait avec enthousiasme. Les Andécaves étaient d'avis que leurs maisons troglodytes constitueraient des refuges inaccessibles et imprenables par les Romains.

À quinze ans, Iorcos était déjà un solide gaillard qui abattait sa part d'ouvrage. Celtina était convaincue que le jeune homme lui livrerait sans difficulté le vers d'or qu'il possédait. Il semblait beaucoup plus intéressé par les travaux de l'oppidum que par un voyage à travers les bois et les landes vers l'île aux Pommes pour restaurer la Terre des Promesses.

Petit Chevreuil lui montra sa bague lorsqu'elle le lui demanda. Il avait reçu une magnifique citrine d'un jaune éclatant, comme on en trouvait chez les Calédoniens. Ce symbole de la bonne humeur et de la jovialité correspondait tout à fait au caractère enjoué de ce joueur de tours.

– Non! s'exclama-t-il cependant sur un ton renfrogné, quand la jeune prêtresse l'enjoignit à lui révéler sa phrase secrète.

Celtina ne s'était pas attendue à un refus si catégorique. Elle en resta bouche bée.

– Rien ne me prouve que tu es l'Élue, lança Torcos sur un ton ferme. D'ailleurs, tu es beaucoup trop jeune, tu n'as pas étudié assez longtemps à Mona.

– Mais ne vois-tu pas le triskell sur mon front ? C'est la marque de Dagda, le symbole de mon voyage dans le Keugant*, le Gwenwed et l'Abred… J'ai été choisie par les Tribus de Dana.

– Tu me fais rire. N'importe qui peut se faire tatouer un triskell sur le front. D'ailleurs, tu l'as dit toi-même, tu es allée chez les Pictons, et le tatouage est la spécialité des hommes peints, si je ne me trompe pas !

– Peut-être envisages-tu de porter toi-même à Avalon ton propre vers d'or et ceux que tu obtiendras ? grommela Celtina, offensée par le refus de son ami.

– Pourquoi pas ?

– Parce que tu ne possèdes que le tien alors que j'en connais déjà quatre et que je ne te les dévoilerai pas, se buta Celtina.

Le problème semblait insoluble. Le silence s'installa entre eux. Tout autour résonnaient les coups de masse des ouvriers qui poursuivaient leurs travaux pour creuser le tuffeau. La poussière dansait dans la lumière pâle de ce petit matin, plutôt frais pour la saison.

– Je vais me rendre chez les Carnutes, reprit enfin Iorcos. Je vais demander l'avis de l'archidruide Maponos qui est revenu de captivité.

– Tu sais que c'est moi qui ai libéré le Sanglier royal…, le défia-t-elle.

– J'ai entendu cette rumeur. Mais je n'y croirai que si Maponos me confirme ce haut fait de sa propre bouche…

– Tu as toujours été entêté, Iorcos, soupira Celtina. Même à Mona, Maève devait toujours tout te démontrer pour que tu finisses par la croire.

– Si tu es vraiment l'Élue, n'aie crainte, je saurai te retrouver le moment voulu et je te livrerai mon secret à ce moment-là.

– Je constate que ta décision est prise et que je ne pourrai pas te faire changer d'idée…

– Non, effectivement. Rien de ce que tu pourras me dire ne me convaincra. Je dois parler à Maponos auparavant. Je ne me rangerai qu'à son avis… à aucun autre.

– C'est bon, Iorcos! J'accepte ta décision, même si je trouve qu'elle va nous faire perdre un temps précieux.

– Allez, ne boude pas, Celtina… Viens plutôt chez moi que je te montre mon travail. La maison d'un druide doit être la plus belle, et je te garantis qu'elle le sera!

Lorsque Ciabhan se présenta dans le premier oppidum vénète qu'il croisa sur sa route, il ne découvrit que mort et désolation. Deux jours après la déroute des Armoricains, les Romains s'en étaient donné à cœur joie contre les derniers défenseurs demeurés sur place. Les quelques survivants qu'ils avaient faits prisonniers, surtout des vieillards qui n'avaient même pas participé au combat, furent battus, torturés et tués. Quant aux femmes et aux enfants, leur sort ne fut guère plus enviable… Beaucoup furent vendus comme esclaves, notamment dans des tribus gauloises alliées de Rome où ils furent traités durement.

Et comme si cela ne suffisait pas, puisque Ciabhan n'avait pas pris soin de plonger la pointe de Luinn dans un chaudron d'eau froide, dès qu'il mettait les pieds dans un village pour y demander asile pour la nuit, celui-ci prenait inexplicablement feu. Rapidement, les villageois le tinrent, lui et ses compagnons, responsables de ces combustions spontanées et tous leur refusèrent le gîte et le couvert. Chassés de partout, les rebelles pictons et santons finirent par se lasser de ce chef bien trop encombrant. Au fur et à mesure de leurs déplacements où tout brûlait sur leurs pas, de petits groupes de combattants décidèrent de le quitter. Un beau matin, il se réveilla seul au centre d'un cercle de feu.

Pendant la nuit, Luinn avait incendié les herbes sèches de la campagne.

Chassé d'Armorique, Ciabhan poursuivit son parcours parsemé d'incendies à travers le territoire des Andécaves. Il souhaitait, lui aussi, se rendre chez les Carnutes pour demander l'aide de Maponos, le Sanglier royal.

Il arriva à Trango pendant que Celtina et Iorcos faisaient la visite des troglodytes. Cette fois, Luinn ne provoqua aucun ravage dans l'oppidum qui était creusé dans la roche. Les retrouvailles avec Celtina furent chaleureuses. Toutefois, la jeune prêtresse se rendit rapidement compte du danger que représentait son ami picton.

– Ciabhan, n'est-ce pas Luinn que tu portes comme une vulgaire lance? s'étonna-t-elle en désignant l'arme à cinq pointes.

– Oui… c'est elle! Et elle me cause d'énormes soucis, car elle met le feu partout où je la pose. Je suis obligé de la garder à la main jour et nuit, sinon c'est l'incendie.

– Mais voyons, le gronda Celtina, ne sais-tu pas que sa pointe doit toujours tremper dans un chaudron d'eau froide? Tu es inconscient. Vite, Iorcos, un chaudron.

Le jeune Andécave désigna, près de sa caverne, un immense baquet qui recueillait l'eau de pluie et assurait l'approvisionnement en eau potable de l'oppidum, celui-là même où Celtina avait puisé de l'eau pour prendre un bain fort bienvenu quelques heures auparavant.

Ciabhan y plongea Luinn et put enfin la lâcher. Il en avait mal aux doigts tellement il les avait gardés longtemps crispés sur la hampe. Enfin, il respirait plus librement.

— Comment as-tu fait pour savoir que cette lance est Luinn ? s'étonna Iorcos.

— C'est facile, c'est moi qui l'ai prise à Pisear, le roi parthe !

Ciabhan et Iorcos la dévisagèrent. Elle dut alors leur raconter les exploits des fils de Tuireann et la part qu'elle y avait prise.

— Mais toi, demanda-t-elle ensuite à Ciabhan, comment se fait-il que tu sois en possession de cette lance que Brian avait remise à Lug ?

Après quelques instants d'hésitation, le jeune Picton lui fit le récit de ses relations avec Cliodhna, la déesse de la Beauté, et comment elle avait réussi à obtenir de lui ce gage d'amour.

— À mon avis, analysa Celtina, si Cliodhna a été emportée par une vague immense, comme tu le mentionnes, c'est que Manannân est intervenu... et sûrement sur l'ordre de Lug.

— Le dieu de la Lumière doit être furieux d'avoir perdu sa lance, avança Iorcos. Il ne faut pas la garder, elle nous portera malheur.

— Je ne peux pas retourner à Tara sans invitation des dieux, pleurnicha Ciabhan. Je ne connais pas le chemin pour m'y rendre sans danger.

– Moi, je peux aller et venir entre le monde des dieux et le nôtre.

Elle indiqua le triskell sur son front.

– Dagda me protège, insista-t-elle en jetant des coups d'œil marqués à Iorcos qui fit semblant de ne pas comprendre l'allusion.

– Celtina a raison. Ni toi ni moi ne pourrons franchir le Síd sans y laisser notre vie. Elle doit y aller, soupira Ciabhan.

– Ne vous inquiétez pas, je vais rapporter Luinn à son légitime propriétaire.

– Pas si vite, petite aigrette, les apostropha une voix qu'Iorcos et Celtina connaissaient bien, puisqu'il s'agissait de celle de leur ancien compagnon, Arzhel.

La jeune prêtresse pivota sur ses talons et allait s'élancer pour sauter dans les bras de son ami qui venait à peine d'arriver à Trango, lorsque son air ténébreux et une lueur terrible dans ses yeux si bleus l'en retinrent.

Arzhel était encore plus majestueux que dans son souvenir. Pourtant, il se dégageait de lui un tel sentiment de puissance et de force qu'elle prit peur. Ses vêtements noirs et son bouclier sombre lui donnaient une apparence qui n'invitait pas à l'affection.

– Arzhel, murmura Celtina, je suis… euh, heureuse de te retrouver ! Je me demandais ce que tu étais devenu depuis que nous nous sommes séparés aux portes de Barlen.

– Vraiment? Eh bien, j'ai vécu de nombreuses aventures, répondit-il sur un ton prétentieux, et je suis devenu l'Élu des Tribus de Dana...

Ciabhan allait protester, mais Celtina lui fit un signe discret pour lui faire comprendre de se taire. *Arzhel n'a pas entendu toute notre conversation, il ne sait donc pas que je suis protégée par Dagda*, songea-t-elle en fermant son esprit pour que le jeune druide ne puisse lire ses pensées.

De toute façon, le jeune homme était tellement sûr de lui et de son bon droit qu'il n'essaya même pas de déchiffrer les ondes cérébrales de ses trois interlocuteurs. S'il l'avait fait, il aurait été bien surpris d'entendre Ciabhan le traiter de menteur, puisque le Picton avait fait lui-même le voyage à Ériu à l'invitation des dieux et qu'en dehors de Celtina, il n'y avait croisé aucun autre élève de Mona. Quant à Iorcos, comme à son habitude, il ne croyait personne sur parole. Avec lui, il fallait appuyer ses dires sur des faits concrets pour qu'il envisage d'accorder sa confiance. Ce qui était loin d'être le cas avec Arzhel.

– C'est donc à moi de me rendre à Ériu auprès de Lug pour lui rendre Luinn, insista Arzhel.

Il fit un mouvement rapide pour saisir la lance magique. Heureusement, Celtina avait su déchiffrer son intention.

– Grande Furie ! cria-t-elle.

L'épée magique que lui avait prêtée Manannân apparut et s'abattit sur la hampe de Luinn, à l'endroit même où Arzhel allait déposer la main. Il la retira dans un sursaut.

Furieux, l'apprenti druide dégaina sa propre arme et en menaça Celtina. Grande Furie vint aussitôt croiser le fer du jeune Celte. Or, elle était si solide qu'il ne parvenait pas à la détourner.

– Ne te place pas en travers de ma destinée, Celtina du Clan du Héron, gronda Arzhel. J'ai été initié aux mystères des druides, je connais le Frère du Beth, j'ai consommé les Noisettes de la Sagesse…

– Eh bien, on ne dirait pas, railla Celtina. Les Noisettes de la Sagesse ne t'ont pas donné plus de jugement…

– Aaaaaaaaah ! hurla Arzhel en relevant son épée pour la laisser tomber sur la tête de son ancienne amie.

Paralysés par ce cri magique, Iorcos et Ciabhan assistaient, impuissants, à l'agression. Une fois encore, Grande Furie réagit juste à temps et détourna le coup mortel.

– Grande Furie, attaque ! cria Celtina. *Sans lui faire de mal*, ajouta-t-elle en pensée.

À la vitesse d'une abeille en colère, la main de Celtina guidant Grande Furie se précipita sur le jeune druide. Elle l'attaqua d'abord à la hauteur de ses membres inférieurs, comme le lui avait appris maître Bleiz, et lui coupa l'herbe sous les pieds, sans que le jeune homme eût même conscience de les avoir levés de terre.

Mais Arzhel était trop déchaîné pour se rendre compte du prodige. Il continua de diriger la pointe de son arme vers Celtina. Grande Furie s'en prit alors à ses vêtements et les lui découpa sur le dos, sans jamais toucher à sa peau. Le ceinturon, la tunique, les braies, tout se retrouva en haillons, mais Arzhel, aveuglé par la rage, ne cessa pas ses moulinets d'intimidation. Alors, Celtina visa la tête, et bientôt quelques belles mèches blondes tombèrent sur le sol, coupées à ras du crâne du jeune druide, signe d'infamie. Cette attaque tira enfin Arzhel de sa folie guerrière et il se rendit compte de ce qui lui était arrivé. La honte lui monta au visage et il baissa son arme, stupéfait par les prodiges réalisés par l'adolescente.

– Je ne veux pas te blesser, Arzhel du Clan de l'Ours, déclara celle-ci d'une voix ferme et sans appel. Je ne veux pas faire couler ton sang, par égard pour toutes les années que nous avons partagées à Mona, mais maintenant, je te le dis, tu n'es plus le bienvenu dans le cercle de mes amis. Va-t'en !

— Nous nous retrouverons, Celtina du Clan du Héron, grinça Arzhel, humilié et frustré. Les dieux ne te protégeront pas toujours. Ils ont abandonné Viridorix des Unelles et Érec des Vénètes, ils te laisseront tomber aussi.

Celtina en resta bouche bée. Ainsi, si Arzhel disait vrai, les deux rois avaient perdu la guerre contre les Romains. La prophétie de Marzhin lui revint alors à la mémoire. Le vieux druide avait dit: «Lorsque Grannus traversera le territoire des Jumeaux de Macha, alors une grande bataille opposera les Celtes du bord de la mer aux barbares venus du Sud.» La prédiction s'était donc réalisée. Elle sentit une boule d'angoisse lui nouer les entrailles.

— Un jour ou l'autre, continua Arzhel, menaçant, tu me retrouveras sur ton chemin et on verra alors lequel de nous deux est meilleur druide.

Le jeune homme sortit une peau d'ours noir de son sac et s'en enveloppa pour cacher ses vêtements déchirés, puis il ramena la tête du plantigrade sur son crâne à la manière d'une capuche. Il s'éloigna en continuant de proférer des menaces.

Iorcos et Ciabhan se précipitèrent vers Celtina au moment même où Grande Furie, ayant achevé sa mission, disparaissait à tout jamais du monde des Celtes pour reprendre sa place dans la forteresse d'eau d'Emhain, dans l'île d'Arran, le fief de Manannân, fils de l'océan.

– Celtina, Celtina, tu vas bien? s'inquiéta Ciabhan en constatant la pâleur de l'adolescente.

– Oui, n'aie crainte, ça va. Ce n'est jamais facile de perdre un ami…, fit-elle, les larmes aux yeux, en suivant du regard la silhouette noire d'Arzhel qui s'éloignait en direction de la forêt.

– Iorcos et toi devez partir maintenant, avant qu'Arzhel ne revienne pour se venger. Allez rejoindre Maponos comme vous l'aviez prévu et racontez-lui tout ce que vous avez vu, il saura vous protéger…

– Et toi?

– Je dois rapporter Luinn à Ériu sans tarder. Arzhel ne m'accordera pas une seconde chance. Sa magie est forte, je l'ai vu dans ses yeux. Il a percé le mystère des druides et il n'hésitera pas à l'utiliser contre quiconque cherchera à contrecarrer ses plans. Je ne dois pas m'attarder ici. Y a-t-il un tertre ou un tumulus aux alentours? demanda Celtina à Iorcos.

– Si tu as besoin de cavernes ou de souterrains, ce n'est pas ce qui manque dans le secteur, s'amusa Iorcos en désignant de la main les nombreux trous que les Celtes étaient en train de creuser dans le tuffeau. Mais voyant qu'elle n'était pas d'humeur à apprécier son humour, il s'empressa d'ajouter : je pense que le tertre du Roi sera le plus approprié. Suis-moi !

Les trois amis marchèrent sur une leuca avant d'arriver au tertre du Roi. Iorcos et Ciabhan en dégagèrent l'entrée bloquée par des lierres et diverses plantes grimpantes, car il y avait fort longtemps que personne n'était passé par ce chemin pour rejoindre les dieux. Puis, après les recommandations d'usage et de longues accolades, ils se séparèrent.

En quelques minutes, Celtina fut propulsée dans le temps et dans l'espace. Ce fut donc sans surprise qu'elle se retrouva dans la forteresse royale de Tara, à deux pas de la salle des banquets où les dieux s'étaient réunis pour célébrer Lugnasad*, la fête de la Lumière, au premier jour d'Elembiuos*, la période des récoltes.

À Tara, cette fête en l'honneur de Lug avait pour but de le reconnaître en tant que roi et distributeur des richesses. Lugnasad était une période de trêve où chacun devait laisser de côté ses rancœurs et ses revendications pour glorifier la paix, l'amitié et l'abondance. Chez les Thuatha Dé Danann comme chez les Celtes, chacun avait l'obligation d'y participer, peu importe son rang, que l'on soit roi, guerrier, druide ou artisan. C'était aussi l'occasion de régler les problèmes entre les membres de la communauté et de participer à des jeux en écoutant les bardes raconter les exploits des ancêtres et louanger les braves.

Ce fut donc le jour de Lugnasad que Celtina se présenta devant Lug en s'inclinant pour signifier son respect, légèrement inquiète de l'accueil que le dieu de la Lumière allait lui réserver ; elle le savait prompt, colérique et vengeur, comme il l'avait montré en bannissant les fils de Tuireann.

– Je te ramène Luinn, ta lance magique ! déclara-t-elle en lui tendant l'arme et le chaudron d'eau froide dans lequel la pointe reposait.

Le dieu de la Lumière la remercia d'un signe de tête, puis, après avoir échangé des regards avec Goibniu, Ogme, Dagda et Diancecht, il énonça :

– En accord avec les dieux des Tribus de Dana, je déclare que Luinn est une lance trop dangereuse pour rester ici. Si Ciabhan, un simple mortel, a pu la subtiliser sous notre nez, que se passerait-il si un Fomoré mal intentionné ou un druide dépourvu d'honneur cherchait à s'en emparer à son tour ? Les Thuatha Dé Danann et les Celtes ne seraient plus jamais en sécurité. Elle doit retourner auprès de celui qui l'a confectionnée, c'est-à-dire le druide Esras dans l'île de Gorias.

Celtina avala sa salive. Elle appréhendait les mots qui allaient tomber de la bouche de Lug. Ce dernier lui avait déjà demandé de rapporter l'épée de Nuada dans les Îles du Nord du Monde. À coup sûr, il attendait d'elle qu'elle fît la même chose avec Luinn, la lance magique.

– Celtina du Clan du Héron, nous te chargeons de rapporter Luinn à Gorias, mais pour ne pas qu'elle t'encombre pendant les nombreuses aventures qu'il te reste à vivre, elle demeurera invisible, tout comme l'est l'épée de Nuada qui t'accompagne depuis plusieurs lunes. Toutefois, tu ne pourras pas t'en servir. Ce que j'ai décidé, nul ne peut le dédire, pas même moi! insista Lug, sans laisser le temps à Celtina d'exprimer ses objections.

– Un jour prochain, cette lance apparaîtra à un jeune chevalier du nom de Perceval, il la reconnaîtra comme la Lance qui saigne, mais n'osera pas poser de question. Cette timidité lui fera perdre ainsi l'objet de sa quête, prophétisa Dagda.

– Mais vite, chassons nos pensées sombres! s'exclama Céraint, le dieu-échanson, en tendant une pleine coupe d'hydromel à Lug. Craftiné, c'est le moment de mettre de l'ambiance dans le Míodhchuarta...

Le harpiste se lança dans un air endiablé sur son instrument magique, ce qui eut un effet immédiat: la joie chassa toute trace d'appréhension du cœur de la jeune prêtresse, et c'est avec plaisir qu'elle se joignit à la fête en l'honneur de Lug.

Lexique

Chapitre 1

Bansidh (pluriel bansidhe) : mot celtique désignant les fées

Cimier (un) : ornement sur le haut d'un casque

Fumerolle (une, souvent au pluriel) : émanation de gaz

Grain (un) : forte pluie

Isabelle : couleur jaune pâle du poil (robe) d'un cheval

Juchoir (un) : perchoir

Main (une) : unité de mesure des chevaux ; une main équivaut à un peu plus de 10 cm

Paléolithique (le) : période où apparurent les premières civilisations humaines

Sagaie (une) : lance, javelot

Saillie (une) : corniche

Stalactite (une) : morceau de calcaire formé par l'évaporation de gouttes d'eau et qui pend à la voûte d'une grotte

Stalagmite (une) : morceau de calcaire formé par l'évaporation de gouttes d'eau et qui monte en colonne sur le sol

Chapitre 2

À fleur de terre: qui affleure la terre, qui sort tout juste du sol

Banatlos: nom gaulois du genêt

Bettula: non gaulois du bouleau

Élucubration (une, souvent au pluriel): divagation, pensée peu sensée

Euphorbia: mot latin désignant une famille de plantes. Il en existe environ 2 300 espèces, dont les cactus

Leuca (une): nom de la lieue gauloise, une lieue équivaut à environ 2 500 m

Litanie (une): longue énumération souvent ennuyeuse

Merioitoimorion: nom gaulois de la mélisse, qui a la réputation de soulager le Mal sacré (l'épilepsie)

Note de fond (une): la dernière odeur perceptible, celle qui reste dans les narines

Note de tête (une): la première odeur perceptible par le nez

Olfactif (adj.): relatif à l'odorat

Rauwolfia serpentina: arbre d'Afrique centrale dont on extrait une substance ayant la capacité de dilater les vaisseaux

Saussaie (une): plantation de saules, qu'on appelle aussi saulaie

Chapitre 3

Duconé: nom gaulois du sureau noir

Gentraigh: l'air du rire joué par Dur-Dabla, la harpe de Dagda

Goltraigh : l'air des lamentations joué par Dur-Dabla, la harpe de Dagda

Rhodora : nom gaulois de la reine des prés ; de cette plante, on extrait l'acide salicylique servant à fabriquer de l'aspirine

Swantraigh : l'air du sommeil joué par Dur-Dabla, la harpe de Dagda

CHAPITRE 4

Émissaire (un) : envoyé spécial

Épeautre (de l') : variété de blé

Forum (un) : lieu de rassemblement

Manipule (un) : division d'une cohorte romaine

Praetorium (un) : tente principale d'un camp de légionnaires

Préfet (un) : commandant des cavaliers de l'armée romaine

Samhain : aux alentours du 31 octobre, premier jour de l'année gauloise (l'hiver)

Tribun (un) : officier supérieur de l'armée romaine

Vergobret (un) : mot gaulois désignant le chef et juge gaulois nommé pour un an

CHAPITRE 5

Curragh (un) : mot irlandais désignant une embarcation celte de même type que le coracle, mais plus grande

Filidh (des) : mot irlandais, pluriel du mot file, désignant un poète

Galoche (une) : chaussure à semelle de bois

Gréement (un) : ensemble des cordes et des mâts d'un bateau

Guède (une) : plante aussi appelée pastel dont on extrait la couleur bleue

If (un) : conifère à fruits rouges, l'un des arbres sacrés des Celtes

Mercenaire (un) : soldat à la solde d'un gouvernement étranger

Patronyme (un) : nom de famille

CHAPITRE 6

Électrum (de l') : métal constitué d'un alliage d'or et d'argent

Guêpier (un) : mauvaise position

Larcin (un) : petit vol commis sans violence

Magot (un) : petit singe du genre macaque

Monolithe (un) : très grosse pierre

Palabres (toujours au pluriel) : discussion interminable

Talent (un) : poids de 20 à 27 kg dans la Grèce antique

CHAPITRE 7

Fumet (un) : sauce à base de viande ou de poisson

Jaillisseur (un) : traduction du mot islandais geysir (geyser)

Se porter garant : prendre la responsabilité des agissements de quelqu'un d'autre

Marimorganes : voir tome 1, *La Terre des Promesses*

Chapitre 8

Quiétude (une): calme, tranquillité

Stérile (adj.): qui ne peut pas se reproduire, qui ne porte pas de fruits

Chapitre 9

Bag an Noz: mot breton pour désigner une barque de nuit transportant les noyés

Cairn (un): monticule fait de pierres ou de terre

Donner de la gite: pencher d'un côté; on dit aussi donner de la bande

Garanos: mot breton qui désigne la grue cendrée ou la cigogne

Hop ar Noz: mot breton qui désigne l'âme errante d'un noyé

Plat-bord (un): ceinture de bois entourant le pont d'un bateau

Chapitre 10

Adouber: remettre ses armes et son équipement à un chevalier

Alban Elfed: nom irlandais de l'équinoxe d'automne, le 21 septembre

Edrinios: nom gaulois du mois de septembre

Entrelacs (toujours au pluriel): motifs entrelacés dont les lignes s'entrecroisent

Grogneur (un): poisson, aussi appelé maigre

Mascaret (un): une dizaine de vagues provoquées par la marée remontant le fleuve à contre-courant

Pilum (un): lourd javelot des légionnaires romains

Chapitre 11

Doigt (un) : unité de mesure correspondant à environ 2 cm

Ercinon : nom gaulois de la germandrée, un antiseptique naturel

Godet (un) : petit récipient

Lichen (du) : végétal formé par une algue et un champignon

Oppidum (un) : village gaulois (pluriel : des oppida)

Paludier (un) : personne qui travaille dans les marais salants

Rémige (une) : grande plume de l'aile d'un oiseau

Rictus (un) : sourire grimaçant qui exprime des sentiments négatifs

Saunier (un) : marchand de sel

Simples : plantes médicinales

Chapitre 12

Beth : nom celte du bouleau

Élytre (un) : petit étui de certains insectes, servant à protéger les ailes

Imbas Forosnai : mot irlandais désignant la période d'hallucination pendant laquelle les poètes celtes trouvent l'inspiration

Rustre (un) : homme grossier et brutal

Sorbier (un) : arbre donnant des fruits rouges

Chapitre 13

Lisier (du) : excréments d'animaux, souvent des cochons

Troglodyte (un) : demeure aménagée dans une caverne

Tuf (du) ou tuffeau (du): matériau poreux qui durcit à l'air et au contact de l'eau
Visumarus: nom gaulois du trèfle

CHAPITRE 14
Auxiliaire (un): combattant ne faisant pas partie de l'armée régulière
Carnyx (un): corne de bronze pour sonner l'alarme
Disette (une): manque de nourriture
Transfuge (un): personne qui passe dans le camp ennemi, traître

CHAPITRE 15
Elembiuos: nom gaulois du mois d'août
Keugant, Gwenwed et Abred: voir tome 1, *La Terre des Promesses*
Lugnasad: fête celte qui a lieu aux alentours du 1er août

DIEUX ET HÉROS ISSUS DES MYTHOLOGIES BRETONNE, ÉCOSSAISE, GALLOISE, GAULOISE ET IRLANDAISE
Bélénos: le jeune dieu blond
Brian: l'un des trois fils de Tuireann
Brigit: la fille de Dagda, la sœur de Mac Oc
Ciabhan: le jeune guerrier picton amoureux de Cliodhna
Cian: le père de Lug
Cliodhna: la déesse de la Beauté
Dagda: le père suprême, le Dieu Bon

Diancecht : le dieu-médecin
Dobair : le roi de Siogar, possesseur de chevaux et d'un char magiques
Dur-Dabla : la harpe magique de Dagda
Easal : le roi du pays aux Piliers d'or, possesseur des sept porcs magiques
Épona : la déesse des Cavaliers et des Chevaux
Esras : le druide de Gorias
Ésus : un dieu gaulois sanguinaire, dieu de la Destruction
Fail Inis : le chien d'Ioruiadh, petite chienne de la Destinée
Fomoré (les) : une race de dieux
Gamal : le portier borgne de Tara
Goibniu : le dieu-forgeron
Grande Furie : l'épée de Manannân, prêtée à Celtina
Grannus : le soleil
Hafgan : un dieu
Ioruiadh : le possesseur de la petite chienne Fail Inis
Iuchar : l'un des trois fils de Tuireann
Iucharba : l'un des trois fils de Tuireann
Lug : le dieu de la Lumière
Luinn : la lance magique de Pisear, roi de Parthie, remise à Lug
Manannân : le fils de l'océan
Morrigane : la déesse des Champs de bataille
Ogme : le dieu de l'Éloquence
Orna : l'épée magique de Téthra, roi des Fomoré
Pisear : le roi de Parthie
Sirona : la lune

Thuatha Dé Danann (les): une race de dieux, appelée aussi les Tribus de Dana

Thuis: le roi grec possesseur de la peau de porc magique

Tuireann: le père de Brian, Iuchar et Iucharba

PERSONNAGES OU OBJETS ISSUS DE LÉGENDES BRETONNES, ÉCOSSAISES, GALLOISES, GAULOISES ET IRLANDAISES

Anaon: les spectres des bois

Ankou: le squelette, emblème de la Mort

Bag an Noz: la barque de nuit qui transporte les âmes des trépassés

Bansidh: une femme et fée du Síd, servant de messagère entre les dieux et les hommes

Hop ar Noz: le crieur de nuit, l'âme d'un noyé

Hueil: le chef des Bretons du Nord

Ki-Du: le nom breton du chien noir

Korrigan: un homme du Petit Peuple, esprit prenant l'apparence d'un nain

Maître Bleiz: le loup de Marzhin

Malbête: le cheval blanc magique

Marzhin: le druide sauvage

Miach: le Gardien du silence, l'un des fils de Diancecht

LIEUX MYTHOLOGIQUES

Avalon: Île aux Pommes (l'), la Terre des Promesses

Emhain: la forteresse d'eau de Manannân

Finchory: le pays des sirènes

Gorias: l'une des Îles du Nord du Monde

Lochlann: le Royaume de nulle part
Míodhchuarta: la salle des banquets de Tara

LIEUX ET PEUPLES EXISTANTS

An Drinded: La-Trinité-sur-Mer, Morbihan (Bretagne, France)

Abrincates: peuple gaulois de la Manche, région d'Avranches (Normandie, France)

Aquitania: province romaine située au sud-ouest de la Gaule

Armorique: l'actuelle Bretagne (Finistère, Côtes-d'Armor, Ille-et-Vilaine, Morbihan) plus la Loire-Atlantique (France)

Arran (île d'): Écosse, Grande-Bretagne

Arvii: Corseul, Côtes-d'Armor (Bretagne, France)

Broch Anwynn, la forteresse de l'Autre Monde: Brocéliande (la forêt de Paimpont), à la frontière de l'Ille-et-Vilaine et du Morbihan (Bretagne, France)

Cairn de Blucc: dans la forteresse de Tara (comté de Meath, Irlande)

Château du Ka de Path ou Aiguptos selon les Grecs: l'Égypte

Contigwic ou Condivicnum: Nantes, Loire-Atlantique (France)

Ecoranda: La Gironde (fleuve de l'Aquitaine, France)

Golfe de la Petite Mer: Golfe du Morbihan (Bretagne, France)

Grannona: Guérande, Loire-Atlantique (France)

Guiriac'h: Piriac-sur-Mer, Loire-Atlantique (France)

La colline de Mochaen : dans les Highlands (Écosse)

La mer Extérieure : l'océan Atlantique

La mer Intérieure : la mer Méditerranée

Le Jardin du Soleil : entre Tanger et Larache, Maroc (connu sous le nom de Jardin des Hespérides dans la mythologie grecque)

Le Pays des Glaces et des Jaillisseurs : l'Islande

Le pays aux Piliers d'or : Gibraltar (territoire appartenant au Royaume-Uni situé au sud de l'Espagne)

Le tombeau d'Almanzorius : le tombeau d'Almanzor à Piriac-sur-Mer

Lemonum ou Lemo en gaulois : Poitiers, en Poitou-Charentes (France)

Men Er Hroëc'h : la Pierre des Sorcières ou grand menhir de Locmariaquer, Morbihan (Bretagne, France)

Mor-Breizh : la mer de Bretagne, la Manche

Novioregum : Barzan, en Charente-Maritime (France)

Onou, la ville du Soleil : Heliopolis, actuelle banlieue est du Caire (Égypte)

Parthie : une région située au nord-est de l'Iran

Siata : Houat, petite île dans le golfe du Morbihan (Bretagne, France)

Silviacus : Sougé-sur-Braye, Loir-et-Cher (France)

Siogar : la Sicile (Italie)

Tara : Hill of Tara, comté de Meath (Irlande)

Tertre du Roi : Montoire-sur-le-Loir (Loir-et-Cher, France)

Tolosa: Toulouse, la capitale des Volques Tectosages (Haute-Garonne, France)
Tory, l'île du Brouillard: Oileán Toraigh (Irlande)
Trango: Trôo, Loir-et-Cher (France)
Vorgo ou Vorgium en romain: Carhaix, Finistère (Bretagne, France)

PERSONNAGES ET PEUPLES AYANT RÉELLEMENT EXISTÉ
Andécaves (ou Andes): peuple gaulois de l'Anjou, de la région d'Angers (France)
Armoricains: peuple armoricain de Gaule
Arvernes: peuple gaulois de l'Auvergne, région de Clermont-Ferrand (France)
Brennus: chef gaulois tectosage qui s'est emparé de Delphes en Grèce, en 279 av. J.-C.
Brigantes: peuple celte du Northumberland et du Yorkshire, au nord-est de l'Angleterre
Camulogenos: le chef des Parisii (Paris-Lutèce, France)
Carnutes: peuple gaulois de la région de Chartres et d'Orléans (France)
César (Caius Julius Caesar): le général romain conquérant de la Gaule et futur empereur
Conconnetodumnos: un des chefs carnutes
Consoranni: peuple gaulois de l'Ariège, région de Saint-Lizier (Couserans, France)
Cotuatos: un des chefs carnutes
Curiosolites: peuple armoricain des Côtes-d'Armor, de la région de Corseul (Bretagne, France)

Decimus Junius Brutus: le commandant de la marine de César

Duratios: le roi des Pictons, un allié de Rome

Ésuviens: peuple gaulois de l'Orne, de la région d'Alençon (Normandie, France)

Gesocribate: cette ville n'a pas formellement été identifiée. Les archéologues penchent pour Brest dans le Finistère (Bretagne, France)

Gwilen: la rivière Vilaine (Bretagne, France)

Ibères: un peuple celte d'Espagne

Kamoël: port d'Arzal-Camoël (Morbihan, France)

Lexoviens: peuple gaulois du Calvados, région de Lisieux (Normandie, France)

Marcus Trebius Gallus: un tribun militaire de la VIIe légion chez les Curiosolites

Norrois: les anciens Scandinaves

Osismes: peuple armoricain du Finistère, région de Cairhaix (Bretagne, France)

Parisii: peuple gaulois de la région parisienne, Paris-Lutèce (France)

Pictons: peuple gaulois de Poitou-Charentes, de la région de Poitiers (France)

Publius Licinius Crassus: le commandant de la VIIe légion chez les Andécaves

Quintus Titurius Sabinus: le lieutenant de César chez les Unelles

Quintus Velanius: un tribun militaire de la VIIe légion chez les Vénètes

Santons: peuple gaulois de la Saintonge, région de Saintes (Poitou-Charentes, France)

Redons: peuple armoricain de l'Ille-et-Vilaine, de la région de Redon (Bretagne, France)

Smertulitanus: un chef namnète

Tectosages (Volques): peuple gaulois du Haut-Languedoc, de la région de Narbonne et Carcassonne (France)

Titus Silius: un tribun militaire de la VIIe légion chez les Vénètes

Titus Terrasidius: un tribun militaire de la VIIe légion chez les Ésuviens

Unelles: peuple gaulois de la Manche, région de Coutances (Normandie, France)

Vénètes: peuple armoricain du Morbihan, de la région de Vannes (Bretagne, France)

Vercingétorix: le roi des Arvernes, le Roi des rois

Viridorix: le roi des Unelles

Dieux romains

Apollon: dieu du Soleil, de la Beauté et des Arts

Jupiter: dieu du Ciel, de la Lumière et des Éléments

Mars: dieu de la Guerre

Mercure: dieu des Commerçants et des Voyageurs

Vulcain: dieu du Feu

Autres dieux

Hroptatyr: dieu des Cris, dans la mythologie norroise (scandinave)

Sleipnir: cheval à huit pattes de la mythologie norroise (scandinave)

Sutur: dieu du Feu, dans la mythologie norroise (scandinave)

Personnages inventés

Arzhel: un apprenti druide de Mona, connu aussi sous le nom de Koad, le mage de la forêt

Banshee: la mère de Celtina

Blarney: le commerçant bègue, le sauveur de Cliodhna

Caradoc: le petit frère de Celtina

Celtina: une apprentie prêtresse de Mona, l'Élue

Dérulla: le druide de Caldun

Ecolius: le pêcheur de Novioregum

Érec: le roi des Vénètes

Gladez: la mère de Ciabhan

Gudwal: l'un des compagnons de Brian

Gwenfallon: le père de Celtina

Gwenifar: la femme celte d'un centurion romain, originaire de la tribu des Brigantes (Angleterre)

Iorcos: l'apprenti druide andécave, surnommé Petit Chevreuil

Macha la noire: la sorcière, protectrice d'Arzhel, aussi appelée la Dame blanche

Maève: la grande prêtresse de Mona

Malaen: le petit cheval de Celtina

Maponos: l'archidruide, le Sanglier royal

Melaine: le dieu-saunier, le livreur de sel des Namnètes

Morvach: le cheval de mer de Manannân

Soazig: la femme censée être tombée dans la crevasse

Sterenn: la femme de Smertulitanus, chef namnète de Guiriac'h

Torlach: un sorcier fomoré

Verromensis: le druide de Barlen

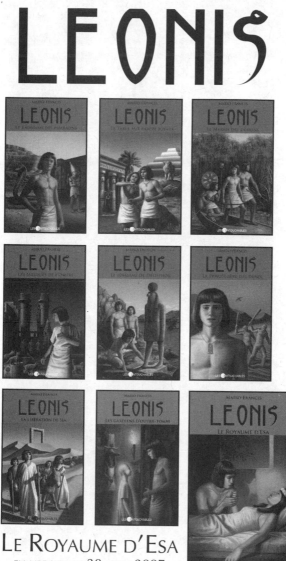

Darhan, Les métamorphoses
En librairie le 28 février 2007

Tuesday
the Rabbi
Saw Red

Harry Kemelman

FAWCETT CREST • NEW YORK

TUESDAY THE RABBI SAW RED

THIS BOOK CONTAINS THE COMPLETE TEXT OF THE
ORIGINAL HARDCOVER EDITION.

Published by Fawcett Crest Books, a unit of CBS Publications,
the Consumer Publishing Division of CBS Inc. Reprinted by
arrangement with Arthur Fields Books, Inc.

Copyright © 1973 by Harry Kemelman

ISBN: 0-449-24140-8

Selection of the Mystery Guild, June 1974
Alternate Selection of the Literary Guild, Spring 1974

Printed in the United States of America

10   11   12   13   14   15   16

To my grandsons,
Jonathon Dor Kemelman
and
Jared Daniel Rooks

Tuesday
the Rabbi
Saw Red

1

"What do you mean you're not interested?" George Chernow, short, square, and now choleric, glared his indignation at his daughter. "I've been selling Lubovnik the Caterers insurance for years. The least you can do is let them bid on the job." In a voice loud enough to penetrate to his wife, who had retreated to the kitchen and intended to remain there, he continued. "One hand washes the other, don't it? I sell insurance and they sell catering. All right, you don't buy catering every year, but if I'm marrying off a daughter, so the next time I see Morris Lubovnik about his coverage and he asks me about the wedding, I'm supposed to say we didn't ask you to bid on account my daughter wasn't interested? And don't try to tell me I don't have to tell him," he added, and then answered: "A wedding is something you can keep secret?"

"Because I know the stuff he does, and I can't stand it." His daughter, Edie, turned her head aside and gave a stylized shudder. "Yech! The greasy chicken soup, the oily knishes, the chopped liver mold—"

"So pick something else. Talk it over with him. Let him show you some sample menus. At least he'll know we're not ignoring him."

"All right! All right! So I'll talk to him already," said Edic. "But I'm warning you, here and now, if he can't come up with the type food I want I'm not having him no matter how much insurance he buys from you. I didn't want this kind of wedding in the first place, and I can still go off somewhere and marry Roger quietly without all this fuss."

This last was the tactic she had employed from the

9

beginning to bring her parents to heel. When she had first told them she was marrying Roger Fine, she said she wanted just a little party, "you people and his folks and some of our personal friends, and that's it. None of this big shmeer with the wedding cake and the ringbearer and the ushers and the maids of honor."

But the little party had grown as they discussed it. "How can I marry off my daughter without inviting my Uncle Joshua who was practically a father to me after my own father died?"

"Then that means I'll have to invite my Aunt Rose who is as close to me as Joshua is to you," Mrs. Chernow pointed out. "And that means I'll have to invite the girls too, because they live in the same apartment house."

"But the girls are only second cousins to you."

"But I've been close to them all my life. Besides, Rose would drive down, so there'll be plenty of room in the car and the girls can help out with the driving. New York is a long way for Rose to drive alone."

Before they knew it, the guest list had swelled from Edie's original dozen to over a hundred. And with that many people you couldn't have just a quiet little dinner in a restaurant. It had to be in a hall, and catered. Which meant, of course, an orchestra and dancing because you couldn't have a hundred people, most of them strangers to each other, just wandering around until it was time to eat. And afterward you couldn't just send them home. Besides, what kind of wedding is it without dancing? And that meant a proper gown for the bride. "Everybody will come all dressed up, and you'll wear a tweed suit?"

So Edie went to New York because, as she explained it to Selma Rosencranz, her best friend, "There isn't a thing to be had in Boston, not one single solitary thing that is halfway decent."

This, her father at least, had difficulty in believing, especially after he got the bill. "In the whole city of Boston she couldn't find a dress?"

"You want her to look nice, don't you?" Mrs. Chernow demanded fiercely. "You got one child, and she's getting married. A once-in-a-lifetime thing, and you want to scrimp on it? She'll get up to dance with the groom, alone in the middle of the floor, everybody looking, and you want her to be wearing some old hand-me-down?"

"They'll dance? He can dance?" asked Mr. Chernow with feigned incredulity, thereby renewing the argument he had been having with his wife—never in the presence of their daughter, of course—ever since he learned he was about to acquire Roger Fine as a son-in-law: for the young man was slightly lame and walked with a cane. "I have one daughter, a good-looking girl, and young, and the best she can get is damaged goods?"

"He's a little incapacitated. So what? And it's from the war."

"It's not from the war. He got it *during* the war. It's a kind of arthritis. He told me so himself. He had a desk job in Saigon his whole duty."

"So what? Does it interfere with his work?"

Which touched still another sensitive spot with Chernow: Roger Fine wás a teacher, and what kind of living can a teacher make?

"He's not just a teacher," Mrs. Chernow insisted. "He's a professor. Of English. In a college."

"Assistant professor."

"So assistant professor. What do you expect? He's a young man. It's his first job."

It wasn't only the young man's profession that irritated Chernow, however; it was his whole style and manner. He was so sure of himself, so positive in his opinions; and his opinions were not those of Chernow. He listened, when Chernow talked of politics, for example, as he might listen to the barber who was cutting his hair or the cab driver who was driving him to the airport—politely but without interest. Chernow suspected he was a radical. Who knows, maybe even a Communist.

Because his catering business was strictly kosher, Morris Lubovnik of "Lubovnik the Caterers—We Catered Your Mother's Wedding" kept his hat on as he perched on the edge of the sofa, his menus and price lists spread out on the large square coffee table before him. Edie Chernow, her round little rump encased in tight black satin pants, sat at the other end of the sofa, one leg crossed under her, the other dangling over the edge of the sofa, pretending to listen. She had made up her mind as soon as he entered, the minute she saw the shapeless felt hat with the greasy headband, the beads of sweat on the forehead, the blue jowls, the hoarse rasping voice. Lubovnik glanced down at the floor as he talked, or at his papers on the table, careful never to look directly at her lest he appear to be staring at the skintight pants or at her breasts clearly outlined under her lowcut white nylon blouse. He cleared his throat. "It's not just a matter of business with me, Miss Chernow. I want only my customers should be satisfied. I want that weeks later they should be able to close their eyes and taste again the deliciousness of the knishes and the meatballs." He closed his eyes and smacked his lips.

"Now you can have either the roast beef or the roast chicken for the same price. With our customers we got two types: those who swear Lubovnik's roast beef is the best thing they ever tasted and those who say it's the roast chicken." He smiled broadly to indicate it was his little joke. "Now here," he dived into the suitcase resting on the floor and brought forth a small card, "here is something that's been very popular with our patrons the last few years. You send it out with the invitations and it lets the guest pick out ahead of time which he wants, the chicken dinner or the roast beef. In that way everybody is satisfied. Now here's a picture of a sweet table we catered a couple of months ago."

Edie finally managed to get rid of him, promising to study the sample menus he left with her. But even as she edged him to the door, he stopped several times to search in his brief case for photographs, letters from satisfied customers. "That reminds me, only last week . . ."

Totally different was the man from "Stillman's of Boston. Founded 1890." He was young for one thing, not more than thirty, and dressed modishly in gray flannel slacks with a slight flare and a tattersall-check sports jacket. And he was not pushy; quite the opposite in fact, he seemed reserved and somewhat doubtful. "We don't go in for ethnic foods, Miss Chernow. Those knishes and that stuffed derma are quite tasty, although a little on the heavy side for me, but we don't do them, I'm afraid. We favor bland hors d'oeuvres: tiny sandwiches of cucumber, salmon, or crabmeat salad, with perhaps fried shrimp with the drinks. We feel that the appetizer should stimulate and arouse the appetite, not kill it. You don't want the meal itself to be an anticlimax, do you?"

Edie agreed with him.

"As for the main dish, I think we offer greater latitude than most houses. In addition to the usual roast chicken and roast beef, we do a lot with fish and lobster, but the market is so uncertain these days that we've had to withdraw the lobster. Then we have beef stroganoff . . ."

Edie just loved beef stroganoff.

"We served it at a wedding at the big Reform temple in Boston, B'nai Jacob. They received all sorts of compliments on it."

Edie absolutely adored compliments.

Rabbi David Small opened the door and then stood aside for Edie and Mrs. Chernow to enter. Although the Chernows had been living in Barnard's Crossing for several years, it was the first time Edie had been close to the rabbi. On the rare occasions that she had gone to the temple, for half an hour or so on the High Holydays, he had been slouched in one of the thronelike chairs that flanked the Holy Ark or in the pulpit making a short announcement—she had never remained through the sermon—and she had been unimpressed. Nor did she see any reason for changing her opinion now. He was of medium height, but thin and pale. He held his head forward in a scholarly stoop and peered near-sightedly through thick-lensed glasses. She had also noted when they entered, because she had an eye for such things, that his shoes were dusty and that his tie, inexpertly knotted, was slightly askew.

"Isn't the groom coming?" the rabbi asked.

"Oh, Roger couldn't get away," said Edie.

"He's a professor in a college in Boston," explained her mother. "He has classes."

"Ah well, it's no great matter," said the rabbi. "Once the principals are gathered together under the *chupah*, the canopy, that is, I will give you the necessary instructions."

"Is there any special rule about who goes up first?" asked Mrs. Chernow.

"No, Mrs. Chernow, you can arrange that pretty much as you like, as long as the bride comes last, usually on the arm of her father. Sometimes the groom enters from the side, either alone or with his parents; but he can walk down the center aisle if you prefer it that way. You can arrange a procession of the groom, his parents, the best man, perhaps with the maid of honor, then the mother of the bride, and finally the bride on her father's arm. In general, the tendency is to keep the bride's party separate from the groom's until they meet under the canopy, and even there I usually arrange them on either side with the bride's people on her side and the groom's on his." He smiled. "How you get there isn't as important as what happens after you arrive. I read the *ketubah*, that is the marriage contract, which the groom has signed previously, and of course the license as well. I recite the blessings, or you may have the cantor chant them. Then the bride and the groom sip from the same cup of wine. If you are going to wear a long veil, Miss Chernow, your maid of honor usually lifts it so that you can drink. Then the groom repeats after me, word by word, a short statement in Hebrew to the effect that you sanctify him by the ring which he places on your finger in accordance with the laws of Moses and Israel. The wine is sipped once again, and then the groom breaks a glass which is placed under his foot."

"Is that necessary, breaking the glass?" asked Edie.

The rabbi looked his surprise. "Do you object to it?"

"Well, it seems so silly, so—so primitive."

He nodded. "It's a tradition that may very well go back to primitive times. It's certainly an ancient tradition, so old in fact that the reason for it is lost in antiquity. Of course, there are conjectures, the most common being that it reminds us of the destruction of the temple. Or that it suggests that even in the midst of happiness and joy there is sadness. Frankly, I find neither explanation particularly convincing. I prefer to regard it as symbolizing that just as the glass out of which the bride and groom have drunk together is now broken, so can no one partake of the new unit thus formed. Let's just say it's a tradition, as sensible as wearing the wedding ring on the left hand rather than the right. But it's a tradition that has characterized Jewish weddings for centuries, so we keep it up." He turned to Mrs. Chernow. "I can tell you one purpose it serves, and that very nicely: it's a dramatic climax for the ceremony. The groom breaks the glass and everyone says *Mazel Tov,* Good Luck, and the groom kisses the bride and it's over. You're married."

"It's only that the boy is lame," said Mrs. Chernow.

"Oh?" said the rabbi. "And you think he might be unable to crush the glass with his foot?"

"Oh Ma! Of course he can," Edie snapped crossly.

"Well, then," said the rabbi hastily, "there's no problem." He hurried on. "Then everyone goes downstairs to the vestry, this time bride and groom first, of course, followed by the rest of the *chupah* group. I suppose you'll have snacks and drinks before dinner, and you can set up a receiving line there. By the time everyone has passed through, the Lubovnik people will have everything in order and open the doors of the larger vestry room, which serves as a signal that dinner is served. You can rely on them to coordinate the times properly. They're quite adept at it. They've had a lot of experience."

"Oh, but we're not using Lubovnik Caterers," said Edie.

"No?"

"We're using Stillman's of Boston."

"I don't believe I've heard of them. Are they new?"

Edie laughed gaily. "Hardly, Rabbi. They've been in business for a long time. Surely you know Stillman's restaurant in Boston?"

"Oh yes, I've heard of *them*. But I was under the impression that it was not a Jewish restaurant, certainly not a kosher restaurant."

"Well, of course they're not, Rabbi—"

"Then they can't serve in our temple, Miss Chernow. Our kitchen is kosher."

"But that's ridiculous," cried Edie. "I've already arranged it."

"Then you'll have to unarrange it," said the rabbi quietly.

"And lose the money we paid on deposit?" demanded Mrs. Chernow indignantly.

The rabbi's fingers tapped a quiet tattoo on the desk. Then he said, "It's no worse than the money you've lost on your temple dues the last few years."

"Temple dues? What do you mean?"

"Because if in the several years you've been here you haven't found out the principles on which our temple operates, I'd say all the money you paid in annual dues was wasted."

Roger Fine, slim and tanned, sat with his long legs outstretched in the Chernow living room, moodily tapping the side of his shoe with his cane as he listened to Edie's account of her meeting with the rabbi. Her voice choking with indignation, she said, ". . . and the man had the nerve, the unmitigated gall to tell us to our faces that the money we had spent in joining the temple and the dues my father pays each year were just wasted. I've been on the phone all afternoon calling every place within twenty miles to see if we could rent it for the night, but they're all taken. And even if they weren't, most of them do their own catering. And then there's the problem of sending out notices of the new location and finding another rabbi. I even thought maybe we should just slip off to some justice of the peace. Oh, Roger, I'm so upset."

Roger Fine knew he should take her in his arms and soothe her, but he remained silent and continued to stare down at his shoe. Finally he said, "I'm sure my folks wouldn't feel we were really married with a justice of the peace." He worked his cane in circles on the carpet. "They're coming out from Akron for the wedding. I'm hoping you'll like them when you meet them, and that they'll like you. I'm hoping they hit it off with your folks, too. Of course they're a little older than your folks and kind of old fashioned. They go to an Orthodox synagogue and my mother keeps kosher at home. I don't think they'd eat this beef stroganoff you were planning to have, but it's just possible they might make a bluff at it because they'd be sitting at the head table and wouldn't want to spoil their son's wedding. More likely though, they'd just eat rolls and butter and the salad and the fruit cup. They wouldn't make a scene because they're not that sort. But how do you suppose I'd feel?"

The story got out of course. On Sunday, as the members of the board of directors waited around in the temple corridor for their meeting to begin, they discussed it. Typical was Norman Phillips' comment. "Just like our rabbi." He tapped his head with a forefinger. "No smarts. He's supposed to be an educated man, and I guess he is since he's a rabbi, but smarts he sure hasn't got."

"Well, for God's sake, Norm, what could he do? You know our house rules call for strictly kosher catering in the temple. And as I understand it, if you use non-kosher type food, then all the dishes and pots and pans are automatically non-kosher. Then the next wedding or bar mitzvah that comes along, you want us to go out and buy a whole new set of dishes? So it isn't as though you could make an exception that one time. You use non-kosher type food in the kitchen, and zip, that's it. The kitchen is non-kosher from then on. And even if you could make an exception, why should we do it for Chernow?"

"Who's saying we should make exceptions? I'm only talking about the way the rabbi handled it. We got a house committee, haven't we? Nate Marcus is chairman, right?"

"Yeah. So?"

"So if our rabbi had any smarts he would have said"—and he changed his voice to simulate the rabbi's—"'you understand, Miss Chernow, that all matters governing the use of the facilities require the approval of the house committee, which the chairman is Nathanial Marcus, I believe. This applies to any caterer which he has not used our facilities heretofore. Our house rules require that he receive the prior approval of our house committee. If you like, I'll phone Mr. Marcus and arrange for an appointment for you.'"

"So Nate would have had to turn her down, wouldn't he?"

"But that's just the point. Nate is not a salaried employee who may need a member's vote someday. This way the rabbi made enemies of the Chernows, and the last thing the rabbi needs in this congregation is another enemy."

Because the weather was mild, frail old Jacob Wasserman, the first president of the temple, had ventured forth to attend the board meeting. He had been brought by his good friend Al Becker, and though they were standing apart from the others, they could not help overhearing.

"I don't set much store by a loudmouth like Norm Phillips," Becker commented in a low rumble, "but I think he's got a point. Why does the rabbi always have to stick his neck out?"

Wasserman smiled. "What's a rabbi, Becker? A rabbi is a teacher. In the old country when I went to school, the teacher was the boss—not like here. Sometimes, if you were maybe fresh, or if you said something stupid, you'd get a slap from the teacher. Believe me, many times I got slapped when I was a boy." His smile broadened with reminiscence. "But the mistakes you got slapped for, Becker, you didn't make them again."

"Maybe. But you know what I think? I think the rabbi doesn't give a damn anymore."

Wasserman nodded sadly. "Maybe that, too."

2

The call came in mid-September, right after the High Holydays, and was totally unexpected. When the voice on the phone introduced itself as Bertram Lamden, Rabbi Small did not immediately connect him with Rabbi Lamden, the swarthy, bewhiskered young man who was the Hillel director at the University of Massachusetts and whom he had first met at the Greater Boston Rabbinical

Council meeting a few weeks earlier.

"I've been giving a course in Jewish Thought and Philosophy at Windemere College in the city for the last few years," Lamden said, "but I won't be able to do it again this term. I took the liberty of recommending you in my place."

"How did you happen to think of me?" asked Rabbi Small.

A short laugh. "Well, to tell the truth, Rabbi, because the dean of the college happens to live in your town. Do you know her by any chance? Millicent Hanbury?"

"It's a local name, I believe. There's a Hanbury Street downtown."

"Right. Now the course is three hours a week; it's in Boston, in the Fenway, less than an hour's drive for you, and it pays thirty-five hundred dollars. Why don't you give her a call?"

Rabbi Small asked how they happened to be offering a course in Jewish philosophy.

Lamden laughed. "Oh, they get a lot of Jewish kids from around here and from the New York-New Jersey area. Windemere's a fallback school, but they maintain decent academic standards."

"She's *the* dean, the dean of faculty?"

"That's right. It used to be a woman's college. You know, one of those ladies' seminaries that flourished in New England around the turn of the century. It's been co-ed for the last ten years or so, but it's still two-thirds women. Look, why don't you talk to her? You're not committed in any way."

"Ladies' seminary," "New England," "Dean," "turn of the century" had evoked in his mind an image of Millicent Hanbury as a tall, gaunt spinster with carefully coiffed gray hair and pince-nez on a gold chain. After hearing her low contralto over the phone when he called to make an appointment, he revised his estimate of her age downward and pictured her as trim, businesslike, a modern woman who favored conservative, basic suits.

It was a pleasant day, so although the address she had given him was some distance away, he decided to walk. As he approached the old rambling house with its turrets and gables and useless porches, all decorated with the fret-saw work of a century earlier, and saw the overgrown bushes, the cracked concrete path leading to the heavy oak front door badly in need of a coat of varnish, he revised his estimate of her age upward again. So he was totally unprepared for the extremely attractive woman, no more than in her early thirties, who answered the door and extended her hand in a firm handshake.

She was tall, slim, and her short dark hair was carefully touseled, as styled by a hairdresser. Her fine gray eyes were candid as she explained, "Frankly, we're in something of a pickle, Rabbi. The course has been taught by Rabbi Lamden for the last three years on an annual contract. We just assumed he'd be back again this year. And then he told us he was leading a group to Israel. Oh, I'm not blaming him," she hastened to add. "We should have contacted him earlier. I suppose it's really my fault."

She motioned him to a chair. On another was the knitting she had dropped when she answered the door. She began to put it away, but he said, "You don't have to stop on my account."

"Oh, you're sure you don't mind?"

"I like to see women knitting. My mother is a great one for it."

"It's not as common as it used to be, I'm afraid." She sat down with the knitting in her lap, and to the pleasant accompaniment of clicking needles she explained, "Christmas presents for nephews and nieces. I start early enough, but I always seem to be rushed toward the end. I keep three or four projects going all the time. I have a separate bag for each wherever I'm apt to be sitting, and I work at the one that's available whenever I have a free moment. A gift is so much more appreciated if it's the work of your own hands. Don't you agree?"

As she knitted, she told him about the school. The enrollment was just under two thousand with a pupil-teacher ratio of twelve to one. "That doesn't mean, of course, that our classes average twelve pupils, because several of our teachers are on leave each year and quite a few teach only one course. The course in Jewish Philosophy usually runs between twenty-five and thirty students. Do you think that's a lot? Some of the younger men feel put upon if their classes run over twenty. On the other hand, since we have unlimited cuts, you never get the full enrollment at any one class."

"It's three hours a week?"

"That's right, Rabbi Small. Mondays and Wednesdays at nine, Fridays at one. I'm sorry about the Friday hour. We only have a couple of classes scheduled for Friday afternoon, but we're awfully tight for space and I'm afraid your class has to be one of them."

"What's so bad about Friday afternoon?"

"Oh you know." She looked up from the knitting. "People like to leave for an early weekend. Certainly students tend to cut class more on Fridays."

"I don't mind Friday afternoon as long as I'm through by two o'clock," he said. "Any later would be a problem, because the Sabbath comes early in the winter."

"Of course." She nodded to show she understood. "Then we can expect to have you with us this year, Rabbi?"

"Well, I'll have to notify the board of directors of the temple." He saw that she seemed a bit disappointed, and he smiled. "It's just a formality, but I do have to tell them. Of course, if they raised serious objections . . ."

"How soon can you give me a definite answer?"

"They meet Sunday morning. I could let you know that evening."

"Good. Then if everything is all right, you could come in Monday for the faculty meeting and meet President

Macomber and I'll get you squared away on all the forms you have to fill out."

Not until he left, about an hour later, did he realize that she had not asked to see his academic resumé, although Rabbi Lamden probably had given her some idea of the academic background required for the rabbinate. Nor had she discussed the scope of the course or how he planned to teach it, but then she probably did not feel qualified. On the other hand, he had not asked her a number of questions. He grinned. Perhaps he was as anxious to come as they were to have him.

A passing police car hooted and then drew up beside him. The square red face of Hugh Lanigan, Barnard's Crossing's chief of police, leaned out of the window and hailed him. "You want a ride home, Rabbi?" When the rabbi climbed in, he said, "I saw you coming out of the Hanbury house. You trying to convert Millie?"

"Oh, you know her?"

"How many times must I tell you that I know or know of everyone in town?" said the chief. "It's part of my job. But the Hanburys are an old Barnard's Crossing family and Millie I can remember from the day she was born."

"She seems a very attractive young woman. I was wondering why she'd want to live in an old ark of a house all by herself."

"And you came to ask her?"

The rabbi smiled. "Oh no. That was just a little private thought I had."

"Well, maybe I can clear it up for you. She lives there because she was born there. It's the Hanbury house and she's a Hanbury. It's a—well—it's a matter of pride."

"What's pride got to do with it?"

"It's a matter of how you're brought up," the chief said, slowing down for a delivery boy on a bicycle. "The Hanburys have been important people in these parts since

Colonial times. Josiah Hanbury was captain of the town company of militiamen, as a matter of fact. You'll find his name on a bronze plaque in the Town Hall. He had his own boat and was a privateer during the Revolutionary War." Lanigan laughed. "For privateer read pirate and you won't be far wrong, I guess. At least there was money in it. And afterward the Hanburys were in whaling, and after that in the molasses-rum-slave traffic. And Hanbury Shipping Lines did right well during World War I. These days they still operate as Hanbury Shipping but they no longer have any ships. It's an insurance and factoring business now, and their stock is quoted on the New York Stock Exchange. The office is in Boston, of course. It's too big an operation to remain here in Barnard's Crossing. All the Hanburys had, and still have, money. All except Arnold Hanbury, Millie's father. His branch of the family never did too well and never had much luck either. But still he was a Hanbury, and no one was allowed to forget it.

"That house there, Rabbi. It practically bankrupted him when he built it, but of course he had to have a big house because he was a Hanbury. And Millie, she couldn't play with her rich cousins and their friends—they had ponies and sailboats when they were kids growing up and later on, their own cars and trips to Europe, and she couldn't afford any of that. Even so, she wasn't permitted to play with the ordinary kids in town. Because she was a Hanbury."

"But surely at school she'd meet—"

Lanigan shook his head vigorously. "You still don't understand about the Hanburys. Her cousins all went to private schools and she had to go to the public school because Arnold Hanbury couldn't afford anything else. But they wouldn't let her associate with the common folk. They had this old woman that worked for them for little more than board and lodging—Nancy—Nancy something —it'll come to me. Anyway, one of her duties was to wait for Millie at the school gate and hustle her home as soon as school let out."

"What about college?"

"Not even there. She went to a school in Boston and commuted from here. It was an all-girls' school, too, where they teach physical education—you know, to be a gym teacher. Now, if a girl wants to latch onto a man she's got to go where men are available, right? Lots of men. And I don't suppose being a graduate of a physical education school helps either. It might even scare a man off. You know, a fellow makes a pass at a girl, he figures the worst that can happen, he'll get his face slapped. But if she's a physical education type, he could wind up with his jaw broken." He laughed coarsely. "I'd worry about it myself. The two lady gym teachers at the high school aren't married either."

"It's surprising that she got to be dean if all she had was a Phys. Ed. degree," the rabbi remarked.

"Why, what's a dean supposed to do?"

"Well, the dean is head of the faculty," said the rabbi, "and usually a scholar of some distinction."

"Could be you're a little out of date, Rabbi. I know the dean at the community college in Lynn. He used to be the manual training teacher and coach of the football team right here in the high school half a dozen years ago. I gather that these days what they want is some forceful executive type who can keep the kids in line."

As they drove along, the rabbi told him of Dean Hanbury's offer.

"Are you going to take it?"

"I think so. It will be an interesting change."

"How does Miriam feel about it?"

"I haven't talked to her about it yet."

The rabbi encountered little difficulty when he made his announcement. Of course, it would not have been a Temple Board meeting without some questions.

"What if there's a funeral, God forbid, on one of the days you're teaching, Rabbi?"

"I'll merely notify my class I will be unable to meet them."

"How about the *minyan,* Rabbi? Does this mean you won't be able to make it on the days you teach?"

"I might not. But of course, my role as rabbi does not include being the permanent tenth man at the daily *minyan.* It seems to get along very nicely without me when I can't make it now."

After he had left and they were making their way to their cars in the parking lot, they voiced their real feelings.

"I notice the rabbi kept talking about Windemere College, but the full name is Windemere Christian College. Maybe I'm old-fashioned, but to me it's kind of funny a rabbi should teach in a Christian college."

"That don't mean a thing these days. They got boys going to girls' schools, girls going to boys' schools. And Jewish kids going even to Catholic schools."

"Yeah, but that it should be Christian right in the name! I wouldn't mind if it were something like Notre Dame, for instance."

"Notre Dame! You know what that means? It means 'Our Lady.' And you know who's the Lady they're referring to?"

"So? What I mean is you can't tell from just the name. Besides, Mary was a Jewish girl, wasn't she?"

They laughed. Then someone raised another objection: "What bothers me is the way he told us. He just announces he's taking a teaching job. He doesn't ask us. He just tells us."

"You think he's getting paid for it?"

"You kidding? Did you ever hear of a rabbi taking a job for nothing?"

"Well, all I can say is he's supposed to be working here full-time. So if he's getting paid, then bigod he ought to turn that money over to our treasury, same as if some engineer over at the GE works out some invention, he owes it to GE."

"Yeah, that'll be the day."

"Well, I think somebody ought to ask him."

"All right, I'll appoint you a committee of one."

"I don't mean me. But the president ought to, or the treasurer."

"Hell, they do it all the time. When they go off someplace to give a lecture, do they turn the money in? And some of these hot-shot rabbis they do more talking outside the temple than in it."

"Some of the rabbi's sermons, I wouldn't mind if they were outside, to tell the truth."

They guffawed.

"It's not like it's someplace like Harvard or M.I.T.," said Norman Phillips, who was in the advertising business. "That would give the temple some prestige. But Windemere?" He emphasized his disparagement by swinging an imaginary golf club in a long approach shot to the green. Although in his mid-forties, Norm was with it in the matter of clothes: two-tone fancy shoes, wide flared trousers worn low on the hips and supported by a heavy leather belt with a massive brass buckle. His long hair was not cut by a barber but shaped by a hair stylist. His opinions carried a certain weight with the other members of the board who assumed he knew what the young people of the community were thinking.

"What's wrong with Windemere?" demanded Malcolm Selzer belligerently. "My Abner goes there and he says it's a damn good school. He ought to know because his first year he was at Harvard and he likes Windemere better." Malcolm Selzer was definitely not with it clothes-wise. In the refrigerator business where you had to push heavy models around the sales floor, or even lend a hand to the boys loading the truck, it was hard enough just to keep your clothes clean and pressed.

"Wasn't your Abner's name in the paper the time they had the bombing there? I seem to remember him giving out some kind of statement from the student organization."

Malcolm Selzer nodded proudly. "That's right. He had nothing to do with it, of course, but he's a big shot in the student organization, meets with committees from the faculty and the administration. The kids these days, they're involved; not like in our time."

Miriam, the rabbi's wife, also had questions. She was tiny with a mass of blonde hair that seemed to overbalance her. She had wide blue eyes that gave her face a schoolgirl ingenuousness, but there was determination in the set of the mouth and in the small rounded chin. "Are you going to have any trouble with the board over this, David?"

"No, I don't think so. None that I can't handle."

"But won't it mean a lot of extra work?"

"Not really. Maybe some quiz papers to correct every now and then. Preparing my lectures won't take much time."

She asked whether he was really keen on it, or was it just the money.

"Well, the extra money can be useful. It makes another trip to Israel possible."

"And a new rug for the living room?" she asked slyly.

He laughed. "And a new rug for the living room," he agreed.

"Well, it will be a change of pace for you, I suppose. It's just that . . ." she hesitated.

"What?"

"Well, knowing you, I know it's not the money at all. It's the teaching you're interested in, isn't it?"

"So?"

"So I just hope you won't be disappointed. Colleges

and college students have changed a lot since you were in school, you know."

"Oh, I don't think so," he said confidently, "not really."

3

Dean Hanbury swung her car sharply into an alley, drove down the narrow, muddy passageway behind two rows of apartment houses, made another sharp turn, and brought the car to rest against the wire-netting shielding some cellar windows.

"This is the school parking lot?" the rabbi asked in surprise. Dean Hanbury had suggested he ride with her to learn the way to the school.

"This is *my* parking spot," she said, pointing to a small wooden sign that said "Dean Hanbury." "At least it's been mine since we took over this apartment building a couple of years ago. I like it because on rainy days I can go through the back door and come out right across the street from the administration building."

They mounted the granite steps of the administration building, whose sandstone and red brick gave it an institutional look. All the other buildings resembled apartment houses. "This is the one and original building of the school," she explained. "After we grew, we built on some vacant land and then over the years gradually acquired the apartment buildings between."

"These are all student dormitories?" he asked.

"Oh no, we remodeled them just as we're planning to do with the one across the way. There are still a couple of tenants on the top floor who've left but still have some of their furniture there. And oh yes, Professor Hendryx has an apartment on the first floor. But that was because when he joined us from down South, he just didn't have a place to live."

She led him up wide stairs flanked by a massive mahogany balustrade. "You'll be sharing an office with him, by the way. The poor man doesn't know it yet, but I can't think of any other place to put you. Professor Hendryx is acting head of the English Department. I think you'll like him. He's originally from Barnard's Crossing, too. So you'll have something in common."

She unlocked her office. "My secretary has the week off between trimesters," she explained. "The place is like a morgue right now, but once classes start this building—the whole area—is simply mobbed. You'll be lucky to find a parking spot. That's important to remember, because your class is required to wait only eight minutes after the hour for you to appear. And believe me, come in after the eight minutes and they're gone."

She shook her head. "I don't understand it. They don't go anyplace in particular; like as not they're sitting on the front steps, but they won't remain in the classroom even if they see you coming along the street. There's a kind of impatience among young people these days, although things have quieted down considerably in the last year or so. The change in the draft law probably had a great deal to do with it. We still get student agitation from time to time, of course, but nothing compared to '68 and '69. Although there was a bombing last year. I'm sure you read about it in the papers."

"Yes, I remember."

"Our students weren't responsible, I'm sure," she said quickly. "The police are fairly certain it was the work of outsiders—the Weathervane organization probably. Of course, some of our students could be members. Well, if you'll excuse me, I'll see to the mail. But first let's see if President Macomber is free."

She spoke into the phone. "Ella? Dean Hanbury. Has President Macomber come in yet? Oh, I see. Well, I'm in my office with Rabbi Small. You'll let me know, won't you?"

She hung up. "He's busy at the moment," she said.

There was a knock on the half-open door, and a workman with a tool kit stuck his head in. "Professor Hendryx's office?"

"No," said Dean Hanbury. "It adjoins this one. I'm sure he's not in yet, though."

"That's all right, ma'am. I can start here. The order calls for cutting into your line." The man ran his eyes expertly along the telephone wire above the molding of the chair rail. It fed over the frame of the closet door, then along the picture molding. "You say his office is right on line with this one?"

"Yes—" A bump sounded from the other side of the wall. "Oh, he must have come in, after all," she said. "Come along, Rabbi, I'll introduce you."

They went down one corridor and then another and she stopped in front of a door whose upper panel of translucent glass had a long diagonal crack. "We'll have to replace that," said the dean mechanically, as though she had said it many times before.

She knocked and Professor Hendryx let them in. He was of medium height with a van dyke beard that emphasized a full sensuous underlip. A pipe jutted out of one corner of his mouth. His eyes were dark and appeared even darker behind tinted glasses in heavy tortoiseshell frames. He was wearing slacks and a tweed sport coat with leather patches on the elbows. His shirt was open at the collar. He wore a silk kerchief, knotted with fastidious negligence around his throat. The rabbi estimated he was a little older than himself, perhaps thirty-eight, even forty.

The dean introduced the two men and then said, "I'm afraid you and the rabbi will have to double up, John. There's no other place in the building. Mr. Raferty can put in another desk."

"Where?" asked Hendryx, surprised and annoyed. "It's

almost impossible to move about in this cubbyhole as it is. If you put another desk in there'll be no room between them. Will we climb over them to sit down?"

"I was thinking of a smaller desk, John."

"I don't really need a desk," said the rabbi quickly. "Just a place to leave my hat and coat, and perhaps a text or two."

"Well, that's all right then," she remarked brightly. "I'll leave you two to get better acquainted."

Hendryx circled the desk and pulled out his swivel chair so savagely that it banged against the rear wall, incidentally explaining for the rabbi how the Dean had known he was in the office. Finding Hendryx's annoyance embarrassing, since he was the innocent cause of it, David Small looked around the dusty shelves lining the rear wall, the lower ones filled with stacks of bluebooks yellow with age. "It *is* rather confined," he remarked.

"It's little more than a damn closet, Rabbi, although it's better than the intolerable clack of the English office on the first floor where I spent two years. Actually, this was a storeroom for freshman themes and exams and old library books. It's pretty bleak, but I hope to bring over some more of my things and fix it up a little when I get a chance. That print"—pointing to a large framed drawing of medieval London—"is mine, and so is that bust of Homer"—nodding to a large plaster cast on the top shelf immediately above him. He tilted back in his chair and stretched out his legs so that he was almost lying down, in what the rabbi would come to know as a characteristic pose.

Fishing in his pocket, he brought forth a tiny brass figurine with which he tamped down the tobacco in his pipe. He puffed gently during the operation, and when his pipe was drawing satisfactorily again, he returned the tamper to his pocket.

"So you're the new instructor in Jewish Thought and Philosophy," he said. "I knew your predecessor, Rabbi

Lamden. According to one of my students who took his course, he used the time to give little lectures on morality. Believe me, it was a most satisfactory arrangement all around. As far as the students were concerned, it was an easy three credits. As far as Lamden was concerned, it was a pleasant few hours a week for which he got some extra money. And I suppose he could always salve his conscience with the thought that he was returning his students to the religion of their forefathers."

"I see."

"Of course, the administration stood to gain from the course," said Hendryx. "As you know, the official title of the school is Windemere Christian College. The catalogue and the bulletin we send out to prospective students are careful to explain the school is completely non-denominational, and that's the actual truth. I'm sure the trustees —one of whom is the insurance tycoon Marcus Levine, one of your kind, I presume, judging by the name—would be happy to drop the 'Christian,' but it would involve all sorts of legal complications. Now we get quite a few Jewish students, not only from around here but also from the New York-New Jersey area. It's a fallback school, you see, and their parents are apt to jib at sending them to a school clearly labeled Christian. So it helps if there's a course in Jewish Thought and Philosophy, taught by a real honest-to-goodness rabbi." He grinned broadly. "From their point of view, you're a kind of Judas sheep, I suppose."

"You don't like Jews, do you?" asked David Small curiously.

"How can you say so, Rabbi? Some of my best friends are Jews." He smiled sardonically. "I know you people consider that the stock rationalization tag of the anti-semite, but I suspect that in a way it's true. You people are just the opposite of the Irish in that respect. The individual Jews one knows are dedicated, idealistic, selfless; and yet one is convinced that all the rest one does not know are cunning, grasping, and crassly materialistic. The Irish on the other hand, are supposed to be gay, quixotically gallant, unworldly, even though the Irishmen of one's acquaintance might be drunken, quarrelsome blackguards whose word no sensible person would accept." He smiled, showing even white teeth. "No, I don't consider myself the least bit anti-semitic, but I guess I'm rather outspoken, and when a thought occurs to me I don't hesitate to say it. You might call me a sort of devil's advocate."

"Some of my best friends are devil's advocates," said the rabbi.

There was a knock on the door. Hendryx jerked into a sitting position and circled the desk to admit a man carrying a short aluminum ladder. It was the telephone serviceman.

"I'm here to install the phone," he said. "Where do you want it? On the desk?"

"Right."

Resting his ladder against the shelves, the serviceman began measuring the wall with a folding rule. He moved his ladder behind the swivel chair and climbed to the top shelf. He grasped the plaster bust with both hands as if to remove it, and then finding it too heavy to lift easily, he slid it along the shelf.

"Hey, what the hell do you think you're doing with that statue?" demanded Hendryx. "I want it right there."

"I'll put it back, don't worry," the man said. "The wire has to come through behind it so I can run it down to the desk."

"Well, see that you do."

The man drilled the hole and then left to return to the dean's office. Hendryx felt it necessary to explain his show of temper. "I was given that bust by the first class I ever taught. It isn't anything you can pack easily—it must weigh fifty or sixty pounds—but I've lugged it around with me from job to job for the last dozen years."

The rabbi nodded sympathetically, although he suspected the outburst at the serviceman was caused by

Hendryx's earlier displeasure on learning he would have to share his office.

Another knock; this time it was Dean Hanbury. "We can go up to see President Macomber now," she said.

President Macomber was a tall, gray-haired man, dressed in slacks, sportshirt, and nylon windbreaker. A bag of golf clubs lay on the floor in one corner of his office. "I just played nine holes," he said to explain his costume. "Do you play golf, Rabbi?"

"No, I'm afraid not."

"Pity. You have a parish, or . . . ?"

"I have a congregation in Barnard's Crossing."

"Of course," he nodded enthusiastically. "You're from Dean Hanbury's hometown. Well, I imagine it's like being minister of a church or pastor of a parish. I mean, you've probably got a board of vestrymen you've got to get along with."

"We have a board of directors."

"That's what I mean. And I'm sure you'd find it a lot easier to work with that board if you played golf. You can come to an understanding on a golf course a lot easier than sitting across a table decked out in a tie and business suit. A college president these days is a combination salesman and public relations man; and take it from me, there's nothing like a golf course to transact business. Think about it. Well, Rabbi. I'm happy you were able to join us."

He extended his hand to signify the meeting was over.

"What do you hear from Betty?" the dean asked.

President Macomber smiled. "She's almost completed her residence requirement." He shook his head in amusement. "Sorry, Rabbi, but it's hard to break the habit of academic lingo. My daughter is in Reno," he explained to the rabbi, "getting a divorce."

"Oh, I'm sorry," said the rabbi.

"No need to be. It's one of those things. You people believe in divorce, don't you?"

"Oh yes, as a cure for an impossible marriage," said the rabbi.

"Well, that's what this was." And to Dean Hanbury, "If everything goes according to Hoyle, she'll be back here as Betty Macomber again by next week."

"Oh, that's nice," said Millicent Hanbury.

"Well, again, Rabbi, we're happy to have you with us, and if you have any problems, don't hesitate to come and see me."

Rabbi Small returned to his office for his hat and coat, and finding Professor Hendryx busy with grade lists and uncommunicative, he wandered down to the first floor of the building to wait for the faculty meeting to begin. It was scheduled for eleven o'clock and by half-past ten the teachers began to arrive. The rabbi killed time, idly looking at the commemorative tablets, dingy oil paintings, and yellowing portrait photographs of earlier presidents and deans—women in stiff lace collars and oval pince-nez, just as he had originally pictured Dean Hanbury—that lined the walls of the marble-floored, rotunda-like foyer. Faculty members greeted each other, with someone occasionally looking at him curiously, but no one came over.

Then he heard his name called. Turning, he saw the tall figure of Roger Fine advancing toward him. "I thought it was you," Fine said, "but I couldn't imagine what you were doing here."

"I'm going to be teaching here," said the rabbi, pleased to see a familiar face. "I'm giving the course in Jewish Thought and Philosophy."

"I've only been here since last February myself," said Fine, "but wasn't there another rabbi listed in the catalogue?"

"Yes, Rabbi Lamden."

"Oh, you take turns at the course?"

Rabbi Small laughed. "No, he couldn't give it this year and they asked me to fill in."

"Well, that's great," said the young man. "Maybe we could arrange to drive in together if our hours correspond. You been assigned an office yet?"

"The dean arranged for me to share an office with a Professor Hendryx."

"No kidding?" He began to laugh.

"Did I say something funny?"

Instead of answering, Fine hailed a fat young man who was passing. "Hey, Slim, come here a minute. I want you to meet Rabbi Small, the man that married me."

The young man extended a hand. "And you're checking up on him, Rabbi?"

"Slim Marantz is also in the English Department," he said to David Small. "The rabbi is teaching the course in Jewish Philosophy, Slim, and Millie just assigned him to the same office with Hendryx."

"You're kidding." And Marantz began to laugh.

"And you thought Millie had no sense of humor," said Fine.

The rabbi looked questioningly from one grinning young man to the other. Fine proceeded to explain. "John Hendryx has been clamoring for a private office ever since he arrived at Windemere a couple of years ago."

Marantz amplified: "He objected to the loud, friendly chaos of the English office."

"Not conducive to concentration," mimicked Fine.

"And totally inimical to his fine, high pronunciamentos on all subjects philosophical, psychological, sociological—"

"And racial, especially Jewish racial," added Fine.

"Right. So when he was made acting head of the department early in the summer session, he demanded a private office and Millie Hanbury managed to find him an oversized closet on the second floor. A poor thing, but his own."

"His very words," explained Fine with relish. "Needless to say, there was no great mourning in the English office when he moved. No one got up a petition begging him to reconsider; no black-bordered resolution of regret was passed."

"If truth be told," said Marantz, "while there was no dancing between or on the desks, there was quiet rejoicing, more in keeping with the grove of academe."

"And now you tell me, Rabbi, that Millie has put you in with him," said Fine. "Do you wonder we find it amusing?"

"And a rabbi at that," said Marantz, shaking his head in wonder.

"What's my being a rabbi got to do with it?" asked David Small.

"Because he's an anti-semitic sonofabitch," said Fine. "Oh, not the Elders of Zion type; more like 'some of my best friends are Jewish.' "

"He told me so this morning," the rabbi admitted.

"Aha!"

"But, I didn't find it offensive. Besides, I don't expect to be using the office much. I doubt we'll be seeing much of each other."

"Don't get me wrong, Rabbi," said Marantz, "he's polite enough. My desk was beside his in the English office for the couple of years that he was there, and I never got into a hassle with him. On the other hand, Fine here has a quick fuse. I'll bet it's as much on your account, Roger, that he wanted out of the English office. Unless, he wanted a private place where he could make out with a chick."

"So he could lecture her on Chaucerian rhyme schemes?" laughed Fine.

"It's hard telling with those dark glasses he always wears, but I seem to have detected a random glint of interest when a good-looking coed passed by." His face split in a wide grin. "Hey, you don't suppose it's Millie he's got a thing for and that's why he moved up to the second floor?"

"Now that would really be something," said Fine with a chortle and then cut it off. "Cool it," he said. "Here she comes."

Dean Hanbury walked toward them purposively. "There you are, Rabbi. I wanted to make sure you knew where to go for the faculty meeting. Welcome back, Dr. Marantz, Professor Fine."

4

President Macomber's normally cheerful countenance was somber as he listened.

"There's no question about it," the dean said. "Two quizzes were given in that Miss Dunlop's section and she failed both of them—badly. The final was the departmental exam, the same exam for all seven sections, and consisted of a hundred questions—"

"A hundred?"

"That's right. It was an objective test—short, two- or three-word answers. Each of the section men submitted ten questions and Professor Hendryx added thirty of his own. No one else saw those thirty questions except Professor Fine, who was given the job of mimeographing the exam."

"Professor Hendryx's secretary?" suggested the president.

"He doesn't have one. Besides, Professor Hendryx assured me he had typed the stencil himself."

"All right."

"Kathy Dunlop got an A in the exam, and it averaged out with the two quizzes to give her a C-minus in the course."

"She could have studied hard and boned up for it, you know," the president observed.

"Professor Hendryx checked with Mr. Bailen, her instructor. The girl answered every single question correctly. Mr. Bailen said he couldn't have done it himself. Eighty-five right is an A; one hundred is unheard of. The way these objective tests work, no one is expected to get all the answers correct."

"All right," said Macomber. "But why assume Professor Fine is to blame? The girl could have got it from a discarded sheet in the wastepaper basket, or from one of the janitors."

Dean Hanbury shook her head. "Professor Fine was instructed to take a reading on the automatic counter before and after running off the stencil. The difference between the two numbers was one hundred and fifty-three, and that was the exact number of copies he turned in to Professor Hendryx."

"I see. Did you talk to Professor Fine?"

"No. I didn't think it advisable until I had discussed it with you. I might mention that, according to Professor Hendryx, on several occasions Professor Fine has remarked that examinations were a lot of nonsense."

"With that attitude I imagine Professor Fine is quite popular with his students," said Macomber wryly.

"I believe he is," she admitted, "and with the younger members of the faculty as well. He's quite outspoken and is regarded as concerned. That's the term they use nowadays—concerned. He was the leader in the movement to recruit black students, and even organized a tutoring service for them among the younger members of the faculty. He wrote the article in *The Windrift* that I showed you, if you remember."

"Oh, yes. The red-headed chap? Walks with a cane?"

"That's the one. He came at mid-years on a one-year contract, so if you decide to drop him there should be no problem with the AAUP."

"Well now," said Macomber, "let's not be hasty. Just because he has no tenure and no legal right to a hearing, doesn't mean it wouldn't cause a lot of trouble if we failed to grant him one. You yourself say he's popular with students and faculty. This is just the sort of thing that could be blown up into a student protest. I'm sure I don't have to tell you, Millicent, that's the last thing we need now with school opening in a couple of days."

"But a member of the faculty helped a student to cheat! Do you have any idea what could happen if that got out?"

"Oh, I don't think that's likely. Not if Professor Fine is approached in the proper manner. Suppose we play it this way. . . ."

Seated in the visitor's chair, Roger Fine appeared completely at ease except for his whitened knuckles on the hand gripping his cane. "You realize, Miss Hanbury," he said, "that you have no real proof."

"Do you deny it?"

"I neither deny nor affirm it," he said negligently. "I don't think I'm required to answer at all."

Dean Hanbury tapped her desk with her fingertips as she gathered her thoughts. Finally she said, "I have not spoken to Miss Dunlop—as yet. I feel certain that if told she must substantiate her phenomenal grade in the final by taking another exam, she will admit everything." She looked away and then added, "I understand she has a small scholarship from some religious group in Kansas where her father is a minister."

"What do you want, Dean Hanbury?"

"Well," said the dean, noting the change in tone, "we don't want a scandal, and we don't want another confrontation with the students."

"In other words, you'd like me to resign quietly."

"No."

"No?"

"Since the semester has already started," said the dean,

"I suspect that some of your more concerned friends among the student body and the faculty would realize that your resignation probably had been requested and might initiate the inquiries and possible actions we're trying to avoid."

"Then what exactly are you recommending, Dean Hanbury?"

Millicent Hanbury, feeling in control now, picked up her yarn and resumed knitting. "You were hired on a one-year contract which expires at the end of this semester," she said. "We would be happy to have you fulfill your contract, but on the mutual understanding it will not be renewed."

"What's the catch?"

"No catch, Professor Fine. But to insure that you leave quietly at the end of the semester, I'm asking you to sign this paper, which is your admission that you showed the Dunlop girl an advance copy of the exam. I will put it in my safe in a sealed envelope, and that will be the end of it."

The room was silent except for the click of the knitting needles. "How do you mean the end of it?"

"Just that," she said. "We are willing to let the matter rest if you are. When you have fulfilled your contract, you will leave Windemere and the envelope will be destroyed or returned to you."

"And how about my getting another job?"

"We won't interfere in any way," she assured him.

"Let me get this straight, Miss Hanbury," he said. "If I sign that paper, you put it away and say nothing. You don't mention it if I apply for another job someplace else, and they write you for reference?"

"We will make no mention of what is in that paper. We'll handle it as a matter of form and transmit whatever ratings you've been given without comment. I believe Professor Bowdoin gave you a rating before he retired?"

"Superior."

"And your student rating?"

"Also Superior. But how about Hendryx?"

"He's only acting head of your department and so would not be asked to rate you," she said.

"All right. Give me the paper. I'll sign." He switched his cane to his left hand and reached into his breast pocket for a pen. He glanced at the single typed paragraph and was about to sign when a thought occurred to him. "How about Miss Dunlop?"

The dean laughed shortly. "Oh, we're not greatly concerned about *her*. Dunlop barely passed even with that A on the final. And judging by the rest of her grades, I doubt the girl will stay the distance."

5

Ever since the death of his wife three years earlier, President Macomber had been a lonely man, rattling around the large President's House, ministered to by his efficient but dull housekeeper, Mrs. Childs. Outwardly he appeared to maintain an active social life, going out two or three nights a week to meetings, conferences, official dinners. Once a year he was 'at home' to the faculty, serving sherry, crackers and cheese, coffee and cake, under the supervision of Mrs. Childs and a crew from the school cafeteria. And once a year, he gave dinner to the board of trustees, a dinner served by outside caterers, much to the annoyance of the estimable Mrs. Childs who regarded it as a reflection on her.

On those evenings when he stayed home, he read the newspapers after dinner, watched TV or read a book. At ten, Mrs. Childs appeared with tea which she set down on the table beside his easy chair, wished him goodnight, and went off to her own quarters off the kitchen. He usually puttered around until the eleven o'clock newscast and then himself went to bed.

Just before the fall term Macomber's daughter Betty called from Reno to announce the glad tidings that her divorce had been granted and that she was taking the next plane out. He indulged in pleasant daydreams that now things would be different. He would now have someone to talk to at breakfast and dinner. Perhaps he might even play hookey some afternoon and sneak in a round of golf. They were both avid golfers.

She would be his official hostess, and once again he could hold those purely social parties, not connected with business, that he had missed so much since his wife's death. Of course Betty was still young, thirty-five, and after a while she would develop her own circle of friends, young people with interests different from his. But not for a while yet. She would want some peace and quiet after her unfortunate marriage.

It did not work out that way. She arrived early in the evening. Her plane had been delayed on the ground and then was locked into a holding pattern for almost an hour before it could land. The gaiety in her voice when she had called him from Reno was gone; she was tired and peevish.

"That awful plane!" she exclaimed by way of greeting. "I thought I'd have time to lie down for a while, and now I barely have time to shower and change."

"You don't have to change on my account, dear," said her father. "Mrs. Childs has prepared a quiet little meal. I can't tell you how I've been looking forward to the chance to talk and catch up on things."

She was contrite. "Oh, I am sorry, dad, but I'm due at the Sorensons' for dinner. They're having a few people over. It's a kind of freedom party for me—you know, celebrating my divorce. And Gretchen said she had this fascinating man she wanted me to meet."

Nor did it change with time. He saw as little of her as

when she had been married and living in the suburbs. She went out almost every night, and even when they had dinner together she always seemed rushed.

"Look, Betty," he remonstrated, "must you go out again tonight?"

"Oh, I really have to, Dad. I promised."

"But you've been out every single night this week."

"Dad, I'm thirty-five—"

"I know that. I'm not trying to play the stern *pater-familias,* but—"

"You've been a dear, Dad, but you must understand that I have no intention of remaining single for the rest of my life. I mean to get married, and just because I'm thirty-five I can't waste any time."

He was old-fashioned, and the bluntness with which she stated her position embarrassed him a little. "Well, naturally, I want you to get married, Betty. I realize I'm probably being selfish," he went on, "but I rather hoped that we could have some evenings together, just the two of us. You know, the president of a college, like the president of anything, is a kind of lonely figure. He has to make all sorts of decisions, and almost anyone he turns to for advice, or just to talk out some problem, has an axe to grind."

She laughed. "Poor Dad. All right, tomorrow I'll stay home and—Oh, no, tomorrow I can't or Thursday either. Perhaps Friday?"

The weekend was out of the question, of course, because then she went upcountry to New Hampshire where her son, Billy, was at school.

6

Monday was registration day, classes began Tuesday; so Wednesday morning was the first session of Philosophy 268, Jewish Thought and Philosophy; Mon. & Wed. at 9:00, Fri. at 1:00, Admin. Building, Room 22; three credits.

By a quarter to nine they began to drift in—the freshmen checking the number on the door against the number they had copied down on their program cards, the upperclassmen gravitating to one corner.

"Hey, Harvey boy!" A tall, willowy youth in yellow plaid slacks, crimson shirt, and a yellow silk kerchief fastened around his neck appeared in the doorway and was instantly hailed by the group in the corner. "How they hanging?"

"You taking this course?"

Harvey glanced around the room to see if there were any attractive new girls, then sauntered over. "You bet I'm taking this course." Harvey Shacter perched his elegantly clad bottom on the arm of the chair occupied by Lillian Dushkin. "Can't you just see Uncle Harvey turning down a gift of three credits? You know Cy Berenson? He took it last year and didn't even take the final. The rabbi let him write a five-hundred-word paper and gave him a B."

"Yeah, but Berenson used to wear a yarmelkeh all the time," said Henry Luftig, a short, thin, intense young man with a high bony forehead ending in a cap of jet black hair. "The rabbi probably figured he knew the stuff anyway."

"Yarmelkeh? Oh, you mean that black beanie? Okay, if

46

it will guarantee a B I'll wear a yarmelkeh."

"That will be the day," Lillian Dushkin giggled. "Come to think of it, you might look cute."

"Hey, Lil," said Aaron Mazonson. "I heard this Rabbi Lamden was a regular swinger. All a chick has to do is sit in the front row and give him an eyeful and she's practically guaranteed an A."

A sophomore nearby joined in. "It's not Rabbi Lamden this year, it's a different guy."

"Where'd you hear that?"

"When I registered for the course. My adviser told me when he initialed my program.'

"Well, it says Rabbi Lamden in the catalogue."

"Yeah, well, that's because it was a last minute change."

"Great!" exclaimed Shacter in disgust. "That's just what I need. My one pipe course, and they get a new guy who will probably want to show how tough he is."

"So we'll set him straight," said Luftig, grinning.

Shacter considered, and then he, too, grinned. "Yeah, that's the idea. We'll set him straight."

The street was lined with cars, and the broad granite steps of the administration building were so crowded with students that Rabbi Small had to zig-zag his way to the doors. Inside the enclosed area of the Marble, the marble-tiled rotunda, students were swarming about while others were manning tables behind signs: "Support Your School —Buy a Sports Card, Admission to All Athletic Events," "Subscribe to *The Windrift*, Your Own Magazine," "Sign up for the Dramatic Club," "Concerned? Join the Democratic Party," "Concerned Students join SDS," "Hear the Truth—Join The Socialist Study Group."

"Hey! You a freshman? Then you'll want to go to all the games. Sign up here."

"Sandra! Coming out for dramatics again this year?"

"Get your free copy of *The Windrift*."

The rabbi managed the stairs leading to his office without either buying, pledging, or signing anything. Pleased and excited by the unaccustomed activity, he stopped to catch his breath before entering his class.

There were twenty-eight students present; his class list, sent to him a few days before, showed thirty. He mounted the platform and wrote on the blackboard: "Rabbi David Small, Jewish Thought and Philosophy." And then announced: "I am Rabbi Small. I will be giving this course instead of Rabbi Lamden who is listed in the catalogue."

Harvey Shacter winked at Lillian Dushkin and raised his hand lazily. The rabbi nodded.

"What do we call you? Professor or Doctor?"

"Or Rabbi?" from Henry Luftig.

"Or David?" asked Lillian sweetly.

"I am neither a doctor nor a professor. Rabbi will do perfectly well." He gave Miss Dushkin a sharp look and went on, "This is a one-semester course, and the subject is a large one. The most we can hope for is to get some understanding of the basic principles of our religion and how they developed. For you to derive any benefit from the course, however, you'll have to do a great deal of reading. I shall suggest books from time to time, and within the next couple of weeks or so I hope to have a mimeographed reading list to distribute to you."

"Will that be required reading?" asked a shocked Harvey Shacter.

"Some of it will be required, and some will be collateral reading. We will start by reading the Five Books of Moses, the Torah, on which our religion is based. I'll expect you to finish it in the next two or three weeks and then we'll have an hour exam."

"But that's an awful lot," Shacter protested.

"Not really. I don't expect you to study it intensively at first. Read it as you would a novel." He held up a copy of the Old Testament that he had brought with him. "Let's see, in this text it runs about two hundred and fifty pages. It's good large type. I'd say it's about the length of a short novel. I shouldn't think that would be too much for college students."

"What text do we use?"

"Is it on sale in the bookstore?"

"Any special translation?"

"Can we use the original?" This last from Mazonson.

"By all means, if you can," said the rabbi with a smile. "For the rest of you, any English text will do. If it's not on sale in the bookstore, you should have no trouble getting a copy. I would appreciate it if you did not leave it until the last few days before the exam. If you begin your reading immediately you can have a better understanding of the material as I deal with it in my lectures—"

"This is going to be a lecture course?" Henry Luftig seemed aghast.

"What else did you have in mind?" asked the rabbi dryly.

"Well, I thought it was going to be a—you know, like a discussion course."

"But how can you discuss something you don't know?"

"Oh, well, like general principles. I mean everybody knows something about religion."

"Are you sure, Mr.—er—?" the rabbi began gently.

"Luftig. Hank Luftig."

"Are you sure, Mr. Luftig? I'll grant that most people have some general ideas, but often they're much too general. Religion can be regarded as an overall blueprint for our thinking and our basic attitude toward life. Now the Jewish religion differs widely from the prevailing Christian religion, but at some points the differences involve subtle fine distinctions."

"So that's why we ought to have discussions, Rabbi," Shacter offered.

The rabbi considered and then shook his head. "You mean that by combining your ignorance, you'll be able to achieve knowledge?"

"Well . . ."

"No, no. Let's proceed in the traditional way. When you have some knowledge, then perhaps we can discuss its interpretation." Procedural matters over, he launched into his introductory remarks. "Now one immediate difference between Judaism and many other religions is that we're not bound by an official creed. With us, it's largely an accident of birth. If you're born a Jew, you're a Jew, at least until you officially convert to some other religion. An atheist who was born a Jew is therefore a Jew. And conversely, someone who was not born a Jew but follows all our traditional practices and shares our traditional beliefs would still not be considered a Jew if he had not officially converted to Judaism."

He smiled. "And I might add for the benefit of any ardent exponent of Women's Liberation who may be among us that by rabbinic law, only one born of a Jewish mother—note, mother, not father—is a Jew."

"Who you kidding, Rabbi?"

He was startled by the interruption from an attractive girl in the first row.

"I don't understand, Miss—er—"

"Goldstein. And that's *Ms.* Goldstein."

"I beg your pardon, Ms. Goldstein," said the rabbi gravely. "I should have known."

"I mean isn't that just a line Jewish male chauvinists hand women nowadays to hide their second class status?" She went on. "Women are brainwashed into thinking they're more important because they're the ones who decide whether the kid belongs to the Jewish race or nation or whatever it is. Terrific! When actually wasn't it because with Jews a persecuted minority everywhere, there was greater certainty if you traced descent from the mother?"

"Oh, I see what you mean. Yes, I imagine that could be the rationale," he admitted.

A frosty smile flitted across her face. "And isn't it true

that women have no place in the Jewish religion down to the present day? In some synagogues they even hide them behind a curtain up in the balcony."

"That's only in strictly Orthodox congregations."

"In our synagogue they sit on one side," Lillian Dushkin said.

"And they're not allowed to take part in the service," Ms. Goldstein added.

"That's not true," said the rabbi. "The service is a recitation of a series of prayers. Women who attend the service recite the prayers along with the men."

"Big deal," said Lillian Dushkin. "They're never called up to read or anything."

"They are, in Reform temples," the rabbi corrected her.

"I know for a fact that the husband can divorce the wife by just sending her a letter," said Mark Leventhal, not because he had any great sympathy for the women but because they appeared to have their teacher at a disadvantage. "And she can't divorce him at all."

"And if her husband dies, she has to marry her brother-in-law," said Mazonson, for the same reason.

The rabbi held up both hands to bring them to order. "This is a very good example," he said, "of the danger of discussions based on ignorance and limited knowledge."

They quieted down.

"In the first place," he went on, "our religion is not ceremonial like the Catholic religion, for example, which requires a consecrated holy place, the church, to conduct its business. The center of our religious practice is more the home than the synagogue. And in the home, the woman certainly shares in whatever ceremonial there is. She prepares the house for the Sabbath, and it is she who blesses the Sabbath candles."

Ms. Goldstein whispered something to the girl in the next seat. She laughed.

"We are not immune to the influences around us," said the rabbi, raising his voice slightly. "All through recorded history, society has been patriarchal, but the Ten Commandments call for honoring thy father and mother, and father and mother is the way we normally refer to them, rather than by that weak collective—parents. Even in biblical times a Jewish woman could not be forced to marry against her choice. The penalty for adultery was death, but both parties were equally punished. When a woman married she retained title to her property, and when she was divorced, she not only took it with her but also received a large sum which was stipulated in advance in the marriage contract in the event of a divorce."

"But a man could divorce his wife anytime he wanted to," said Leventhal, "and she couldn't ever."

"No. The mechanics of the transaction called for the husband to give the divorce and the wife to receive it. But he has to go to a rabbinical court and convince them before they will give him a *get,* a bill of divorcement. The wife can do the same. The difference is that the rabbinical court then orders the husband to give the divorce."

"What if he don't want to?"

"Then the rabbis can apply whatever sanctions they have. In modern Israel, they put him in jail until he agrees. I might add that even by contemporary standards, the grounds for divorce were quite liberal, more so than they are in most Western countries today. There was divorce by mutual consent, for example. The woman could also claim a divorce if her husband was physically repulsive to her or if he failed in his duty toward her which was laid down as the basis for married life. 'Let a man honor his wife more than himself, and love her as he loves himself.' No, Ms. Goldstein, I see nothing in the divorce laws that would suggest second class status for women."

"How about a widow having to marry her brother-in-law?" demanded Mazonson.

"Or the other way around?" said the rabbi with a smile. "It's all in how you look at it."

"I don't get it."

"You evidently don't know what the law was or its purpose, for that matter. The law called for the widow and her brother-in-law to marry only if she were childless. But the obligation was on both of them and the purpose, according to the Bible, was that she might have a child who would be named after her dead husband, 'so that his name should not be lost to Israel.' "

"Well, I heard—"

"Why would—"

"It seems to me—"

"How about Golda Meir?"

The rabbi rapped his knuckles against the lectern for quiet.

"So why do they keep us separated in the synagogue?" asked Miss Dushkin.

"Certainly not because they regard women as inferior," he said with a smile. "It goes back to primitive times when in many religions a service that included both sexes ended in an orgy, was arranged for that purpose, in fact, since it had to do with fertility rites. In more recent times, it was felt that the natural attraction of the sexes would interfere with the concentration on prayer." He spread his hands and added wryly, "How long ago was it that coeducation was disparaged on the grounds that boys and girls sitting in the same classroom would be unable to keep their minds on their studies? But look here," he went on, "you're all making the mistake of forming your opinions on isolated bits of information or misinformation instead of on your own experience. Think about your own families and then ask yourself if the women, your mothers and grandmothers, your aunts, are registered as inferiors by their husbands or their families."

As they trooped out at the end of the class, Harvey Shacter turned to Henry Luftig. "I thought you were going to set him straight."

Luftig shook his head. "I don't know. I thought we had

him on the ropes in the opening rounds, but he came back strong. He might turn out to be one tough baby."

7

"How did it go?" Miriam asked when he returned Wednesday morning.

"It was nice," he said, and then smiled. "I enjoyed it. I really enjoyed it tremendously. I've been thinking of it all the way home, Miriam, and I've concluded there are few quiet pleasures in this life to compare with that of imparting knowledge to a receptive listener. I remember noticing it the last time we had trouble with the heating system. As the plumber explained to me how the system worked and what was wrong, you could see he was enjoying himself."

"Why not? He was getting about nine dollars an hour for it," she remarked.

But the rabbi refused to be dampened. "I'm sure it wasn't that. It's a sense of superiority. You're bound to get a lift to the ego from dispensing information about anything you know better than others. And when that knowledge can change a person's way of living, his lifestyle, it's even more satisfying. It's quite something this —this ego trip, I think the students call it."

"I'm not sure they consider it a particularly nice thing, David. I think they use the term disparagingly."

"Really? Well, that just shows how little they know. I suppose it's part of the Anglo-Saxon ethic. In sports, for example, the champion is taught to attribute his success to his trainer or his teammates or to luck, to anything except his own superiority. It's so obviously false. No one believes it, but the tradition continues. All I can say is that

I frankly enjoyed my first lecture."

"So I see," she said. "And it's done wonders for your modesty."

"I was only trying to answer your question," he said stiffly, and then they looked at each other and both smiled.

But Miriam was anxious to pursue it. "But lecturing is nothing new to you. You give a sermon, which is a lecture of sorts, every Friday night and on all the holidays."

"No," he said, "sermons are different. They involve moralizing, which, come to think of it, is just what they said Rabbi Lamden used to deliver when he ran the course. Besides, the people who hear my sermons are the people who pay my salary, and I always have the feeling they're judging me to see if they're getting their money's worth."

She was amused. "Oh David, I don't know where you get that idea."

"Besides, their minds are all fixed, their thought patterns crystallized. Nothing I say is apt to influence them. But these young people in school, they're not frozen, they're not afraid to express their ideas. Mostly they're wrong, of course, but they hold them tenaciously and are ready to argue them. There was a girl today, obviously Women's Lib, who tried to heckle me—"

"That I would have liked to see," laughed Miriam.

The rabbi laughed, too. "She wasn't bad, at that."

He looked forward eagerly to his next lecture on Friday. The street was practically empty when he pulled up in front of the administration building, and for a moment he wondered if perhaps his watch was slow; but as he strode down the corridor he could hear voices from his classroom. As he pushed open the door, he thought he must have made some mistake. Only a scattering of students was present. Then he had the sickening feeling that he had misjudged their reaction to his first lecture. He forced a smile. "The class seems to have shrunk."

Several of the students smiled back and one volunteered, "Most of the kids cut on Fridays to get a head start."

"A head start? A head start for what?"

"Oh, you know, for the weekend."

"I see." He understood now why the Dean had been apologetic about scheduling his course for Friday afternoon. He was nonplused, not sure how to proceed. Should he go ahead with the material he had prepared or devote the hour to reviewing his last lecture so that the absentees would not fall behind? He decided to deliver the lecture, but it was not the same. He could not help feel indignant, and he was sure the students were aware of it and took a perverse pleasure in his discomfiture.

At last the class was over, but his annoyance lasted all the way home. Fortunately, Miriam was busy preparing for the Sabbath, so there was no time to discuss it.

The following Monday he had full attendance again: twenty-eight. On Wednesday, too; but on Friday there were even less than the previous week: only ten. And so it continued: good attendance on Mondays and Wednesdays, a mere handful on Fridays.

When after a month they had finished the Pentateuch, he announced a quiz—for Friday. It was a declaration of war on his part.

"Are we going to be responsible for all the names? You know, so-and-so begat so-and-so?"

"No, but I will expect you to know certain genealogical material. Certainly, you ought to know the names of Adam's children, or Abraham's."

"Couldn't we have the test on Monday?"

"Do you think you will be luckier then?"

"No, but we could have the weekend to prepare for it."

"Look at it this way. Now you can have the whole weekend to recover."

He stopped off at his office on Friday, and Professor

Hendryx, seeing the bluebooks, looked up in surprise. "You enjoy giving quizzes, Rabbi?"

"Not particularly. Why?"

"Because anyone quizzing on Friday has to quiz twice," said Hendryx.

"I don't understand."

"Simply that you have to prepare not only the original, and then read the bluebooks and make all those comments in red in the margin and grade them, but the make-up as well. You can't expect more than half your class to turn up on a Friday."

"Oh, I think they'll all be there today," said the rabbi confidently. "I gave them plenty of notice and impressed on them this was an hour exam and important to their grades."

But he arrived at the classroom to find only fifteen students. He spent the hour walking about the room as the students wrote. As each finished, he would hand in his paper and hurry out of the room. Long before the bell rang the rabbi found himself alone.

He graded the papers over the weekend and returned them on Monday. There was an immediate reaction.

"You said we wouldn't be responsible for the begats."

"Benjamin is hardly just one of the begats. Benjamin is an important part of the Joseph story."

"How much will this count toward the final grade?"

"It depends on how many hour exams I decide to give."

"Will they all be given on Fridays?"

"I can't say. Probably."

"Gee, that's not fair."

"Why not?"

"Well—a lot of us—I know I can't get here Fridays."

This was it. He said coolly, "I'm afraid I don't understand. The Friday session is a regular class hour. If it conflicted with some other course, you shouldn't have arranged to take this one."

"It's not that it conflicts—"

"Yes?"

"Well, I drive back to New Jersey weekends and I've got to get an early start."

The rabbi shrugged his shoulders. "I don't know the answer to that."

He opened his text to indicate that he considered discussion closed, but the atmosphere was charged. The students, even those who had taken the examination, were sullen. His lecture suffered as a result, and for the first time he dismissed them before the hour.

When he returned to his office, he found Hendryx stretched out in his usual reclining posture, puffing gently on his pipe.

"How's it going, Rabbi?"

"Well, I'm not sure." In the few weeks that he had been teaching, he had seen Hendryx less than a half dozen times, and then usually for only a few minutes before or after class. "I get about twenty-six in my class. Actually the official class list shows thirty, but twenty-eight is the most that have appeared at any one time."

"That's not bad," said Hendryx. "In fact, darn good where students are allowed unlimited cuts."

"Well, I'm not dissatisfied with the attendance on Mondays and Wednesdays, but on Friday afternoons I'm lucky if I get a dozen."

"At one o'clock? On Friday? I'm surprised you're getting that many."

"But why?" the rabbi insisted. "I can understand that one or two might have a trip planned for the weekend and want to make an early start—"

"They've all got plans for the weekend, Rabbi. If it's a girl, she's been invited to another college for the football game on Saturday. If she attends your class, she finishes at two and can't start much before three, so she'll get wherever she's going too late for all the fun on Friday. And young people nowadays can't afford to miss any fun.

It's a kind of commitment, even a kind of religion, you might say."

"You mean that all those absent have weekend dates?"

"No, not all," said Hendryx. "Some stay away so that their friends will *think* they've got a date. Some figure they might as well make it a long weekend. Some—although personally I doubt it—use the time to study for other courses, supposedly the rationale behind unlimited cuts: they're supposed to be mature enough to organize their own time."

"And what am I supposed to do on Fridays when less than half my class shows up?"

"Well," said Hendryx, drawing on his pipe, "that's a good question. There aren't too many courses given Friday afternoon. Joe Browder has a geology class at one over in the Blythe Building. Off-hand I don't know any other. By noon the place is deserted. Even the cafeteria is closed. Haven't you noticed?"

"But what am I supposed to do?" the rabbi persisted. "Not give the lecture?"

"I've known instructors to do just that. Not that they openly cancel out, but every other week or so they announce they'll be unable to meet with the class." He looked at the rabbi, a faint derisive smile on his face. "But I guess you wouldn't do that, would you?"

"No, I don't feel as though I could," he said.

"So what have you been doing?"

"So far, I've treated it as just another hour and given my regular lecture. Last week, as you know, I gave a quiz."

"I meant to ask you about that," said Hendryx. "How many showed up?"

"Only fifteen."

Hendryx chuckled. "Well, well, well. Only fifteen, eh? And for an hour exam? You handed back the books today? Tell me, how did your class react?"

"That's what bothers me," confessed the rabbi. "Many of them seemed resentful and some appeared actually indignant, as though I had been unfair."

Hendryx nodded. "You know why they acted indignant, Rabbi? Because they *were* indignant. And they were indignant because you *were* unfair, at least according to their lights. You see, yours is traditionally a snap course. That's why so many elected it. So why get yourself in a sweat, Rabbi, trying to change it? Why not do as the rest of us do and go along with things as they are?"

"Because I'm a rabbi," he said, and then added with obvious disparagement, "not a teacher."

Hendryx laughed uproariously in acknowledgment of the thrust. "But Rabbi, I thought that's what a rabbi was. Isn't that what the word means—teacher?"

"Not that kind. A rabbi is one who is learned in the law by which we are expected to order our lives. His major traditional function is to judge, but he also expounds the law on occasion for the benefit of his congregation and community. The kind of teacher you have in mind, the kind that coaxes the young and immature to learn, a teacher of children—that's something else. Him, we call a *melamed,* and the term has a derogatory connotation."

"Derogatory?"

"That's right. You see, since Jews have had practically one hundred percent literacy for centuries," the rabbi said, enjoying this, "anyone can teach. Naturally, the social prestige or the financial reward for doing what everyone else can do is not great. So the *melamed* was usually someone who had failed at everything else and finally had to fall back on teaching children to make a living."

"And you feel that by going easy with your class, you will be a *melamed?*" Hendryx asked, interested in spite of himself. "Is that it?"

"Oh, I'm not so much concerned about my status as I am about their attitude. We Jews expect to tease and coax children to learn. That's why when a child starts school we give him cake and honey so he will associate learning with something sweet and desirable. But I don't feel I should have to continue the treatment with adults. Of course, not all adults want to become scholars, but those who do and come to college should have an adult attitude toward instruction. I shouldn't have to tease and coax them to learn."

"You don't," said Hendryx. "And neither do the rest of us. We give our lectures. Those who want to come, come; and those who don't, stay away."

"And those who decide to stay away—do they pass?"

"Well, of course—"

"But that's cheating!" he exclaimed.

"I'm afraid I don't follow you, Rabbi."

"Let me put it this way," said David Small, searching for an analogy. "Traditionally, the way you become a rabbi is to present yourself to a rabbi for examination. If you pass his examination, he gives you what we call *smicha,* a seal of approval, ordination. Of course some rabbis were harder, more exacting, in their examination than others because they were themselves more subtle in their thinking and even more knowledgeable. But I expect they were all honest in their decisions, because in designating the candidate a rabbi they were certifying him capable of sitting in judgment throughout the Jewish world.

"Now the degree granted here also has value and meaning throughout the world and the authority to grant it was conferred by the state, as I understand it. The college system calls for the candidate to accumulate credits toward the degree by sitting under a number of instructors and then satisfying them that he has properly completed their courses of instruction. I am being paid to pass on some small part of the total. So if I don't do my work thoroughly, I'm acting dishonestly. I'm cheating."

"Cheating whom?"

"Cheating everyone who assumes the degree indicates a body of knowledge has been successfully assimilated."

"You mean you are planning to flunk students who cut their Friday classes?"

"Those who don't take the exams, or fail in them."

"Very interesting. Ve–ry interesting," said Hendryx. "In a little while we're supposed to submit to the dean's office the names of all students who are failing at mid-semester. Do you intend to submit such a list?"

"If that's the system, of course I shall comply. Don't you?"

"Well, the last few years, I haven't bothered with it much. As a matter of fact, last year I didn't flunk anyone in any of my classes. But I expect you're planning to."

"If they do not pass the examinations, I will give a failure mark of course."

"Well, all I can say, Rabbi, is that you're going to have a very interesting year."

8

The college bulletin appeared at the end of October following the semi-annual meeting of the trustees of Windemere Christian College. It was studied not only for what it included but for what it omitted. Thus, while it announced that Associate Professor Clyde had been appointed to full professor, the fact drew little interest; everyone knew that President Macomber was recommending him for the promotion and the trustees always followed the president's recommendations.

On the other hand, considerable attention was paid to the omission of any mention of the appointment of a permanent head of the English department. Clearly, this suggested that Professor Hendryx, the acting head, was only on temporary assignment until the administration could find a more suitable candidate.

This delighted a considerable number of older members

of the department and most of the younger, in sharp contrast to their reaction to another omission in the bulletin—the reappointment of Assistant Professor Roger Fine. Fine was well-liked by most faculty members, but even those who did not hold him in high regard were displeased, since the reason was assumed to be purely political.

Albert Herzog, a young instructor in anthropology who was also an officer of the teachers' union, sought out Fine. "Hey Rog, what's this I hear about you being dropped at mid years?"

"I'm not being dropped. That's when my contract runs out."

"What's that got to do with it? The job is there. They'll have to get someone to replace you. As a matter of fact, I happen to know they're planning to hire tw   men on your end of the ranking scale, instructors or assistant professors."

"That may be," said Fine, "but I was hired last February on a one-year contract, or two semesters. They let me teach summer session as well, so that's three semesters. I don't see that I've got any kick coming."

"Well, a regular contract is normally renewed from year to year. Macomber doesn't have anything against you, does he?"

"Oh no," said Fine quickly.

"Then that can mean only one thing—that you're being fired for your political activity. And if so, the union is not going to stand for it. We'll demand a hearing."

"Come on, Al, climb down," said Fine. "The union's contract with the school specifically permits the president to drop a man without a hearing as long as he's not on tenure."

"Only if it's *not* for a political reason!" said Herzog, jabbing a bony finger to drive home the point. "He can fire you because he doesn't like the way you comb your hair, but he can't fire you for writing that article in *The Windrift* or for your support of the blacks. That's political,

and that's specifically ruled out under contract. Same with
the AAUP. No, this is a clear case, and we'll get to work
on it."

"Please, Al, do me a favor. Mind your own business. I
don't want to get into a fight with the administration." He
put a hand on his shoulder.

Herzog shrugged him off. "I don't understand you. If
there was one guy on this faculty I could count on to fight
for his rights, it was you. That's been the trouble with
teachers all along; they think they'll get better treatment
if they lie down and let administrations walk all over
them. But you'll find that practically every time the union
puts up a fight on this kind of matter, it wins. I'm going
to call a meeting of the executive—"

"No."

"Look, Fine, it's not just you. If the administration can
fire a fully qualified guy and hire somebody else to take
his place, what in hell happens to the seniority rule? Answer me that?"

"Screw the seniority rule. I'm asking you as a personal
favor, Al. I just don't want to get into a hassle with anybody now." He lowered his voice. "You see, Edie is
pregnant. I don't want her upset."

"Hey, that's wonderful!" exclaimed Herzog. "Con-
gratulations! All right, Rog, I get the picture. I'll talk
it over with the guys and tell them what you said. We'll
do what's right."

But the next day there was a new table set up on the
Marble with a large poster with a picture of an outsize
baseball bat: "SIGN FOR FINE! HE WENT TO BAT
FOR YOU—NOW GO TO BAT FOR HIM!"

Seated behind the table, urging passersby to sign the
petition, was Nicholas Ekkedaminopoulos, called Ekko by
all who knew him, even his instructors. He was older
than his classmates, having already served in the Army,
and he stood out from among the other students because
he was clean-shaven—not only his swarthy face but his

entire head. As he explained, "My old man is bald, my uncle is bald. And now I'm getting bald. It runs in the family. My old man, he combs the few hairs he's got on the side across the top and plasters them down. My uncle, he's a swinger with a pretty wife, so he spends a fortune on all kinds of treatments and oils and grease— and he's still bald. But me, I figure why fight it? So I shaved it all off."

Roger Fine knew him well; they were the same age and had both served in Vietnam. They had become close friends. They worked together on recruiting black students, and Fine had invited him to Barnard's Crossing during the summer.

Walking across the Marble, he saw the sign and hurried over to the table. "What the hell is going on, Ekko?" he demanded. "Who put you up to this?"

"Now, Rog, it was officially decided by the Student Activists."

"Don't give me any of that official crap, Ekko. You know goddam well that the Student Activists are just the half dozen of you on the executive committee. I want to know who put you up to this. Was it Al Herzog?"

"That windbag? Jesus no." Ekko lowered his voice. "Things are getting tough, Rog. Three years ago when I was a freshman, get up a petition for anything you can think of and before lunch was over you'd have five hundred signatures. They wouldn't even look what they're signing. But here we been sitting since the beginning of school trying to line up some support for our program and we're lucky if we got fifty signatures. They got all sorts of copouts. The coed dorm? Chicks say they can't put their name down, because it's like advertising they're an easy lay. Or even voluntary exams. You'd think anyone would go for that, but no, they say if they got to take exams why shouldn't everyone? Then the administration goes and shafts you. So we figured here's a great opportunity. You've got lots of friends in school and we could get lots of signatures. So at the same time they're signing the petition for you we thought—what the hell—we'll get them to sign the S.A. Resolution, too. And it worked!" he said triumphantly. "I been sitting here only a couple of hours and already I got thirty signatures on your petition, and six of them signed the resolution."

Fine shook his head in exasperation. "Did it ever occur to you to ask me before you got up this petition? Did it ever occur to you that it might interfere with my own plans?"

"Jeez, Roger, we thought you'd be pleased. Besides, if we didn't do it, the SDS would. Maybe even the Weathervane crazies. You'd rather have us doing it than them, wouldn't you?"

"Well, I don't like it, Ekko. I want it stopped."

"OK, if that's the way you want it. Excuse me a minute—" He grabbed a student who was with a girl. "Hey Bongo, come on sign a petition for Professor Fine!"

Roger Fine hurried away.

9

"What have you got against John Hendryx, Dad?" asked Betty Macomber. It was Mrs. Childs' night off, and Betty was clearing the dinner dishes while he glanced through the evening paper.

"Hendryx? Oh, the new man in English?"

"New! He's been here two and a half years."

"Really. It just shows how time flies. Why, I have nothing against him."

"Then why hasn't he been appointed chairman of the department? Why is he only acting chairman?"

President Macomber put his paper aside and looked up

at his daughter. She was tall and blonde; "my Viking princess" he had been fond of calling her when she was a little girl. Although her face showed planes of maturity, it was unlined and still attractive. "It's regulations," he began. "A chairman of a department is required to have tenure, and that takes a minimum of three years. Hendryx hasn't been with us that long. So naturally he can only be acting chairman."

"But in the past people have been made chairman of their departments without tenure," she persisted. "You told me yourself that Professor Malkowitz was made chairman of the Math Department the day he was hired."

"Malkowitz was a special case. He wouldn't have come to Windemere otherwise, and we were very anxious to get him. The trustees had to grant him tenure by special vote."

She put aside the bread tray and salad bowl she was carrying and sat on the hassock at his feet. "Well, why can't you do the same thing for Professor Hendryx?"

He leaned back in his chair and smiled. "Professor Malkowitz has a national reputation. He's an extremely capable man."

"And you have doubts about Professor Hendryx's ability?"

There was no doubt about the challenge in her voice. He tried to blunt it with a light answer. "Well, one thing I can say about him. He certainly knows how to enlist female support." He smiled. "For months now Millicent Hanbury has been after me about him, and now you. I can understand her attitude. They're old friends, I gather, or at least they both come from the same hometown. But you, I didn't think you even knew him."

"I met him the day I got back. He was at the Sorensons' party."

"Oh?"

"And I've seen quite a bit of him since," she added offhandedly.

But he wasn't fooled. "He complained about his treatment here?"

"No, it wasn't that," she said. "But when I happened to refer to him as chairman of the English Department, he made a point of correcting me and explained he was only acting chairman." She paused. "If you know anything against him, Father, I'd like to hear it."

Realizing that her interest was more than impersonal concern for a faculty member, he began cautiously. "He has a good degree. Harvard, I think. And I understand he's published some. But when you've been at this game as long as I have, you get a kind of feeling about faculty people. In the last ten years, before coming here, he's had three different jobs. And why would he come here at all? We're a small college, not too well known. With that kind of background he should have been able to wangle a job at one of the prestige colleges by this time."

"Your precious Malkowitz came here."

"Ah, but we went after him and made it worth his while. Professor Hendryx, on the other hand, came to *us,* and at mid-years."

"Maybe he prefers a small college. A lot of men do."

He nodded. "But his last job was at a small college— Jeremiah Logan College in Tennessee. Why didn't he stay there?"

"Just because it's in Tennessee, I suppose. Any New Englander is apt to feel like a fish out of water in a small Southern town."

"True," he acknowledged, "and it's what I thought until I bumped into the chancellor of Jeremiah Logan at the College Presidents Association meeting last year. I mentioned Hendryx. Now you know, these days an administrator, any employer for that matter, has to be very careful of what he says about a former employee. You can be sued if you say something you know perfectly well but can't prove. That's why we don't pay too much attention to the run-of-the-mill recommendation. Well, this man from Jeremiah Logan was even more cautious than most, but I was able to gather that Hendryx had been in some trouble down there—about a girl, one of the coeds."

"I know all about that," she said calmly. "She was a cheap little whore, the original sweetheart of Sigma Chi—and all the other fraternities."

"He told you all this? Why?"

"Because we're interested in each other," she said, getting to her feet.

"Betty, the man called him an over-sexed—"

"Well, I could do with a little of that after Malcolm."

"Betty!"

"Look Dad, I might as well tell you. John and I are going to be married."

He stared at her.

"Don't look so shocked. And I'm not going to be put off just because a man of forty is not celibate. Now, aren't you going to wish me good luck?"

"But with a coed!"

"Big enough, old enough. You don't suppose your coeds here at Windemere are all innocent virgins, do you?"

"No, of course not," he said. "But I still cannot approve of male members of the faculty—well—having relations—that is, taking advantage of their position to—why—seduce female members of the student body." He started again. "Look Betty, I'm as modern about these things as any man my age can be. But it's not right for a faculty member—I mean, just from the point of view of fairness, because he can take advantage of his position. If nothing else, think what it indicates of his character."

"Fairness! Character!" She gave a hard laugh. "Dad, let me clue you in on the facts of life in the seventies. Sex is a woman's business; it's her specialty, her field of concentration. If any affairs are going on at Windemere between faculty and student, and I'm sure there are, believe me, it's something that the girl has initiated and is managing. And she'll usually be the one who terminates

it when she finds someone else or has decided she's had
enough. Now this affair of John's down at Logan, and
others he's probably had at the other places he taught, well,
he might think they were his doing but you can bet that in
each case it was the girl's."

"Betty, are *you* having an affair with him?"

"Dad, you're sweet. No, I'm not, but it's just because
it hasn't developed that way—not yet, anyway. Have I
shocked you?" She looked at him in amusement.

"Do you love this man, Betty?"

"I'm not a teenager with a crush, if that's what you
mean. I find him attractive. He's good-looking and intelligent."

"But you've only just met him. You don't really know
him."

"Yes, and I practically grew up with Malcolm and see
what happened," she said. "I've known John for almost
two months now. It's long enough."

"Just because you made a mistake once—"

"I'm thirty-five and John is forty. Our backgrounds are
similar. He comes of an old New England family, and he's
unattached. He's the most eligible man around. If I wait,
I'll end up marrying some widower with a couple of kids
who's looking for a housekeeper to work without pay—
if I'm lucky. As for any affairs he's had with some silly
little coeds, well, if he hadn't had any, then I'd have
cause to worry. What else can a bachelor professor in a
small college town do? Would you rather have him make
time with the wives of his colleagues?"

"Most men marry."

"Then he wouldn't be available to me. Look Dad, I'm
going to marry him. Right now we're keeping it quiet because he has some silly idea people won't understand, but
make up your mind to it. Don't worry, Dad," she hugged
him impulsively, "I know you'll like him once you get to
know him better."

"Has Billy met him yet?" he said.

"As a matter of fact, we're driving up to see him Saturday morning. I'm sure he and Billy will get along fine."

"And what about your plans for the future?"

"That depends on you," she said. "John would like to stay on here, but he considers his present position as acting chairman demeaning. When the last bulletin passed him over, he was going to resign, but I persuaded him to wait. If he does decide to leave, we could live for a while on the little money Mother left me while he looks around for another job. I suggested it, but he's too proud to accept it. But if he's given tenure and appointed permanent chairman, we could get married right away, and then we'd go on living here."

"But that has to be by a vote of the trustees."

"Have they ever turned down a single recommendation of yours?"

"No—o."

"Please, Dad!"

She looked as anxious as a child. And what did he really know to Hendryx's discredit? Still, it went against the grain to use the authority of his position in a purely family matter. On the other hand, Betty wasn't the only one. Dean Hanbury had urged him to make the promotion, so it probably would work to the benefit of the department and the school. "Well, perhaps I'll talk to Dean Hanbury," he said tentatively.

She knew she had won. "Oh thanks, Dad." She gave him another kiss. "When will you see her?"

He thumbed through his pocket diary. "Let's see, tomorrow is Friday. I don't have anything on for the morning." He made a note. "Friday the thirteenth. You superstitious?" He smiled at her. "I'll see her tomorrow morning."

She blew him a kiss and then hurried up the stairs. "I've got to change."

"I thought you were going to stay in tonight. . . ."

"Oh, but I want to tell John the good news."

10

They couldn't use Abner Selzer's place because his roommate had the flu, and Yance Allworth and Mike O'Brien both lived at home. So they had agreed to meet at Judy Ballantine's pad even though it was way to hell and gone on the other side of town, in the West End. At least, they would not be disturbed. Besides, since this Judy was shacking up with Ekko, two of the five were already there. She lived three flights up in a tenement house that real estate gougers had prettied up with tiled shower stalls and cabinet kitchenettes and a few sticks of furniture so that they could charge an arm and a leg to students, nurses, and interns at the Mass General Hospital, who couldn't find anyplace else.

Ekko appropriated the one chair. It was a wing-back job whose fabric was not only faded but marred by cigarette burns caused by the carelessness, if not actual vandalism, of the previous tenants who resented the inflated rent they had to pay. "Just pin on a couple of lace dollies and it'll look like new," the renting agent had said.

Judy, although a senior, looked like a young girl. Not only was she tiny, but her face had a childlike expression with a small rosebud mouth and large innocent dark eyes. She sat on the floor, her head against Ekko's knee, flicking her cigarette in the general direction of the ashtray on the floor. With her other hand she massaged his calf under his trouser leg.

On the ratty sofa with sagging springs sat Mike O'Brien who worked part time in a bank and so wore a regular suit and a white shirt and even a tie for God's sakes; his fat little fingers were intertwined on his lap.

72

Yance Allworth lay on the floor, his handsome Afro resting on a cushion he had pulled off the sofa. He was wearing fringed pants of purple leather and a pink silk shirt that contrasted dramatically with his dark black skin. His eyes were closed and he appeared to be asleep as Abner Selzer, bearded and with hair nearly down to his shoulders, reported on his conversation with the dean.

"I arranged it for half-past two today because—" he broke off. "Jeez Judy, do you have to feel him up while we're having a meeting?"

"Screw you," she said amiably.

"Get on with it," said Ekko, patting her head like a dog's.

"—because that's when Millie Hanbury suggested," he concluded.

"Screw Millie Hanbury," said Allworth through half closed lips.

"Maybe I wouldn't mind," said Selzer. "She's got some built."

"You'd mind, all right," said Judy. "She's a dyke."

"How do you know?" asked O'Brien, interested.

"It stands to reason," Judy said. "She was a Phys. Ed. major in college. All those Phys. Ed. types are. What I'd like to know is why we got to meet her at half-past two on a Friday."

"Friday the thirteenth," Yance Allworth murmured.

"Because Friday the place is like a ghost town. There won't be anyone around. Just us."

"So what kind of pressure can we bring with just the five of us?"

"More than if we held the meeting Monday morning as you suggested, Judy," Selzer retorted. "Then we could get maybe fifty kids, seventy-five at the most. And Hanbury would take one look, see we could only scare up a handful, and know right away she held all the cards."

"How do you know we'd only get fifty?" asked O'Brien.

"Because that's the name of the game nowadays," said

Selzer. "You know how many signatures we got to our petition? With Fine as a drawing card? A hundred and nineteen. That's all we could get in a whole week, one hundred and nineteen lousy signatures. So when Hanbury suggested Friday afternoon, I snapped it up because that way we don't show our weakness."

"I bet if we'd joined with the Weathervanes, we'd have got a hell of a lot more," said O'Brien.

"Screw the Weathervanes," Allworth murmured.

"You and me both," said Ekko. "That's a freaked out bunch of crazies that I wouldn't join on a streetcar in a rush hour."

"They're real revolutionaries," O'Brien insisted.

"They're real zombies, is what they are," said Ekko. "You say, half-past two, Abner? Okay, so it's half-past two. Did you tell her why we wanted to see her?"

"No, but she knows we're pushing for Fine naturally because of the sign on the Marble."

"I told you Roger asked us to lay off," said Ekko.

"Screw Roger Fine," said Allworth.

"Right," Selzer agreed. "We aren't doing this for Fine. He's just an example. We're interested in like a principle."

"That's right, Ekko," said Judy. "If they're going to drop any teacher that sides with us, where in hell we going to get faculty support?"

They argued back and forth, getting nowhere, until it was time to split. Ekko saw them out, but on the landing he took Selzer aside.

"I didn't want to say it in front of the others, but Roger is pretty upset about the petition and even more about our meeting with Millie. You see, he's already resigned."

"Resigned? What the hell—"

"He had to," said Ekko. "He says they had him over a barrel and made him write out a letter of resignation. Millie's got it in her safe right this minute. I wasn't supposed to tell anybody, but with the meeting today I figured we ought to go kind of easy—you know, keep it like general—so we shouldn't end up with egg all over our face."

"Yeah." Already the wheels were spinning as Selzer began revising his strategy. Then he shook his head. "I don't know. Maybe we ought to let her spring it on us, and then just tell her we know but feel he was forced into it."

"I still think—"

Selzer felt his leadership questioned. "Look, you want to handle it, Ekko?"

"No, I just don't want to see Rog get the short end of the stick."

"Don't worry. All along, the best I ever figured was a draw."

"How do you mean?"

"We'd lose on Fine, but we'd get a promise on somebody else."

"Yeah. Well, keep it in mind." Ekko turned, then said: "Say, does anybody else know about this meeting?"

"I didn't tell anybody. Why?"

"Well, I wouldn't want any of those crazy Weathervanes to come pushing in. Then the dean would use that as an excuse to lower the boom on Roger."

"Who would tell them?"

"Well, Mike is always talking about how the Weathervanes would do this and the Weathervanes would do that, and I've seen him with that Aggie broad."

Selzer considered and then shook his head. "Nah, Mike's all right. He just talks. It makes up for the square clothes he has to wear at the bank." He laughed and clumped down the stairs to catch up the others.

They separated at the Charles Street train station, Yance and Abner taking the stairs to the overhead while O'Brien continued into the city. After a block or so, Mike stopped at a drugstore pay phone and, carefully closing the door of the booth, dialed a number. The phone rang half a dozen times before it was answered. "Yeah?"

"Is Aggie there?" asked O'Brien.

"Aggie who?"

"Just Aggie. Just see if Aggie's there."

He waited and then another voice, a woman's voice, said, "Hi, lover."

11

Rabbi Small did not look forward to meeting his last class of the week, but each Friday he would hope that this time there would be a normal complement. And each time he would be disappointed.

He could not avoid the feeling of resentment, even though he knew it was irrational; and this Friday, the thirteenth, was no different: a dozen students were present and he was annoyed. He closed the door behind him, and without a word of greeting, mounted the platform.

Nodding briefly, he turned his back to write the assignment on the blackboard and when he turned around he received a profound shock: half the class was gone! Then he saw that they had not left the room but were sitting on the floor in the aisles.

He was not in the mood for joking; he never was on a Friday. "Will you please come to order," he called.

There was no response. Those still in their chairs looked down at their open notebooks, reluctant to meet his eye.

"Please take your seats."

No movement.

"I cannot give my lecture while you are sitting on the floor."

"Why not?" It was Harry Luftig, who asked from the floor, not impertinently—politely, in fact.

For a moment the rabbi was uncertain what to say.

Then he had an idea. "To sit on the floor is a sign of mourning with us Jews," he said. "The devout sit on the floor during the seven-day mourning period. We also do it on the Ninth of Av, the day of the destruction of the temple. In the synagogues we sit on the floor or on low stools and recite from the Book of Lamentations. But now it is Friday afternoon and the Sabbath is approaching. Mourning is explicitly forbidden on the Sabbath."

Of course Sabbath was still hours away, but he peered down at them through his thick glasses to see if they would accept his explanation as a face-saving way of giving up their little joke. He thought one of them was about to rise, but he only shifted position on the floor.

Suddenly he was angry—and hurt. These were not children. Why should he have to put up with it? Without another word, he picked up his books and left the room.

He strode resolutely down the corridor, his footsteps echoing hollowly in the silent building. His face was grim as he came to his office and, unlocking the door, went in.

He was surprised, not too pleasantly, to find Professor Hendryx tilted back in his swivel chair, talking on the phone.

He waved his free hand at the rabbi, said goodbye into the instrument, and jerked himself to a sitting position to set it on its cradle.

He glanced at his watch. "Quarter-past one. Don't you have a class?"

The rabbi pulled up the visitor's chair and sat down across the desk. "That's right. I walked out on them."

Hendryx grinned. "What happened? They try to give you the business?"

"I don't know what they were trying," said the rabbi, indignation creeping into his voice, "but whatever it was, I didn't regard their behavior as conducive to teaching."

"What did they do?"

The rabbi told him, concluding, "And once having gone

out on a limb by giving it a certain religious significance, I had no other alternative."

"But they didn't buy it."

"I'm afraid not. No one on the floor budged."

"So you walked out."

The rabbi nodded. "I couldn't think what else to do."

"You weren't here yesterday, were you, Rabbi?" Hendryx asked with seeming irrelevance.

"No. I just come for my classes. What happened yesterday?"

Professor Hendryx drew his pipe from his pocket and filled it from a canister on the desk. "Well, it really began Wednesday." He scratched a large wooden match into flame on the underside of the desk and held it to his pipe. He puffed on it gently, then went on. "On Wednesday the newspapers reported a visit made by the Citizens Committee on Penal Reform to Norfolk Reformatory for Boys. They found the usual deplorable conditions: overcrowding, broken windows, toilets that don't flush, cockroaches in the kitchen. And they were given the usual excuses by the warden: lack of funds, lack of trained personnel, divided authority. But there was something new since their last visit. There were no chairs in the recreation room and the inmates had to sit on the floor. The warden explained that he had ordered the chairs removed because they had been used for rioting in the rec room the week before. Most of the committee refused to buy it. They pointed out that the floor was uncarpeted and was cold and drafty, that the health of the little bastards was being jeopardized, and all the rest. Didn't you read about it?"

"Yes, but what's it got to do with my class?"

"I'm coming to that." He puffed on his pipe. "President Macomber is a member of that committee, and he was one of the few who not only did not protest but even supported the warden. So the next day—yesterday, this is—our students, the more involved among them at least, decided to sit out the week on the floor in all classes in protest against their president."

"They did it in your classes? What did you do?"

"Oh, I paid no attention to them," said Hendryx. "I just went right ahead with my lecture. Some of the instructors made some sarcastic remarks, but nothing much happened." He laughed. "Ted Singer—you know, sociology—said that since it was a topsy-turvy world perhaps they ought to go all the way and stand on their heads. And one girl took him up on it for the rest of the period. A good ten minutes, he said. She's into yoga, I suppose." He smiled and showed a mouthful of even white teeth. "Her skirt flopped over, of course, but Singer reported that unfortunately she was wearing these pantyhose they wear nowadays so there was nothing to see."

The rabbi suspected that the story had been colored to get a rise out of him. Because he was a rabbi, he supposed, his colleague frequently made suggestive remarks to see if he could shock him. "Are you sure it's only for this week?"

"That's my understanding. Why?"

"Because if it continues, I won't stand for it."

Hendryx looked at him in surprise. "Why not? Why should you care?"

"Well, I do." Glancing at his watch, he said, "I better go see the dean."

Hendryx stared. "Whatever for?"

"Well, I walked out on my class."

"Look Rabbi, let me tell you the facts of academic life. The dean doesn't give a damn if you walk out on a class occasionally, or even if you meet with them at all. What you do in your classroom is your business. Last year, Professor Tremayne announced a three-week reading period in the middle of February and took off for Florida. Of course, Tremayne is the kind of teacher who may provide greater benefit to his students by his absence than his presence."

"Nevertheless, I think I'll tell her about it anyway.

Besides, I've got to turn in my mid-semester failure notices."

Hendryx whistled. "You mean you're really sending out flunk notices after all I told you?"

"But last week I received a notice that the lists were due Monday, the sixteenth."

"Rabbi, Rabbi," said Hendryx, "when was the last time you had any connection with a college?"

"I've lectured to Hillel groups."

"No, I mean a real connection."

"Not since I was a student, I suppose, fifteen or sixteen years ago. Why?"

"Because in the last sixteen years—hell, in the last six—things have changed. Where have you been? Don't you read the papers?"

"But the students—"

"Students!" Hendryx said scornfully. "What in the world do you think college cares about students? The primary purpose of college nowadays is to support the faculty, presumably a society of learned men, in some degree of comfort and security. It's society's way of subsidizing such worthwhile pursuits as research and the growth of knowledge. Society has the uneasy feeling that it's important for someone to care about such irrelevancies as the source of Shakespeare's plots or whether the gentleman above me"—nodding to the bust of Homer on the shelf above his head—"was responsible for the Homeric poems or if he was just one of a committee, or the influence of the Flemish weavers on the economy of England during the Middle Ages, or the effect of gamma rays on the development of spyrogyra.

"We're set apart in the grove of academe to fritter away our lives while the rest of the world goes about its proper business of making money or children or war or disease or pollution, or whatever the hell they're into. As for the students, they can look over our shoulders if they like and learn something. Or they can pay their tuition fees which help support us and hang around here for four years having fun. Personally, I don't give a damn which they do, as long as they don't interfere with my quite comfortable life, thank you."

He drew deeply on his pipe and, removing it from his mouth, blew the smoke in the rabbi's direction.

"And you don't feel you owe the students anything?" the rabbi asked quietly.

"Not a damn thing. They're just one of the hazards of the game, like a sandtrap on a golf course. As a matter of fact, we do do something for them. After four years, they are given that degree you were talking about which entitles them to apply for certain jobs. Or to go on to a higher degree which they can cash into money by becoming doctors, lawyers, accountants. Not the fairest arrangement from the point of view of those who can't afford college, but quite normal in this imperfect world. Hell, is it any different in the tight trades where you have to serve a useless apprenticeship before you can join a union?" He shook his head, as if answering his own question. "The only trouble comes when the students catch on, as they have in recent years, and kick up a fuss or stage a demonstration as your class did today."

"But if the college is for the faculty, and the student is here merely to mark time, why should you care what he does?"

Hendryx smiled. "Actually, I don't. Not unless it kills the goose that laid the golden egg. And that what's been happening the last few years. The student sensed he was being had. Of course he'd known all along that what he was getting here wasn't worth what he was paying. I once figured out it costs him about ten dollars per lecture. God, my lectures aren't worth that. Are yours? How smart does a student have to be to figure it out for himself? Still, he went along because he had to have the degree to get any sort of a job or train for any sort of profession. But then they rang in the war on him, and it struck him as a bit much: this degree we were giving him turned out to be just a ticket, sometimes one way, to Vietnam. So he rebelled."

"It also gave him a four-year moratorium from the war," observed the rabbi.

"Yes, it did, but that's human nature. Things have quieted down a lot in the last year or two, what with the change in the draft law and winding down the war, and the students have quieted down correspondingly. But they acquired the habit of protest, even violence, and that we can't have. There was a bombing here, you know."

"Yes, I read about it, of course, but that was last year."

"You never know," said Hendryx. "Take this very afternoon. The dean is seeing a committee on the Roger Fine business. Maybe, probably, all they'll do is talk. Nevertheless, she thought it advisable to call me and tell me to stand by."

"Because you're head of the English Department?"

"I'm only acting head. No, she wants me around in case there's trouble."

"Trouble?" The rabbi considered. "I've seen their poster on the Marble, of course. Professor Fine must be popular with the students for them to get up a petition for him."

Hendryx shrugged. "Maybe. On the other hand, students, some of them anyhow, will take any opportunity to pick a fight. I don't know how popular Roger Fine is. He's a good-looking fellow, so I suppose the girls go for him. That red hair—" He broke off. "Somehow I don't think of red hair in connection with your people. Do you suppose there was some hanky-panky between his mother or grandmother and some Russian or Polish soldier?"

"If so," said the rabbi quietly, "it was probably involuntary, during a pogrom. But actually there is a genetic strain of red hair among our people. King David was supposed to be red-haired."

"Really? Well anyway, a handsome young professor is

always popular with the women. Even though he is a cripple."

"Would that make a difference?" the rabbi asked.

"Oh, I'm not saying he's so crippled he's repulsive. He walks with a cane and in a curious sort of way, that may even make him more attractive. Like a modern Lord Byron. He looks a little like him, come to think of it, with that lock of hair falling over his forehead." He chuckled. "A red-headed Byron. A minor physical disability sometimes can be quite an asset. Look at the Hathaway shirt guy, or your own General Moshe Dayan, for that matter."

"Why aren't they rehiring him?" said the rabbi, to get back to the point.

"Well, that's just it. They don't have to give any reason. Maybe Prex or the dean spotted him walking down the corridor with his fly open, or maybe even goosing one of the coeds. How would I know? It could be anything."

The rabbi went down the corridor toward the dean's office, but just as he reached it he saw her door close. He hesitated a moment, and then, remembering the pending committee meeting, decided not to disturb her.

On his way out of the empty building, he noticed the large English office on the first floor was lit. He looked in and saw Professor Roger Fine sitting alone at his desk, abstracted.

He called to him. "Can I give you a lift back to Barnard's Crossing?"

Startled, Fine looked up. "Oh hello, Rabbi. No, I've got my car here. Thanks just the same. I—I'm waiting for a phone call."

As he let himself out the front door, the rabbi wondered if the poor fellow really was waiting for a phone call, or whether he was waiting for the results of the committee meeting that could decide his fate.

Although it was well into autumn, the weather was mild

and balmy, and David Small rode with the window down. He was beginning to relax and enjoy the drive when he passed a couple of students sitting on the sidewalk and they reminded him of what had happened earlier in his classroom. He tried to put it out of his mind by concentrating on the approaching Sabbath when one should be at peace with the world. He pictured Miriam setting the table, laying out the twisted Sabbath loaves and the *kiddush* wine.

He visualized his arrival and her greeting: "*Shabbat Shalom,* David," and then the inevitable, "And how did it go today?"

And he would answer, "Well, it was—you see, the other day President Macomber went to visit the Boys' Reformatory as a member of some special citizen's committee, and . . ." It just wouldn't do. He could not minimize the fiasco. If he tried, she would sense that he was holding something back and it would be even worse.

Up ahead he saw a roadside cafeteria and pulled in. He badly wanted a cup of coffee.

12

"What's with the briefcase?" Abner asked Ekko as they met in front of the administration building. "What's in it?"

"Nothing," said Ekko, "but I figured it would look businesslike. After all, we're going like to a conference."

Abner looked at him doubtfully and then said: "Well, there won't be any conference if we don't get there. Let's go."

Upstairs Dean Hanbury pulled up some chairs in front of her desk and locked the office safe. Adjusting the venetian blind against the sun, she returned to her desk and began to knit placidly, waiting for the student delegation to arrive. Promptly at half-past two they entered, Judy Ballantine and Abner Selzer first, followed by Ekko, with his dispatch case, which he placed conspicuously on his lap.

The dean smiled graciously and continued to knit while the students shot glances at each other, uncertain how to begin. They felt somehow they had been put on the defensive even before the conference had begun.

Ekko cleared his throat. "Look here, Miss Hanbury—"

"Cool it, Ekko," Selzer ordered curtly. Then he said, "We're here on what we consider important business, Dean Hanbury."

She inclined her head to denote agreement.

"Well, with you knitting, it kind of throws us off, if you see what I mean. It's like you don't consider this very important."

"Oh, I'm sorry, Mr. Selzer. It's a habit with me. I'm afraid I knit even at faculty meetings."

She placed her knitting in the plastic bag at her feet. "There now, is that better? What can I do for you?"

"Well, first we'd like to take up the matter of Professor Roger Fine," said Judy.

"You said, 'first.' Are there other things?"

"There are other things," said Selzer.

"Well, why don't you tell me what they are. Perhaps there are some on which we are in substantial agreement and we can settle those at once."

"We'd rather take them up one at a time, Miss Hanbury," said Abner.

She shrugged.

"We'd like to begin with the matter of Roger Fine."

"Very well. But first let me ask you just what your position is in the matter. Has he asked you to represent him?"

"We are representing him."

"But has he requested that you do so? Because if he has, if you are acting as his official representative, then I think you should have a written authorization from him to that effect."

"We don't have any written authorization, Miss Hanbury," said Selzer easily, "but he knows of our interest in the matter. I guess everyone does since we've been circulating a petition on his behalf."

"And did he authorize that? And how many signatures did you get, Mr. Selzer?"

"We got plenty, Miss Hanbury."

"May I see the petition?" She eyed the case on Ekko's lap. "Do you have it there?"

"We didn't bring it," said Abner.

"But why not? You circulate a petition and get signatures. I assume the petition was addressed to the administration. I can't understand why you would circulate a petition and then not bring it. Wasn't that the purpose of this meeting, or at least one of the purposes—to formally present the petition so that the administration could consider it and act on it?"

"Let's say it wasn't really a petition. Let's say it was a resolution. A petition means that we'd be asking for something. We're not really asking."

"Then what?"

"We're demanding."

There were nods of agreement.

Dean Hanbury considered. Then she nodded. "Very well, what is it that you're demanding? And in whose name? Is this a demand merely of this committee, or do you claim to represent the entire student body?"

"You're damn right we represent the student body," O'Brien exploded.

Selzer gave him a withering glance.

"If you represent the student body, Mr. Selzer," she went on, "then more than ever I must see the petition or the resolution, or whatever you call it. I must have some assurance that you represent more than fifty percent, a majority of the student body. If you are making a demand, the normal procedure, in the absence of a vote, would be to count the signatures and then look them over to make sure there are no duplicates and that all signers are bona fide students of the school."

"Look, Miss Hanbury," said Selzer, "you're just fencing. Let's put it this way: we represent the *concerned* students of Windemere. And it doesn't really matter whether we are authorized representatives of Roger Fine or not. Because the issue is more important than a particular person. The issue is whether the administration has the right to fire a member of the faculty because it doesn't like his political opinions. Now that's the issue and it's the only issue."

"Oh, I thought you had a number of issues."

"I mean that's the only issue in this particular case."

"That's a legitimate issue, Mr. Selzer, and I'm frank to admit that it is important enough to justify any member of the school raising the question—if it were true. But I'm afraid you've been misled. Professor Fine was not fired, in the first place. He was hired for a definite period, and at the end of this semester his contract expires. That's all there is to it. When you engage an electrician, say, to install a fixture, you pay him when he's done; then he leaves. I'm sure you wouldn't expect that just because he has installed one fixture he is now entitled to do all the electrical work in the house. I'm sure Professor Fine realized the conditions of his employment, and his political opinions had nothing to do with it. If he had been dropped before he had completed his contract, then you might have a case, but he is teaching now and will continue to teach, I trust, until the end of the term in accordance with his contract."

"Why wasn't he reappointed then?" demanded Selzer.

"Because he wasn't hired with that in mind. He was hired to fill a temporary need. And for a specific period."

"But you are going to hire another instructor for the English department. As a matter of fact, we have it on good authority that you intend to hire two new men."

"That may be," said Dean Hanbury. "It's a matter for the president to decide, and I can't speak for him. I doubt if he has even made up his mind yet. But that does not affect the situation with Professor Fine. There is nothing to prevent him from making formal application for the job, in which case his candidacy would be considered along with all others who apply and no doubt his experience here last year would be one of the points considered."

"And what of his radicalism?" exploded Judy Ballantine.

"I don't know anything about his politics," replied Dean Hanbury. "He has never discussed them with me, or with the president, to my knowledge."

"How about his article in *The Windrift* on Vietnam and the Army?"

"I don't recall it, Miss Ballantine. I don't believe I read it." She swiveled her chair around and gazed out the window at the street below.

This was more than Judy could take. She jumped to her feet. "That's a crock of shit and you know it. Everybody in school read that article and everybody talked about it."

The dean did not answer. Instead, she rose and went to the door. "You'll have to excuse me," she said, and walked out, closing the door behind her.

They looked at each other uncertainly. Selzer turned on Judy. "You asshole," he said.

"Now, Abner, Judy didn't mean anything," said Ekko. "Hanbury probably just went to the can."

"Or maybe to see Prex," suggested O'Brien. "She'll be back."

"Maybe she just wants to let on she's sore. Then when she comes back, we feel funny and don't push so hard."

They discussed it, wandering around the room, looking at the pictures on the wall, pecking at the keys of the typewriter while waiting for her to return.

"If she was going to walk out on us," said Judy after

awhile, "wouldn't she have told us to leave?"

Ekko still thought she'd gone to the can.

"Well, maybe," said Selzer, "but if so, she's been there a long time now. It's at least ten or fifteen minutes."

"Well, women are that way," said Ekko.

"How about you?" demanded Judy. "You can tie up the john for an hour."

Ekko grinned.

Selzer came to a decision. "Look Judy, you go down to the women's john and see if she's there. Yance, you go up to the ·president's office. Me and Mike, we'll check around the other rooms."

"How about me?" asked Ekko.

"Somebody's got to stay here in case she comes back."

Alone in the office, Ekko sat down in the dean's swivel chair, teetered back and forth, and then hoisted his feet onto the desk. While he would have preferred that someone besides Judy had disrupted the meeting, he was not sorry it was over. Obviously, Selzer had forgotten he was supposed to play down the Fine issue. The dean was one shrewd cookie, and he was sure that if the meeting had continued she would have led them on and then sprung Fine's letter on them. It would get all over the school, and his friend Fine would really be hurt.

They began to drift back into the office, one by one. Finally, Selzer appeared. "I checked every goddam room, corridor, telephone booth from the top floor clear down to the basement. She's gone."

They looked at each other.

"What do we do now?"

13

Millicent Hanbury, outwardly cool and unruffled, pressed down the release bar on the front door of the administration building and let herself out. Outside, she hesitated and glanced up at the window of her office, then hurried across the deserted street to where her car was parked.

When she pulled into her driveway and glanced at her watch, she realized how fast she had been driving; she'd made it from school to her house in just thirty-five minutes, her best time yet.

Closing the door behind her, she leaned against it for a moment as if to reassure herself she was within the sanctuary of her own four walls. But only for a moment. She went to the phone.

"Barnard's Crossing Police Department, Sergeant Leffler," came the response from the other end.

"This is Millicent Hanbury, Sergeant, at 48 Oak Street."

"Yes, I know the address, Miss Hanbury."

"I've just returned home and I found a window in my living room open. I'm sure I closed it when I left."

"Was anything taken, Miss Hanbury? Does it look as though the place has been ransacked?"

"No," she said. "Everything seems to be in order, but I haven't gone through the rest of the house yet."

"Well, don't. I'll have somebody there right away. Just wait there. Or better, wait outside. The cruising car will be around any minute."

When the cruising car arrived, Officer Keenan accompanied her from room to room while his fellow officer remained at the wheel. "Everything look all right to you,

Miss Hanbury? Nothing missing?"

He examined the open window from the inside and the outside. "There's nothing that looks like a jimmy mark on the sash," he said. "And of course there wouldn't be any footprints on this concrete path. Was the window locked, Miss Hanbury?"

"I'm quite sure it was."

"Well, it's no big job to open a window with one of these old-fashioned latches. You can do it easy enough with a piece of plastic or one of these thin metal rulers. You ought to get the new type of latch for these windows on the first floor, Miss Hanbury."

From the cruising car came a loud, insistent honking. Keenan ran outside and came hurrying back. "Say, Miss Hanbury, a call just came in to the station. There was an explosion in your school. A bomb, they think. They want you back in Boston right away. We can drive you if you like."

"Oh David! I was going to call, but I didn't know where. I was so worried. Thank God you're safe!" Bursting into tears, Miriam threw herself in his arms.

"What's the matter?" He held her away and looked at her. "Pull yourself together, Miriam. I know I'm late, but I only stopped for a cup of coffee."

"Then you don't know?" she cried. "You weren't there when it happened?"

"Don't know what?" He was getting exasperated. "When what happened?"

"The explosion! There's been an explosion in your school, in the administration building."

"What kind of explosion? When did it happen? Make sense, Miriam."

"A bomb! They're sure it was a bomb," she said, taking out a handkerchief to dry her eyes. "I was watching 'Way of Life' and then they interrupted the program with a news flash, only about fifteen minutes ago. They said no one appeared to be hurt, but with you not home yet . . ."

He put his arms around her and soothed her.

"You always get home around three," she said against his chest, "and here it was almost half-past. I tried to tell myself you sometimes get involved in something and lose all track of time."

"That's about what happened," he admitted sheepishly. "I started to read a book over my coffee and just didn't notice."

"Yes, of course," she said. "It doesn't matter. Nothing matters except that you're all right."

"I'm fine," he said. "I'm only sorry I made you worry. But I still don't understand it. A bombing? You sure they didn't say anything more?"

"No, that's all. It was a news flash. But maybe you could call someone. Lanigan? Wouldn't he know what happened?"

"No, it's something for the Boston police." He was very disturbed of course, but did not want to show it for fear of upsetting her further. "We'll get more details on the evening broadcast, I'm sure. In the meantime, the Sabbath is approaching."

While she made ready, he showered and changed, and then played for a while with his children Jonathan and Hepzibah. He did not want to leave Miriam alone, so he decided not to go to the temple for the afternoon *Mincha* service. By the time he had finished it was time for the news.

They sat together on the sofa, his arm around her, watching the picture in front of them. "Tonight's lead story," the announcer said. "At 3:05 this afternoon a bomb was exploded in the administration building of Windemere Christian College in Boston's Fenway. Police from Station 15 responded within minutes and the fire apparatus from the Boylston Street station immediately after. The explosion occurred in the dean's office and damage was minor, according to Inspector Frank Laplace of the Fire Department.

"The building was presumed empty since no classes are scheduled at that time on Fridays. However, Lieutenant Hawkins of Station 15 instituted an intensive search of the premises and found the body of a man in one of the locked offices. He was identified by Mr. Laferty, the custodian of the building, as Professor John Hendryx. For a statement from Lieutenant Hawkins, we switch you now . . ."

Sitting on the bed, she watched him gather his few possessions together and stuff them into the duffle bag. They had not quarreled, he had not appeared angry. But then of course he never got angry; that's what she liked about him. He had merely announced he had to be pushing along and then resurrected his duffle bag from the depths of the closet.

If they had one rule, tacitly agreed on, it was that each was free to come and go as he pleased; should either of them decide to leave for any reason there would be no recriminations. But still she felt an explanation was—not due her, but, but—well yes, dammit, due her. However, she molded her voice so that it showed no hint of hurt, only normal curiosity: "Anything happen, Ekko?"

"The goddam school blows up and she asks if anything happened. One minute the place is peaceful like a morgue. Then Boom! It's a regular Fourth of July carnival with cops and fire engines, even the guy with the popcorn cart."

"Oh that! I meant between us. Are you sore because I

sounded off at the meeting?"

"Nah," he said. "She was just looking for an out. If it hadn't been that, it would've been something else."

"So then why are you splitting?"

He threw more things into the bag. "Because they'll be coming after us, baby. They'll get hold of Hanbury and she'll tell them about the meeting and how she walked out and left us behind. And she'll give them our names and they'll pick us up. Then they'll start questioning and they'll find out I was in Nam, and in Ordnance, and next thing you know I'm in the slammer."

"But they haven't got anything on you."

"They don't need anything to start pushing, baby. When I got out of the Army, I made up my mind I wasn't ever going to let anyone push me around again so long as I could help it."

"But if you split now, won't that be suspicious?" she said. "Then they'll be sure you did it."

"They can think what they want, so long as I'm not around."

She was silent, trying to understand why he would invite suspicion by running away. Hesitantly, she asked: "Did—did you do it, Ekko?"

He snorted. "Why would I blow up the goddam school? For Roger Fine?"

"Then who did?"

"Probably those goddam Weathervane crazies. Same as last time. They're stoned out of their heads most of the time. They must have found out about our meeting somehow. They see Hanbury leave. Then fifteen minutes later they see us leave. So they get a clear road. Blooey: the Fourth of July!"

She looked at him. "How did you know they did it last time?"

"I just know." He continued with his packing.

"They could catch you tomorrow," she said.

"Sure, and I could be run over by a car and dead

tomorrow. In the meantime, I'll be free."

In a quiet voice: "Are you coming back?"

"Sure, after things cool down. The college won't push this—bad publicity. Like the last time, the computer was wrecked and they gave out to the papers it was only minor damage. Same way now. The college won't press, and after a while the pigs will have to drop it. Then I'll come back."

"But you've paid for your tuition."

"Half a semester. So I've had half a semester. Big deal; the stuff is a lot of crap anyway. Maybe I'll get me a job as a carpenter like my old man. There, when you do some work, you can at least see something for it. Yeah, maybe that's what I'll do. Carpentering. Ten bucks an hour some places." He pulled the cords and closed the mouth of the bag.

"But you won't get the chance," she appealed to him. "Once they start looking, they won't let up till they find you. They got your picture in the school files and with that bald head they won't have any trouble finding you."

"Oh yeah? Turn around for a minute."

She did so, doubtfully.

"All right, now you can look."

She could scarcely recognize him. He was wearing a wig of thick black hair and the whole cast of his face was transformed by a Mongol moustache.

"How do you like it?"

"Crazy!"

He slung the bag over his shoulder. "I got a friend out in the western part of the state. I can hole up with him for a couple of days. Then there's a guy I know in Ohio who's running some kind of dope rehabilitation center. I bet I could stay with him for a month and nobody would even notice me. Don't worry about me." He hesitated then said, "Well, so long. Be seeing you."

"You going just like that, Ekko?"

He looked at her narrowly and said, "Okay, I guess it

won't do no harm to start a little later."

Later, as she lay in his arms, she murmured, "I'm afraid, Ekko."

"What of?"

"Oh, what they'll do when they arrest me."

"You got no call to be afraid," he said. "Your old man will hire some high-power lawyer, and they'll treat you with kid gloves. It's just slobs like me that got to worry. They take it out double on me because they can't touch you."

"I'm afraid for you."

"Don't worry. They won't find me in a million years."

"Anything?"

Detective Sergeant Schroeder of Homicide was slim and boyish, and his dark crewcut showed no touch of gray for all his fifty years. He looked half that age, until you were close enough to see the wrinkling around the eyes and the well-defined musculature of the face. He stood in the doorway of the dean's office and watched the two men from the Bomb Squad carefully sweep up fragments from the floor.

One of the men looked up. "Low grade bomb." He straightened and pointed to the safe. "She was planted under there."

"You think maybe they wanted to bust it open?"

"They'd never do it that way. Looks as though it sprung the door though. They might need a can opener to get it open now."

"How come the window in this office is still intact where the other one shattered?" the sergeant asked.

"Well, Sarge, the force of the explosion wasn't strong

enough to blow out this window, especially since the safe took most of the blast. But the jarring was severe enough to rattle any that happened to be loose."

"The janitor said the window in the outer office was badly cracked," the precinct lieutenant offered.

"Well, that would do it all right," said the bomb expert.

Sergeant Schroeder went down the corridor to Hendryx's office where police photographers were taking pictures of the room from various angles. He stopped to look at the empty frame in the door. "Lucky that glass shattered," he said, "or it could've been Monday before he was found."

"That's right," the lieutenant agreed. "I sent a couple of men to look through the building, and naturally they wouldn't bother with offices that were locked. But with the glass shattered, my man could get in and he saw these feet sticking out from under the desk like they are now. It's plain what happened. The prof was sitting behind his desk, reading maybe. The bomb goes off, and this plaster cast—must weigh a good fifty, sixty pounds—topples off the shelf and comes crashing down on his head. It crushes the skull and he slides off the chair under the desk."

"What was he doing here?" asked the sergeant. "I thought you said everybody clears out Friday afternoons."

"The janitor says he lives—lived—right across the street, so he popped back and forth from his apartment to his office from time to time."

They were joined by a young man who introduced himself as Dr. Lagrange.

"You the medical examiner? Where's Doc Slocumbe?"

"He was tied up."

"I've never worked with you, I don't think," said Schroeder doubtfully.

The doctor smiled. "I don't see how you could have. I'm new."

"Okay, Doc, the boys are about through. He's all yours."

They returned to the dean's office. The Bomb Squad had finished and left; the photographers had done the room earlier. Schroeder sat down at the dean's desk and asked to see the janitor.

Pat Laferty was a small man of sixty, clean and neat in a business suit with a gray shirt and black plastic bow tie. He smiled ingratiatingly at the man behind the desk.

"What time do you close up here, Pat?" asked the sergeant.

"Well, that depends. If there's nothing doing, no special meeting or anything, around five."

"Fridays too?"

"Fridays a little earlier, maybe around four."

"And before you close, you go around to see that everyone is out of the building?"

"Well, not exactly. I take a look-see to make sure lights are out, no faucets running. That can waste a lot of water, you know."

"Now today, what time did you lock up?"

"Well, I didn't. The dean was having a meeting with some students at half-past two, so I decided to wait until it broke up."

"So anybody could have come in up to four o'clock?"

"Oh, sure."

"You mean anyone can walk right into this building?"

"Until I lock up—but what good would it do them? All the offices are locked. The classrooms aren't but what's there to take? Chalk?"

"Guess you're right," said Schroeder. "Now, you say this Professor Hendryx lives right across the street?"

"That's right," said Laferty. "That building right across the street. He's got the first floor apartment, the one with the curtains. You can see it from here."

Schroeder swung his chair around. "Seems to be the only one with curtains. The place looks empty. How come?"

Laferty explained the arrangement with Professor Hendryx. "It was good for both parties: it gave him a handy place to live nearby; and for the school, it was like having a watchman in the building. You know, kids see an empty building and first thing you know, they're breaking in and messing things up."

"All right. We got your address?"

"I gave it to the lieutenant."

A policeman put his head in the door. "That lady dean is here now, Sarge."

16

He picked the Albany bus because it was the first scheduled out of the terminal. Ekko took a window seat four rows back and watched as the passengers entered, speculating who would sit beside him. An attractive girl with long blonde hair got on and he looked at her with interest, but she passed him by. He turned and saw she had chosen to sit beside another woman.

A fat old woman carrying a bulging mesh bag was helped aboard by the driver and waddled down the aisle. Luckily, she too passed by. But almost immediately after he felt the slight jar of someone plumping down beside him.

It was a middle-aged man with a square face capped by thick black hair. He wore eyeglasses with heavy frames of black plastic, above which black eyebrows all but met at the bridge of the nose. In the lapel of his dark gray suit there was a Kiwanis button. The man smiled and looked at his watch, a small square of gold much too delicate for his thick, hairy wrist. "We should be rolling pretty soon," he said.

"Yeah, I guess so."

Apparently the man was determined to make conversation. "I went into the cafeteria for a cup of coffee and a doughnut, but Lord! the service is so slow, I decided to pass it up. I didn't want to miss the bus."

"It is kind of slow sometimes."

"I like to travel by bus," the other went on. "Get a chance to see the countryside."

"You won't see much this trip," said Ekko. "Not at night."

"No, I suppose not, but even so, I like it a lot better than going by plane. You traveling all the way to Albany?"

"If I don't decide to get off before."

The man raised his black eyebrows. "You mean you don't know where you're going? You just came for the ride?"

Ekko shrugged. "I felt like taking a ride on a bus. This bus was scheduled to go, so I bought a ticket and got on board."

The other laughed a deep bass gurgle of a laugh.

"What's so funny?"

"You young people. . . . You're wonderful! You felt like taking a ride on a bus, so you . . ." He could not stop chuckling. "Tell me, why a bus?"

Ekko grinned. He warmed to this open admiration. The man was such a complete square, a regular nine-to-fiver, probably with a fat wife and an acne-faced teen-aged daughter they were worried might go too far with some boy. He expanded. "It's like this: you're walking along the street"—he remembered his duffle bag in the rack above—"say, like you're taking laundry to the laundromat and you decide you're·fed up. You suddenly get the idea you can't stand the rat race. Understand?"

The man nodded.

"So you just like decide you want a little change."

"I get it. And because you happened to be in Park Square, you took a bus."

"That's right," said Ekko grinning.

"And if you happened to be down by South Station, you'd take a train? Or in East Boston, a plane?"

Ekko looked at him suspiciously, but his face was bland and guileless. He shook his head. "Naw, I don't care much for trains or planes, but I like to ride on buses, especially at night. On a bus it's dark at night. They turn the lights off so the driver can see the road. Things can happen in the dark."

"What kinds of things?"

Ekko looked at the square. "Oh, all kinds of things."

"Like what?"

His eagerness was pathetic. "Well, like take the time I took the eleven o'clock out of New York for Boston. I got the window seat like now, and next thing you know this chick comes aboard and sits down beside me. Well, I was dead on my feet, hadn't slept for days. You know how it is in the big city."

"Sure do."

Ekko smiled to himself. "I look around and see there were plenty of other seats, so I figure she wants company. You could see she was a high-class chick and good-looking. She's wearing one of those coats that comes down to the ankles and when she takes it off, I see she's really built. So when she sits down, I say something like, 'It's a nice night for it.' You know, to get friendly and start the ball rolling. But she just says 'M-hm,' and she opens this book of poetry and starts reading. So I says to myself, 'Okay, lady, if that's the way you want it,' and I close my eyes for a little shut-eye. Then in a couple of minutes the lights go off and we start rolling and I fall asleep. But you know how it is on a bus, you don't really sleep. You just like doze off and on."

"Sure. I never really can sleep on a bus."

"So once when I wake up, the broad is fast asleep with her head back on the cushion and her mouth open a little. And this little wisp of hair is across her face and every time she breathes out she like blows it away and then it falls back. So I twist around to kind of watch it and I fall asleep, watching. And then I feel something touching me and I kind of half wake up and it's the chick. She's curled up facing me and she's touching me in her sleep. Right where it counts."

The square was now excited. "So what did you do?"

"Well, I hitched up closer to her and I got this long coat she had on her lap to kind of cover us."

"And then?"

"What do you think? I put my hand on her boobs, and when she didn't wake up I like hitched closer and put my other hand up her dress."

"And then what did you do?"

"What could I do? We were in a bus. I couldn't try to put it to her right then and there. We just held each other like that and I fell asleep that way."

"And in the morning?"

The guy was dying.

Ekko grinned. "Nothing. When I woke up, we were just pulling in to Boston and she was gone. She must've got off at Newton. Anyway, that's why I like to take a bus ride every now and then."

"So nothing happened?" the man said regretfully. "You never saw her again?"

"Naw."

"I think maybe you dreamt it."

Ekko grinned in the darkness. Let him suffer. "No, I didn't dream it."

The other sat silent and made no further comment. After a while Ekko dozed off. It seemed only minutes later that he was awakened by the bus driver announcing that they'd be arriving in Springfield in ten minutes. The man removed a small overnight bag from the rack overhead, and then sat down again holding it on his lap.

"Springfield," the man said. "That's where I get off."

"Oh, Springfield already?"

"Uh-huh. You know, you had me going for a minute," he said.

"What do you mean?"

"Oh, all that about taking a bus ride just because you felt like it and not knowing where you're planning to get off." He chuckled. "You young people are always trying to let on that you do whatever you like, just the way you feel, but it's only a lot of talk. You go someplace because that's the place you want to go, just like anybody else. You're on this bus right now because you were planning to get on this bus."

Ekko tensed up. "How do you know?"

The man laughed his deep gurgle. "Because I saw you. I saw you get on the train at Charles Street. I was right behind you, and I saw you. You were carrying a canvas dufflebag and it's up there on the rack. And I saw you get out at Boylston and head right for the bus station. No strolling along the street and suddenly deciding to take a bus ride on the chance that some girl might sit down beside you so that you could feel her up."

"Were you following me?"

"No, but I was right behind you. Then when we got to the bus station, I went into the cafeteria, and you went to the ticket booth."

"Must've been some other guy," Ekko muttered.

"Oh, no, it wasn't. It was you. I noticed you particularly, because I could see you was wearing a wig. And that moustache is phony, too. I could spot it in a minute on account I'm a barber and hair's my business. You bald or something?"

"Yeah, I'm pretty naked there," he said sheepishly.

The bus came to a halt and the man rose. "You get head colds all the time, do you?"

"Naw, it's just that the chicks don't go for baldies."

The man laughed. "Well, there's passengers always get on here. Maybe you'll have better luck the rest of the way." He waved genially and headed down the aisle.

17

Like all district attorneys, Matthew Rogers of Suffolk County, which included all of Boston, was first and foremost a politician and only secondly, and it was a poor second, a lawyer. Rogers was tall, strikingly handsome, and one of the youngest men ever to hold the office. The party bosses foresaw a bright future for him: certainly attorney general of the state, then, who knows? possibly even governor. Although of good Irish Catholic stock, he did not look it; and his name—neither name—was flagrantly Irish, so it was easier for the other ethnic groups to accept him.

Shortly after finishing law school—and he had gone to Harvard Law rather than to Catholic Boston College—Rogers' father-in-law, who was in politics, told him that he had sounded out "the boys" and they were willing to back him for political office. "With the boys backing you, Matt, you're practically a shoo-in for the state legislature."

"I was thinking of running for school committee," said Matthew Rogers.

"That's crazy, Matt. It don't pay nothing. You've got to think of Kathleen and the girls. And for school committee you got to run city-wide."

"But in the legislature I'd be only one of a couple of hundred, and on the school committee I'm one of five. And I'm not worried about the pay. With the millions the school committee dispenses every year, I ought to be able to pick up enough law business to more than equal what I'd be getting in the state legislature."

Matthew Rogers ran as a family man, as the concerned father of children who attended the public schools; all his

104

campaign posters and cards showed him seated, with his lovely wife standing beside him, and their two pretty little daughters sitting at their feet. He won handily.

On the school committee he had espoused the cause of the teachers. His father-in-law remonstrated, "Why do you want to get tied in with a pay raise for teachers? It's going to mean a jump in the tax rate, Matt, and you won't get a damn thing out of it. The teachers ain't like the cops or the firemen. They're a bunch of rabbits, they got no clout. They won't go to bat for you come election time. They'll vote for you, but you won't get those snooty bastards going around ringing doorbells."

"But they've got better contacts with the media," said Matthew Rogers.

The pay raise was compromised, but he was now the one liberal on the committee, and when reporters and TV newscasters covered a meeting of the school committee, he was the one they usually interviewed.

After a couple of terms on the school committee, he had run for district attorney of the county, again projecting the family-man image in his campaign, with the slogan "Vote for Matt Rogers and make Suffolk County a decent place to bring up your family." This time his campaign pictures showed him seated beside his now somewhat more matronly wife, with the two older girls, quite the young ladies, standing on either side of their parents, a third sitting on the floor, and a fourth on her mother's lap. Again he won handily.

He had taken office just as the student riots were beginning. When trouble broke out in Hollings College, he had seized the opportunity to demonstrate his capacity for leadership—against the advice of his chief assistant, the senior assistant district attorney, Bradford Ames.

"Don't do it, Matt," Ames told him. "These aren't hoods, they're college kids from nice families, some of them with a lot of political influence. And you'll find when you go into court that the college authorities won't back you up. Keep out of the line of fire and let the cops handle it, or you'll get clobbered."

Rogers had stared at him, uncomprehending. "They've taken possession of one of the buildings, haven't they? They've destroyed buildings. Do you expect me to stand by idly while private property is seized? It is private property, isn't it?"

Bradford Ames was in his fifties, quite a bit older than his chief. He came from an old and wealthy Boston family and had no difficulty wangling an appointment as assistant district attorney immediately after passing the bar exam. A bachelor, he found his niche in the district attorney's office, where he was content to remain. Although of medium height, he looked short because he was well-fleshed. His suit, though tailor-made and expensive, looked rumpled and ill-fitting because, sitting or standing, he slouched. He wore old-fashioned stiff detached collars, which appeared too tight for him and tended to make his head look bigger than it was. He was a smiley, chuckling, Dutch uncle of a man, so that when on occasion his face became stern and grave, as it did sometimes when addressing a jury, everyone in the courtroom felt that a horrendous crime indeed had been committed. He knew intimately all the clerks, criminal lawyers, and judges, knew their special characteristics and idiosyncrasies, but he also had an instinctive feeling for political considerations and he had been invaluable to a succession of district attorneys, unobtrusively training them in their jobs.

He shifted uncomfortably from foot to foot under Rogers' stare and then emitted an embarrassed chuckle. "Well, it is and it isn't private property. A college is actually a community of scholars that developed into a corporation with trustees and officers who appoint the president. In the Middle Ages, on the other hand, a lot of colleges were set up by the students. They hired the faculty and fined them when they were late for their lectures. What I'm saying is that it could be argued that the college belongs to the students as much as it does to the administration."

But Rogers had persisted—and he had indeed got clobbered. For a few days he'd had a fine time, issuing statements to the press, getting photographed, conferring with the college president and the dean, planning strategy with the police. It had resulted finally in a heated confrontation between police and students with physical injuries sustained on both sides. And suddenly, he was the villain, target of dozens of denunciatory letters in the press and even an editorial or two. He discovered, to his surprise, that many of the faculty sided with the students and that even the administration was having second thoughts. To his great disgust, when the case of the ring leaders finally came to trial, the administration showed great reluctance to prosecute, and even the judge, who imposed a small fine, suggested in his summation that perhaps the authorities had over-reacted.

Rogers was a politician and he learned his lesson. From then on, whenever there was student unrest, he followed the advice of his chief assistant, Ames, and let the police take the lead. When it was absolutely necessary for his office to appear, he assigned the case to the most junior member, some youngster fresh out of law school, and Ames would brief him, "Keep a low profile, and don't push. Remember, you're just going along for the ride. The chief considers this basically intra-mural, something for the college to work out, and doesn't want to get involved."

So Bradford Ames was surprised when he found the folder for the Windemere College case on his desk with a note from his superior, "Brad, I want you to handle this one personally." He came in to Rogers' office to discuss it. "How come, Matt?"

"Because this time I want the book thrown at them."

"Why?"

It was not easy for Rogers to explain. A scion of the Massachusetts Ameses looked at things differently from the son of Timothy Rogers, a mail carrier. Take this matter of these college kids raising hell all the time; Brad didn't exactly side with them, but he didn't get too indignant either, as though he thought they might have a point. Then, too, the man was a bachelor. How could he understand the feelings of a man with four daughters? To a man with daughters, the direction the world was taking was frightening: a girl living openly with a man and no one, not even the college authorities, thinking anything of it; kids using dirty language to their dean—a lady dean at that—and expecting to get away with it.

Occasionally Matthew Rogers found himself feeling defensive before the aristocratic coolness of his subordinate, so he now said more emphatically than he normally would: "This one is different, Brad. I know you feel these student riots are none of our business, and I go along with you; but this involved arson, and arson by its very nature is not an intra-mural sport."

"There is that of course."

"And a man was killed."

"Well, that appears to have been an accident."

Then defiantly: "And I think it's good politics. I think we're at a turnaround, Brad. I think the public is goddam fed up with these goddam radical kids doing whatever they goddam please. So by taking control now, I think I can demonstrate leadership."

Ames smiled. "You planning to run for attorney general next time around, Matt?"

"I've thought of it," said Rogers evenly.

Ames saw he meant business.

"We don't have too much of a case, you know. The youngsters claim they had nothing to do with the bombing."

"Naturally."

"And there isn't much evidence that they did, not anything that would stand up in a court."

"How about the fact that one of them ran away?"

"We don't know that he did," said Ames. "He could have just taken off someplace the way kids do."

"How about the time?" Rogers persisted. "The dean says she left her office around quarter of three. The kids admit they remained until three. A few minutes later the bomb goes off. Who else could have done it?"

"The caretaker stated the doors of the building are left open. Anyone could have come in. It could be another student group. I understand there are at least half a dozen of various shades of radicalism."

"Look," said Rogers, "have we got enough to hold them?"

Ames temporized.

"Well, it would probably depend on who was acting for them and which judge they came up before. Somebody like Sullivan, he'd hold them just for the way they're dressed."

Rogers nodded. "So arrange to have them come up before Sullivan, or even Visconte. In the meantime I'll put enough investigators on it to make sure he'll hold them."

"All right."

"And I want them held, Brad. No bail."

"Oh cummon, Matt! Even Sullivan wouldn't go for that."

"Why not? It's murder, isn't it? A homicide resulting in the course of committing a felony is murder in the first, isn't it? Exploding a bomb is a felony, isn't it? So the professor getting killed is murder. Is that the law, or isn't it?"

Ames hedged. "It's not as simple as that, Matt. The rationale behind felony murder is that malice is presumed when a homicide takes place during the commission of a felony. But the homicide has to be so closely connected with the felony that it is within the *res gestae*. Coincidence is not enough. Now this was done late Friday afternoon when the building is usually empty, and the victim was in another room."

"That's something for a trial judge to decide, Brad."

"Yes," said Ames. "But these kids are in school. If we hold them without bail, they won't be able to attend their classes."

Matthew Rogers smacked his hand on the desk.

"As far as I'm concerned, kids that blow up their school with a bomb aren't too interested in attending classes. I want those bastards held, understand? We're in an adversary system. If their lawyers can get them out on bail, I got to go along, but I'll be damned if I'll help them. I'm pushing for no bail. And if the judge won't go along on that, then push for the highest bail you can get."

"If that's the way you want to play it."

"I do," said Matthew Rogers.

"Look here, Matt," Ames said earnestly, "the chances are that it was the missing one, the one they call Ekko, who did it and that the others didn't know anything about it."

"How do you figure?"

"Well, he's not like the others. He's quite a bit older and has already served in the Army. He was in Vietnam." He raised an admonishing finger. "In Ordnance. What's more, on what we were able to gather from preliminary questioning, he was the only one who was alone in the dean's office for any length of time; the others were searching for her all over the building. And he had a dispatch case with him. Finally, he was the only one who ran."

"Did any of them suggest that it might have been him?"

"No, but—"

"And if they don't know for sure, it's a cinch that they won't say a word. Those kids stick together."

"So?"

Matthew Rogers grinned. "So isn't it to our advantage to keep them in jail? When this Ekko hears of it, especially that we've got his girl, there's a good chance he'll give himself up."

"That's like holding them for ransom, Matt," Ames protested.

"Uh-huh."

"Matt, that's a dirty Irish trick."

Rogers grinned broadly. "Uh-huh."

18

The rabbi was dressing for the Friday evening service when the phone rang. The baby-sitter took the call, and as the rabbi came to the door of the living room, knotting his tie, he saw the girl's eyes widen.

"Who is it?" he asked.

She covered the receiver with her hand and whispered, "It's the police, Rabbi! From Boston."

"All right, I'll take it." She handed him the instrument quickly as if eager to relinquish it.

"Rabbi Small?" said a gruff voice. "This is Sergeant Schroeder of Boston Homicide."

"How do you do, Sergeant," said the rabbi pleasantly.

"What? Oh yes. Look, Rabbi, I'd like to ask you a few questions about Professor Hendryx."

"All right. Ask."

"No. Not on the phone. I want to talk to you, and I'd like to get a signed statement. I'd like you to come down to headquarters here in Boston."

"That's out of the question, Sergeant."

"I can send a car."

"I'm afraid not, Sergeant," said the rabbi. "I'm on my way to the temple right now. This is the Sabbath and we hold an evening service."

"What time does it end?"

"Around ten. Why?"

"Well, suppose I come out to Barnard's Crossing, say around ten-fifteen."

"There's nothing I can tell you."

"You were probably the last person to see him alive, Rabbi."

"That may be true, but I left him shortly after two o'clock and he was alive then."

"I'd still like to talk to you," the sergeant said.

"Then I'm afraid it will have to wait until tomorrow evening. I don't discuss business matters during the Sabbath."

"But this is a homicide, Rabbi."

"There's nothing I could tell you that would justify my breaking the Sabbath."

"What if I came out there?"

"I would not talk to you."

The receiver at the other end banged down. Rabbi Small listened for a moment and then gently hung up the instrument.

Baffled and angry, Sergeant Schroeder sat staring at the phone. Then he remembered Hugh Lanigan, Barnard's Crossing's police chief, whom he had met at numerous police conferences and who had once invited him to come out sailing some Sunday during the summer.

He called Lanigan. "I wonder if you'd do me a favor, Hugh. I'd like you to pick up somebody for me and bring him in for questioning. . . . Yeah, on this Windemere College thing. . . . No, there's no charge against him. I just want him for questioning. . . . Who? A Rabbi Small. You know him? . . . Yeah, well, I asked him to come in, even offered to send a car out for him, but he said he wouldn't talk to me because it's the Sabbath."

"That's in character."

"Oh? A tough guy?"

Lanigan laughed. "Far from it, but he does observe his Sabbath. They don't transact business or even talk about it from Friday to Saturday night."

"That's what he said, but—"

"Look, Bill, don't let your pee steam. I wouldn't intrude on the rabbi on his Sabbath any more than I'd interrupt Father Aherne during a mass. If I asked him to go, he wouldn't come. And if I tried anything stronger, I could get into trouble. This isn't the big city, Bill. We're a small town and everybody knows everybody. We do things differently here. Tell you what, why don't you drive down tomorrow afternoon and take Saturday night supper with us? It's ham and beans and brown bread, but Gladys has a way with it. Then afterward, we'll drop in to see the rabbi. I guarantee he'll cooperate with you then a hundred percent."

The next evening Lanigan and Schroeder appeared at the Smalls'. Lanigan introduced the sergeant and said, "Why don't you two start fresh?"

The rabbi grinned. "Gladly." And led them into the living room.

The Sergeant said, "Sure. You understand, Rabbi, I didn't want to interfere with your religious holiday, but with us homicide takes precedence over everything."

"With us too," said the rabbi, "but I'm sure there is nothing I can tell you that will be of any help. Professor Hendryx was alive when I left him."

"And what time was that?"

"Shortly after two. Ten after at the latest."

"Was he usually there then?" asked the sergeant.

"I really couldn't say. I have a class that ends at two, and afterward I stop into the office to pick up my coat and to leave my books. Sometimes, not always, he'd be there; I understand his cleaning woman comes to his apartment on Fridays so he escapes to the office—it's only across the street, you know."

"Yes, Rabbi, we've got the setup."

"But yesterday," said the rabbi, "he did say something

about the dean having phoned him, asking him to stand by. She was scheduled to see a student committee and wanted him there in case they got obstreperous."

"Aha!" exclaimed Schroeder. "So you *did* have something important to tell."

"I did?"

"Why sure. In her statement, the dean didn't say anything about phoning Hendryx and asking him to hang around."

"And how is that important?" asked Lanigan, interested.

"Well, say she was involved." He looked from one to the other. The rabbi's lips were pursed in doubt; Lanigan was smiling. "I mean—" Then Schroeder surrendered completely and laughed. "Sorry, Rabbi, but I guess I was still a little sore because you wouldn't see me last night," he said sheepishly. "So after you left on Friday, did you see anyone, anyone at all, on your way out?"

"Well, the door of the dean's office was closing as I came down the hall, so although I didn't exactly see her I assume she was in her office. And then downstairs I saw Professor Fine in the English office. He said he was waiting for a phone call."

"What time did you get home, Rabbi?" asked Schroeder.

"It was quite late," the rabbi admitted. "About half-past three."

Lanigan raised his eyebrows. "Have trouble on the road?"

"No, I stopped for a cup of coffee."

"That shouldn't have taken long," said Schroeder.

"Well, it was one of those places where you eat in your own car," the rabbi explained. "I began reading a book and must have lost track of the time."

When they left, Schroeder asked, "What do you think of your friend's story?"

"You don't know him," said Lanigan. "I assure you it's completely in character."

"Still . . ."

"Look, Sergeant, there never was an investigation without its little inconsistencies. And the quickest way to get bogged down is to concentrate on them instead of the main line. But I guess you know that better than I."

"Yeah," said Schroeder, "but sometimes you can't help being bothered by them. For example, why didn't the dean tell me she'd phoned Hendryx and asked him to stand by?"

"You find that hard to understand?" asked Lanigan. "She didn't tell you because she forgot, and she forgot because she wanted to forget, and she wanted to forget because otherwise it would mean that she was responsible for his death."

19

The Sunday morning *minyan* was usually well attended. For one thing, it was held an hour and a half later than on weekdays—nine instead of seven-thirty—for another, it was followed by a meeting of the board of directors at ten, so most of them came early and participated in the twenty-minute service.

Although Malcolm Selzer rarely attended the weekday *minyan*—he was already in the warehouse at seven-thirty —he never missed the one on Sunday. He was one of the handful with a traditional upbringing who knew the liturgy and often was asked to lead the prayers. But this Sunday he did not show up. His absence did not pass unnoticed.

Although the name was reported variously as Abner Seldar, Adam Sellers, and Aaron Selger, no one in Barnard's Crossing, certainly no one in the Jewish community, had any doubt that the person referred to in the newspaper accounts of the bombing was Malcolm Selzer's boy, Abner. And the somewhat larger attendance at the *minyan* that Sunday was no doubt due in part to the quite human desire for more information.

The late Saturday night broadcast and the Sunday papers had provided a somewhat fuller account: that the dean, Millicent Hanbury, had met with a student delegation to discuss student grievances; that she had left the meeting—reason not given; that shortly afterward the committee of five had left her office and the building; that less than five minutes later the bomb had gone off. The district attorney's office had issued a statement saying it was planning to question each of the students.

As the men were folding up their prayer shawls, Dr. Malitz, one of the older men, remarked, "He was too embarrassed to come, I suppose."

Dr. Greenwood, a dentist like Malitz, shook his head. "Why does it have to be a Jewish boy?"

"What do you mean a Jewish boy?" said Norman Phillips indignantly. "There were five of them and the Selzer kid was the only one who was Jewish. And what's being Jewish got to do with it? He's an American, isn't he? He got the same rights as anybody else, hasn't he?"

Dr. Malitz came to the defense of his fellow dentist. He was a periodontist and Greenwood sent him patients. "You see in the papers that someone with a Jewish name has made some scientific discovery—you know, has done something good—you feel kind of proud it was one of ours, don't you? We all do. So naturally when one of us sees something not so nice, we feel—"

"You feel guilty. Right? Well, I don't," said Phillips stoutly. "I feel that as an American citizen I got just as much rights as any other citizen, and that means I'm no more responsible for what someone named Cohen or Levy does than I am for someone named Cabot or Lodge. Naturally, I'm sorry for Mal Selzer, but you know, in a way he was asking for it."

Greenwood stared. "What kind of crack is that? What father deserves to see his son in trouble?"

"Well look, my kid goes to college, Rensselaer Polytech. Doc Malitz here has a boy in college. I don't know about your boy, Doc, but I know my kid acts up a little now and then. He's a kid, see. Last year, for example, they had a riot at his school. The cops turn up, reporters, the works. My kid says he was just looking on, you know, watching the fun. Maybe he was; maybe he wasn't. I'm not one of those fathers that thinks their kid can't do no wrong. Anyway, he gets pinched and he spends the night in jail and he has to pay a fine. He? Me. I had to pay it."

"So?"

"So my point is, did I go around bragging how my kid was a big student leader?"

"So you brag about something else that your boy did, maybe that he got into Rensselaer."

"I just mentioned that because—"

"Makes no difference," said Greenwood. "Fathers brag about their children. I'm sure Malcolm Selzer would rather brag that his boy was getting high marks and scholarships."

Dr. Malitz had a sudden thought. "How do we even know the Selzer boy had anything to do with the bombing? All the paper said was he was one of those at the meeting and the D.A. was planning to question him."

"When the D.A. questions somebody, like as not he ends up in jail," said Phillips. "What I'd like to know," he went on, "is what the rabbi knows about it. He teaches there. I notice he didn't come today, either."

"He's the guest speaker at the men's bible study class at the Lynn Methodist church this morning," said Dr. Malitz. "There was a notice in the Lynn paper."

"Just our luck," said Phillips disgustedly. "So that means *they'll* get the inside dope, not us."

20

The rabbi arrived home shortly before noon to find an impatient Malcolm Selzer waiting for him. "Your wife said you'd be along any minute," he said. "Besides, my wife was so sure you'd be able to do something I didn't have the heart to tell her I'd missed you."

"Just calm down, Mr. Selzer, and tell me what's on your mind."

Selzer looked at him gratefully, then took the seat the rabbi offered. "Well, Friday I heard the news same as everybody did. And I'll admit I had this little funny feeling maybe my Abner might be mixed up in it." He held up a hand. "I don't mean that I thought he could do anything like a bombing, a thing like that. I know my boy, he wouldn't hurt a fly. But I thought maybe he knows about it, maybe some group he could be connected with— You know how you think, how all kinds of funny ideas can come into your head?"

"Of course. Take your time and tell me what happened."

Selzer nodded. "All day Saturday, I thought of calling Abner. You know, not asking him point-blank, but just how's tricks, what's new. That way, if he was involved he could say something. It wasn't so much me as my wife who kept nagging me. 'Call him up; you got a son; talk to him once in a while.' And to tell the truth, I would have, except I was afraid it was like asking for it. My mother, may she rest in peace, always used to say, 'Don't start anything.'"

"Like tempting fate," said the rabbi with the ghost of a smile.

"That's right." Selzer said, pleased that the rabbi understood. "So I suggested to my wife we go to the movies. You know, to give us something else to think about; besides, I know she's not going to ask me to go out in the middle of the picture to make a phone call."

He looked off into space as if marshalling his thoughts. Then he continued. "I thought maybe we'd go out for a cup of coffee afterwards, like we always do, but my wife insisted we go right home, like her heart told her. As soon as we drive up to the house, I know there's trouble because the light in the kitchen is on, which means Abner has come home, and why would he come home on a Saturday night if he weren't in some kind of trouble? Nevertheless, my wife tries to act as though nothing happened. 'Have you eaten, Abner? There's some chicken left. Let me make you a sandwich. He's so thin. Look how thin he is, Malcolm.' Of course, this doesn't fool anybody; not me, not Abner, not even herself. She's just stalling, putting off the time when we'll have to ask him why he came home. But me, I'm a businessman and I don't horse around. So I put it to him straight: 'Are you in trouble, Abner? Are you involved in this bombing?'" Selzer raised a forefinger to call for special attention. "'Involved,' I said, Rabbi. Not did he do it. I just asked him if he was involved. What's involved? Anybody can be involved. If it's my son, I'm involved. My wife is involved. The police are involved. It's no crime to be involved."

He shook his head sadly. "That started it. He starts yelling I don't trust him. He comes home and all I can think is he must have bombed the school or done some terrible crime. That I'm part of the Establishment and the Establishment is trying to suppress the non-Establishment and they're trying to make this a decent world and my generation is not letting them. And how we use the pigs to keep them in line. By pigs he means the police, you understand."

Selzer got up and began pacing the room. "He yells and I yell, I suppose, and my wife cries, and after an hour of it I know as much as I did before. Finally, we all quiet down, and I say to him nice, quiet, calm, 'Look Abner, I'm not accusing you. I'm just asking, not because I'm nosy but just because I want to help. Do you want me to get in touch with my lawyer?' " He rapped the coffee table with his knuckles. "This table answered me? That's how he answered me. Not a word, like suddenly he's deaf and dumb. He just sits there smiling a little to himself like it's all very funny, and then he finally speaks. What does he say? He says, 'I think I'll hit the sack. Tomorrow could be a long day.' And he gets up and goes to bed. And my wife? She opens up on me. Why did I talk to him that way? Why can't I believe in him? Why am I driving my son away from us? You know, my wife, God bless her; for her, Abner can do no wrong. Whatever he wants, give. Whatever he does, fine. When I try to get him to shape up, to study, to act like a responsible citizen, she accuses me of nagging him. He was an honor roll student in high school, so if I want him to get good grades in college, that's nagging him. Why was he on the honor roll? Because I kept after him. I'm in business and I know what it takes these days for a young man to make it. You don't go to a decent college, you're nothing these days. So he gets into Harvard. That was bad? That was nagging? And if he had lived at home, like I wanted, instead of in the dorm, like he wanted and his mother went along with, he'd still be in Harvard right now. That would be bad? I tell you, Rabbi, the trouble with kids these days is their parents *don't* nag."

The rabbi had not interrupted because he sensed Selzer wanted to talk, but now he brought him back sharply to the main issue. "So what happened, Mr. Selzer? Why did you come to see me?"

"So this morning," said Selzer in a flat monotone, "the pigs came and took him away. Who were the pigs? Lieutenant Tebbetts, who was his scoutmaster, who Abner would talk about so much I would get practically jealous. He was the pigs."

"In that case, I think you had better get in touch with your lawyer, Mr. Selzer."

"Two minutes!" cried Selzer. "Two minutes after my son was out the door, I contacted Paul Goodman. And half an hour later he came by—he wasn't even dressed when I called—and picked me up and we went down to the police station."

"And?"

"And nothing. My son wouldn't even talk to me, or to Goodman. Just, 'Oh, it's you.' This is the way a boy talks to a father, Rabbi?"

"So what did you say?"

"Nothing! I was embarrassed in front of Goodman. So I didn't show I was sore. I didn't holler at him. I didn't say anything, just told him this was Mr. Goodman who would be his lawyer. And I left them together. But later, when Goodman came upstairs—we saw him in his cell in the basement, you understand—he said the boy had refused to cooperate."

"But he agreed to defend him?"

"Oh sure. What's he got to lose? He won't be sitting in jail." He got up when Miriam entered the room. "Look, I'm keeping you from your dinner. I just came to ask you to go and see him. Talk some sense into him. I know he thinks a lot of you from when he was in your post-confirmation class. He'll listen to you."

"He must've been terribly hurt," said Miriam after Selzer had left.

"What do you mean?" asked her husband. "By whom?"

"By his father, of course. Suppose there was a rumor that you had done something terrible, something inherently abhorrent to you. And suppose if instead of knowing you could never do such a thing, I asked you if the rumor was true. You *might* sit down and patiently explain how unlikely it was. On the other hand, you might feel so terribly hurt, especially if you were a youngster of Abner's age, that you just wouldn't say anything."

"Yes, I see what you mean."

"Go and see the boy, David."

"And tell him what?"

She smiled. "You could tell him to try to forgive his father, I suppose."

21

"The Boston police asked us to pick up the Selzer boy, so we picked him up," said Chief Lanigan. He was sitting at his dining room table with the Sunday paper spread out before him.

"Do they have any real evidence against them?" asked the rabbi.

Lanigan shrugged. "You know how these things are. It's the D.A. who looks over what they've got and who issues the orders. He certainly wouldn't tell *me*. Even the D.A. of our own county wouldn't necessarily take me into his confidence on a matter that occurred right here in my own bailiwick. But from what Schroeder said, what they have on him is obvious. He was one of a committee that met with the dean. They talk for a while and then one of them gets vituperative and the dean walks out. They wait around for her to come back, and when she doesn't, they leave. A few minutes later a bomb goes off in her office. Now I put it to you, that's certainly grounds for suspicion. Add a couple of other little items: one, there was a bombing in the school during the spring semester; two, a member of the committee, somebody called Ekko—I don't know if that's his real name or just a nickname—skips. That suggests guilt certainly."

"On the other hand," the rabbi observed, "none of it is what you would call real evidence. The building is open and anyone can walk in. Dean Hanbury left her office unlocked, so anyone could get in after the committee left. From what little I myself know about conditions in the school, there are other student groups, more or less revolutionary, who are seemingly as opposed to each other as they are to the administration."

"Well, you don't have to convince me, Rabbi. It's the people in Suffolk County you've got to convince."

"Is it all right if I see the boy now?"

"Sure. Let me get my shoes on and I'll run you down to the station. You can talk to him in my office if you'd like."

The young man was visibly surprised when he saw the rabbi. "Oh, it's you," he said. "I thought it was the lawyer guy again." He walked the length of the room and looked out the window. Then he faced around. "Cops!" he exclaimed. "They're not human. Do you think he'd bother to tell me who's here? He just says somebody wants to see me in the chief's office, and when I tell him I don't care to go —thinking it was the lawyer or my old man—he says, 'On your feet, bigshot,' and practically hauls me up here."

"He probably didn't know who it was either," the rabbi said mildly.

"Rabbi, you don't know these guys. You just haven't had the experience."

"All right," he said good-naturedly. "Now what's your objection to cooperating with the lawyer?"

Abner Selzer spread his hands and let his shoulders droop in exasperation. "Goodman! He didn't ask me a thing. He just said if I was planning on making a speech, forget it. I'd be standing before Judge Visconte and he's hard as nails. He'd throw the book at me. If the judge asks a question, he says, I'm supposed to stand up and address him as Your Honor. Otherwise, keep quiet, don't whisper with the others. Just sit up straight, look straight ahead at the judge, and look interested. That's planning a defense? Then he takes a look at me and tells me he wants me clean-shaven and wearing a regular suit when I come to court tomorrow morning. Rabbi, how can I communicate with a man like that? So I asked him how would it be if I wore a kilt and crossed my legs and showed part of my behind to the jury."

The rabbi laughed and the young man grinned. "What did he say to that?"

"He got sore and just said he'd see me in the court in Boston."

"I don't suppose it makes much difference," said the rabbi. "The arraignment is largely a formality. As I understand it, the law requires you to be brought before a magistrate within twenty-four hours of your arrest."

"But what if a guy's innocent?"

"That's not the judge's concern at an arraignment, Abner. He's there just to determine whether the police have enough evidence to hold you for the grand jury. If they want you held, the judge will usually go along. All right, I can understand about your lawyer, but why don't you want to see your father?"

"So he can yell at me? We can't talk for five minutes before he starts yelling."

"What does he yell about?" asked the rabbi curiously.

"Oh, almost anything, but mostly—until now, at least— about marks. 'Shape up,' he's always saying. Why don't I shape up, or sometimes, 'Shape up or ship out.' He was in the naval reserve for a while. That's where he got it. When I was in high school here, it wasn't so bad. I was one of the smart kids, and besides the other kids' fathers did the same thing. But at Harvard, I was up against all the other smart kids, and I wasn't living at home where he could keep tabs on me every night—C or even B-minus wasn't good enough for him. It had to be A's. And for a while, I tried, but the competition was tough and I thought, the hell with it."

"So you slacked off completely."

"Sure, why not? I was working so hard and got a B-minus, but it wasn't good enough for him. So I thought it won't be any worse if I have a little fun and get a C or even a C-minus."

"But you felt guilty about it."

The young man considered. "All right. I suppose I did —at first. I don't now."

"Are you sure?"

"Yeah, I'm sure. I'll tell you something, Rabbi. My father didn't care if I learned anything or not. He was just interested in my getting good marks so I could get into a good law school and get good marks there, even if I never learned any law, so I could get into a big law firm."

"I suppose he's trying to fit you for the world as he sees it."

"So what's wrong with trying to change it?" demanded Selzer.

"Well, you might change it for the worse," the rabbi observed wryly. "But in any case, by your own admission, whatever your father is doing, whether he's going about it the right way or not, he's doing it for you."

"Rabbi," said Abner solemnly, "this is going to shock you, but the fact is I don't care very much for my father. I don't respect him and—"

But it was Abner who was shocked when the rabbi interrupted to say, "Oh, that's perfectly normal."

"It is?"

"I would say so. That's why it's one of the ten commandments. 'Honor thy father and mother.' If it were perfectly natural, it wouldn't require a specific commandment, would it?"

"All right, so why should I accept help from somebody I don't respect?"

"Because it's childish and peevish to refuse help when

you are in need," said the rabbi. "You're going to have a lawyer whether you want one or not. If you don't use your own, the court will appoint one for you. He may be better than Mr. Goodman, but it's not likely, and he's certain to be less experienced. Common sense would suggest that you get the best you can."

22

Judge Visconte's head nodded slightly as he read the complaint. When he put the paper aside, his head continued to nod, for he was an old man, well over seventy, with snow-white hair surrounding a high, slanting forehead. His handsome Italian face with its long Roman nose looked benign and grandfatherly.

He turned to Bradford Ames. "The Commonwealth has a recommendation on bail?"

"The Commonwealth has a recommendation, Your Honor," said Ames. "It is the Commonwealth's opinion that since a man was killed as a direct result of the explosion of a bomb, this is a case of felony murder and hence that bail should be denied."

The judge nodded vigorously in apparent agreement. Then he inclined his head and nodded at a somewhat different angle, which the clerk interpreted as a sign that His Honor wanted to confer with him. He leaned over the judge's desk and they whispered together. It looked as though it was all over.

Paul Goodman rose beside the attorney's table. "May I be heard, Your Honor?"

The judge nodded graciously.

"To save the time of the Honorable Court, I am speaking not only for myself but for my three colleagues who are each representing one of these young defendants. It seems to me, Your Honor, that the recommendation of the Commonwealth is punitive rather than designed to insure the appearance of the defendants at their trial. These young people are not professional criminals; they have clean records. They are enrolled in college; if they are prevented from attending classes they will be unable to pass their courses. To hold them in jail pending their trial is to punish them before they have been proven guilty."

The judge nodded benevolently. "It's always punitive, isn't it?" he said gently. "A workman loses his wages, a businessman sometimes has to close down his business or office. And in every case, the family suffers."

"If I may, Your Honor," said Goodman. "Isn't that all the more reason not to hold these young people unnecessarily, since the danger of their not appearing for the trial is slight?"

"But the charge is murder, Counselor."

"I recognize that it has been the prevailing practice in the Commonwealth to deny bail to prisoners charged with murder. But my understanding is that the rationale—"

"Did you say rationale?"

"Yes, Your Honor. I was saying that the rationale behind denying bail in such cases is that money becomes secondary when a man's life is at stake. However, since the Supreme Court of the United States has held the death penalty to be cruel and unusual punishment, that fear no longer obtains."

"On the other hand," the judge interposed, "these young people—and I have had a lot of experience with them; oh yes—are apt to be rather cavalier about money. If I were to set bail, even very high bail, which their parents might arrange to meet, there is a strong possibility—and I speak from experience—that they may fail to appear, having no regard for the loss which their parents would thus incur. No, Counselor, I think I'll go along with the

Commonwealth recommendation and order them held
without bail."

23

When the rabbi arrived for class Monday morning, he
found the flag on the administration building of Windemere College at half staff. All classes had been cancelled,
and many of the students and faculty had already left. A
memorial service was scheduled for Professor Hendryx
in the chapel at noon, and those who remained behind
were milling about on the Marble.

The rabbi was undecided whether to return home or
attend the service when Professor Place, whom he knew
slightly, invited him to have a cup of coffee.

It was the first time the rabbi had been in the faculty
cafeteria and he looked about him with interest. It was a
small room with two large tables, both of which were half
occupied; the rabbi noticed that older members of the
faculty sat at one and younger members at the other.
Professor Place went over to a large coffee urn and poured
a cup for the rabbi.

"Ten cents a cup." He dropped a quarter into a slotted
carton. "The honor system. No, I've just paid for yours,
and a little over," he said, as the rabbi reached for some
change. "Sometimes you forget. Our coffee committee
reports that pennies, buttons, even unsigned I.O.U.'s
appear from time to time, just as I suppose they do in
your collection plate after a service."

"We don't pass a collection plate. Our regulations forbid
carrying money on the Sabbath," said the rabbi.

"Very commendable. Our method of collecting at each
service smacks altogether too much of a business transac-

tion, a *quid pro quo* of sorts with the Deity." He led him to a table. "Let me introduce you to some of your fellow faculty members. Professor Holmes, Professor Dillon, and Miss Barton. Or is it Professor Barton or Dr. Barton, Mary?"

"Dr. Barton at mid-years," she said happily, "and probably Professor Barton shortly after, Dean Millie says. But right now it's still officially Miss Barton." She had a good-natured, homely face.

"You shared Hendryx's office, didn't you?" asked Professor Holmes. His narrow face was accentuated by a long nose and pointed chin.

"Yes," said the rabbi, "although I didn't use it much."

"Your trouble was that you didn't come in at enough rank," said Mary Barton. "What are you listed as? Lecturer? Instructor? If you had played hard to get, they would have hired you as associate at least and given you decent office space. Of course, if you had held out long enough, and they wanted you badly enough the way they did Professor Malkowitz, you could have come in as a full professor and then you would have got a private office with a secretary. A professor, Rabbi, is just an instructor who can strike a better bargain."

"Mary, as you can see, is cynical about professorships," Professor Holmes said.

"Well, I'd say she has reason to be," commented Professor Dillon, a cheery, round-faced man with a walrus moustache. "She's been teaching here for how long, Mary? Fifteen years?"

"Sixteen."

"For sixteen years; and because she didn't have her doctorate, she's been kept an instructor. That, and because she's a woman—in what used to be a woman's school, mind you, and is still more than sixty percent women."

"Ah, the champion of Women's Liberation," murmured Professor Holmes.

"Well, it's true, isn't it?" demanded Dillon.

"Of course it's true," said Holmes, "but you know the reason as well as I do. Mary chose to invest her energies in teaching rather than research and publication, and these days it just doesn't pay off. You see, Mary, you made the natural mistake of assuming that college was a place where students come to learn and the faculty teaches. It's been years since that was true. As soon as the administration discovered there was more endowment money, even more student applications, when someone on the faculty made a discovery that hit the headlines, the old order was dead and you were one with *dinosaurus rex*."

"But she's getting her doctorate," Professor Place pointed out.

"Well, of course," said Holmes. "She finally surrendered. You can fight just so long. Right, Mary?"

The rabbi had no way of knowing if they were teasing Miss Barton, and if she minded. He turned to Holmes and asked, "What about the students?"

"How's that?"

"You said that before the order changed, the students came to study and the faculty taught. Now the faculty does research instead of teaching. What about the students who came here to learn. Did they also change?"

"Of course," said Holmes. "They now come to get credits, to get degrees for better jobs. It's like green stamps. You save up a bookful and get a degree. And nowadays you don't even have to earn the credits. Bookstores, even the college bookstores, openly sell detailed outlines of all the major courses. On a quiz you get the same answers, even the same phrasing, from all your students."

"They had those outlines when I was in college," said Dillon.

"But using them was considered cheating," Holmes objected. "And they were sold furtively under the counter.

Now you can even buy a term paper for two dollars a page."

"Three dollars," said Place.

"Three dollars for an original," Mary Barton corrected.

The rabbi looked from one to the other, wondering if they weren't pulling his leg. "I'm sure there must be some students who study."

Professor Place agreed. "Of course. Maybe as many as half. But even their credits are tainted. The last two years, Rabbi, we had student strikes—in memory of the Kent State shootings, I believe. They came just before finals, so the students don't take their exams. We permit them to make them up later, but none of them do. Instead they play it safe and take a pass mark in the course, which is one of the alternatives we offer. So a kind of Gresham's Law applies and bogus credits drive out real ones. Nobody questions them. Nobody cares."

"I care," said Mary Barton.

"That's right. Mary cares, because she's young and foolish," Place went on, looking fondly at her, "and we here care a little because we remember how it used to be. And word has come to me via the grapevine that you care, Rabbi."

"Indeed?"

"One of my better students is taking your course. According to him, you're taking a very hard-nose line." He looked at the rabbi quizzically.

"Just doing what I'm being paid for."

Professor Holmes shook his head. "Not good enough, Rabbi, not if you lose your health over it. I would have thought your erstwhile roommate, whose memory we'll be honoring at noon, would have set you straight. I didn't know him too well, but it seemed to me he had the right attitude about the contemporary college scene. He'd been here only two or three years and he was made department head—"

"Acting head," Mary Barton amended.

"All right, acting head. But he would have been given the full appointment before long."

"I wouldn't bank on it," she said. "The faculty rules call for the concurrence of the department."

"Oh, and there was opposition to him?" asked Holmes.

"The older members of the department didn't care one way or another," she said. "I had nothing against him. But the younger men didn't care for him at all. He was apt to be sarcastic with them. One of them, Roger Fine, almost came to blows with him."

"Roger Fine?" Dillon looked to her for enlightenment, and then remembered. "Oh yes, the fellow that wrote that article in *The Windrift*." He shrugged. "I shouldn't think he'd count for much. He was only appointed for the year."

"Don't you believe it," she said. "He had lots of friends among the younger men, not only in our department."

Professor Place asked about his fight with Hendryx.

She colored and shot a quick glance at the rabbi. "Roger considered him—well, an anti-semite. Once when they were alone in the English office they got to arguing pretty violently. I came in just then and I heard Roger say he'd ram his stick down his throat if he made another crack. My appearance cooled things off," she added almost regretfully.

"How about it, Rabbi?" asked Holmes. "Was he given to making anti-semitic remarks?"

"Not really, not to me," said David Small.

"What I don't understand," said Dillon, "is how he even got to be acting head with Hallett and Miller both in the department."

"I suspect Millie Hanbury liked him," Mary Barton said. "He came from Barnard's Crossing originally, you know, her hometown."

"They grew up together?"

"I shouldn't think so," she said. "He was a good five or six years older than she is, and his folks moved away when he was about fourteen, he told me."

"Still—"

"Sh," Mary Barton who was facing the door hissed a warning. "Here comes Dean Millie now. Hello, Millie."

24

That afternoon, when he returned home from the memorial service, he finally got around to telling Miriam about the sitdown strike in his class the previous Friday.

She listened without comment until he finished and then said, "Weren't you being a little stuffy, David?"

"Well, I—yes, I suppose I was," he said gloomily.

"It's not like you," she commented.

"It wasn't just that they sat on the floor, you understand. It's everything; I resent having only a third of my class show up on Fridays."

"But don't the same ones come every Friday?"

"What of it?"

"Then why resent them and not the others, the ones who stay away?"

"Well, of course, but—yes, I see what you mean. I shouldn't have let out my frustrations on those who show up faithfully. But . . ." his shoulders drooped disconsolately. "I'm disappointed in the whole business," he said quietly. "It's not what I expected. I can't help feeling that they're not getting anything out of the course. They come in, open their notebooks, and all I see of them during my lecture is the tops of their heads as they write down my precious words of wisdom."

"At least it shows they're interested."

"It shows they're interested in passing the examination in the course, that's what. If they were truly interested in the subject matter, they wouldn't write, they'd listen. And occasionally, a face would light up so I'd know I was getting through to them and they were learning."

"Don't any of them ever ask questions?"

"A few, but they're not so much questions as challenges." He shook his head. "They're not looking for information, just for an argument—I suppose to make the time pass quicker. They don't know anything, but they're full of opinions. There's Henry Luftig, the representative of the Radical Left. He is deeply concerned for the oppressed—the blacks, the Arabs, everyone except the Jews. And his sidekick, Harvey Shacter, a nice-looking young man who doesn't seem concerned about anything but who always seconds Luftig, more out of loyalty than conviction, I suspect. And there's a girl, Lillian Dushkin, who appears to side with them, perhaps because she's interested in the Shacter boy. It wouldn't surprise me if she came from a traditional home and knew a lot more about the subject than she lets on, but she conceals it, as though she's ashamed of it."

"She's rather plain, I suppose."

"Why do you say that?"

"Because a pretty girl can develop naturally; a plain one has to look for a role to play, and until she finds one, she never feels quite sure of herself."

The rabbi nodded. "Yes, I guess she is on the plain side, although it's hard to tell because she's so heavily made-up with all that stuff on her eyes, like a raccoon. But if she's looking for a role to play, I guess I am, too."

She gave him a sharp look. "You never felt sorry for yourself before, David."

He laughed shortly. "I suppose it sounds that way, and maybe it's true. Whenever I had doubts of my ability as a rabbi of a congregation, I always thought of teaching as a possible alternative. I always thought I'd make a good teacher. Well, now it appears that I'm no better as a teacher than I am as a rabbi. That's rather disquieting."

"What makes you think you're not a good teacher?"

she demanded. "Because so many stay away on Friday afternoons? Would it be any different for any other teacher of any other subject?"

"Perhaps not."

"You think you haven't succeeded in interesting them. Well, maybe you're not giving them what they expected to get."

"They expected to get three easy credits," he said scornfully. "That's what they expected. And when they found they weren't going to get them—" He stopped as she shook her head.

"No, David. That's not the reason students take a snap course, at least not the only reason. When I was in college, I occasionally elected a snap course, and I imagine you did, too. But it was because I was interested in the subject, and the easy credit was frosting on the cake. I remember there was a music appreciation course that almost everybody took. Maybe a few did so because the prof was an old softy who passed everyone, but most of us were there because it was interesting and something we felt we ought to know. There was also a course in something called research methodology where no one ever got less than a B, but the professor could never manage to get more than ten to sign up for it. That's because he was dull and the course was dull."

"Then maybe my students just aren't interested in the history and development of fundamental Jewish ideas," he said bitterly.

"Probably not," she said amiably. "But how can they be interested in how our concepts of charity and justice and all the rest developed if they don't know what they are? Don't you see, David, most of them probably never received any religious instruction at home or went to a religious school. It just wasn't fashionable when they were growing up. But there's been a change in recent years, especially since the Six Day War. They always knew they were Jews and somewhat different from their Gentile friends and neighbors, but they and their parents tended to minimize the difference. But now they're of an age when the differences are important: they're dating seriously and thinking of marriage. I'll bet most of them signed up for your course to find out just what those differences are and whether they were something to be ashamed of or proud of."

"But college students—"

"They're not college students, David, at least not just college students. They're Jews. You tell them what they want to know, and believe me, they'll be interested."

As he waited for Mrs. O'Rourke, the cleaning woman, to arrive, Schroeder wandered about Hendryx's apartment, trying to get the feel of the place and the man who had occupied it.

A rental agent would have listed it as a three-room apartment although a prospective tenant would have countered that the kitchen was tiny and that one of the rooms was little more than a closet. The smaller room evidently had been the professor's workroom, because it contained his desk, chair, and a bookcase. The other room was of decent size and served as both bedroom and living room, with a large studio couch, bureau, TV, rocker, and an oversize easy chair of simulated leather with a match-ing hassock. Beside the chair stood a large mahogany smoking stand. The large glass ashtray contained a pipe and the half-dozen burned kitchen matches used to light it. A book, open, rested face down on one of the broad arms of the chair. On a side table were several books between bronze bookends, a large brass bowl, and a pipe rack with five pipes lined up in the half-dozen slots.

Schroeder went into the kitchen and opened the refrigerator. It contained a carton of milk, a package of bacon, a box of eggs, and some processed cheese. Obviously the professor took breakfast at home and relied on restaurants or the faculty cafeteria for the rest of his meals.

He stepped out of the apartment and walked down a short, dimly lit corridor to the rear door leading to the alley outside. The door was not locked. The key found in Hendryx's coat pocket opened not only the apartment but the front door to the building as well. It never failed to amaze him how people could be so careful about security at one point and downright careless at another, like installing special locks on a door and then using a cheap latch that could be easily forced on street-level windows.

He returned to the apartment and began to go over it more systematically. Apparently Hendryx had been neat and methodical. His clothes hung neatly in his closet. The bureau containing his linen was tidy. In a shallow top drawer he kept handkerchiefs and a tray of the usual men's appurtenances—cuff links, tie clips, a couple of discarded cigarette lighters, a billfold evidently no longer used, a wristwatch and a pocket watch, and a little glass dish with less than a dollar's worth of change. The next drawer contained his shirts, the next his underwear, shirts, shorts, and socks, each separated from each other by thin wooden dividers. Then a drawer for his pajamas. The bottom drawer was empty. He decided that Hendryx was a man who didn't like to bend over unless he had to.

The desk was equally well organized with drawers full of notes and manuscripts, the latter in folders with the subject matter carefully inked on the tabs.

A police car delivered Mrs. O'Rourke, a thin, hardworking woman, close to sixty. Although the day was quite warm, she wore a heavy imitation fur coat and a shapeless hat of crocheted purple wool.

"Just a few questions," he said. "You were working here Friday?"

"Yes, sir."

"What time did you arrive?"

"Around ten I got here, a few minutes before or a few after, I'm not sure. I plan to come at ten, but it depends on the bus."

"And when did you depart?"

"A little before three, sir, maybe as early as a quarter of."

"Are you sure? Now I want you to think carefully. It's important," he said. With this type you had to be stern to insure exactness.

"Yes, sir. I plan to make the three o'clock bus at the corner, so I always try to leave a few minutes before, or else I have to wait sometimes as much as half an hour. Isn't it terrible the way the buses run?"

"Yes, yes. And you made the three o'clock bus?"

"Yes, sir. I made it in time."

"All right. What did you do here in the apartment?"

She looked at him in mild surprise. "Why, I clean the place up. I dust and vacuum. I polish the furniture. I make the bed. I wash the tub. I clean the whole place up."

"You straighten out the things in the bureau?"

"I do not, sir," she said indignantly. "I don't open the drawers, and no one can say I did. Professor Hendryx told me not to touch anything in the bureau or his desk and I don't, just the things on top like his comb and brushes, so I can dust and polish."

"All right, Mrs. O'Rourke. I was just asking. So you left the place exactly as it is now."

"Oh no," she protested. "I wouldn't leave the ashes and burned matches in the ashtray. And if there's a book open like that, I'd put it back. But I didn't because there was no book there." She looked about. "And the hassock, I always put it in front of the TV there because the way it is now it would get in my way."

"Just a minute. Are you saying that someone was in here after you left?"

"Oh no, just Professor Hendryx. He was always dodging back and forth between here and the school." She sighed. "If he'd only stayed here, he would have been alive today, the poor gentleman. Isn't it terrible the way the students behave these days?"

26

They were unusually quiet and subdued when he entered the classroom Wednesday morning. The dozen who had been present last Friday must have told the rest what had occurred. Or was it their reaction to the bomb explosion?

All the way from Barnard's Crossing, Rabbi Small had wrestled with his conscience. He hadn't seen his class since he walked out on them. Should he proceed with his lecture as though nothing had happened, or should he apologize? True, their behavior had been intolerable, but on the other hand he now realized no personal disrespect had been intended. On the contrary, they evidently believed they were doing something fine and noble. But why hadn't they explained? But why hadn't he asked? But they were younger, and they owed their teacher respect. But he was older and should have had more understanding. But they should have realized . . . But he should have realized . . .

"For those who were not here last Friday," he began, "I would like to announce that there was no lecture. To those who were here, I wish to apologize for having walked out. I did not know at the time the reason for the strange conduct of some of the members of the class. Subsequently

I did discover it and apologize for not having inquired at the time." He was about to go on, when Mazelman raised his hand. "Yes?"

"I want to know if you think it was right for us—I was one—to sit on the floor?"

He said he had just explained he now knew the reason.

"No, what I mean, isn't it part of Judaism, like aren't Jews supposed to protest injustice?"

"Everyone is supposed to," said the rabbi carefully. "It's not a monopoly of Judaism. But are you sure an injustice was done? As I understand it, the chairs were removed from the prison recreation room as a temporary precautionary measure because they had been used for rioting."

"Yeah, but all the kids didn't take part in the riot, but they all had to sit on the floor," one student observed.

"And President Macomber admitted he was wrong," another called out.

"I read his statement," said the rabbi firmly. "He said he had not intended to comment on the merits of this particular case, only to indicate his general confidence in the head of the institution."

"Yeah, but he backed off from what he said the first time. And he wouldn't have if it hadn't been for the student demonstration."

"Did it convince him, or did it force him?" demanded the rabbi. "If his statement indeed represents backing off, was it caused by your sitting on the floor for a couple of days or because he felt that in the present atmosphere in the college it was wiser to defuse a minor situation before it got out of hand? And where is the justice in bullying somebody to agree with you?"

"Well, how do you know he wasn't convinced?"

And now from all over the room:

"What good is just sitting and talking?"

"How about civil rights? They talked for four centuries."

"How about Vietnam?"

"Yah, and Cambodia?"

"How about the Arab refugees?"

The rabbi pounded on the lectern and the yammering came to a gradual stop. In the moment of silence that followed Henry Luftig's voice could be heard, dripping with sarcasm: "Aren't we supposed to be the Chosen People?"

The sally was greeted with shouts of laughter which quieted down, however, when they saw that their teacher was obviously angry. But when he spoke, it was in quiet tones.

"Yes, we are," he said. "Some of you, I see, seem to regard that as amusing. I suppose that to your modern, rationalist, science-oriented minds, the thought of the Almighty making a compact with a portion of His creation is hilariously funny." He nodded judiciously. "Well, I can understand that. But how does it alter the situation? Your modern skepticism can be applied to only one side of the compact, God's side. You can doubt He offered such a compact; you can even doubt His existence. But you cannot doubt that Jews believed it and acted accordingly. That's fact. And how can one quarrel with the purpose and goal of Chosenness: to be holy, to be a nation of priests, to be a light unto the nation?"

"But you got to admit it's pretty arrogant."

"The idea of being chosen? Why? It's not confined to the Jews. The Greeks had it; the Romans, too. Nearer our own time, the English felt it their duty to assume the white man's burden; the Russians and the Chinese both feel obliged to convert the world to Marxism; while our own country feels it must prevent the spread of Marxism and indoctrinate all peoples in democracy. The difference is that in all these other cases, the doctrine calls for doing something to someone else, usually by force. The Jewish doctrine alone calls for Jews to live up to a high standard so that they might become an example to others. I don't see anything to laugh or sneer at about that. Basically, what it calls for is a high standard of personal behavior. It manifests itself in restraints which we impose on ourselves. Some of these, such as the restrictions of kosher food, may strike you as mere primitive taboos, but their intention is to maintain purity of mind and body. In any case, we don't try to foist it on others. Perhaps more to the point is the admonition that you have occasionally received from a parent or more likely, a grandparent, 'This is not proper behavior for a Jew.' Well, that's how the doctrine of Chosenness works in everyday life."

He looked around the room. "Which brings us to Mr. Mazelman's questions and its larger implication: is it our duty as Jews to be the leaders in all reform movements? I suppose we have a tendency in that direction as a result of our history. But there is nothing in our religion or basic tradition that imposes this duty on us. It does not call for us to devote our lives, like the Knights of the Round Table, to righting wrongs."

The class was attentive now. The rabbi felt he had the situation in hand, so he continued with less vehemence. "Ours is a practical religion calling for a practical way of life. There are so many injustices throughout the world that if we set out to right them all, even if we could, when could we live our own lives? And can we always be sure that we are right? And that our method of reform will improve things? Even in the small matter of sitting on the floor there was a difference of opinion. I, for one, was not convinced either that President Macomber was wrong or that the method taken to convince him was right. And remember what I said about the difference between our kind of Chosenness and that of other nations. Our religion calls on us to live our own lives in rectitude and justice, not to impose them on anyone else."

"How about Israel then?" Henry Luftig called out. "Why aren't they treating the Arabs justly?"

"Compared to whom?" the rabbi shot back.

"I don't understand, Rabbi."

"It's quite simple, Mr. Luftig," he said. "We criticize Jews and Judaism by disparaging comparisons with some ideal. But to be fair, you must compare them with what's real, not imaginary. So I ask, what other nation has dealt with its foe better, or even as well, as has Israel with the Arabs?"

"What about the way the United States treated Germany and Japan?"

"But that was after they had signed a peace treaty; not while the other country still considered itself at war."

"Yeah, but everybody says they ought to be a lot less obstinate."

The rabbi smiled grimly. "There is also in our religion a doctrine against suicide."

"But the Palestinians were driven from their homes."

"They *left* their homes," Mark Leventhal called from across the room. Like Mazelman, he came from a traditional home and had had some religious schooling. "The Arabs promised they'd be able to return once they'd driven the Jews into the sea. They were promised the Jews' property as well."

"I don't believe it."

"Well, it's true."

Lillian Dushkin said in a high, shrill voice: "This boy I know told me there are lots of Jews in Israel who feel the Jews have no right to be there until the Messiah comes."

"Yah? So what are *they* doing there?"

And they were off again, but this time the rabbi made no effort to stop them. He sat on the edge of the desk and listened, vaguely annoyed, but occasionally interested in spite of himself. The bell rang at last and the class began to gather their books.

"Just a minute," he called out.

They halted.

"You seem to have a lot of questions more or less relating to the subject matter of this course. So I'm setting aside the next class, Friday, and perhaps succeeding Fridays, to deal with them. You can bring in any questions you like, and I'll do my best to answer them."

"You mean in writing?"

"In writing or orally, or write them on the blackboard for all I care."

As he came down the broad granite steps of the administration building, Luftig and Shacter, lounging against the iron railing, fell in step with him as he made for the parking lot.

"That was quite a class today, Rabbi," said Luftig, his thin face aglow.

The rabbi looked at him. "You think so? You feel you learned something?"

Luftig looked surprised—and hurt. "Why sure."

"What, for instance?"

"You mean specifically? Well, I didn't know there were Jews who thought they had to wait for the Messiah before they could live in Israel. And—and that business about the Arabs expecting to take over Jewish property. And— oh, lots of things."

"Well, that first, about the Messiah, that's wrong," the rabbi said. "The objection is not to living in Israel, but to establishing a state. As for the rest, if you want to hold a bull session why bother to come to college and pay tuition for it?"

"But this was fun, Rabbi," Shacter protested.

"It's not my function or the college's to amuse you," he said stiffly.

As the rabbi drove off, Shacter said, "Gee, what's he so uptight about?"

27

In the short time that had elapsed since the incident, the Windemere folder had assumed sizeable proportions. There were photographs of the offices of Professor Hendryx and Dean Hanbury, as well as floor plans to show their relation to each other. Most of the folder, however, consisted of typed statements made by the various people questioned by Sergeant Schroeder.

He read over the statements now in preparation for his conference with the assistant district attorney. He had worked with Bradford Ames before and had great respect for him. When Ames prepared a case, nothing was left to chance. Schroeder smiled as he came to Dean Hanbury's statement:

> . . . The girl then said something insulting and I decided to leave.
>
> QUERY: What did she say, Miss Hanbury?
> ANSWER: I'd rather not repeat it. It was a four-letter word.
> QUERY: Was it directed at you?
> ANSWER: It was addressed to me. I'm not used to—I cannot tolerate that kind of language spoken to me by a snip of a—by a student. In any case, I decided that it was pointless to continue the discussion, so I said, "I must go now" and I left. I left the building and went to my car and drove home.
> QUERY: And what time was that, Miss Hanbury?
> ANSWER: About half-past three. If the exact time is important, I'm sure you can get it from the Barnard's Crossing police, because I called them

145

almost as soon as I arrived home. I suppose they register all calls. You see, there was a window open—

QUERY: No, no, I'm interested in what time you left the meeting.

ANSWER: Well, it was scheduled for two-thirty. They were prompt, I'll say that for them. We talked for about ten or fifteen minutes when that girl—

QUERY: Yes, Miss Hanbury. Then would you say it was two forty-five?

ANSWER: That's about right.

QUERY: Two forty-five to three-thirty. That's pretty fast time to Barnard's Crossing isn't it?

ANSWER: Well, traffic was light, and it may have been that I left as early as two-forty. Are you going to charge me with speeding, Sergeant?

The four students in their statements differed markedly with the dean, and to some extent with each other, as to the reason for her departure, insisting that she had not really been offended but had used the remark as an excuse to break off the discussion. Judy Ballantine, who had precipitated the incident, naturally was most insistent that it was merely a ruse. Abner Selzer, on the other hand, was inclined to feel the dean may have been genuinely distressed. "You ought to see my mother when someone talks like that, especially a girl." He also confirmed the dean's time of departure.

ANSWER: It was a few minutes of three when we all got back to the office after looking for her because I looked at my watch and said we'd wait until three and then split. It must have taken us five or ten minutes to search the building, so that would mean she left between two-forty and ten of.

QUERY: And you all left at three?

ANSWER: That's right.

QUERY: Then what did you do?

ANSWER: Oh, we wandered down to the corner diner for a cup of coffee and to talk it over. And we just about got there when we heard this boom. So we ran out and saw smoke coming from the administration building. So naturally we ran back to take a look, and in a couple of minutes —Jeez, there's a whole mob and fire engines. We stood around for a while and then split.

QUERY: Where'd you get the bomb?

ANSWER: Where'd I—Look, get this. We had nothing to do with the bombing.

QUERY: Then who did?

ANSWER: How do I know? Maybe the guy that tossed the last one.

QUERY: And who was that?

ANSWER: How would I know?

QUERY: Look, Abner, if you cooperate with us—

ANSWER: I'm not saying another word, not another goddam word.

He had tried it on each of them, a series of innocuous questions followed by the sudden accusation, not in any real hope of getting them to confess but on the chance of upsetting them enough so he could bore in. He could have saved his breath. Yance Allworth said, "Man, I wouldn't know what a bomb *looks* like." O'Brien said, "You got the wrong picture, Sergeant. We're just a bunch of do-gooding liberals." Judy's response had been, "Why don't you get off the jerk, copper?" And when he asked who could have done it if not her group, she had said, "Maybe the dean laid an egg and it exploded."

The last sheet in his folder was a time chart based on the testimonies of those he had questioned:

1:00–1:15: Hendryx leaves apartment and goes to his

office. (Mrs. O'Rourke's statement. No corroboration.)

2:01–2:03: Rabbi enters his office. (Class runs from
1:00–2:00.)

2:10: Rabbi leaves building. (His statement.)

2:30: Committee arrives at dean's office. (Statements of all members of committee and
dean.)

2:40–2:50: Dean leaves meeting and starts for home.
(Statements of committee and dean. Earlier
time probable on basis of time of her arrival
home.)

2:45–2:55: Mrs. O'Rourke leaves to catch 3:00 bus.
(Her statement, not corroborated.)

3:00: Committee leaves building. (Their statements. *N.B.*: Selzer looked at his watch.)

3:05: Bomb explodes. (Statement of Lt. Hawkins,
Station 15.)

He remembered he did not as yet have the report of
the medical examiner. It was not particularly important in
this situation with the cause and time of death known.
On the other hand, not having it would mean sloppy
preparation, something Ames would never permit.

He called the receptionist and asked whether the medical
examiner's report had come in yet.

"About half an hour ago. I put it in your box."

"Jennie, be a good kid and get it for me."

He slit the envelope and ran an expert eye over the
report. Cause of death was given as a blow from an object
weighing approximately sixty pounds. ". . . skull crushed
. . . fragments of cranial bones embedded in brain . . ."
Death was practically instantaneous. "Time of death: between 2:10 P.M. and 2:40 P.M., November 13."

He spotted the mistake immediately. The good doctor
had no doubt meant between 2:40 and 3:10. Probably his
secretary had transcribed her notes incorrectly.

He called the receptionist and asked her to get him Dr. Lagrange.

He waited impatiently, gnawing on his lower lip in vexation. Then the phone rang, but it was Jennie. "He's not in. He's gone away for a few days, and won't be back until Monday."

"Where'd he go? Did they say?"

"On a camping trip."

"Well, doesn't he call in or keep in touch?"

"I asked, but his girl said he hasn't so far. I told her to have him contact us when he does."

"Call her again and let me talk to her."

When he was put through, he said, "Oh look, miss, I've got Dr. Lagrange's report in front of me. Did he dictate his notes to you?"

"Yes sir."

"Well, I think you must have transcribed them wrong. It says here that time of death was between two-ten and two-forty. I'm sure he reversed the figures and meant between two-forty and three-ten."

"Just a minute, Sergeant. I'll check my notes." There was a pause while she got her notes. "Here it is, Sergeant, 'Time of death: between 2:10 P.M. and 2:40 P.M. . . .' I remember his remarking that he was able to pinpoint it so closely because the examination was made so close to the time of death. I'm sorry, Sergeant, the report is correct."

"Schroeder is a good man," Matthew Rogers said as he glanced through the bulging folder. "You can always depend on him to do a thorough job."

Bradford Ames chuckled and told him to take another look at the medical examiner's report.

"Why?" But he picked up the sheet again and this time saw the time of death. "Obviously a clerical error. Call Dr. Lagrange."

"I did, Matt. He says it's correct as he gave it in his report."

"Then he made a mistake. He's new at this. This was his first time, wasn't it?"

"Yes, but Dr. Slocumbe says that if Lagrange pinpointed it that close, then that's when it occurred."

"But, Brad," Rogers was exasperated, "it just doesn't make any sense. I don't know what buggered up his analysis, but something did. It may have been something ridiculous, like his watch stopped, but this is one case where the medical examiner's analysis of the time isn't important because we have other and better evidence of when death occurred."

"It's no good, Matt. The other side would raise the question the minute they saw we didn't introduce it. Then you'd have to offer it and we'd catch hell from the judge, and the papers too, for having suppressed evidence. No, you'll just have to let the kids go."

"What do you mean, let them go?" the district attorney asked belligerently.

"Because according to the evidence of our own expert, the medical examiner, Hendryx was killed *before* the bomb went off. We can't hold them responsible for his death."

"And he can't make a mistake? How about the time the corpse was locked in the freezer and it threw off all of Doc Slocumbe's calculations?"

"Put it this way, Matt, if I had presented the medical examiner's report when they were arraigned before Judge Visconte, would he have withheld bail?"

"Maybe not, but—"

"They're college kids. If the grand jury should refuse

to bring in a true bill against them and charges are dismissed, they still will have served time and their lives will be messed up."

"Something you're forgetting, Brad. There's no doubt in my mind, and I guess there was none in Judge Visconte's, that they planted the bomb."

"They deny it."

"Of course."

"Maybe it was the missing one, Ekko, who did it," said Ames doggedly. "The others might not know anything about it."

"That's hard to believe."

"Why is it? He was the only one who skipped."

"Oh, I'm willing to admit that he may have been the actual perpetrator, but what grounds do you have for thinking the others didn't know about it?"

"Because he's different from the others. He's a lot older, for one thing. If the defense had taken this line, I think the judge might very well have gone along and set bail and they'd be out and back at school right now."

"School!" the district attorney echoed scornfully. "What the hell does that bunch of hippies care about school, except to cause trouble? Check it out and you'll find they never go to class. They just hang around and smoke pot and start riots and sit-ins, and when they're not doing that they're busy screwing. That Ekko guy was living with that girl, Ballantine, just as open and free as you please. The hell with them!"

"You're judging their life-styles, Matt, not their guilt."

"Sure, I'm taking their life-styles into account in making up my mind about their guilt, just as every jury does in deciding on the credibility of every witness they see on the stand. And every judge does the same. What's wrong with that?" demanded Rogers. "If we couldn't judge on things like that, then the only people we'd ever find guilty would be those who confessed. What are you getting

at, Brad? Do you want me to appoint somebody else,
maybe Hogan, to this case?"

"I don't know," said Ames soberly. He shifted un-
happily in his seat, then decided to make one last try.
"Let's just say, as a kind of exercise in logic, that Dr.
Lagrange is absolutely on target."

"All right, then I'll tell you what follows," said Rogers.
"Lagrange says death occurred sometime between two-ten
and two-forty? Let's call it half-past two. Now that means
that Hendryx didn't go back to his apartment, but stayed
there in his office. And that means that he was dead even
before the committee came in to see the dean. And *that*
means that someone had to come into his office, go around
behind his desk, reach up somehow to where that statue is
resting on the top shelf, and pull it down. Who can reach
that top shelf? That's an old building there, with eleven-
or twelve-foot ceilings. Our mysterious assailant would
have to hop up on one of the lower shelves, maybe hang on
with one hand while he grabbed at the statue with the
other. And all the while Hendryx just sits there? He doesn't
ask what the guy is doing?"

"What if he were asleep? What if he dozed off?"

"Then how did the person get into the office?" challenged Rogers. "It's locked."

"The door could have been open. I mean, the latch
might not have caught when the rabbi left."

"Possibly, but just barely."

"And if the murderer had a long stick with a curved
handle, like a cane, for example," said Ames, "then he
could just hook the statue and pull it down."

"Sure, Brad. And then?"

"And then what?"

"And then how do you figure the pipe and the hassock
and the open book in Hendryx's apartment?"

"Well, it's possible that the cleaning woman fibbed
about that," said Ames. "Naturally, she'd want to get out
as early as she could. And if she thought Hendryx wasn't

likely to come back and check on her, she might have skimped and not done a thorough job."

"Then why didn't she say so?"

"Well, all I know is that if it was my cleaning woman she wouldn't want to say. They have a kind of professional pride."

"So question her again," said Rogers good-naturedly. "If you can make her change her story, I'll reconsider Lagrange's finding on the time of death."

29

At class reunions and other nostalgic get-togethers, the name of Bradford Ames always was good for intensive discussion.

"You saw Brad Ames? What's he doing now? Still assistant district attorney? It just goes to show how money can mess up a man's career." Karl Fisher, like the three friends he was lunching with at his club, was in his early fifties. They were all prosperous.

"How do you mean?"

"Well, the rest of us, when we got out of law school we were all running around looking for a job," said Fisher. "And you know how many law firms were hiring and what they were paying in those days! So you opened an office of your own with the loan of a couple of hundred bucks from your father or your wife's father for some second-hand furniture and a Corpus Juris Cyc."

"When I got out," said Gordon Atwell, "I shared an office with six other guys, and let me tell you, we had to scratch between the seven of us to pay the one secretary her wages every week. And believe me, there was no chance of her getting rich on what we paid her."

"Right," said Fisher. "But we persisted, and gradually things got a little better, and after a while, lo and behold! we were making a living. And then it got to be a good living. And by the time we were in our forties, some of us had big practices, and some of us had become judges, and some had gone into politics and were in the legislature, and some got to be chief counsels for large corporations. I mean, most of us made good. Some of us awfully good.

"But that's because we all had to scratch. But when you're an Ames, and money doesn't mean anything, you don't think the same way. And your family doesn't think the same way, so you're not subject to the same kind of pressure we were. We had to go where the dough was. And we had to get cracking right away. Now *I* was interested in criminal law, but luckily I decided that I couldn't afford to practice it, or else I might've found myself working for the mob like Bob Schenk or more likely defending two-bit criminals whose widowed mothers had to mortgage the old homestead to pay my retainer. So I've been practicing real estate law, and as you guys know we've got a pretty sizeable outfit and I'm doing all right.

"Now Brad Ames was interested in criminal law, too. But for him it was no problem. His family got him a job as assistant district attorney for the county, and he's been there ever since. He not only practices criminal law, but he doesn't have to worry about bleeding some poor bastard's life savings for his fee, or worry that maybe the money he's paying him with is the money he stole, which is why he needs a lawyer in the first place.

"Of course, the salary of assistant district attorney isn't anything much. None of us could live on it, at least not the way we're accustomed to live. But to Brad Ames, it's just cigarette money anyway. He has no wife and there's no pressure from his family to keep scratching."

"Maybe," said Gordon Atwell, who looked younger

than the others, "and then again, maybe there's a more personal reason."

"What do you mean by that?" asked Fisher.

"Well, you know the way Ames looks—that round head on the fat torso and the way he grins and chuckles all the time like some idiot—"

"Some idiot!" Andrew Howard laughed. He had a general practice and was the only one who engaged in criminal law. "You forgotten he made *Law Review?*"

"I didn't say he *was* an idiot; I said he *looked* like an idiot. What I mean is he doesn't make the sort of impression that's apt to inspire confidence in a client." Atwell looked to Fisher for support.

"Don't let any of that fool you," said Howard. "Maybe it's a kind of nervousness, but let me tell you, he can turn it off when he wants to. And when he does, watch out! I appeared against him once on a rape case. My client was a clean-cut young fellow, very cool and very much at ease. I had to put him on the stand, but I figured it would be all right, that he'd be able to handle himself. He told his story well, and I could see he was making a good impression on the jury. Then Brad Ames started to cross-examine. He asked his questions, and they were good-natured. You know what I mean? No pressure. And that manner of his. He looked like a grinning buddha. And always with that little giggle as though it was some kind of joke. Pretty soon my client was relaxed and grinning, too. It was a regular tea party between them. Every once in a while Ames would slip in a question that wasn't according to Hoyle and my client would answer before I could object. The judge, Judge Lukens it was, would order it stricken, but the jury had already heard it. It went on like that for almost an hour, all nice and friendly. And then suddenly, Brad's face tightens up and suddenly —goodbye, buddha. He holds up the girl's dress so the jury could see how it was ripped. 'And is this the way she took off her dress?' he asks. My client began to stutter and stammer, and right then and there I knew he was a goner."

"Oh, I don't deny he's good," said Fisher. "But it's still no sort of career—assistant district attorney. If he really had any drive, he would have got out of the D.A.'s office after a few years and used it as a stepping stone to private practice in criminal law, like Clyde Bell, or Amos Mahew."

"I don't agree," said Sam Curley, who had been silent until now. "I've had dealings with Brad off and on over the years. Our firm doesn't handle criminal business as such, but every now and then one of our clients, or some relative of a client, gets into trouble and they expect us to act for them. If it's anything serious, of course we'd farm it out to a Clyde Bell or somebody like that. But a lot of times, we'll handle it ourselves. About two or three years ago, I had a case and Brad was acting for the Commonwealth. It was during the summer and when I called Brad about it, he invited me to come down to their family place in Barnard's Crossing for the weekend. They got quite a place on the Point and the weather was nice and we did a bit of sailing. Well, Sunday his older brother Stuart came down for dinner—"

"The judge?"

"That's right. Well, after dinner, we were sitting on this great big verandah they have, overlooking the water, with this telescope mounted near the railing so you can look at any boat in the harbor and see who's aboard, and a pitcher of Tom Collins right there on the table. It was nice. And we were just talking the way you do after a good dinner, and the judge says, half-joking, something to the effect when was Brad going to realize his potential and perform the duties that were expected of him. And do you know what he meant? He meant that it was Brad's *duty* as an Ames to serve society and the country, to his fullest capacity.

"Now, ordinary people don't talk that way because—

well, because they don't think that way. I mean, normal people might say when are you going to realize your potential and be a big shot? If you're so smart, why aren't you rich? That kind of thing. But Stuart Ames wasn't thinking of that. He was thinking that his brother had a duty to society that he wasn't fulfilling. He actually thought that way. And the funny thing was that Brad felt the same way, too. So he started to tell about his job, half-kidding at first, like his brother, but really in dead earnest just the way his brother was. I'll never forget it to this day. He said, 'District attorneys come and go. The better they are, the quicker they go, too, because it's just a stepping stone for them to the next office. But assistant D.A.'s, they stay on. Now somebody's got to train those D.A.'s, and I guess a lot of it falls to me, mostly because I've been around so long.' "

"I hadn't thought of that, but I can see how it could be true," said Andrew Howard.

"Then he went on to point out that it was the assistants in the D.A.'s office that run the whole shebang. They decide who is going to stand trial and who is going to get a second chance. Not the judge, mind you, not the defense counsel, and not even the D.A., but the assistant D.A. He's the one who decides to prosecute or not. He's the one who makes the deals. Well, you know, he made out a good case. I know I was convinced and I'm pretty sure his brother was. And it gave me a new slant on him. I've been thinking all along, like you, that he was doing it as a kind of hobby: that he liked criminal law and since he could afford to practice it at this level, he was indulging himself. But by the end of that afternoon, I saw him as a kind of top sergeant who does all the work and makes all the decisions, but let the lieutenant or the captain give the actual order and get the credit. What keeps the whole legal apparatus of the city running is not the judges and the defense counsel or even the cops, but the lowly assistant D.A."

Bradford Ames unhappily stared after the departing district attorney and tried to decide what to do. In his own mind, Rogers had already tried the four students and found them guilty—of what? Of being radicals, of using bad language, of following a life-style he did not approve of, and for all those reasons he was determined to keep them in jail as long as he could, all the weeks and months to the day of the trial. It was those four daughters of his that were warping his judgment, Ames decided, and thanked God that he was a bachelor.

Of course, once the case reached trial, the medical examiner's report would have to come out and there would be a directed acquittal on the murder charge, however it would go with them on the arson charge. But in the meantime, the students would have remained in jail all that time. There was also the danger of a judicial backlash; if the case came up before a prima donna like Judge Harris, for example, he would have plenty to say about the suppression of evidence by the district attorney. He wondered at his chief's blindness to the political implications and then remembered wryly that he probably *was* aware of them and assumed his constituency would not mind in the least if he stretched the law a bit to keep these young radicals out of circulation.

Normally, a hint to the defense attorney would take care of the matter, but each of the four defendants was being represented by a different attorney, all of whom were strangers to Ames. The O'Brien boy had retained a young lawyer who had just passed the bar exam; Allworth had someone furnished by one of the radical black organizations; and the girl, Judy Ballantine, whose father was well off, was being represented by a firm of New York lawyers. Only Paul Goodman, the attorney for the Selzer boy, seemed a possibility, but even he was an unknown quantity since he practiced largely in Essex County, not Suffolk. Still, Ames thought he might get a line on him, and if he measured up, risk it.

From his years of summering in Barnard's Crossing, Ames had got to know its chief of police. He called him at home that evening. "Hugh Lanigan? This is Bradford Ames."

"Oh yes, Mr. Ames. How are you?"

"Look, do you know a lawyer in your town, name of Paul Goodman?"

"Yes, I know Mr. Goodman."

"He's acting for Abner Selzer. That's the boy who——"

"Yes, I know, sir."

Ames sensed the caution at the other end of the line and hastened to reassure Lanigan. "I'm not planning any skullduggery. At least not against him or his client. In fact, I'm trying to help him out a little, but it's pretty confidential and I'd like to know the sort of man Goodman is."

"Well," Lanigan began doubtfully, "I don't know that I can tell you much. He's the lawyer for the temple here, and he's appeared before the board of selectmen a couple of times on zoning matters, usually. I guess he's well enough thought of."

"What kind of man is he?" Ames began to suspect he may have made a mistake in approaching Hugh Lanigan. "Is he accessible? A reasonable man? You know what I mean?"

"Look," said Lanigan, "I got an idea. Why don't you call the rabbi of the temple here, Rabbi Small. Now he's a good man, and bright. Ask him about Mr. Goodman. This Goodman is a sort of vestryman of the temple, one of their board of directors, so the rabbi would know all about him."

The rabbi? Of course! He could tell the rabbi and thus transmit the information to Goodman at one remove. And if the rabbi was adroit, Ames' name need never come into the picture.

He thanked the police chief, hung up, and immediately

called Rabbi Small. He identified himself and explained
that he wanted to discuss the case with him.

"Certainly," said the rabbi. "I have a class tomorrow
from nine to ten. I could come to your office any time after
that."

Ames hesitated. He felt a certain reluctance in having
the rabbi seek him out when it was he who was going to
ask a favor. So he said, "Why don't I meet you outside
your classroom at ten, Rabbi?"

The bell rang, and the rabbi dismissed his class. He gathered up his books and papers and left the room. In the
corridor, just outside the door, a plump middle-aged man
was standing.

"Bradford Ames, Rabbi. I hope I'm not putting you to
any inconvenience."

"Not at all. My office is just down the hall."

As the rabbi inserted his key, Ames asked, "The office
is kept locked all the time?"

"All offices. This one has a door-closer which shuts it
automatically."

Ames looked about him curiously. "And that's the desk
where Hendryx was sitting?"

"That's right."

"And the bust?"

"Was on the top shelf just above."

They sat down, the rabbi in the swivel chair, Ames
across the desk, silent as his eyes roamed around the room.
As he continued to maintain his silence, David Small asked
politely, "Do you have any other questions?"

Ames chuckled. "I didn't really come here to question

you, Rabbi. I suppose that's what I implied over the phone, but it's more that I want to tell you something."

"All right."

"I'm sure you know the nature of the charges against the four students?"

The rabbi nodded. "I think so. Arson and felony murder?"

"That's right. Setting off a bomb is arson, which is a felony. It's our assumption that the explosion caused the statue to fall on Professor Hendryx and kill him. That makes it a felony murder which is first degree murder."

"I understand."

"And since in this state there's no bail for first degree murder, we've got the students sitting in jail waiting for arraignment before the grand jury. If they find a true bill, they'll remain in jail until they go to trial."

"Yes, I know that."

"What do you think of it?" Ames asked unexpectedly.

It caught the rabbi by surprise. "I don't understand. Does it make any difference what I think?"

"No, I suppose not, but I'd like to know anyway."

The rabbi smiled. "It's not really much of a coincidence, but only yesterday I was doing some research in the Talmud for a sermon and I came across a passage which bore on a somewhat similar problem."

"Talmud? Oh, that's one of your religious books, I believe."

"It's actually our book of law. And the passage was not concerned with murder, but with the law of bailment and the responsibility of the bailee."

"You mean this Talmud deals with civil law?"

"Oh yes," said the rabbi. "And criminal law, and religious law—all the laws by which we were governed. We don't separate them in our religion. Well, this case involved a loss by accidental damage and there was evidence of negligence on the part of the bailee. The question concerned his liability. One rabbi held, as a general governing principle, that if negligence in the beginning results in damage in the end, even by accident, then the bailee is liable."

"Well, that's the point of view we take."

"But another rabbi held that the basic principle should be different. Even though the beginning may be negligence, if the damage results by accident he is not liable."

"And how was the case finally decided?" asked Ames, interested in spite of himself.

The rabbi smiled. "It wasn't. As in a number of such cases, the final decision was held in abeyance until the coming of the prophet Elijah."

Ames laughed. "Very good. I wish we had a device like that."

The rabbi laughed too. "You can't," he said, "unless you believe that Elijah is actually coming."

"That *would* make a difference, of course." Ames found himself liking the rabbi and decided to go ahead with his plan to confide in him. "To get back to the matter in hand, Rabbi, I don't mind admitting that I am not too happy with the situation as it stands. These young people can be kept in jail for some time even though they have not as yet been tried and found guilty. Of course, that's one of the hazards of citizenship. It could happen to anyone. It's unfair to the individual, of course, but on the other hand the state must protect its citizens. We take all sorts of precautions to insure that the innocent are not harassed in this way. The police cannot hold people for more than twenty-four hours without the consent of a magistrate, just as we don't subject people to the annoyances and vicissitudes of a trial until a grand jury has decided that there is a good case to be made out against them."

"Surely, Mr. Ames, you didn't come here to lecture me on the virtues of our legal system."

Ames giggled. "True enough, Rabbi. Well, the medical examiner has just filed his report, and according to his analysis the death of your colleague occurred some time before the explosion. Now, the M.E.'s findings are not conclusive, you understand. He can make a mistake, and probably did, but I'm sure that if the judge had had the medical examiner's report he would not have refused bail."

"I see," said the rabbi. "So what do you do in these cases? I'm sure it must have happened before—not exactly like this perhaps, but where some new piece of evidence has been introduced."

"Oh, it occurs often enough. And what I'd be apt to do is call the defense counsel and tell him, so that he could file a motion to quash or to reduce bail. But in this case, the district attorney has rather strong views, which makes it a little difficult. You understand?" He peered up at the rabbi expectantly.

"I think so," said the rabbi doubtfully. Then, "In the other cases, did you get the district attorney's permission first?"

"Oh no. I handle my own cases as I see fit. Normally, there's no interference."

The rabbi looked at him. "So why couldn't you do the same here?"

Ames tried to find a more comfortable position in the visitor's chair. "Because we've *already* discussed it, and he's against it."

"Suppose you didn't bother to tell him and just did it, wouldn't he assume the defense attorney had thought of filing the motion on his own?"

"Well, if it were a lawyer I knew, one I'd had dealings with, I could manage it that way without any trouble. I'd let them know I was going out on a limb and to keep it quiet. You understand, there are only so many lawyers practicing criminal law in the county and over the years I've established good working relations with most of them. But here I don't know any of the people who are acting for these students. Besides, there are four of them, and it would be bound to get out."

"Ah, I see the problem." The rabbi was silent for some little time. Finally he said, "In talking to me about the case, did you feel that because I'm a rabbi, that is, a clergyman, that what you said was privileged and that I was thereby bound to respect your confidence?"

Ames chuckled. "You catch on fast, Rabbi. To answer your question, let's put it this way: if you were on the witness stand and refused to answer on those grounds, the examining attorney would be sure to point out that since one party to the conversation was a Jewish rabbi and the other a Unitarian, the principle of privilege of the clergy certainly would not apply."

"All right, I'll proceed on that basis. Tell me, Mr. Ames, how did you happen to come to me?"

"Well, of the four lawyers, I thought only Paul Goodman seemed at all possible. He's mature and he's local, but I thought I'd better get a line on him first. So I called Chief Lanigan, and he suggested I talk to you. I gather you two know each other."

The rabbi smiled. "Yes, we've had dealings."

31

Bradford Ames slowly circled the apartment, stopping to glance at the titles of the books on the shelf, staring at a picture on the wall.

"What are you looking for?" asked Sergeant Schroeder.

"I don't know." Ames shook his head. "I don't have any idea. That hassock, the cleaning woman says it wasn't there when she left?"

"That's what she said."

"And the pipe and the ashtray, she's positive they weren't there?"

"Just the pipe," said Schroeder. "She said she cleaned the ashtray and doesn't remember whether there was a pipe in it, but if so she'd have returned it to the rack."

"It's true, Sergeant. As a bachelor of long standing, I can testify to the fact that cleaning women always clean ashtrays whether they need cleaning or not."

"Wives, too."

"Is that so?" he said abstractedly. "Well, Sergeant, I'm inclined to believe her."

"And you didn't before?" asked Schroeder in surprise. "Why?"

"Because if her story is true, then the whole thing just doesn't add up."

"Why not?"

Ames raised a pudgy finger. "She says she left here a little before three, maybe ten to. We know the bomb went off just after three. That means Hendryx had to go to his apartment, pull over the hassock, select a book from the shelf, light his pipe, sit down to read and then hightail it back to his office in time to get killed by the statue—all in fifteen minutes."

"He could have been smoking the pipe when he came in."

"Good point. And yet not so good, because there are half a dozen matches in that ashtray."

"They do it all the time," said Schroeder. "They smoke more matches than they do tobacco. Are you saying it couldn't be done in fifteen minutes?"

"Well, it's possible," said Ames. "But that's all it is—possible, in the sense of racing against a stopwatch. Does it satisfy you?"

"No, it doesn't, sir," admitted the sergeant. "But you know what they say: when you've ruled out everything else, what's left has to be the answer. Then again, Mrs. O'Rourke could have been fudging a little on the time and actually left quite a bit earlier. But why would she lie about it?"

Ames shrugged. "They always fib. If they answer the phone in your absence, they always pretend they can't hear, or the connection is bad, rather than go to the trouble of getting a pencil and taking down the message properly. And when they break things, they hide them instead of telling you. I had one who would put something she'd broken where I'd be sure to trip over it and think I did it myself."

"We could question her again," Schroeder suggested.

Ames agreed that was in order.

"What about the medical examiner?" asked the sergeant. "Did you get him to admit he'd made a mistake?"

Ames shook his head. "No. He insists the time is correct as he gave it."

"Then it doesn't make sense, none of it," said Schroeder, shaking his head.

Ames chuckled. "Sergeant, let me tell you something about doctors' testimony as to the time of death. There never was one I couldn't have tied into knots on cross-examination on the witness stand. I never do, of course, because usually they're on my side; but you have only to check the literature to find there is enormous variation in the process of departing this world. The doctor says that death occurred, say, between two-ten and two-forty, as here. So you ask if it couldn't have been just a little earlier and a little later, say from two-five to two forty-five, and of course he has to admit that it's possible. So you keep extending it five minutes at a time until he calls a halt and says, no, it couldn't have been as early as that or as late as that. But by that time the jury is a little suspicious of him. And then you ask why he said between two-ten and two-forty when he now admits it could have been between a quarter of two and a quarter past three. Even if he manages to keep cool—and there's a good chance that he won't—the jury may think he's not such an objective, scientific witness after all, but he's only trying to help the side that's paying him."

"Well then!"

"Now, Sergeant," Ames cautioned, "that's only legal pyrotechnics. If he were a good man and knew his business, I'd know he was telling the truth even while I was making hash out of him."

Schroeder was thoroughly confused. "Then is he mistaken or isn't he?"

Ames began to stride about the room as he tried to organize his thoughts. "That's a problem, Sergeant. Because if the medical examiner is right, we've got to find another reason besides the explosion for that statue falling. I suppose there could be reverberations from a passing truck or sonic boom of a passing jet—but surely those have happened before and the statue hasn't fallen. No, the only possibility that seems to make sense to me is that someone pulled it down. Deliberately. And that would be murder, not felony murder, not an accident occuring during the commission of a felony, but out-and-out murder."

"We could backtrack Hendryx on the chance that someone might have wanted him dead," suggested the sergeant.

Ames nodded vigorously. "Yes, do that. By all means. I'd question everyone who was in the building that afternoon. I'd also question the people in his department. I'd especially want to know why he didn't have a desk in the English office along with the rest of the department."

"All right, sir, I'll get on with it."

32

Dean Hanbury sat placidly knitting as she answered the sergeant's questions. "Let's see . . . between two and three I was here of course, awaiting the student committee. President Macomber might have been in his office, but my own secretary leaves at noon on Friday. And then there was Rabbi Small and his class."

"He saw you close your door."

She laughed. "Oh, did he see me? I *am* sorry. I'm afraid it was not very nice of me. He's a dear man, but so serious about his course. Every Friday he stops by to tell me how few students have shown up for class. That afternoon, what with the student committee and a rather hectic morning, I just didn't want to see anyone."

"Can you tell me anything about Professor Hendryx?"

"Like what, Sergeant?"

"Well, his personal life, his friends, his close associates—"

She shook her head regretfully. "He came from my hometown originally, from Barnard's Crossing. I actually knew him when I was a little girl. He was much older than I, of course, but in a small town everyone knows everyone else. When we hired him, we went into his academic qualifications quite thoroughly, but that's all. He has family out West somewhere. As a bachelor, he had no ties here."

In response to a cheery "Come in," Sergeant Schroeder entered President Macomber's office to find him stroking a golf ball across the carpet toward a drinking glass lying on its side at the far end of the room. The president looked up. "Oh, it's you," he said. "I thought it was my daughter. What can I do for you?"

"We're just tying up some loose ends, checking on everyone who was in the building, say, between two and three."

"Well, I was here, all right. Must have left around half-past two, a few minutes before or after."

He picked up the glass and emptied the golf ball into his hand. He was about to return the glass to the carpet but thought better of it and set it on his desk. Sliding the ball into his pocket, he sat down, still holding the putter. "A most unfortunate business, Sergeant. You know, Dean

Hanbury had been after me for quite a while to appoint Hendryx permanent head of the English department. He was only acting head. Well, that very morning I notified her I was going to make the appointment. It goes to show you—man proposes, and all that sort of thing."

Sergeant Schroeder remarked that Dean Hanbury hadn't mentioned it to him.

"Well, of course. Under the circumstances, where no public announcement had been made, she wouldn't be likely to. Besides, she'd feel it ought to come from me."

"I suppose so," said the sergeant. "Now, is there anything you can tell me about Professor Hendryx's personal life, his relations with other members of the faculty, with the students, women students particularly. After all, he was a bachelor and living alone—"

"I can answer that, Sergeant." It was Betty Macomber. She had entered the office and overheard his question. "Professor Hendryx had no relations, not the kind you hinted at, with any of his women students. I knew him very well and saw a great deal of him. You see, we were going to be married."

Mary Barton, soon to be Dr. Barton, was plain as an old shoe. She prattled on without guile and without restraint. "Oh, I liked him, but he wasn't everybody's cup of tea. He was inclined to be sharp and sarcastic, given to making snide little remarks that annoyed people. It didn't bother me any. In fact, I rather enjoyed them. College professors tend to be pompous and our English department is no exception, so I didn't mind hearing him prick their little vanities. . . . No, I can't say that anyone actually hated him, but when he announced that he was moving out of the office, I don't remember anyone urging him to stay. . . . Like what? Oh, like when Professor Hallett remarked that he'd like a vacation and Hendryx said, 'I'm sure your students would profit from it.' That kind of thing. And he'd make little sly digs about Jews, like once when he was going to lecture on *The Merchant of Venice,* he said, 'I'm sure I'll get some interesting reactions from The Chosen on this lecture.' We have two or three Jews among the younger members of the department." She laughed. "You know, when I came here in the fifties, it was the policy not to hire Jews for the English Department. Math, the sciences, economics, that sort of thing, O.K., but not for English. I remember they turned down Albert Brodsky. . . . Oh, he's the one who did that marvelous book on linguistics. . . . Professor Brodsky of Princeton? You never heard of him? Well, believe me, he's tops, absolutely tops, and they could have had him here, but then he probably wouldn't have stayed anyway. . . . Oh, yes! Well, what I was going to say is that they'd naturally be a little embarrassed, but they'd just pretend they hadn't heard. All except Roger Fine. He'd stand up to him. And more. I once heard him say he'd ram his stick down his throat if he didn't shut up. He's a little lame and walks with a cane. . . . I'm sure it was about some remark that Fine considered anti-semitic. I suspect he was over-sensitive, but then I suppose I shouldn't say since I'm not one, a Jew, I mean, or maybe I should say, Jewess. I mean, I might feel differently if I were. I remember asking Rabbi Small if he considered Hendryx anti-semitic, and he said no. Of course, it was after Hendryx's death and the rabbi might have felt *De mortuis.* . . . It was just before the memorial service they were having for Hendryx. . . . Oh, I thought you'd know it; it's a common expression. It's Latin, *De Mortuis nil nisi bonum.* It means you say nothing but good concerning the dead."

"Hey, did the cops come to see any of you guys?" Mazelman called out to the class. "This guy, a sergeant yet, turns up to the house and starts to grill me—"

"What do you mean?"

"Like who was in class Friday, you know, the Friday Hendryx got his? Did I see anybody in the building? Well, then it turns out he's specially interested in the time from two to three o'clock. So I tell him how by two o'clock I'm already at the airport because the rabbi walked out of class. Boy, was he surprised."

"Asshole!"

Mazelman colored. "What's with you, Luftig?"

"What did you have to tell him that for?"

"Why not? It's a secret?"

"I don't see why we should wash our dirty linen in public," maintained Luftig.

"Well, it just came out. Besides, since when are you so buddy-buddy with the rabbi? You're always fighting with him."

"So what? That doesn't mean I got to throw him to the wolves."

"Who's throwing him to the wolves? Anyway," said Mazelman, "don't worry about the rabbi. A smart cookie like that can take care of himself."

"You start digging and you find things," said Sergeant Schroeder with grim satisfaction as Bradford Ames finished reading his progress report. "For instance, why didn't the dean tell us about Hendryx getting appointed head of the department?"

"Because when you first questioned her she didn't think it germane, I suppose. And the reason President Macomber gave is probably correct."

"I don't get it. A man's been killed."

"They'll have to appoint somebody to the job, won't they?" said Ames. "Why tell him he was just second choice?"

"Well . . ." The sergeant was not convinced. "Of course, I've still got more to question."

"Yes, you said you'd speak to the cleaning woman again."

"You wanted to be in on that one, sir."

"That's right. I certainly do. Anything on the missing student, this Ekko?"

Schroeder smiled complacently. "I think we've got a lead on him. Late Friday afternoon a young fellow hops the bus to Albany. He sits down next to a man who turns out to have a barber shop in Springfield. Well, it seems the barber was telling one of his customers about this young fellow, how he was bulling him and how he puts him in his place by spotting that he was wearing a wig and a phony moustache. Just our good luck, this customer happened to be a plainclothesman with the Springfield police and he'd seen our flyer on this Ekko, who's bald as an egg. So the plainclothesman had their artist add some hair and a moustache to the picture on the flyer and got a positive ident from the barber. I expect we'll be picking him up in a couple of days."

"That's good work," said Ames. "Are you about through at the college?"

"All except this Professor Fine and the remainder of the rabbi's class and the rabbi, of course. I figure I'm going to have to bear down on him a little."

"Bear down? On the rabbi?" Ames looked up in surprise.

"You bet. That man has a lot of explaining to do. I told you about the first time I called him and he wouldn't talk to me on his Sabbath. Well then, when I finally did get to talk to him, not a word about walking out of his class right after it started."

"And what significance do you attach to that?" asked Ames.

"Well, think about it, sir. If he left his class a few minutes after one and didn't leave the school until after two, then he was with Hendryx for an hour or more. Now what were they doing there together?"

"What anyone would do, I suppose—talking."

"Right!" said Schroeder, as if this was conclusive. "But

remember what this Barton woman said about Hendryx being anti-semitic."

"What are you suggesting, Sergeant?"

"Well, if the rabbi admits he left around ten past two, and the M.E. puts the time of death at between two-ten and two-forty, and the rabbi was alone with Hendryx right up to that time, and with Hendryx a known anti-semite and the rabbi a rabbi and all. Suppose they argue. Suppose the M.E.'s a little off—the ten, fifteen minutes you yourself mentioned, sir—only it's *earlier* not later. The point is, sir, if it's easy, if it involves no planning, just a spur-of-the-moment thing . . ."

Bradford Ames stared at the officer as though he were seeing him for the first time. The man obviously was still aggrieved at the rabbi's refusal to talk to him when he first called.

"And how does he go about pulling the statue down, Sergeant?" Ames asked gently. "Have you thought of that?"

"Yup, I have," Schroeder said smugly. "There's old books and papers on those shelves. Suppose the rabbi spots a book he wants to read or just look at. Now if it was on the top shelf the only way is to climb up and get it. So he climbs up right next to the statue. Then all he's got to do is give a little shove. Or maybe it was really an accident." A sudden thought occurred to him. "That may be what he wanted to see the dean about, to tell her there was an accident and to call a doctor, but the door shuts. He'd be all in a stew, not thinking clearly. Now I put it to you, would a man who'd just been through an experience like that go right home?" He shook his head. "No, sir. He'd ride around for a while, trying to make up his mind what to do. That's why he got home late. And then when I call up, he'd heard about the bombing. Naturally he wouldn't want to talk to me until he'd figured out what line to take."

"But—"

The sergeant leaned forward for emphasis. "Here's the

clincher," he said. "You remember how we wondered how the killer could enter the office without Hendryx getting up to open the door for him? Well, there's one person who could, and that's the rabbi. *Because he had his own key!* Oh, I've got a lot of questions to ask that rabbi—"

"No."

"No?"

"No, Sergeant, I'll talk to him myself."

33

It wasn't a party; a few of the Selzers' closest friends just decided to drop in to congratulate them on the release of their son. Now they listened to him with rapt attention.

"So the rabbi comes in and I offer him a cup of coffee. Not that I was particularly interested in entertaining visitors at that time, you understand, but if I told the Boss Lady the rabbi was here and I didn't give him something, well, I'd sure hear about it." He glanced affectionately at his wife beside him on the sofa and she patted his hand.

"But he says he's in a hurry, he can't stay. And then he says: 'I think it would be a good idea if you speak to Mr. Goodman. Tell him to file a motion for your son's release on his own recognizance or on reasonable bail.' Just like that!

"Well, you know, ever since it happened I've been getting advice from people—not only from friends and acquaintances but from people I hardly know, even perfect strangers. One calls me to tell me I should get this lawyer that's been in the newspapers, how he always gets his clients off. Another one calls to suggest I ought to write a letter to all the papers and start a publicity campaign. Then there are some real crackpot calls to say how if I surrender to Jesus, he'll handle it. Believe me. And one guy actually came to see me and he said I could get Abner home tomorrow if I just concentrated certain vibrations in my own head, which would link up with the same type vibrations in the head of the judge or the D.A. and tell them they had to release Abner and send him home. Honest to God, he was dead serious and he spoke like a college professor. Listening to him, you'd swear it was legit, like making a telephone call."

"My kid brother is a reporter," said Ronald Berkowitz, "and he tells me they get these crackpots calling up the paper all the time."

Selzer nodded. "I guess you're right, but you know something? It was kind of nice—I mean, that he was concerned and wanted to help me. Because there were others —letters and even phone calls—that were just the opposite. Like one night a lady calls up and asks if I'm the father of the boy who is in jail. And when I ask who I'm talking to, she lets out a string of dirty words. I didn't hear such language even when I was in the Navy."

"You got to remember, Malcolm, crackpots come in all shapes and sizes."

"I know," said Selzer. "And there were plenty of my friends who didn't call me or come near me—"

"We were out of the country, Mal—"

"Oh, I'm not blaming you, or them," Selzer assured Berkowitz. "These friends of mine weren't avoiding me because they were ashamed of me, or anything like that. It was just that it was embarrassing for them and they thought it would be embarrassing for me."

"So get on with the story," his wife urged.

"Right, hon. So here was the rabbi telling me what I should tell my lawyer. He didn't say I should discuss it with Goodman, mind you, or that I should ask him if maybe it wouldn't be a good idea. No, he says, 'Tell him.' But you know, I'm a guy like this: if I get sick, or some member of my family, God forbid, I'm not going to call a doctor and then tell him what pills he should give me. He's the expert. That's why I called him. Right? And that's why I pay him. It's the same way with a lawyer. If I'm going to tell him what to do, what do I need him for?"

Selzer looked around the room. "On the other hand, I'm not going to tell this to the rabbi's face because—well, because he's a rabbi. I mean, maybe I'm funny that way, or maybe it's the way I was brought up, but I don't talk to a rabbi the way I would to a regular-type person. If a rabbi told me to do something, I might do it and I might not, but I wouldn't argue with him. Now it so happens that I think Rabbi Small is a good man and we're lucky to have him," said Selzer. "But that's as a rabbi, you understand. This is a practical matter, and I just don't think of Rabbi Small or any rabbi as a practical man. So I thanked him very polite for his interest, and I would've forgot all about it but I happened to walk down to the drugstore for a copy of the *Times* and who do I run into but old Jake Wasserman taking a walk with Al Becker."

"Oh yeah?" said Berkowitz. "How is the old boy? I haven't seen him in months."

"He looked fine," said Selzer, "just fine. Of course he's terribly thin and his skin it's so pale it's almost transparent. And he shuffles when he walks, and he holds onto Becker's arm like he'd fall down if he let go, but otherwise he looked pretty good to me. So naturally, we stop to *shmoos* for a few minutes, and he asks me what's new with my boy's situation and I tell him that there's nothing new, everything is status quo. And while we're talking, I happen to mention that the rabbi was down to see me and what he said.

"So Wasserman says, 'So did you tell Goodman?' So I explain to him how I couldn't see any sense in my telling a lawyer how he should practice law. But old Jake shakes his head like he don't agree with me and then he says, 'The rabbi came to see you? You didn't happen to bump into him like to us just now?' 'That's right,' I says, 'he came to see me.'

"So then Al Becker asks, 'Was it just about this, or did he come to see you about something else?' 'No, just about this,' I says.

"So then Wasserman, he puts his hand on my arm and he looks me right in the eye and he says very serious, 'Believe me, Mr. Selzer, if the rabbi went out of his way to tell you, then that's what you should do.' ".

Selzer looked around at the others. "Well, to tell the truth, I was going to kind of laugh it off, because Wasserman, after all, he's an old man."

"And everybody knows he thinks the sun rises and sets on the rabbi."

"That's right," Selzer agreed. "That's why I was going to pass it off, but then Al Becker who is a practical and successful businessman says, 'That's good advice, Selzer, and if you don't follow it, you're apt to spend a long time wishing you had.'

"Well, sir, I don't mind saying I began to worry a little. I mean, a man like Becker, a big businessman, he's had all kinds of dealings with lawyers. I mean he knows what's what. And I began to think, maybe I'm passing up a chance. And what am I afraid of Paul Goodman for? I mean, I'm paying him, ain't I? I'm not a charity case. So when I got back home, I called him, and to make a long story short, he files the motion. And what's the result? Thanks to our rabbi, Abner is upstairs, catching up on his sleep right this minute."

34

"Just one question, Rabbi," said Bradford Ames, smiling genially as if to assure him it was not very important. They were once again in the rabbi's tiny college office.

"Why didn't you tell Sergeant Schroeder that you left your class early on Friday?"

Rabbi Small blushed. "Sheer embarrassment, I suppose," he said. "Of course he didn't *ask* me what time I had left my classroom, only what time I had left the building. I suppose I should've mentioned it, but Lanigan was there and my wife, and I just didn't like to admit I'd had trouble with my class."

"Well, I'm asking now, Rabbi. What time *did* you leave the classroom?"

"It couldn't have been more than ten minutes or a quarter past one," said the rabbi promptly. "And I came straight here."

"Hendryx was in the office?"

"Sitting, or rather lying back, in this very chair."

"And you stayed here until a little after two?"

"M-hm."

"The two of you sitting here for an hour or so just engaged in friendly conversation."

"That's about it, Mr. Ames."

"And were you friendly, Rabbi? Did you consider him a friend?"

"Not particularly," said the rabbi. "We shared the same office, that's about it."

"But this time you talked for a whole hour," mused Ames. "Why? What were you talking about?"

"Oh, largely about educational theory." Once again the rabbi blushed. "At first, I was just marking time on the chance that someone from my class might come along to apologize for their behavior earlier. And then I stayed because—well, I was being paid for the time."

Ames looked at the rabbi curiously. "A refreshing notion, if you don't mind my saying so. And then on your way home you stopped for a cup of coffee, got immersed in a book and didn't get home until quite late."

"That's perfectly true," the rabbi insisted.

Ames chuckled and then laughed out loud. "I believe

you, Rabbi," he said. "You know why? Because it's the damndest unlikely explanation I've ever heard, so I can't imagine you making it up."

The rabbi grinned.

"Have you told it all now?" he said, teasing him slightly. "Nothing you're keeping back because it might be embarrassing or because you consider it unimportant?"

"How would I know?" said the rabbi. "How can I tell what is and isn't significant when I don't know what you're after or what stage your investigation is at?"

Ames nodded. Should he tell him? Normally he would never reveal to an outsider the results of an investigation still in progress, but on the other hand, the rabbi might be of some help. He was intelligent and sensitive and had talked with Hendryx for almost an hour shortly before his death. If he knew what they were looking for, he might remember a remark, a phrase, something that could be linked to the evidence they already had. No doubt Sergeant Schroeder would disapprove, and probably the district attorney, too. And this as much as anything decided him. Delighted at the idea, he proceeded to relate in detail what they had discovered to date. "So you see," he said in conclusion, "it all boils down to one of two possibilities: either Mrs. O'Rourke is lying, or the medical examiner made a mistake."

The rabbi sat silent. Then he got up and circling the desk, he began to walk up and down the room. "The two do not balance," the rabbi said at last. "They are not of the same weight. For i-if you believe the medical examiner"— and unconsciously he lapsed into Talmudic argumentative sing-song—"the-en you have to assume not only that Mrs. O'Rourke was lying but that the explosion of the bomb did not cause the statue to topple. But if you believe that the medical examiner was mistaken and that Mrs. O'Rourke was telling the truth, then it is possible Hendryx was killed by the bomb. But it is not probable. So you have an impossibility on the one hand and an improbability on the other."

"Ah, I see what you mean by the two not balancing." Ames chuckled and shifted in his seat. "This chanting of yours—"

"Oh, was I doing it? I didn't realize. It's the normal accompaniment to Talmudic argument. I do it without thinking, I suppose."

"I see." Ames returned to the matter at hand. "Of course you're quite right about our being left with an improbability at best. The open book and the hassock could be a matter of a minute of two. You could sit down to read and then remember something you've got to do and put the book down without having read a line. But the pipe and all those matches . . ."

The rabbi had resumed his striding, but now he stopped. "Do you smoke?" he asked.

"No, thanks."

"Oh, I wasn't offering," said the rabbi. "I just wanted to know if you did."

"No," said Ames. "I never did, as a matter of fact. I had a touch of asthma when I was a kid so I never got around to it."

"Well, I used to smoke," said the rabbi, "but I gave it up when I found it was too hard to smoke during the week and then stop for the Sabbath. When I was in college I tried a pipe for a while. It's almost irresistible to the young student, at least it was when I was in school."

"In my time, too."

"I never really acquired the habit," the rabbi went on. "Most young men don't. There's a trick to it, you know, and long before they've learned it, they've burned their tongues raw and given it up. Now, if I had sat down in that easy chair and smoked a pipe, the half-dozen burned matches you found would make sense. Because I never learned how, and until you've learned how, your pipe keeps going out and you have to keep relighting it. You make a regular bellows of your mouth and puff and puff, and still it keeps going out. But not Professor Hendryx. He knew how to smoke, and he really enjoyed his pipe. I used to watch and even envy him a little. He'd light it— he never needed more than one match—tamp it down carefully, and then keep it lit, effortlessly, a little puff of smoke coming out of his mouth every now and then."

"What are you trying to say, Rabbi?"

"That if it took half a dozen matches to light that pipe, or to keep it lit, then it wasn't Professor Hendryx who was smoking it!" said the rabbi.

"You're suggesting that someone came into the apartment and smoked one of his pipes to make it *appear* that Hendryx had returned after the cleaning woman had left."

The rabbi nodded.

"But that can only mean Hendryx was already dead and this person wanted to make it appear he was still alive."

Again the rabbi nodded.

"And that means the pipe smoker was establishing an alibi for himself because he had murdered Hendryx."

"At least it offers a third possibility," said the rabbi with the ghost of a smile.

"A third?"

"You said there were only two: that either the medical examiner was wrong or the cleaning woman was. This suggests that they both may have been right, that the medical examiner gave an accurate estimate of the time and that the cleaning woman was telling the truth."

Ames nodded slowly in agreement. A thought occurred to him. "Suppose the fingerprints on the pipe turn out to be Hendryx's?"

"It's only what you'd expect," the rabbi replied. "His prints would be on all his pipes. The murderer only had to be careful not to obliterate them. The cleaning woman wouldn't wipe them; a pipe is personal like a toothbrush."

Bradford Ames sat back. "You know, Rabbi," he said,

"you're quite a guy. All right, tell me, how did the murderer get into the apartment?"

The rabbi shook his head. "I don't know."

35

Ames could see that Sergeant Schroeder was highly pleased. "We picked up that student, Ekko," he said, the minute he entered Hendryx's apartment.

"Good work," said Ames. "Has he talked?"

"No, but he will," said Schroeder confidently. "We'll let him stew for a while and then pull the cork and it'll all gush out. You'll see—" He broke off as a police cruising car drew up. "Here's Mrs. O'Rourke now."

The cleaning woman looked quite confused, and not a little apprehensive. Schroeder began brusquely. "We're going to ask you some questions, Mrs. O'Rourke, and this time we want the truth."

"Let me handle this, Sergeant," said Ames.

The cleaning woman visibly relaxed. "Now, Mrs. O'Rourke," he said in a mild voice, "here's what I want you to do. Would you please clean this apartment, just the way you did the last time. You understand?"

"Yes sir. Now?"

"Now will be fine, Mrs. O'Rourke," said Ames.

"Well, I start here usually." They followed her into Hendryx's small kitchen, and she made motions of removing dishes from the table and placing them in the sink. "Like this?"

"Just a minute, Mrs. O'Rourke," said Ames. "Do you do all this in your coat?"

"Oh, I take that off first, of course, and hang it up in the closet."

"Then please do so now," said Ames. "And how do you get in?"

"Well, I ring the bell and Professor Hendryx lets me in."

"All right. Then please go outside and we'll start from the beginning."

"This is like a—a play, isn't it, sir?" said the delighted Mrs. O'Rourke.

"Yes, Mrs. O'Rourke," said Ames seriously. He and Schroeder watched in silence as she simulated cleaning the apartment.

"When I finish this room," she said, warming to the scenario, "I usually empty the wastebasket."

"Go ahead."

"But it's empty."

"Well, for God's sake, woman, make believe it's full," snapped Schroeder.

Dutifully, she picked up the wastebasket and opened the door.

"You leave the door open?" asked Ames.

"No. There's a draft sometimes and it slams shut."

"So you close it and Professor Hendryx would open it for you when you knocked?" Ames persisted.

"Oh no, sir, I wouldn't want to disturb him. I put it on the latch."

Ames directed her to do so. They watched her walk down the corridor to the back hall and make motions of emptying the wastebasket in a large trash barrel. She returned with the presumably now-empty basket and set it back in place.

"Don't you release the catch on the door now that you're back?" asked Ames.

"Oh, no, sir, on account I got to keep going out to empty the other wastebaskets and the newspapers and shake out the mops."

"I see," said Ames. "And when Professor Hendryx is not here? Say, he's gone across the street to the school?"

"Same thing. Nobody's going to come in, and I'm just down the hall."

"And when you finished and left for the day," said Ames, "did you remember to set the catch again?"

Her hand flew to her mouth in guilty embarrassment and she stared from one grim-faced man to the other.

"Well?" Ames' voice was suddenly hard.

"I don't remember, sir," she wailed. And then in automatic defense, "But it don't make no difference. The professor would be in and out all day, and he was just across the street. Besides, it didn't happen here; it happened over there." And suddenly she buried her face in her hands and began to weep.

36

The story of the rabbi's part in releasing young Abner Selzer gained wide currency; the Selzers made no attempt to conceal it—quite the contrary. Reactions were mixed.

"I'm not so sure the rabbi did such a good thing. After all, the kids did bomb the place, didn't they? And for my money, jail is exactly the right place for them."

Others were pleased. "Our rabbi, you got to hand it to him. I don't know how he does it, and I'm not sure he does either; it's like he's got a kind of sixth sense about these things. Remember that time with Hirsh, where everybody thought the guy was a suicide and made all this fuss about burying him in our cemetery, and then the rabbi found out the guy had been murdered so it was okay after all."

Some were inclined to minimize the rabbi's role. "You want to know what I think? I think the rabbi talked to Selzer, all right, and suggested he get him out on bail, like anyone might. Then when it worked out, Selzer made a whole spiel because to the Selzers, especially Mrs. Selzer, the rabbi is God's gift to Barnard's Crossing. Mind you, I'm not saying anything against our rabbi, because personally, I'm strong for him—a little. Let's put it this way, if you were to split the congregation into pro-rabbi and anti-rabbi, I guess I'd line up with the pro-rabbi side. But there's no sense losing your sense of proportion. What's such a big deal?"

Paul Goodman, when asked directly by a friend, smiled and said enigmatically, "That's why they don't allow hearsay evidence in court."

"You mean he had nothing to do with it? But Selzer says—"

"I'm not suggesting that," said Goodman. "Mr. Selzer did come to me and ask me to file a motion. But we were planning to do so anyway, as soon as the other boy was apprehended by the police. It all reminds me of something Doc Simons, the pediatrician, was telling me. Most of the time he finds it's the mother he has to treat, not the infant. It's the same way in criminal practice when your client is a minor. It's the parents you have to worry about. And when it's a Jewish parent. . . ."

Not surprisingly, those who were not his supporters downplayed the rabbi's contribution. While conceding he had brought it off, they thought the rabbi probably had got a hint from his friend Lanigan, the police chief, who had got it from the Boston police "because all these cops hang together."

Lanigan met the rabbi a short time later. "Bradford Ames played that one pretty close to the chest," he said. "Even my friend Schroeder was surprised. He thinks the D.A. let the kids off because he figures he can make out a better case against this Ekko than against all five of them."

"They've found him then?" asked the rabbi.

"I thought you knew. Yes, it was a bit of luck, according to Schroeder. You need luck, because nowadays you've got a regular underground with these young kids. Any city you name, there's places they can go. In the old days, a hood on the run had it rough. The more heat there was, the rougher it was to find sanctuary. But with these kids, it works the other way. And if it's the police he's running from, instead of just his parents, then they're all the more eager to help him. It's become a little easier the last year or so because the Feds have infiltrated a lot of these groups, but still we don't find too many that don't want to be found. They all look alike—with the clothes and the beards and the hair. And the girls wear their hair down covering half their faces. Usually when we catch them it's because they got tired running."

"Did Schroeder say what the young man was charged with?" asked the rabbi.

"My guess is that they won't press the felony murder charge; they'll just stick to arson because it's easier to get a conviction. And I wouldn't be surprised if nothing came of that, either. These college cases are tough. There's no push behind them because the public doesn't exert any pressure."

Lanigan shook his head. "You ought to hear the way some of the men on the force complain. To John Q. Public these kids may be mistaken or misguided, but criminals? Never! When a college kid steals, it's so he can give the money to the peace campaign or to promote ecology. They're a bunch of regular little Robin Hoods."

Lanigan ran his hand over his face in exasperation and his tone was bitter. "In the old days a hood stole to buy himself a new car, some flashy clothes. But these kids drive old jalopies and wear beat-up clothes. So that proves they're a bunch of idealists. Right? Wrong! The law enforcement people know that they're apt to have a couple thousand dollars worth of hi-fi stereophonic equipment and that they're supporting a dope habit that may run to a hundred bucks a day."

Lanigan had talked himself into a state of gloomy cynicism. "You mark my words, Rabbi, nothing will come of this case at your college. It wouldn't surprise me if the Commonwealth were to drop the charges because they know they won't get a conviction. And the police are left in the middle, unable to do a thing."

But the next day, Roger Fine was arrested and charged with the murder of his acting department head, Professor John Hendryx.

37

"Do you think she'll turn up?" asked Selma Rosencranz as she riffled a deck of cards. Of the four women in her Wednesday afternoon bridge group, she was the only serious card player; the others played to be sociable and it showed in their game. Selma also belonged to another foursome on Mondays and still another group that played Mah Jong Tuesday nights when her husband had his regular poker game.

"I could certainly understand if she didn't," said Annabelle Fisher, this week's hostess. She passed into the kitchen to check the tiny toasted sandwiches she was planning to serve. She was the least skillful player, with frequent lapses in concentration, but whenever the girls met at her house they were sure to get something different to eat—and delicious. She reappeared from the kitchen. "If my husband had just been arrested, believe me, I wouldn't have the heart to play cards."

"But she ought to call," insisted Flossie Bloom, a thin, sallow girl with a small hard mouth who prided herself on being candid and outspoken—"It's the way I am." Her husband was a salesman and not as successful as the husbands of the others. "If Edie doesn't come—"

"Then we won't play," said Selma. She set out the cards for solitaire.

"Do you believe he did it?" asked Flossie.

"Absolutely impossible," said Annabelle Fisher.

"Harvey says he has it on ve-ry good authority that Roger is tied in with all these radical students," said Flossie. "You know, the ones who have been staging all these riots and seizing college buildings and breaking up the furniture."

"Oh, I don't think so," said Annabelle Fisher, who found it impossible to think badly of anyone she knew.

"The eight can go on the nine," said Flossie. "Have you girls heard the talk that's going around about the rabbi —and Roger, I mean?"

"I've heard Roger make some cracks about the rabbi," said Selma, deftly shifting a line of cards from one column to another. "And it's certainly understandable after all the grief he gave him and Edie about the wedding."

"Oh, that was something else," said Flossie. "No, the story I heard is that the rabbi got that Selzer boy off by accusing Roger instead."

"That's absolutely ridiculous," said Annabelle.

"I don't find it so ridiculous," said Selma imperturbably, her eyes scanning the cards in front of her. "Everybody is saying the rabbi was the one who got the Selzer kid off. Well, how could he know, in advance, that they were going to let the kid off if he didn't know they were going to arrest Roger? And how could he know that unless he had something to do with it? I for one certainly don't think our rabbi has wings. Remember how nasty he was to Edie before the wedding and how at the ceremony butter wouldn't melt in his mouth? You think he wouldn't hold a grudge like anybody else? And if the chance came along —no, I wouldn't be surprised in the least if the story were true. Where'd you hear it, Flossie?"

"Oh, I've heard it several places," said Mrs. Bloom vaguely. "It's going around."

Selma saw that she was stymied and scooped up all the cards. "Well, let me tell you girls," she said, "if that story should turn out to be true, I for one wouldn't take it lying down."

"Why, what would you do?" asked Annabelle.

"I'd think of something, I know that," declared Selma. "And I'd make sure that the rabbi and the whole congregation knew exactly how I felt about it, too."

The doorbell rang.

"That must be Edie now," said Annabelle. She ran to the door and they could hear her say, "We thought you weren't coming."

"Sorry I'm late, girls," said Edie Fine. "I got held up. I went to see Roger."

"How is he?" "Are they treating him all right?" "It must've been terrible for you."

She sat down at the table with them. "Such a place," she said. "You get such a funny feeling when you go in. And the people, the types you see hanging around." She shook her head in disbelief.

"What happened?" asked Flossie.

"Well, first," said Edie, "you make out this form and hand it in. And then they not only search your handbag, but they make you walk through this place with this metal detector—"

"Like going on a plane."

"Yes, only more so. They're terribly careful. I asked Mr. Winston, that's Roger's lawyer, how they can sneak in all these guns and things that you hear about, and he just smiled and said, 'They don't search the guards.' How do you like that?

"So then I went into this little room, which Mr. Winston got special permission for us to use. Otherwise we would have had to meet in this big room with a barrier between us like you see in the movies. Well, I came in and Roger was already there waiting. He looked at me as though he weren't sure just how I was going to take it, so of course

I smiled. And then he smiled back and I felt everything was all right.

"We sat down at this little table and he asked me if I thought he had done it, and of course I told him it never entered my mind. And that made him very happy. Really, he was quite cheerful after that, almost as though he was enjoying himself. He assured me that I was not to worry. Of course, he may have been putting on an act the same as I was at first, but I really didn't think so."

"But how did he—" Flossie started over again. "I mean how did the police decide to arrest— Did he talk about it?"

"Oh yes," said Edie. "You see he was in the administration building at the time. You know, he's involved in all this social justice business, and he was waiting for this important call. The whole point is that the building is practically empty on Friday afternoons, and the rabbi—"

"The rabbi?"

"Yes, the rabbi has a class on Friday afternoon. And after he finished as he was leaving, he passed by Roger's office and happened to see him there."

Selma looked significantly at Flossie Bloom and then they both looked at Annabelle Fisher.

38

As she had on similar occasions, Aggie Nolan walked slowly along Commonwealth Avenue, alert for the three short blasts of an automobile horn. She had called the FBI earlier and told the agent she worked with: "Commonwealth at Fairfield. Eleven o'clock."

At a quarter past eleven she finally heard the signal. She stepped into the roadway and stuck out her thumb.

Almost at once a car slowed down and came to a stop beside her.

"You're late," she said, sliding in beside the driver.

"I passed you twice," he said. "The first time there was a guy standing on the corner. I thought he was looking at you."

"Well, guys do, you know," said Aggie.

"I sure as hell do know," he said appreciatively. "The second time you hadn't thumbed. I told you before, you've got to thumb."

"Yeah, well, all that cloak and dagger jazz is a drag."

"Maybe so," he said, "but while you work with me, you'll do it my way. It's for your protection as much as mine. All right, what's up?"

"They've picked up Ekko and they're holding him."

"What do you care—he a boy friend of yours?"

"He was once. That's all over, but he's a decent guy," she said.

"Well, you don't have to worry about him. They let the others go and they'll let him go, I'm sure, especially now that they've charged this professor with the murder."

"There's still the arson charge. The others are out on bail. Ekko couldn't raise the bail."

"I still don't think there's anything to worry about. Believe me, I don't think the case will go to trial. The D.A. just doesn't have the evidence. And if it does go to trial, they'll be acquitted for sure."

She turned on the seat to face him. "Not good enough," she said. "You told me to get in solid with the Weathervanes, and I did. I even went along with this crazy bombing scheme of yours to show I meant business."

"It worked, didn't it?"

"I didn't expect anybody to get killed!"

"But nobody did. This Hendryx guy, the bomb had nothing to do with his death."

"And I didn't expect anybody else to get blamed. I got

nothing against any of them, especially Ekko. Well, I want him out."

He sighed. "All right, I'll talk to my boss and have him tip off the D.A. Okay?" He patted her on the knee.

She slid away from him. "You can drop me right along here."

"What's your hurry? How about a little ride?"

"No. At the corner there. It's right near school."

He shrugged. "Whatever you say, baby."

39

District Attorney Matthew Rogers felt he ought to grumble a little. "I don't see why they can't tip us off when they set up something in our bailiwick."

Bradford Ames chuckled. "Because even where the local people are completely trustworthy, there's a chance they may slip up and blow the cover of the federal operative."

"I suppose. But at least they could give us some advance warning. Not let us arrest these decent young people and keep them in jail for days on end and cause their families all kinds of grief, when by passing the word we could have just let things simmer."

"Maybe they felt that would look suspicious," suggested Ames.

Rogers gnawed at the thought in silence for a moment. "I don't mind cooperating with the FBI. I'm anxious to, especially when they have secret information that people we've charged are actually innocent. We can always file a motion to quash for lack of evidence, although if you do that too much, you're suspected of being too eager to jail people. Remember that, Brad."

Ames nodded dutifully.

"But I like to be kept informed of developments."

"You were busy with the budget business," Ames said. "I didn't think you'd want to be bothered with the routine."

Rogers looked at him sharply. "Well, that's exactly right, Brad, but still—"

"And I don't mind admitting," Ames added, "that it occurred to me it might be better for you to have no official knowledge of this business, since it was slightly irregular."

"You're absolutely right, Brad. But you know if you got into a jam, I'd stand by you and back you up."

"I was thinking politically."

"Yes, that's true," said the district attorney. "In politics you sometimes have to disclaim knowledge of some of the things that are done in your name. But even then, you could rely on me to accept full responsibility." He scanned his assistant's face.

"Precisely. So I thought I'd go ahead. If my judgment was wrong—"

"Not at all, Brad. I have every confidence in you. You know that. Now what are your plans for proceeding against the real culprit?"

"We were asked to do nothing, Matt."

"Nothing? But Brad, a serious crime has been committed in my jurisdiction. A bombing. I can't just wash my hands of it and make believe it never happened."

"Not such a serious crime, Matt."

Rogers was indignant. "You don't call blowing up a school a serious crime?"

"Oh, there was some damage to the wall in the dean's office," said Ames, "some scorching, and a pane of glass in the door of an adjoining office was broken. Probably not a hundred dollars damage altogether. A smart lawyer could get a sympathetic judge to call it a misdemeanor. Besides, it was the government agent who did it."

"Good Lord!"

Ames squirmed in his seat, his round head wagging as

he adjusted the various portions of his body to the chair. "It's a wicked world we live in, Matt. You see, when you plant an agent in a radical organization like the Weathervanes, he—although in this case it's a she—can't just sit back and observe. It's a small, close-knit organization, and everybody is expected to pull his own weight. And if they initiate action, so much the better. You can see that."

Rogers nodded seriously.

"But in this case, they weren't planning to do much damage, just discredit the group that sent the committee to see the dean. Originally, they were only going to organize some sort of counter-demonstration. But when the government agent learned from a source on the committee that they were seeing the dean late Friday afternoon when the school is practically deserted, she seized the opportunity. She waited inside the building and when they left, set off a small charge. It wasn't expected to cause much damage but would do the job on the committee, since they'd be surely blamed for it."

"And you say this operative is a woman?"

"A mere slip of a girl, but with a heart full of patriotism."

Rogers looked doubtfully at his assistant, not sure he was entirely serious. "But dammit, Brad, it did do damage, and somebody got killed."

"Oh no, we know now that the explosion had nothing to do with that."

"Oh yes, this man Fine. I hope he's not going to turn out to be a government agent or anything like that, is he?"

"Don't worry." Ames chuckled. "We've got a good case against *him*."

"Well, that's good." Rogers rubbed his hands in satisfaction. "And this girl—after this, she must be in solid with the Weathervanes, I mean, after bringing off this caper, she'd be above suspicion?"

"Like Caesar's wife."

"What? Oh yes, yes, I see." He laughed.

"And she's above suspicion with us, too."

"Well, naturally . . ."

"Has it ever occurred to you, Matt, that we've come to a rotten state of affairs when we have to use double agents to maintain some semblance of law and order? That we have to wink at one breach of the law to prevent another? And we set ourselves up as the sole arbiters of which is more important. Now isn't that characteristic of a police state?"

Rogers looked at him doubtfully. He sounded perfectly serious, as though he actually meant this radical sort of talk. But then Ames chuckled, and he knew it was all right.

WHY DON'T JEWS EAT HAM?
WHY DO JEWS WEAR BLACK BEANIES WHEN THEY PRAY?
GOD IS DEAD. TRUE OR FALSE?
WHY . . . ?
WHY . . . ?

The rabbi stood in the doorway of the classroom, bemused, as he looked over the blackboard with its long list of questions, each written in a different hand.

"You said we could ask questions today," said Harvey Shacter.

"So I did, Mr. Shacter." He came into the room, his eye still on the board. "And with a list that long, we'd better get started. We'll take them in order. Now the first question, about ham: that involves our dietary laws. Briefly, we may eat only the flesh of an animal which has cloven hooves and chews its cud. It must satisfy both conditions to qualify as kosher, that is, ritually fit to eat. Fish must have both scales and fins, which rules out shellfish; and fowl with curved beaks and talons—that is, birds of prey—are taboo. Some try to justify these laws on scientific grounds —healthy and nourishing animals are permitted, those liable to disease and hence less fit for human consumption are taboo—but that's a modern rationalization. Traditionally, we observe the dietary laws because we have been so commanded in the Bible. Now since the pig does not chew its cud, it is considered unclean, and so ham is forbidden."

"But don't we have a special thing about the pig that we don't have about other non-kosher animals?" asked Leventhal.

"Yes, that's true, Mr. Leventhal. We have a special aversion for the pig, possibly because it was an object of worship among many pagan peoples. But I am inclined to think it is for a more fundamental reason. All the other domestic animals have some utility for man while they are alive: the cow gives milk, the sheep produces wool, the horse performs work and transportation, the dog guards the house, the cat controls mice. Only the pig, of all domestic animals, kosher and non-kosher, serves no purpose except to be slaughtered and eaten. Now our religion forbids cruelty to animals. In fact, there are dozens of regulations in the Bible and in the interpretations of the rabbis that require us to treat the lower animals with kindness: one must not muzzle the ox that treads corn; a donkey and an ox may not be yoked together; beasts of burden must be rested on the Sabbath; hunting for sport is forbidden. With that as our tradition, you can readily understand how raising an animal solely for slaughter would be repugnant to us."

The rabbi made a checkmark against the question on the board. "All right, let's go on to the next, the black beanie. Whose is that, by the way?"

Harvey Shacter raised his hand.

"I've never heard the *kipoh* referred to that way," said the rabbi smiling, "but it's a good enough description. Why do we wear it? It's just a matter of custom, Mr. Shacter. There's no biblical regulation, although I might point out that with us custom takes on the force of law. It doesn't have to be black and it doesn't have to be a beanie. Any head covering will do. At times it was the custom to go bareheaded, at other times to be covered, and the latter custom seems to have won out except in Reform temples where they usually pray bareheaded."

He checked off the question, and then after a moment's hesitation, checked off the next one, remarking, " 'God is dead' concerns Protestant theologians rather than Jewish rabbis."

"Why is that?" called out Henry Luftig.

"Yours, Mr. Luftig?"

"Yes, sir."

"Well, it's a theological question, and we have no theology, at least not in the generally accepted sense."

"Why not?"

"Because we don't need one," said the rabbi simply. "Our religion is based on the idea of a single God, a God of Justice. If you think about it, the concept of justice demands a single God because it implies a single standard. And because He is infinite, He is unknowable to finite minds. We don't forbid the study of Him, you understand, but we consider it pointless. Much as an engineer would who sees a young colleague trying to construct a perpetual motion machine. He might say: 'You can work on it if you like, but you're wasting your time because it's theoretically impossible.' So because we believe it's pointless to try to know the unknowable, we have no theology."

"Then why do the Christians have one?" demanded Luftig.

"I had intended this session to deal with your questions

on Judaism, not Christianity," the rabbi said reprovingly.

"How can we know about Judaism if we don't have something to compare it to?" asked Shacter.

The rabbi pursed his lips and considered. "You're quite right, Mr. Shacter. All right, I'll try to explain. Like us, the Christians also believe in a single God. But in addition they have another divine being in the form of Jesus as a son of God. And since a son implies a mother, they also have Mary, who is at least semi-divine. Now these familial relationships, between God and Jesus, Mary and Jesus, Mary and God, and all the other possible permutations, to say nothing of the human-divine nature of Jesus—these are not easy to explain."

"Is that what they call the Holy Trinity?"

"No," said the rabbi, "that's the Holy Family. The trinity consists of the Father, the Son, and the Holy Ghost, and their relationship to each other is the concern of Christian theology. There are very fine distinctions on these matters between the various Christian sects."

"Yeah, but aren't those just word games played by priests and ministers?"

"Tens of thousands have been killed in religious wars, from the time of Constantine in the fourth century down to modern times, all because of these so-called word games," said the rabbi. "No, Mr. Luftig, the arguments of theologians are not to be dismissed lightly."

Lillian Dushkin waved her hand. "This boy I know, he's into this Jews for Jesus thing, and he says that Jesus is the Messiah Jews believe in and that he came to save mankind."

"Save them from what?" It was a young man who took copious notes, and it flicked across the rabbi's mind that for once, like most of the others, he had been listening rather than writing.

"Saved from hell, of course," said Mazelman scornfully. "Isn't that right, Rabbi?"

"Yes, that's the idea," he said. "Hell was an attempt to

answer the age-old question: why do good men suffer while evil men frequently triumph and prosper? All religions have wrestled with that problem. The Hindus solve it by the doctrine of reincarnation. You get your just deserts in the next life for what you have done in this life. Christian doctrine holds that the wicked burn everlastingly in hell while the virtuous are rewarded by everlasting life in heaven."

"Pie in the sky," said Luftig sarcastically.

"That's a rather irreverent way of putting it, Mr. Luftig."

"What's the Jewish answer?" asked Lillian Dushkin. "Don't we believe in heaven and hell?"

"Not really, Miss Dushkin. Oh, the concept has crept in from time to time, but it's never really taken hold. Our 'answer,' as you put it, is best expressed in the Book of Job, and I'm afraid it is not very comforting. We say it's just the nature of the world—the sun shines as brightly on the wicked as it does on the good and just—but that goodness is its own reward, while evil carries its own punishment. At least it has the virtue of being realistic and of focusing our attention on this world, and trying to improve it, whereas the Christian view can be said to focus on the next world, regarding this one as a mere stopping-off place. Of course, it developed at a time when the world was troubled, and traditional ideas and institutions were crumbling, much like the present."

"Like the present?"

"Yes, Mr. Luftig. Just look at the world-wide revolt of young people against what they call the Establishment."

"Well, maybe that does prove God is dead!" challenged Luftig. "I don't notice any movement to religion or any new cults—"

"No?" said the rabbi. "Then how would you describe your generation's sudden fascination with astrology and yoga and Zen and I Ching and Tarot cards and the macrobiotic diet and drugs and communes—Shall I go on?—

all of them offering escape or instant knowledge or instant mystical ecstasy."

He realized from the tense silence that he had spoken with some feeling. To reestablish the easy informality, he went on in his normal voice: "Basically, Christianity is a mystical religion and offers the psychological satisfactions mysticism affords. It is other-worldly, heaven-oriented, while our religion is this-world oriented. We oppose what is evil in the world and enjoy the good things, spiritual and material, it has to offer. We do not shun the world by asceticism or try to rise above it by mysticism, which has no following among the main body of Jews."

"What about Hassidim?" ventured Mark Leventhal.

The rabbi nodded. "Yes, they lean in that direction, but I would not say the Hassidic movement is central to our tradition. It's significant that Martin Buber, the chief modern apologist for Hassidism, was a lot more influential with Christian theologians than he was with Jews. We do not believe that the single ecstatic moment of near union with God ensures virtue forever after. With us, it has to be a day-by-day conscious practice of justice and virtue. But it is human virtue we require, not the superhuman virtue of the saint. Our religion calls for us to make a practical adjustment to the world as it is. It is a religion of work and rest, of life and death, of marriage and children, and their training and education, of the joys of living and the necessity to make a living."

"Well, their religion must work," said Shacter. "They're doing a lot more business than we are."

The class laughed and the rabbi joined in, relieving the tension. "Yes, Mr. Shacter, Christianity is a very pleasant religion. It offers a number of highly desirable responses to questions that have beset man down through the ages. He fears death and finds life too short, and the church offers him a world after death with a life everlasting. All we can offer in that respect is the hope that he will live on in his children and in the memory of his friends. He sees the good man suffering and the wicked prospering, and the church assures him that in the next world all will be redressed. And all we can say is that this is the nature of the world. For the everyday trials and tribulations of life, the church offers him the peace that comes with surrender to the mercy of Christ and the good offices of countless saints to whom he can pray for assistance, even for miracles. And periodically he can renew his faith through communion with his Lord by a magical act. And for us there is no magic, no short-cut, only a lifetime of effort. I suppose that gives another shade of meaning to the saying that it is hard to be a Jew."

Lillian Dushkin was bewildered. "But if theirs is so much better, why don't we go in for it?"

The rabbi smiled. "There's just one little hitch, Miss Dushkin. You have to believe. And we cannot believe."

"So then what's in it for us?"

"What's in it, as you put it so bluntly, is the satisfaction of facing reality." He saw the class were all attentive now. "It doesn't permit us to dodge problems, but it does help us to solve them, if only by recognizing they exist. And, after all, isn't that what the modern world is beginning to do? So after thousands of years it appears our way is at last coming into style. As for who's doing more business, Mr. Shacter, look about you and you will find that the great changes in thought and attitude that produced modern Western civilization are paralleled in Jewish religious thought—the equality of people, the rights of women, the right of all men to the good things of this life, the improvement of conditions on earth, respect for life in the treatment of the lower animals, the importance of learning."

"You mean they got them all from us?"

"Whether they did or whether they finally developed them on their own is not particularly important. What is important is that these were inherent in our religion from the beginning, which suggests it accords with reality."

The bell rang, and with a start the rabbi realized that the hour was over. He realized, too, that he had not made his usual head count, and as he glanced about he saw there were twenty-one present, more than ever before on a Friday. He smiled and nodded to them in dismissal.

41

Annabelle Fisher was delighted when Selma Rosencranz called to invite her over Friday afternoon. It was so like Selma, to call up and have some friends on the spur of the moment, without planning, without preparation.

"I'll bake some brownies," said Annabelle Fisher.

Selma's home was modern, inside and out. Built of concrete with panels of black plate-glass set in chrome, it had been designed by an architect and even had been written up in a magazine—a fact Selma would casually mention to first-time visitors. "His idea is functional design for living," she would say, searching for the article. "But here, read it for yourself. He says it a lot better than I can explain it."

Annabelle pushed the button and the chimes responded with the first four notes of "How Dry I am." She giggled as always when she heard it; Selma went in for the craziest things. Selma herself, elegant in lounging pajamas and silver slippers, opened the door for her, and then called back inside: "It's Annabelle Fisher, and she's brought brownies. Any of you gals who haven't tasted Annabelle's brownies have a treat coming."

Annabelle gave Selma her coat and the box of brownies and went into the vast sunken living room. Flossie Bloom was there along with several others, all of whom Annabelle knew or had at least met.

When Selma reappeared, Annabelle asked whether she was planning on two tables.

"If we get around to playing," said Selma. "We've just been gabbing, waiting for you, and we thought it might be fun if we all went to the service tonight. You've been, haven't you? What's it like?"

"To the Friday evening service? Oh sure I've been— once or twice—with Joe. Why, it's like, you know, like a Friday evening service. The cantor sings and you pray, and then the rabbi gives a sermon."

"He gives a sermon?" asked Selma. "You're sure? Every Friday night?"

"Well, every time I've been. I'm sure he gives a sermon every Friday. Why?"

"Oh, we wouldn't want to go if the rabbi weren't going to give a sermon," said Selma.

Flossie Bloom giggled. "No point in going."

"How long does it last, the sermon, I mean?" asked Natalie Wolf.

"Why, I never actually timed him," said Annabelle, pleased to be the center of attention, "but I'd say anywhere from twenty minutes to maybe as much as a half-hour."

"Then say we figure on ten minutes," said Flossie Bloom, her eyes glittering at the others, "or even fifteen minutes. What happens next, Annabelle?"

"Next, I guess the cantor sings again and there's another prayer or two and then everybody goes down to the vestry for tea and cake."

"I think it would be better at the very beginning," said Selma.

"You're right," said Natalie Wolf, "then it wouldn't look as though it had anything to do with what he was saying at the time."

Annabelle looked from one to the other uncertainly, her friendly little smile frozen on her face. "Were you all planning to go together? It's really quite interesting, and it

doesn't last too long. I mean, I don't think you'll be bored."
She saw their smiles and wondered if she had said something silly. Of course she knew all these girls, but some of them she didn't know awfully well. Natalie she knew was divorced and there were rumors that she was kind of fast. Of course, if she was a friend of Selma's she must be all right. And Genevieve Fox and Clara Nieman, well, she'd met them, any number of times, but they were really in a different circle altogether. Genevieve drove a white Jaguar, and Clara was single and had a studio apartment downtown right on the water.

"Yes, that was the general idea," said Selma. "We all thought we'd go together in a body. Would you like to come?"

"Oh wonderful! I'd like to. Of course, I'll have to ask Joe. He may have been planning to go tonight, and then of course, I'd really have to go with him."

42

The Friday evening service began at half-past eight, and it started right on time. The congregants began arriving at eight o'clock, but they remained in the foyer, greeting friends, talking, until a quarter past when they made their way gradually into the sanctuary. Once inside, they took seats and automatically lowered their voices to whispers in keeping with the sanctity of the place.

They usually found the rabbi's wife already in her seat in the twelfth row, which was far enough back for her to judge if the rabbi's voice was carrying and on the aisle so she could signal him if it were not. They always nodded to her if they caught her eye and she would smile back and form her lips in "Gut Shabbes." On the bema, next to the ark, the rabbi and the cantor sat together, the latter stately in his black robe, long silken prayer shawl, and high-crowned and betasseled velvet *yarmelkeh*. He sat straight and tall, inclining his head on occasion when the rabbi whispered a comment to him, nodding gravely afterward.

The rabbi, shorter, and seeming even shorter because he tended to slouch in the thronelike chair, cut a sorry figure beside him. In spite of numerous hints from the ritual committee, he refused to wear a black robe, and his prayer shawl, while clean, was of wool and looked yellowish beside the gleaming white of the cantor's. His *yarmelkeh*, too, was the ordinary close-fitting skull cap worn by members of the congregation. And since he walked to the temple, his black shoes, plainly visible to the congregation, were invariably dusty. There was a shoe brush in the enrobing room, but in spite of Miriam's adjurations he always forgot to use it.

The attendance varied from week to week, depending largely on the weather. On pleasant nights, about a hundred. They tended to congregate in the middle seats, that is, in the center section, third or fourth row back. After a few minutes of whispered conversation, they would begin leafing through their prayer books as if to get into the proper mood for the service. Those who came in late, or even just before the service began, would take seats in the rear as unobtrusively as possible.

But tonight, just as the rabbi was about to come forward to announce that the cantor would begin the service by chanting the *Ma Tovu,* How goodly are your tents, O Jacob, half a dozen youngish women appeared at the back of the sanctuary. They glanced about them for a moment and then marched resolutely down the aisle to take up seats in the second row. The rabbi waited for them to get settled, then came forward to make his announcement.

Mrs. Nathanson, like most of the congregation, was annoyed at the interruption and whispered to her husband, "Selma Rosencranz and her crowd. I suppose they're slumming." But before Mr. Nathanson could answer, the cantor, his head thrown back, his prayer book held at arms length, had launched into the chant.

He followed with *L'choh Dodi,* greeting the Sabbath bride, and the congregation joined in the choruses. Then came the responsive reading of a psalm in English, conducted by the rabbi, and then the chanting of the *Hashkivenoo,* a favorite of the cantor's, since his rendition of the chant displayed his vocal range to good advantage. Then the congregation pronounced the *Shema* aloud and then arose to recite the *Amidah* in silence. During all this, the women in the second row behaved with great propriety, standing when they were supposed to stand, reciting the responses when the occasion required.

The rabbi waited until all had finished the silent prayer and were seated, and then, adjusting his prayer shawl and fingering his skull-cap to make sure it was securely in place, he came forward to the lectern in front of the *bema* to deliver his sermon. The congregation closed their prayer books and settled back. "In the portion which we shall read tomorrow," he began, and then stopped.

The women in the second row had risen in a group, shuffled out of their seats, and as boldly as they had entered marched up the aisle and out of the sanctuary.

For a moment there was a shocked silence and then muffled voices as people turned to their neighbors.

The rabbi waited until the sanctuary door had closed behind the women and then murmured, so that only those in the first few rows could catch the words, "They must have heard it before." Then he began again, "In the portion which we shall read tomorrow . . ."

They walked in silence until they turned the corner and the temple was out of sight; then Miriam said, "You handled that rather well, David. You didn't appear to be the least bit angry or disturbed."

"I wasn't. That's rather disturbing, isn't it?"

"What do you mean?" said Miriam. "I don't understand."

"I'm not sure I do, either," said the rabbi. "I should have been angry. The occasion certainly warranted it, but I wasn't. I just didn't care. I don't know why." He paused in his stride and looked at her as though expecting to be challenged. When she remained silent, he went on, "It may be that I've always resented this late service, its artificiality, the chanting of the *L'choh Dodi,* greeting the Sabbath hours after it's arrived, giving a sermon that's nothing more than a change of pace from prayers, carefully crafted so that it's not too tedious. I resent the fact that we get over a hundred people every week and have difficulty rounding up a *minyan* for the regular *maariv* service."

"But that's the way it's always been," she said at last.

"Perhaps so, but I've never had a basis of comparison." She looked at him. "You mean because now you've been teaching?"

"That may have something to do with it," he admitted. "I'm far from satisfied with my class at the college, but at least I feel I'm doing something worthwhile there. Here, I'm not so sure. These women," he turned to her, "do you know them all? I thought I knew some of them, but there were some I'm quite sure I've never seen before."

"It was Selma Rosencranz and her bridge-playing friends," said Miriam tightly.

"Oh. I didn't realize they were so interested in religion. They chose a rather dramatic way of expressing their opinion of the Friday evening service, or perhaps of me, since they left the moment I began my sermon."

"Oh David," Miriam cried, "they don't care a fig about the service, or about your sermons."

"But they—" he stopped. "Is there something you know that I don't, Miriam?"

"Well," she said, "Selma is very friendly with Edie Fine, and there's been some talk—I can't imagine anyone taking it seriously—that you got the Selzer boy off by convincing the police that Roger Fine was a more likely suspect."

"Oh no!"

She nodded dumbly.

And now he *was* angry. She could tell by the way he strode along so that she almost had to run to keep up with him.

43

"What the hell kind of dumb play was that?" demanded Sumner Rosencranz. "What are you, some kind of hippie? Why don't you carry a sign and picket the place? How do you suppose it makes me look when my wife gets up in the middle of a service and walks out on the rabbi?"

"I thought you didn't care for him," said Selma coldly.

"What's that got to do with it? There are lots of people I don't care for, so do I go around insulting them to their faces in front of a whole bunch of people? I'm not so keen on your old lady—"

"And you show it. You show it every single solitary time she comes."

"I've never said a single goddam word to her that any reasonable person could call an insult."

"Oh, is that so? How about the time she gave you that shirt for your birthday? How about the time she asked you to stop off at the drug store and get that beauty lotion?"

"Now wait a minute. Just wait one goddam minute, will you? I've explained that dozens of times. All I said was that it wouldn't do her any good. Those expensive lotions are just a big fake and they wouldn't do anybody any good and she could put her money to better use. That's all I meant. And as for that shirt. I just said—well, all I did was criticize the shirt. That's no insult to your mother. And how about the way you treat my mother when she comes?"

"Look," said Selma, "I treat your mother the same way she treats me. If she wants to come here as a guest she's perfectly welcome, but a guest doesn't go snooping in the refrigerator and she doesn't make personal comments on my friends. My friends are strictly my business and I'm going to stand up for them. And Edie Fine has been my best friend for years. We went to school together and if someone says she's married to a murderer and what's more actually goes to the police and tells *them* he's a murderer, when she's pregnant and is supposed to stay calm and not get upset, well, I don't care if he's the rabbi of the temple or if he's the Chief Rabbi of Israel, I'm going to show him what I think no matter who's around."

"How do you know, Clare? How can you know that the rabbi fingered this guy Fine?"

"Oh Mike, it's known. Everybody knows."

"But how do they know?" he persisted. "Who told you, for instance?"

"No one actually told me. I mean no one person I can think of. We were just sitting around talking. How do you know that Columbus discovered America? Somebody told somebody who told somebody. How did everybody know that it was the rabbi who got that Selzer kid off? Everybody knew it and nobody denied it. All right, the same way people know that he was the one that accused Fine."

"Well, if Fine is guilty and the rabbi happened to know about it, isn't he supposed to tell? Isn't that what a good citizen is supposed to do?"

"Mike, how can you talk like that? A rabbi isn't supposed to do things like an ordinary citizen. Rabbis and priests, people like that, don't even have to go to court. I mean you can't even make them go on the witness stand.

That's religious freedom. Besides, if the rabbi didn't do it, why doesn't he come right out and say so?"

"You got a point there."

"Well, that's what I mean. Now Selma Rosencranz is one of my best friends. She put it before the girls and we all agreed. And I'm not sorry."

He shook his head in reluctant admiration. "I got to admit that broad Selma's got guts. Still, it was kind of raw, getting up and walking out like that."

"Look, as far as I'm concerned, this Fine is a snooty sonofabitch. I like Edie all right. She's a nice girl, but as for that husband of hers . . ."

"You hardly know him."

"I know him well enough. The big professor! Remember that political argument we had over at Al Kaufman's house and how he jumped down my throat? He struck me as a downright radical, maybe even a Commie. And when you made some objection to something he said, he acted like you were some kind of idiot. Oh, very polite, and with high class, ten-dollar words, but anyone who disagreed with him got jumped on. Well, after hearing his Commie talk, I can believe he could do it. You know, to them it's not murder; they liquidate somebody."

"Believe me, you got him all wrong."

"Yeah, Well, if you want my opinion, if the rabbi fingered him he knew what he was doing, and this sonofabitch Fine is guilty as hell."

"This is a way for Jewish women to act? For a minute I didn't know what was happening. I thought maybe one of them got sick or something. I guess like me the rabbi didn't know what was happening either, at first. Then he couldn't help knowing. So if he got angry, who could blame him? Let me tell you, in the same position I would've been mighty sore. Anybody would. And I would've said some mighty nasty things, believe me. But not the rabbi. He stayed cool. He even smiled and made a little joke. He says everybody walks out after a sermon, but what kind of people walk out before?"

"So what was the joke he made?"

"That was it; I just told you."

"Some joke!"

"Well, it sounded funny at the time, and everybody laughed. Look, it's not whether the joke was funny or not. It's that he could make any kind of a joke at a time like that."

Gladys Lanigan handed her husband his gin and tonic and then poured one for herself. "I dropped in to the Shipshape for coffee this morning," she said. "A couple of women in the next booth were talking and I couldn't help overhearing."

"Didn't lean back and strain a little, did you?" asked Chief Lanigan affectionately.

"I did not!" She laughed. "They were talking loud enough so I didn't have to. Seems that there was some trouble at the service at the temple last night. A group of women got up and walked out just as Rabbi Small was about to give his sermon."

"They did? What for?"

"Well now, that's something I couldn't quite lean back far enough to make out. I gathered that these women were friends of the Fines, the one who was arrested for that Windemere business. They had some idea that it was the rabbi's fault. Do you know anything about it, Hugh?"

He shook his head, mystified.

"Why do people do things like that?" she exclaimed. "And the rabbi is such a nice young man."

"Just general cussedness, I suppose." He shook his head again, but this time philosophically. "They want to get rid of him. And do you know why? Because he's there. With them it's not like with us. There are plenty of people who don't like Father Aherne, but no one would think of trying to get rid of him. They wouldn't even know how to go about it. That's because he's sent here by the archbishop and we don't have any say in it. With them, they hire the rabbi and so they can fire him. But I'll tell you one thing, Gladys, for all he's so mild-mannered, David Small's as tough as nails. And he's going to stay here just as long as he wants to. There ain't no one going to push him out." He put down his glass. "I might stop by and see him tomorrow."

"Oh, I wouldn't do that," she said quickly.

"Why not?"

"Well, I gathered one reason they thought the rabbi had been able to bring it off was because he was friendly with you."

He stared at her in angry disbelief.

44

Although it was the Sabbath, a time of rest and relaxation, of quiet rejoicing, when mundane thoughts and worries are supposed to be banished from the mind of the observant Jew, the rabbi had been abstracted all day, speaking scarcely a word to Miriam. And now, in the early evening, the Sabbath over, he went into the living room and was soon lost in a book.

"Do you think he did it?" Miriam asked in annoyance. "Roger Fine. Do you think he did it?"

He shrugged. "How do I know?" And he returned to his book.

"Well, aren't you going to do anything about it?"

With a sigh of impatience, he closed his book. "What can I do?"

"At least you can go see him," she retorted.

"I'm not sure it's advisable," he said. "Fine hasn't asked to see me, and neither have his family here. What's more, considering the unpleasantness before the wedding they're not likely to, especially after this business at the temple last night. If they can spread rumors that I accused him or denounced him to the police, Lord knows what they'd make of my going to visit him at the jail."

"You never used to care what people thought," she remarked quietly. "You did what you felt you had to do, regardless of what people thought."

"So maybe I'm a little wiser now," he said cynically.

She looked up quickly. It was so unlike him. He caught her look and felt he had to explain. "I've never been exactly a howling success here in Barnard's Crossing," he said quietly. "At first I thought it was the fault of the congregation and that once they came around, everything would be all right. Each time there was a crisis of some sort—and there's been one practically every year I've been here—when it was finally resolved, I've thought, now everything is settled and I can begin to be really effective. But then another crisis would arise. It was like that first car we had, remember? We had trouble with the ignition, and when we had it rewired we thought everything would be all right. And then the radiator went. So we got a new radiator and in less than a week the muffler let go. And then the transmission, and they wanted—what was it— two hundred dollars? Three hundred?"

"Three hundred is what we paid for the car," she murmured.

"Each time something went wrong, we thought it was a fluke, and once it was fixed everything would be all right. But when you have a series of flukes, then it's no fluke. Then Murphy's Law governs."

"Murphy's Law?"

"That's right. I first became acquainted with it when I was a chaplain in the Army. Murphy's Law states that if an accident or a foul-up can happen, it will happen. So after a while I began to think maybe it was I rather than the congregation." He smiled ruefully. "You know the old Talmudic proverb: when three people tell you you're drunk, go home and lie down."

"So you're going to lie down?"

"Miriam, if *you* don't understand—"

"I'm trying, David," she said passionately. "I'm really trying."

"Look, all the other times when I've had a row I've felt I had the respect of the congregation. While we differed on principles, at the very last they were respectful. But this—it was like a, well, a demonstration. Directed at me *personally* by my own congregation."

"Some of those women weren't even members of the congregation."

"But some of them were."

She was troubled. "Aren't you trying to say that you are tired of the rabbinate, David?"

He laughed bitterly. "No, I'd like to try that sometime, too."

"What do you mean?"

He got up and began to stride the room. "My grandfather was the rabbi of a small Orthodox congregation. He didn't make little speeches to bar mitzvah youngsters. He didn't get up to announce the page in the prayer book during holiday services. He spent his time largely in study. When anyone in his community had a question that involved their religion, they came to him and he researched it in the Talmud and answered it. When there was a dispute between two or more members of the community, they came to him and he heard all sides and passed judgment. And they abided by his verdict. He was doing the traditional work of a rabbi."

"But your father—"

"My father was a Conservative rabbi. His congregation is old and established. They have a feeling and understanding of the function of the rabbi, and they trusted him implicitly. They didn't go to him for judgment and they had no great concern for the kind of questions that my grandfather passed on. But they cared about their Judaism and they relied on my father to guide them in it."

"Well, isn't that what you do?"

"It's what I've tried to do. It's what I would do if the congregation let me. But they buck me at every turn. At first I thought I'd gradually win them over and that I'd be able to serve them as my father served his congregation."

"But—"

"But now I see that the rabbinate is not what I thought it was."

She looked at him. He seemed so dejected.

"Everything changes from generation to generation, David," she began softly. "You went into the rabbinate because you were inspired by the sight of your grandfather sitting in judgment. How about the doctor's son who was inspired to go into medicine by the drama of his father sitting through the night with a desperately sick patient? He has to be a specialist now with office hours five days a week and Wednesday afternoons off. Instead of treating the whole man, he deals with a series of hearts and stomachs. It's the same in the trades. When Mr. Macfarlane came down to fix the windows he told me his father had built the house they lived in single-handed. And during the winter, he made a lot of their furniture, too. And our Mr. Macfarlane, except for little odds and ends on the side, does nothing but lay floors. The methods change, but the profession doesn't. Doctors are still concerned with healing the sick and carpenters with building houses and rabbis with directing the Jewish community and keeping it Jewish. And how about teachers?"

"I don't feel that I've been any great success at that, either," he said glumly.

"You're talking nonsense!" She exploded. "You're an excellent rabbi and an excellent teacher, too. You have trouble with your congregation *because* you're a good rabbi."

"What do you mean by that?"

"If you want to get along well with your congregation, if you want to be popular, David, you go along with them, instead of directing them and leading them. You don't ever make them face hard truths. And if a teacher wants to be popular with his class he doesn't try to make them learn anything."

"Well, of course—"

But she could see that his mood had changed. So with a fine high scorn for logic, she said, "And you don't have to go see Fine in jail, at least not right away. I should think you'd want to see this Bradford Ames first and find out the situation. After all, he owes you something for helping him with the Selzers."

The rabbi considered. "I might try to see him."

"Why don't you call him right now, at home? There can't be too many people named Bradford Ames, even in Boston."

Ames seemed glad to hear from him. "I'd be happy to meet with you, Rabbi. As a matter of fact, I'm coming down your way tomorrow to close up our place for the winter. Do you know where it is? . . . Then I'll expect you there sometime before noon."

45

The Ames house was on the Point, a rocky finger of land jutting out into the entrance to the harbor. It was a large, white frame structure completely encircled by a wide verandah; on the harbor side it thrust over the sea wall, and at high tide over the water itself, giving the feeling that you were aboard ship. It was a warm, Indian summer day, and Bradford Ames was enjoying it from a large wicker chair on the porch when the rabbi arrived. "Come right up, Rabbi," he said. "I thought we might sit out here in the sun while we've still got it."

David Small went over to the railing and peered into the water below. "Nice. Very nice," he said and inhaled deeply of the salt-laden air.

"I'm always a little sad when it's time to close the old place up for the winter," said Ames. "I make a point of choosing a nice day, and after I'm done I like to sit out here and take a last look at the ocean and have a drink or two before returning to the city." He motioned to the bottle on a glass-topped wicker table. "Can I offer you something, Rabbi? You people do drink, don't you?"

"Oh yes, we're not abstainers."

He filled the glasses, and seated in the large wicker armchairs they toasted each other silently. "I imagine you're interested in Roger Fine," Ames said at last. "He's a member of your congregation?"

"No, but he's a member of the Jewish community of Barnard's Crossing, and as the only rabbi in town—"

"You feel some responsibility." Ames chuckled. "And as the only rabbi on the Windemere faculty, you can claim similar responsibility for any Jewish faculty member, eh?"

"That hadn't occurred to me," the rabbi admitted, "but now that you mention it . . ."

Ames squirmed in his seat as though trying to scratch his back against the chair. "Well, I'm happy to discuss Fine with you, Rabbi. I guess you earned it when you pulled my chestnuts out of the fire by getting those students to file for bail." He had squirmed so far down into the chair that his round head was just above the level of the table top. "I mention that, Rabbi, to suggest that I'm not interested in convictions for the sake of mere convictions."

"All right."

"I'm going to tell you what we've got on Fine. I'll give

you our whole case. I'll put our cards on the table, face up, all of them." He twisted his head around and peered up at the rabbi. "Now ask me why I'd want to do that?"

The rabbi grinned. "All right, why would you want to do that?"

"Because I want to help the young man. Oh, I've got a good case against him and I'm going to get a conviction. But the sentence, that's something else again. That can be anything from here to there." He held his forefingers an inch apart and then spread his arms wide.

"You mean you'd like me to influence Professor Fine, to convince him to plead guilty?"

"That might be a good thing—for him—" said Ames, "if you could bring it off. Oh, there's nothing underhanded in my suggesting it to you. I've discussed it with his lawyer, Jerry Winston."

"And?"

Ames shifted again so that he was back at full height. "It's a kind of game we play, Rabbi. In the courtroom we are distantly polite to each other, the assistant D.A.'s and the criminal lawyers. We're not above playing any courtroom tricks we can think of and lambasting each other. But outside the courtroom, we're all pretty friendly. That doesn't mean that Winston doesn't fight for his client for all he's worth, just as I do for the Commonwealth. We're professionals, you see. But there's one big difference. Winston will fight tooth and nail for an acquittal, but I'll fight for a conviction only if I'm convinced the man is guilty. That's because while we are in an adversary system, the district attorney is also concerned with the protection of the innocent."

"I understand."

Ames took another swallow of his drink. "All right, let me tell you what we've got, and then I'll explain how you can help. You understand Professor Fine was under suspicion from the beginning simply because he was in the building at the time. But we really got interested in him when we started checking *you* out." He chortled at the look of surprise on his visitor's face. "Oh yes, Rabbi, for a while you were Sergeant Schroeder's prime suspect. He was able to make quite a convincing case against you, too. There was your failure to mention you had left your class early."

"How would—"

"That meant that instead of just passing the time of day with Hendryx on your way home, you were closeted with him for about an hour. There you are, the two of you, in a dinky little office with only one desk and a somewhat rickety and uncomfortable visitor's chair, as I can personally testify." He wriggled against the fan shaped back of the wicker chair. "No chance of you two sitting there, each absorbed in his own work, correcting papers. If you were there for an hour, you were talking—a rabbi and someone who was generally considered an anti-semite. And in an hour there was plenty of time to argue and get angry, and if you got angry enough . . ."

"I see. I get so angry that I decide to kill him. And how do I go about it? I just can't reach up and pull the statue down. It's way above my reach. Did the good sergeant have an explanation for that?"

"Don't scoff, Rabbi. The sergeant made out a pretty good case. There are all kinds of discarded library books on those shelves, and in climbing up for one you happen to pull down the statue instead, thus winning the argument conclusively, you might say. The sergeant even conceded that it could even have been an accident."

"Very generous of him."

Ames chuckled. "So you are naturally flushed. Your first impulse is perhaps to tell someone, the dean naturally, but just as you round the corner you see her door close. Perhaps you take that as an omen; or perhaps it merely suggests to you that she had heard nothing untoward. In any case, you leave the building. But naturally your mind is in a turmoil, so you drive around for a while in order to decide what to do. And that is why you were late getting home. Then when you do get home, you hear about the bombing and you realize that this could give the incident another dimension. So when the sergeant calls up you make an excuse not to see him to give yourself time to find out just what happened and to prepare a story."

"It does add up to a good case," the rabbi admitted.

"And I might point out that since you had a key to the office, you could get in without making Hendryx get out of his seat. Anyone else would have to knock. It really is a good case," said Ames almost regretfully.

"But you didn't buy it."

Ames shook his head, his mouth set in a wide grin. "I don't know that Schroeder did either, really. I suspect it was merely justification for him to give you a hard time."

"A hard time? But why should he want to?"

"Well, he probably considered your treatment of him when he phoned pretty cavalier. It rankled. You've got to understand a man like Schroeder. He is pretty near the top of his ambitions. As a sergeant of detectives, he operates largely on his own. He takes orders from his superiors, of course, but with the general public, especially when he's on an important case, he's his own boss and not used to having his authority flouted."

"But he didn't give me a hard time."

"Because I vetoed it. I told him I'd question you myself. Your excuses for the long delay in getting home that Friday and for neglecting to tell the sergeant about walking out of your class were so ingenuous I could only believe they were the truth."

The rabbi grinned.

"But of course that was simply my gut reaction. In all conscience I couldn't dismiss the sergeant's interpretation out of hand. A stupid man will offer what seems to him a plausible explanation of his suspicious actions, but there'll be obvious holes in it and we'll be able to break it down just from its internal contradictions. A more intelligent man will offer a plausible explanation with no apparent holes or contradictions. It will not necessarily allay our suspicions but we'll probably have to find additional evidence to disprove it." He paused. "An extremely intelligent man, Rabbi, might present a completely implausible explanation."

"Are you saying I'm still under suspicion?" asked the rabbi.

Ames shook his head. "No, you cleared yourself when you pointed out the contradiction between the medical examiner's report and the cleaning woman's testimony. If you were guilty, there'd be no point in your demonstrating that the book and the pipe in Hendryx's apartment was an alibi, and then going on to disprove it."

"Well, it's a relief to know that I'm not a suspect," said the rabbi, "even though it never occurred to me that I ever was. But you said you began to suspect Roger Fine in the course of checking me out."

"That's right. You got us to thinking about how that statue could have fallen, now that we were quite certain it had not been jarred loose by the bomb. It could be knocked down by somebody climbing up there, like you, but it's not too likely. It's pretty heavy, for one thing, sixty-two pounds, seven ounces, not easily toppled by a sideswipe of the hand. And Hendryx wouldn't just sit there watching."

"It's what occurred to me when you first suggested it," said the rabbi, "my preparation for the defense, you might say."

Ames nodded. "So what would knock it down? We cemented the shards together and experimented with it. You couldn't do it with a stick—no leverage. If you had a long pole, like a window pole, you could insinuate it behind the statue and then pull. That would do it, but it would fall to one side. But if you had a stick with a hook on the end—"

"A stick with a hook?"

"Like a cane. Then it's child's play. You just reach around with the handle of the cane and pull. So there you have opportunity: he was in the building at the time. And weapon—"

"But the statue was the weapon and anyone could have used it," the rabbi objected.

Ames shook his head. "It was there all right, but only a man with a cane could have used it. Professor Fine is the only man in the school who has a cane with him all the time."

The rabbi was silent for a moment and then asked quietly, "And motive? What was his motive?"

Ames waved a hand in airy dismissal. "Who knows what really motivates a man? Frequently he doesn't know himself. We can only surmise or guess—until he confesses. We know they had quarrelled, that Fine considered him an anti-semite—"

"He made sly little digs, an occasional joke, nothing that would justify anything more than a sharp rejoinder," said the rabbi.

"From you. But Professor Fine is a much younger man. Still, I'll go along with you, not enough motive for murder. But then we picked up this Ekko, the fifth member of that student committee, and after a while he talked. And it turned out that Professor Fine had opposed that meeting with the dean and even had opposed the student campaign to make the school change its mind about dropping him."

"But why?" asked the rabbi.

"Exactly," said Ames. "That's what we couldn't understand. Until Ekko revealed something Fine had told him in confidence. You see, at the end of the summer session, Professor Fine leaked the final exam to one of the students. Hendryx found out about it and reported it."

"Fine admits this?"

"In writing, Rabbi, in writing," said Ames. "His written confession was in the safe in the dean's office. It was an earnest that he would not make trouble if they let him continue to the end of his contract."

"And Ekko tried to blow up the safe to destroy it?"

"No, no," Ames said hastily. "That's what we thought at first. But it turns out he had nothing to do with the bombing, nothing at all."

The rabbi waited to hear who in fact was responsible for the bombing, but when he saw Ames was not about to amplify his remark, he said: "Surely you're not suggesting that Fine killed Hendryx because he reported him to the dean?"

"It gives him a motive," Ames pointed out.

"You say that all happened last summer. He certainly seems to have taken his time about it," remarked the rabbi dryly.

"Sometimes these things smoulder," Ames said.

"And they usually continue to smoulder until the resentment dies out and is forgotten," said the rabbi.

"But suppose something happened the day of the murder that was quite capable of puffing it into flame?" suggested Ames. "What if something happened that made it look as though Fine might never get another teaching job? How do you think Fine would feel about that?"

"What was that?" asked the rabbi.

"Well, I'll admit I don't know too much about college hiring practices," Ames said lazily, "but I'd guess that while references from an acting head might not be necessary, since his function is purely administrative, one from the permanent head of the department is. And the very day of the murder, Rabbi, Hendryx was made head of the English department!"

The rabbi pursed his lips. "Hendryx didn't mention it to me."

"He wouldn't be likely to since it had not been officially announced. President Macomber told the dean not to say anything until the board met and made it official."

"Then how could Fine know of it?"

"Ah, my guess is that Hendryx told him." He looked at the rabbi, obviously enjoying his puzzlement. "You see, Hendryx and Betty, the president's daughter, were going to be married and she got her father to make the appointment." He chuckled. "Dean Hanbury had been campaigning for the appointment right along without success, but then a daughter, an only daughter, carries more clout, I imagine. I can see how Macomber would find it hard to refuse her."

The rabbi still didn't see how that involved Fine.

"Oh come, Rabbi, use a little imagination. Remember, this Ekko has told us Fine was against the student campaign on his behalf because he has promised the dean, and presumably Hendryx, he will not make trouble. And here's a committee coming to present a petition in his behalf that very afternoon. So with the dean tied up, Fine goes up to Hendryx's office to assure him the committee was not his idea. I can imagine Hendryx, who's heard of his appointment the night before from Betty Macomber, leaning back in that way you've described and relishing the situation to the hilt. I can imagine him taking a certain sadistic pleasure in informing the young man that now he was the regular head of the department, and that Fine was not to expect any letter of recommendation from him, perhaps he'd even better begin thinking of going into another line of work."

"Perhaps," said the rabbi. "It seems that the motive is mostly your imagination."

"You're not speaking objectively there, Rabbi," Ames said reproachfully. "You're speaking like the attorney for the defense. It's not time for that yet."

"All right, go on. Or is that all of it? How about the alibi? Have you worked out how Fine could have got into Hendryx's apartment?"

Ames beamed. "I'm rather pleased with myself on that score. I questioned the cleaning woman again, and it seems it was her custom to leave the door unlatched while she went in and out, emptying wastebaskets and things. She simply forgot to reset the latch when she left. Quite characteristic of cleaning women, I assure you."

"But how would Fine know that? Or is it your theory that he just took pot luck?"

"Ah, we have evidence from other people in the department that Hendryx was always complaining about his cleaning woman, about the way she always left the door unlocked, among other things.".

The rabbi was silent and Ames waited a few seconds before going on. "So there we have it: opportunity, motive, weapon—the last peculiar to the accused. So we picked Fine up and questioned him. He denied everything, of course, and refused to give an account of his actions for that afternoon."

"He's within his rights, isn't he?" asked the rabbi.

"Of course. But why should he refuse? If he has an alibi, he has only to tell us. We'd check it out, and if it stands up we'd release him. But if it's not a very good alibi, a rigged alibi, say, that he intends to spring on us at the trial so that we couldn't check it out in advance —and that sort of thing might occur to a smart young man like Fine—well, Rabbi, you'd be doing him a favor to convince him of his folly. Because we'd break that alibi, believe me. But the fact that he tried it could have a very serious effect on the judge and on the sentence. I've talked to Winston about it."

"And what does he say?"

Ames smiled. "Oh, defense lawyers never admit anything. It's part of the game. Even when they're plea bargaining, they don't admit that their client is guilty. I don't think Jerry would go for an alibi if he knew it was rigged, but he might if he didn't know for certain."

"Can I see him?"

"Fine? I think so. I'd like to clear it with Jerry Winston first, though. I'll call him tomorrow, and you can see him Tuesday."

46

She was small and thin. She was wearing a long cotton maxi-dress that all but trailed the ground. It was gathered under the breasts and served to emphasize them, especially since she was obviously not wearing a bra. Dangling against her cleavage was a large silver crucifix on a black velvet ribbon. Her brown hair was combed straight down and held away from her face by the bows of her granny spectacles. She had large dark eyes and was attractive in a sad, subdued way.

"Rabbi Small?" She was waiting for him outside his classroom.

"Yes?"

"I'm—my name is Kathy Dunlop, and I wonder if I could speak to you for a few minutes."

"Certainly, Miss Dunlop." He looked at her inquiringly. "What do you want to talk to me about?"

"Well, it might take a little more than a few minutes. I thought if you had some time . . ."

"By all means. Why don't you come to my office?"

She nodded gratefully and followed him down the corridor. He offered her the visitor's chair and then sat down in the swivel chair behind the desk and waited.

She fingered the cross at her bosom and then took courage to begin. "Well, this friend of mine, this girl friend, Rabbi, she's Christian like me. She doesn't go to school here, but I told her about you, I mean about you being a rabbi and giving a course here, and she asked me to ask you."

"I see."

"Well, like I say, she's Christian and she's in love with this Jewish boy."

"And they want to marry?" prompted the rabbi.

"Well, not right away, you understand. I mean, she loves him and he loves her. She's sure of it. I mean, I know them both and there's no question about it."

"All right," he said softly, "I'll take your word for it."

"Well, what I want to know, that is, what she wants to know, what she wanted me to ask you, is if she should want to change over—"

"To convert to Judaism?"

"That's right," said Kathy. "What would she have to do?"

He smiled. "Well, she'd have to see a rabbi."

The girl dropped the cross. "Of course, I know a rabbi would have to do it, but what would *she* have to do?"

David Small leaned back in his chair. "I suppose it would depend on which rabbi she went to see. Most rabbis would tell her that she should give up the boy and look for someone of her own faith."

"You mean the rabbi wouldn't do it?" she said with surprise. "But that's not fair. I mean if you believe yours is the true religion, I think you'd owe it to anyone who was interested to—well—to show them the way, to convince them, to offer them salvation."

"But we don't deal in salvation, Miss Dunlop," he said.

"You don't? But you do convert people, because I know someone who was."

"Yes, we do, but we don't encourage it," he said. "It is not easy to be a Jew, so the rabbi usually discourages them, for their own sake. In theory we're not supposed to convert for any reason other than conviction, not just because someone wants to marry a Jew, for example."

"Well, if someone is in love with a Jew, and wants to— you know, share with him and think the way he thinks— I don't think it's fair!" she repeated. "I mean, if you know something that I don't know, and you think it's the truth, shouldn't you want to tell me? Couldn't this girl being in love with this boy, couldn't that be what gets her started in being convicted, I mean convinced?"

"Yes," he said. "In fact, I suppose that's the rationale used by most rabbis in these cases." He sighed. How to deal with this girl, so intense, so serious. He wondered if she was pregnant and if what he would say was necessary to help her decide what to do about her immediate problem. "Why do you wear that cross?" he asked.

"Oh, does that bother you?"

"No. I just wondered. Do you wear it all the time, or did you just happen to put it on today?" He wondered whether she regarded it as a kind of talisman to protect her when talking to a rabbi.

"I wear it because I'm a Christian," she said. "I told you that."

"Yes, but most Christians don't wear large silver crosses."

"Well, it's a gift, a special gift from my father. He's a minister," she said. "He converts people all the time. I mean, that's really part of his ministry, to bring people to Jesus."

"And how does he convert them?" the rabbi asked.

"He preaches to them, of course. He convinces them that the way of Jesus will make them into better people, that they'll be like born again, and they'll be rid of their sins."

"And what do they have to do?"

"They've got to just accept Jesus. That's all it takes—they've got to be willing to accept Jesus, to open their hearts and let Him come in, because if someone has faith in Him, that's pretty much all that's required."

"Well, it's a little different with us," he said. "You see, ours is not a religion in that sense. The things we believe in, I suppose many people who are not Jews also believe. That doesn't make them Jews, though. And there are many Jews who don't hold these beliefs and are still Jews. The rule of thumb is that anyone born of a Jewish mother who did not convert is a Jew. It's more a matter of belonging to the Jewish people, the family, than of accepting certain specific beliefs."

"But I don't understand. If it's a religion—"

"Did you ever study Roman history?"

She seemed surprised. "Yes, in high school, but what's that got to do with it?"

"Do you know what the *lares* and *penates* were?"

"Oh, let me see," she said, as if called on to recite in class. "Weren't they like idols or statues that the Latins or the Romans had in their houses?"

"Something like that," said the rabbi. "They were the household gods, the family gods. The gods that particular family took with them wherever they went. Well, Miss Dunlop, it's a little that way with us. Judaism is a family religion. It's a set of beliefs, practices, rituals, a way of life, that is peculiar to our people, to our family, to the descendants of Abraham. Conversion is like being adopted into the family. The convert even takes a new name, a Jewish name, usually Abraham for a male and Sarah for a female."

"So what do you have to do?" she asked, impatient now. "To be adopted that way, I mean?"

"First of all," he said, "you have to learn the practices and the rituals."

"Do all Jews know them?"

"No," he conceded, "but converts must."

"Does it take a long time?"

"Months, sometimes years."

"Years? But that doesn't seem fair. I mean where some Jews don't know them."

"I suppose the idea is primarily to discourage conversion," he said. "But there is also the theory that anyone who was born a Jew acquired the knowledge and the way of life subconsciously, imbibed it with his mother's milk, so to speak. Someone else would have to work at it."

"But years!"

The rabbi nodded sympathetically. "It hardly seems worthwhile, does it? Why don't you suggest to your friend that she try to forget this boy, give him up? At first it may seem impossible, that she can't live without him, but she'll find that she can. You know, people are always falling in love with people they can't marry. They may already be married, for instance." He smiled. "Well, they usually live through it."

She remained silent, making no move to leave.

"Does this, what I've told you, does it come as a shock to you?" he asked kindly.

"No, it's what *he* said." She drew a deep breath, and her face took on a new determination. "Rabbi, you know Professor Fine, don't you? The one who was arrested?"

"Yes," he said, "I know him. Why?"

"Well, he didn't do it. He couldn't have because he was with me. When it happened, I mean."

Slowly the rabbi brought the chair to an upright position. "Yes? And where was that?"

"It was at a motel, the Excelsior, on Route 128. I got us a room and then I phoned him here at the school to tell him the number and he came right out."

"And what time did he leave?"

"A quarter past two."

He looked at her. "How do you happen to be so sure of the time?"

"Because after I took the room I—I wasn't sure," she said. "I mean I was kind of scared. I'd never done anything like this before. And the way the motel woman looked at me when I told her my husband had stopped off to pick up some things and would join me later . . . See, it's right next to like a shopping center. So I thought maybe I'd go back to the office and tell her I changed my mind and ask for my money back. Then I thought I'd just get into my car and drive off without saying anything and just forget about the money. Then I thought I'd wait until a quarter past two."

"Why a quarter past?"

"Because it was a few minutes after at the time and a quarter past seemed a good time to decide definitely. My watch just shows the quarter hours. It doesn't show the minutes in between. See?" She held her wrist out to him.

"And that's when you called him?"

She nodded.

"Is there a switchboard at the motel, or can you call outside directly?"

"Oh, I didn't use the phone in the room. There's a pay station just outside in the parking lot. I used that. I thought the motel woman might listen in."

"I see. How did you happen to pick that motel in the first place?" he asked.

She dropped her eyes. "One of the girls in the dorm said it was a good place."

"I see. And what time did Professor Fine get there?"

"I—I don't know exactly. But he said he was starting right out, and he wouldn't—I mean, if he were coming out to me, he wouldn't—"

"No, I don't think he would, either," said the rabbi kindly. Then, "Did you have any occasion to notice the time when he arrived?"

She shook her head slowly. "Not until later when I thought it might be late for him, but he said he had plenty of time. His wife was going to some party and he'd told her he'd be staying in town."

"Do the police know any of this?"

"Of course not, or he'd be free now, wouldn't he?"

"If they believed him," he said. "Did anyone see you together at the motel?"

She shook her head vigorously. "I'm sure they didn't. We were very careful. That's why we arranged that I should take the room. He didn't want to be seen. He was afraid, with his cane and his red hair and all, that the manager would remember him and someday it might come out."

"I see."

"He wouldn't tell them," she insisted, "because he wouldn't want to involve me."

"Even though it means staying in jail?"

"Oh yes," she said positively.

47

David Small filled out his permit form and slid it into the shallow tray under the thick glass bullet-proof shield.

"Just like a bank," he said.

The guard laughed automatically. The remark was made dozens of times a day. "Yeah, it's a bank all right. Now if you'll empty your pockets and walk through the scanner."

The rabbi deposited his wallet, loose change, and wristwatch in a little pile and stepped under an archway.

"Now back."

The needle on the dial moved.

"You still got metal on you."

The rabbi patted his pockets. He inserted his hand in the side pocket of his jacket and felt the tear in the lining he was always forgetting to ask Miriam to mend. He came up with a stub of pencil. "It fell down inside the lining," he explained. "I forgot I had it."

"All right. Now walk through again. Okay now."

"You mean the pencil registered?"

"The metal eraser holder," said the guard.

Rabbi Small collected his belongings and was directed down a short corridor and through a heavy door of steel bars which clicked closed behind him. "First door on your left," the guard called after him. "You wait there."

It was a small room with only a few chairs and a table as furniture. As he waited, the rabbi wondered what he would say. Did Fine know what had happened at the temple Friday night? Should he ask him about it? Should he mention that he was here at Ames' suggestion? The door opened and Roger Fine entered. Behind him was a middle-aged black prison guard.

"I have to wait out here, Professor Fine," said the guard, "but you can close the door."

"Okay, John, thanks. By the way, this is Rabbi Small. He also teaches at Windemere. John Jackson, Rabbi. His boy is a student at Windemere."

"Hello, Rabbi," said the guard, and drew the door of the room closed behind him.

"His boy was one of those I tutored in the summer and managed to get in," said Fine. "Nice kid."

"I heard of your program," said the rabbi. "That took considerable courage, I imagine."

"Not courage, Rabbi; concern." He flung himself into the seat and hooked his cane on the edge of the nearby table. He seemed thinner than when the rabbi had last seen him, and his face was drawn.

"And how has it worked out?" asked the rabbi. "The ones you tutored, have they done well?"

Fine shrugged. "Some worked out all right; some not so good. You've been hobnobbing with the Establishment. What do they say about it?"

The rabbi laughed shortly. "I certainly wouldn't call it hobnobbing—an occasional coffee in the cafeteria. And I didn't realize they were the Establishment, just some of the older members of the faculty. But I gathered from them that the group you were tutoring hadn't had college preparatory training, that they were from Roxbury, and most of them had been out of school for several years."

"What of it?" demanded Fine. "The experience of making it in the ghetto was ten times more valuable than a course in Latin or algebra in high school."

"Perhaps so," said the rabbi, "but that's not the point, is it? A course in algebra might not be very useful in the ghetto, but it's probably necessary preparation for college physics or chemistry."

"Well, that's why we were tutoring them during the summer," said Fine heatedly.

"But how much could you hope to accomplish? If you could cover several years of college prep work in a couple of months, then our secondary school system is a fraud. If not, your tutoring project would be a fraud intended only to gain them admittance to a course of study they couldn't possibly pursue."

"What of it?"

"What of it?" the rabbi echoed.

"Sure, what of it?" Fine laughed scornfully. "What sort of place do you think Windemere is? Or any college? It's a fossilized institution like—like the electoral college, or the British monarchy, or the House of Lords. The college today is simply an institution for maintaining a plutocratic class structure. It's intended for . . ." his voice trailed off as he saw his visitor's gaze fixed beside him. He turned and, following the rabbi's gaze, saw a cockroach scuttling along. He knocked it down with his cane and then calmly stepped on it. "It's not the Ritz, but it's free." He laughed. "That's one of the things they say here. Not very funny, but it keeps their spirits up, I suppose."

The rabbi nodded and then, after a suitable pause, continued. "It's curious. Professor Hendryx also thought the college was no longer for the purpose of educating young people. But he thought its present function was to subsidize college professors."

"He would," said Fine. "But if you examine its effect on society, you see all college does is to divide the sheep from the goats, the white collars from the blue."

"I'm surprised you're willing to be a party to it then," said the rabbi pleasantly.

"Ah, but there's a little side-effect maybe the Establishment hadn't figured on, and that's why we were in it and were willing to do this summer tutoring thing."

"And that is?"

"Anyone from the wrong side of the fence who does manage to make it is automatically socially up-graded. There's no denying college is the main road to social advancement. That's a fact recognized by all sociologists and most educators."

"I'm afraid I don't have the same faith in the wisdom of sociologists and educators that you have."

"But dammit, Rabbi—"

"My view is naturally the traditional Jewish one," he went on imperturbably, "that learning is to be pursued for itself. A college, that is a liberal arts college like Windemere, is a place for those who want to know more than they have acquired in high school. If you change it into a vehicle for social upgrading, as you call it, or into anything too practical, for that matter, it no longer performs its function."

"You mean you'd limit liberal arts schools just to the smartest kids?"

"Not at all, although I don't know what you mean by the smartest kids, or how you'd go about selecting them. Marks usually reward the most docile students, those who conform to their teachers' opinions. There's nothing competitive about learning, it's something everyone does for himself alone. A fat man who joins a gym to reduce is not competing with someone who is there to improve his muscle tone, or even with someone else who is there also to reduce. Each is there to satisfy his own needs."

"So according to you, the only ones who should go to the liberal arts college—"

"Are not the smartest, but those who really want to be there, who want to know more than they do," said the rabbi.

Fine could barely conceal a slight triumphant smile as

he said: "Then why object to our program of bringing blacks into college?"

"I don't," said the rabbi, not in the least disconcerted. "For those who want to learn, no objection at all, provided they have the necessary preparation. Because without that, they won't be able to do the work, just as the fat man in the gym wouldn't be able to take advantage of the physical regimen if he had a serious heart condition. And you won't be doing them a kindness. Quite the contrary."

The red-haired young man sat back in his chair and shook his head slowly in wonderment. Then he grinned. Then he laughed aloud.

"Have I said something funny?" asked the rabbi.

"No, you're all right, Rabbi. You know, when my lawyer told me you were coming I wondered what for. Were you coming to see the condemned man to urge him to confess? To tell the truth, I wasn't too keen on it, but Winston, that's my lawyer, seemed to think it was worthwhile. And here we sit in a little room in the city jail and we're talking—of all things—about educational theory and philosophy. You've got to admit, Rabbi, that's funny."

The rabbi grinned. "You're right, it is funny."

Fine leaned forward. "I'd love to go along with your theory, Rabbi, but the system itself militates against your precious love of learning. Taking courses in a dozen different fields with no continuity, no association, the subject matter forgotten within days after taking the exam—all it does is prevent anyone from getting a decent education. Why, the average graduate can't write a decent paragraph—"

"And whose fault is that?" the rabbi countered. "You've relaxed your standards because you no longer think it's your function to teach, just to upgrade socially, and you don't care how it's done. Any way the student gets his pass mark will do, just so long as he gets by."

Fine eyed the rabbi narrowly. "Is that a general comment, Rabbi, or are you perhaps referring to a little difficulty I had with Hendryx and the dean?"

"I know about it."

"Oh yes, you shared an office with Hendryx."

"But he didn't tell me," said the rabbi quickly.

"Then who—" Fine shook his head. "It doesn't matter now."

"Tell me," said the rabbi, "do you happen to know a Kathy Dunlop?"

The atmosphere chilled perceptibly and immediately. "Yes, I know Kathy," Fine admitted cautiously. "What about her?"

"She came to see me yesterday."

"And she told you?"

"No, she said nothing about the exam. She wanted to know how a girl would go about getting converted to Judaism. It seems that some friend of hers is in love with a Jewish boy."

Fine moved in his chair uneasily. "Is that so?"

"Of course," the rabbi went on, "it was quite obvious she was talking about herself. Preliminary inquiries are quite frequently made that way. Was it you she was thinking of marrying?"

The man remained silent. The rabbi waited, and when it looked as though Fine was not going to speak, he went on. "She said you were lovers."

Abruptly Fine rose and circled his chair. "Yes," he said, "I love Kathy. But don't get the idea that I ever suggested I might divorce my wife to marry her." He perched on the edge of the table.

"Apparently she had that idea."

Fine shrugged. "Not with any encouragement from me. I even told her I would never marry anyone but a Jewish girl, and I meant it. Do you believe me?"

The rabbi thought for a moment. "Yes, I believe you."

"Does it surprise you?"

"No."

"Well, it surprises me." He threw himself back in the

chair. "It doesn't make sense to me, but it's true; it's how I feel. Here I am, modern, enlightened, intellectual, and, in all modesty, even intelligent. My reason tells me that religion, prayer, faith—the whole bit—is a lot of nonsense. I'm sorry, Rabbi, but that's how I feel. And yet I married a Jewish girl, and wouldn't marry one who wasn't. I suppose it's because it would upset my parents; and yet, I'm not particularly close to them. It's crazy, isn't it?"

"It's not so crazy," said the rabbi. "I know a Jew who is completely divorced from Judaism, but will not permit butter on his table at home when he is eating meat. Claims it upsets his stomach. And yet, always eats butter with his meat when he's in a restaurant."

"I'm afraid I don't get the connection. Yes, I suppose I do. You mean that in certain matters the most rational of us is irrational."

"Tell me, how do your folks feel about your being here?"

"They don't know. They're on one of these three week tours of Israel. I'm hoping to get out of this mess before they get back."

"And if you don't?"

The young man raised his hand to his forehead in a gesture of despair.

"Kathy—" prompted the rabbi. "You saw her that afternoon. That phone call you were waiting for, it was from her?"

"What about it?" he said belligerently.

"It might get you out of here. It could give you an alibi."

Fine leaned forward and spoke heatedly, "If she goes to the police with that story, or if you do, I'll deny it. I'll say she's just a crazy kid with a bad crush on me and with an overactive imagination. She'd have no way of corroborating her story; I took precautions not to be seen."

"But why?"

"Because it would ruin my marriage, probably end it,"

he said. "Don't you understand? I love my wife."

"You just admitted loving Kathy."

"So what? Monogamy is a social institution; it's not a natural law, not even of human psychology. I wouldn't go to bed with Kathy if I didn't love her. But that doesn't mean I don't love my wife. If you were ten years younger and not a rabbi, you might understand."

"I have been ten years younger, and I wasn't a rabbi at the time," he said good-naturedly, "and I have a good memory. I'd like to try to understand."

"All right," said Roger Fine. "My wife and I have a good marriage. We enjoy each other in bed. Right now, she's carrying my child, and I'm glad that it's with her that I'm going to have a child. But Kathy—Look, Edie is a nice, proper, middle-class Jewish girl. And that's a good type, but it has its limitations. With Kathy, we had this great yearning for each other, and when we came together there was total surrender of mind and soul and body, each to the other. It was good, so it cannot be wrong."

"I see."

"Do you?" Fine asked eagerly. "Do you really?"

"Of course. You want to have your cake and eat it, too."

"I'm sticking my neck out, you know," said Chief Lanigan, as he maneuvered the blue official car with its gold Barnard's Crossing police insignia into the heavy traffic of Route 128.

"Because it's in Swampdale rather than Barnard's Crossing?" asked the rabbi. "It's only across the line."

"Oh, Swampdale's no problem. Barney Rose there is a good friend of mine and wouldn't mind me coming into his territory to do some routine checking. No, I'm thinking of the Boston police. This is their case, and they might not take kindly to interfering."

"I see what you mean," said the rabbi. Then he brightened. "But strictly speaking, you're just checking out Kathy Dunlop's story. If you discover that she was not alone, that there was a man with her in the motel, a red-haired man with a limp, that could be Professor Fine who lives in Barnard's Crossing and that *would* fall under your jurisdiction."

"Yeah, yeah, David, maybe that kind of hair-splitting is acceptable to your rabbinical friends, but I'd hate to try it on Schroeder or Bradford Ames." He glanced at his companion. "Not that I'm really worried; just grousing. That's how cops make conversation."

"Well, in any case, I appreciate your taking the trouble."

"Oh, it's no trouble." Lanigan had a thought, and laughed. "You're sure you weren't worried the motel guy might think you were the girl's husband?"

"Well, that entered my mind, too," said the rabbi grinning. "Do you know anything about the place, its reputation?"

"It used to be chickens," said Lanigan with seeming irrelevance. "A guy worked for a salary all his life and saved up a little money and then decided he was tired of it, tired of the city, the dirt, and the noise. He and the missus would be hankering for a place in the country, and somebody would sell him the idea of a chicken farm. Just enough work to keep your mind from going wooly, fresh country air, and a regular income from eggs and poultry. Joe Gargan, who retired as lieutenant, was all hepped up about it. His last year on the force, he carried the literature with him whenever he'd come on duty. He'd tell me how you pay so much for feed and sell your eggs for so much and then you sell the birds themselves at so much a pound. There was no way you could miss. Except of course, sometimes feed costs went up and you couldn't make a profit. And sometimes disease would wipe out your stock. And then there were other expenses that you didn't figure on.

"Well, sir, chickens have had it. Now it's franchises, I understand. You pay down your life's savings and maybe go in hock for a lot more to operate a stand that sells somebody's hamburgers or hot dogs or ice cream. They tell you how you're working for yourself and they can prove it's bound to be successful."

He shook his head in wonder. "But for a while there, it was motels. All you had to do was make up the beds in the morning and put clean towels in the bathroom. A morning's work for a man and his wife, or for just the wife, while the man ran the office."

"The Excelsior is managed by a husband and wife?"

"Yeah. It's right by a small shopping center. You know how it is with these motels. If they're in a good location and get plenty of business, they'll operate nice and legal and respectable. But let business slack off and they tend to get a little careless, like renting rooms to hookers or college kids who are looking for a roll in the hay for a couple of hours."

"And how is business at the Excelsior?"

"So-so. Did she happen to say why she picked the place?"

"Only that it had been recommended by one of the girls in the dorm," said the rabbi dryly.

"Doesn't surprise me. Well, here we are."

A brass nameplate on a triangular block of mahogany identified ALFRED R. JACKSON, MGR. Jackson, dressed in sport shirt and golf sweater, came out to meet them and introduced himself. "Is there something I can do for you gentlemen?"

"Like to use your phone," said Lanigan.

"Sure, go ahead." He slid it over.

"Anything wrong?" he asked the rabbi, as the chief dialed.

Rabbi Small shook his head. Lanigan spoke a few words into the receiver and then hung up. "Just a routine inquiry," he said. "Can I see your register for the thirteenth of this month?"

"Anybody in particular?" asked Jackson as he went to the card file. "The thirteenth, that was a Friday?"

"That's right. Katherine or Kathleen Dunlop. She would have registered sometime that afternoon."

"Here's a Mrs. Kathy Dunlop. Mass. license plate 863–529. Came in at 1:52." He pulled the card and put it on the desk.

"That's not Mrs.," said the rabbi. "It's Ms."

"Oh yeah, that's right. Women's Lib." He laughed as though it were a good joke.

"Was she alone?" asked Lanigan.

"Gosh, I don't remember, Captain—er, Chief. I remember the day all right on account it was Friday the thirteenth. I'm not superstitious, but you know how it is."

"She said there was a woman in charge," the rabbi remarked to Lanigan.

"How about it?" asked the chief.

"Oh, that would be my wife. Just a minute." He opened a door and called inside, "Martha, want to come out front a minute?"

They were joined by a woman in a housedress, her hair elaborately done up in plastic curlers. "I look a mess," she apologized. "Just getting ready to go out."

"These gentlemen are interested in a Kathy Dunlop who registered with us on Friday the thirteenth, early afternoon. You remember her? You checked her in."

"Yes, I do. A little bit of a thing. Nice girl."

"What makes you say that?" asked Lanigan.

"Well, I don't really know, of course, except that she was quiet and polite and—oh yes, she was wearing a cross, so I guess she didn't seem like some of these girls you see around nowadays. She told me she'd been driving straight through from the night before and needed some sleep, so I put her in Number 6 where she wouldn't be disturbed by people coming in later to register. And oh yes, she asked if there was a phone in the room, and I told her she'd either have to use the pay station across the way in the parking lot or the one here in the office." To her husband she said, "Don't you remember, Al? I said Friday the thirteenth was unlucky, and that was the day we had trouble with the switchboard."

Lanigan asked if she had used the phone in the office.

"Not that I remember. Besides, the one in the parking lot is nearer."

"What about visitors?"

"Well now, I don't spy on my guests," she said virtuously. "A guest rents a room, he can have people come to see him same as if it was his own home. I don't go around snooping."

"Did you see anyone with her? A red-haired man with a cane?" Lanigan prompted.

Mrs. Jackson shook her head positively.

"Who else was registered at the time?" asked the rabbi.

She looked inquiringly at her husband. "That couple from Texas?"

"No, they checked out at the regular check-out time. That's eleven o'clock. We must have been empty at the time," he said.

She amplified. "This time of year, people don't start checking in until late afternoon or early evening." She flipped through the cards in the file. "Here—4:20, 4:38, 5:02."

"What time did Miss Dunlop check out?" asked Lanigan.

The woman colored. "Why, I seem to remember that she stopped by in the evening to leave the key and say she was going out for a bite. I don't think—no—I'm sure of it; she didn't come back. You remember, Al, I said I thought she might have gone to a movie."

Lanigan asked Mrs. Jackson whether she had made

up the girl's room the next morning, whether the bed had been slept in.

"I don't remember," she said warily. "I'm sure it must've been or I would've remembered."

"One person or two?"

"How would I know that?"

"Oh, you'd know all right."

"I—I don't remember."

As they drove off, Lanigan said, "I'm sorry, David, but I'm afraid your friend Fine had no alibi. Neither the manager nor his wife saw him, there were no guests in the motel, and with the phone out of order no one could have called in and thus confirm he was there at a certain hour."

"There's the girl . . ."

Lanigan shook his head. "Not very good. No corroboration. And she's in love with him obviously, so it wouldn't be hard to believe she'd lie for him. Of course, Fine's lawyer might put her on the stand and hope she'd make a good impression on the jury. And she might, too, until the D.A. started tearing into her. He'd make her out to be a common whore, even worse for knowing he was a married man."

49

Lanigan and the rabbi entered the station house, and the desk sergeant called out, "Say, Chief. Grace just phoned from the neighbor's to say she's locked out. All right if I run down and let her in?"

"Okay," said Lanigan, "I'll cover the desk."

He glanced over the blotter. "How come you didn't log in the call?"

"Why, it's my wife, Chief. It's a personal call."

"A citizen phones to say she's locked out of her house and I dispatch a sergeant to help her. That's regular business. Every call has to be recorded, you know that. All right, get going."

Lanigan shook his head as he logged in the call. "Are you planning to go to see Mrs. Fine, David?"

The question caught the rabbi unprepared. "Why would I do that?" he asked.

Lanigan regarded him with interest. "Well, you saw her husband in jail, didn't you? All I know is if it was one of ours, the priest would go as a matter of course."

"But I'm not a priest. I don't have that sort of relationship with the people in my congregation. Besides," he said, "I had some trouble with her a while back."

"Oh?" said Lanigan.

"It was nothing serious," said the rabbi.

Driving home, he was far from convinced that he should see Mrs. Fine. For all he knew she was not even at home, she probably had gone back to her parents, and he certainly had no desire to face Mr. and Mrs. Chernow as well.

But he had to pass the Fine house and when he saw a light on he stopped.

Edie Fine opened to his ring. "Oh, it's you, Rabbi," she said, obviously surprised. "I—I was just on my way to my folks—"

"May I come in?"

"Well, all right, but I don't have too much time. I'm due there for dinner." She led the way into the living room. "I suppose you want to tell me you had nothing to do with Roger being—I mean, that business Friday night, I didn't put them up to it, you know."

"It's quite all right, Mrs. Fine. As a matter of fact, I saw your husband this morning. I found him not at all depressed."

"Well, I'm glad to hear that. Of course, I know it's all

a horrid mistake, and it could happen to anyone, but it makes you wonder."

"What does it make you wonder, Mrs. Fine?"

"Why, about all sorts of things. Whether there's any justice in the world. About the police and the law courts and—if it pays to be decent—"

"Mrs. Fine!" He spoke sharply. "I am pleased to say that your husband appears to be bearing up well under this ordeal. I suppose that's because he is certain of his innocence. When I see him again, I should like to tell him you are bearing up well, too."

She stared at him, and then understanding came to her. She said in a quiet, controlled voice, "Yes, you tell him that. Thank you."

When he arrived home, instead of giving Miriam his usual, matter-of-fact, husbandly peck, he embraced her, kissing her on the lips with considerable authority.

"Well," she said in surprise, "what brought this on?"

"I have had a very unpleasant day," he said, "but I learned that I love you very much."

"Well, if you learned that, you must tell me about it."

"I can't."

"Then at least let me fix you a drink."

"No, but I'd like a cup of coffee."

"So would I." And she went inside to put on the pot.

He unlaced his shoes and kicked them off. Then, punching a pillow into place, he stretched out on the divan. But the phone rang and he went to answer. It was the assistant district attorney.

"Yes, Mr. Ames. What can I do for you?"

"Sergeant Schroeder has just been to see me. He's quite annoyed with you. And I'm not sure that I'm entirely pleased with you myself."

"I'm sorry to hear that," said the rabbi. "Is it his feeling in general or is it something he thinks I did?"

Ames chuckled appreciatively. "He'd like me to order you picked up as a material witness. It's what you would probably call a sin of omission. A Kathy Dunlop came to see you with information bearing on this case. He thinks you should have reported it to the police."

"I see. So she went to you people with her story."

"She did."

"Well," said the rabbi, "I thought about it and decided that her uncorroborated story would not be of much use to the police, whereas reporting it might very seriously affect a matter in which I have some responsibility. I balanced one against the other and decided not to report it for a while."

"Indeed? And what matter is that, Rabbi?"

"The relationship between Mr. and Mrs. Fine. I performed the marriage, you know."

"You were afraid Schroeder might go see Mrs. Fine?" There was a pause. "All right, Rabbi, I'll buy that. Now how about your little trip to the Excelsior? That is purely police business."

"I can justify that, too."

"Save it, Rabbi. Why don't you join me after your class tomorrow morning in Hendryx's apartment. You can tell me all about it there. And Rabbi," he said, "it better be good."

He hung up as Miriam came into the room with a tray. "More trouble?" she asked in concern.

"Nothing serious. And nothing I have to worry about until tomorrow. Tonight I'm looking forward to a quiet evening at home."

She heard a car and went to the window.

"Oh, David, the police cruising car has just pulled into our driveway."

Sure enough, there was a peremptory knock on the door and Miriam went to answer. The policeman tipped his hat and said, "How do you do, Mrs. Small. I brought you your tickets to the Policeman's Ball."

"You deliver them in person now?" asked the rabbi.

"The chief thought it might be good for public relations.

You know, get to know the people. We've got quite a program in public relations going down at the station."

"Well, I think that's a wonderful idea," said Miriam. "Why not do a good job of it and come in and have a cup of coffee?"

"That's very nice of you, Mrs. Small, but my partner is outside."

"Well, bring him in, too."

"It's the latest wrinkle in police work," said the first officer, as he and his partner sat on the edge of their chairs, gingerly balancing coffee cups on their knees. "Public relations. It's all on account of these young people that go around calling the police pigs and other things. Then when you have to arrest one of them, they accuse you of police brutality. So the purpose of our campaign is to get the public to back their police, to know them. I suppose it makes sense, but personally I feel that the ones who aren't looking for trouble already know the police are there to protect them; the others are just sore because we try to prevent them from doing mischief."

"Is that your view, too?" asked Miriam of the other officer.

"Well, things might be different in the city, ma'am. But here in Barnard's Crossing everybody knows everyone on the force. So to me this public relations is like extra duty."

"That you'd just as soon do without, eh?" asked the rabbi.

"Oh, I don't mind," he said quickly. "We volunteered. It's nice meeting people like this, having a cup of coffee and chatting, not in the way of business you might say."

"Maybe they ought to try the same thing in the city," Miriam suggested.

The policeman shook his head. "It wouldn't work there. You take these young people, well, here we know all of them. I've umpired games for them when they were in Little League and Joe here has been coach and manager of a team for years. They call us by our first names. But in the city, they don't know the police and the police don't know them. The same ones that are so nice to us here, when they get into the city they can become a bunch of raving maniacs when they come up against the police." He turned to his partner. "Remember how they carried on the day we had to drive Miss Hanbury back to college?"

"Yeah, the day the place was bombed. They were pretty hot, I can tell you."

"You drove back Dean Hanbury after the bombing?" asked the rabbi. "Why was that?"

"Well, she'd just got home," said Joe, "and phoned us to say she'd found one of her windows open. Lots of times people leave them open and then forget, so when they get home they call the police on account they think somebody might have broken in." He turned to Miriam. "Now don't let that keep you from calling us any time you think there's anything wrong, Mrs. Small. We don't mind. We're only too happy if it turns out you did it yourself and forgot. Well, anyway, we went right out to Miss Hanbury's house and I looked around, for footprints, maybe a mark of a jimmy on the sash, but I couldn't find anything."

"And while he was looking," his colleague continued, "a call came through on the radio about the explosion at the college. They wanted Miss Hanbury right back in Boston, and since she'd just driven out we offered to take her. And when we got to the school, there was this crowd of kids hanging around, ragging the officers who were guarding the building. They were jeering at them and laughing, even though the police were just doing their duty. Now if something like that happened here, we'd know every one of them and make a point of talking to their parents."

When they left, Miriam set about preparing dinner. As she worked, she talked—about the children, about conversations she had had in the supermarket that morning, her voice raised so that it would carry from the kitchen. But the rabbi was unresponsive.

When she finally came into the living room to tell him that dinner was ready, he said, "I don't think I care for anything right now, Miriam."

"Is something wrong, David?"

"No, I'm just not hungry. I—I've got some work to do." And he got up and went to his study.

Later, much later, he was still there, not reading, not working, but abstracted, gazing off into space. When she asked if he were coming to bed, he did not answer but just shook his head in momentary annoyance.

50

The morning traffic was heavier than usual and the rabbi did not find a parking spot until a few minutes after nine. By the time he reached his office, it was ten minutes past. He was quite certain that his students had already left, but he hurried nevertheless on the chance that a few might have waited. To his surprise, when he reached the classroom he found the normal complement of students.

"There was a breakdown on the bridge," he explained by way of apology, "and traffic was single lane all the way."

"Oh, that's all right, Rabbi," said Harvey Shacter magnanimously. "We voted to wait until a quarter past."

"That was very considerate of all of you," said the rabbi. He smiled. "It shows perhaps you have begun to acquire the traditional Jewish attitude toward learning and study."

"You mean we got a special one?" asked Shacter.

"Of course," said his friend Luftig scornfully. "Get A's and make honors or Phi Bete."

"No, Mr. Luftig, that's not it," said the rabbi. "Quite the contrary, in fact. The rabbis held that learning should not be used as a spade to dig with, by which they meant that it should not be put to practical or material use. Learning and study are with us a religious duty, and hence not competitive. A's, honors, Phi Beta Kappa—these are the rewards of competition."

"So if you're not going to get any practical benefit, what's the sense?" asked Shacter.

"Because the desire for knowledge, knowledge for its own sake, is what distinguishes man from the lower animals. All animals have an interest in practical knowledge —where the best food supplies may be found, the best places to hide or bed down—but only man goes to the trouble of trying to learn something merely because he does not as yet know it. The mind of man yearns for knowledge as the body yearns for food. And that learning is for himself alone, just as is the food he eats."

"So you mean it's not kosher if a guy studies to be a doctor or a lawyer?" asked Shacter.

"He means he's not supposed to get money for it," said Mazelman.

"No, Mr. Mazelman, that's not what I mean. The learning one acquires to become a doctor or a lawyer, or a carpenter or a plumber for that matter, is of a different kind. It is practical learning for the purpose of society. And we favor that kind of learning, too. There is also a rabbinical saying that a father who does not teach his son a trade is making a thief of him. So you see, there are two kinds of learning: one for yourself and the one for society."

"What a doctor or a lawyer learns, isn't that for himself?" asked Lillian Dushkin.

"It feeds his mind, to be sure; everything one learns does that. But primarily he is training himself to serve society. A doctor does not learn about all kinds of sicknesses just to cure himself. Certain branches of medicine don't apply to himself at all, such as obstetrics—"

"They apply to women doctors."

"You're quite right, Ms. Draper," acknowledged the rabbi.

Luftig was struck by a thought. "If there are two kinds of learning, shouldn't there be two kinds of teaching, too?"

The rabbi considered this. "That's a good point, Mr. Luftig. Professional study should be relevant. I don't see any sense in teaching medieval church law to the law student or the humours theory of disease to a medical student."

"Shouldn't all study be relevant?" asked Luftig.

"Why? Why should that matter in liberal arts study? There, anything that interests you—and it *could* be medieval church law or Latin epigraphy for that matter—is worth studying. Or to put it another way, in liberal arts study everything *is* relevant."

"Then how do you justify quizzes?" asked Mark Leventhal. "Aren't you breaking your own rules by giving us grades?"

"Yes, I suppose I am. But I have to follow the regulations of the school."

"What would you do if you had your way?" Leventhal persisted.

The rabbi thought a moment. "Well, since you receive credit toward an earned degree, I'd have to distinguish between those who made a proper effort and those who didn't. So I'd just have two marks—pass and fail. And I'd try to devise an examination that would indicate interest rather than just information."

"How could you do that?"

"I don't know offhand. I suppose you might have the choice of answering all the questions, or just a few, or even one at great length."

"Hey, that's a good idea."

"Right on. Why don't we do it that way?"

"Maybe the other teachers—"

"Hey Rabbi, you going to teach next semester, too?"

It was one of numerous questions, but the class fell

silent after Shacter asked it, as though it had been in all their minds.

"I have not arranged to," said the rabbi.

"Maybe you could teach full-time," said Lillian Dushkin.

He realized that the questions indicated their approval of him as a teacher, and it was pleasant to hear. "Why would I want to do that, Miss Dushkin?" he asked.

"Well, it must be a lot easier than rabbi-ing."

"Yeah, but you make less," Shacter pointed out.

"Aw, he wouldn't care about that," Luftig countered.

"A rabbi is a teacher anyway," Leventhal pointed out. "That's what the word means."

It crossed his mind that earlier in the year he would have considered this free discussion of his future career impertinent, but he had come a long way since his first week of teaching. "You're quite right, Mr. Leventhal," he said. "And you're right, too, Miss Dushkin, teaching is easier. But I intend to go on being a rabbi and ministering to a congregation." He looked out the window at the apartment across the street and saw what he assumed were plainclothesmen moving purposefully between the Hendryx apartment and a car parked in front of the building. He turned to the class once again and smiling wryly, he said, "As for teaching next semester, I'm not sure I'll even be able to finish this one."

Later, when the class was over and he was returning to his office, Mark Leventhal fell in step beside him. "You know, Rabbi, my folks want me to go to Cincinnati when I get through here. They'd like for me to become a rabbi."

"Is that so? And you, how do you feel about it?"

"Well, I was planning to go to graduate school and then get a job teaching at some college."

They reached the office and the rabbi fished for his key. "Do you have a class, Mr. Leventhal?"

"Yeah, but I'd just as soon cut it."

"Come in, then." He motioned the young man to the

chair and took the swivel chair behind the desk. "Are you looking for advice as to which career to pursue?" he asked.

"Oh well, you know, I'd like to hear how you feel about it, you doing both, kind of."

The rabbi nodded. "It's changed, of course," he said. "In the small ghetto towns of eastern Europe, which was the main center of Jewish culture, the rabbi was hired by the town, rather than by a synagogue. He was subsidized by the townspeople to spend most of his life in study, serving the community by sitting in judgment when the occasion required. He didn't conduct services or even preach sermons. He was required to address the community only twice a year, and usually it was not a sermon but a thesis on some religious or biblical question."

As he continued, he realized that he was talking as much to clarify his own thinking as to advise the young man. "He was usually highly respected by the congregation, if for no other reason than that he was the most learned man in the community in the only kind of learning they had— religious, biblical, Talmudic. But here in America, things are entirely different. He no longer sits in judgment, we go to the courts for that. And his special knowledge is no longer the only kind; it isn't even considered a very important kind by his congregation. Medicine, law, science, engineering—these are regarded as much more significant in the modern world and of course by his congregants."

"You mean he doesn't get the same respect he used to?"

The rabbi smiled. "You could say that. He's had to make his own job, and it's largely administrative and—well, political."

"Political?"

"That's right. And in two senses: he's usually the contact point between the congregation and the rest of the community; and he has to maintain himself in his position. Like any public figure, he always has an opposition to contend with." He remembered what Miriam had said. "But actually, although the job appears to have changed enormously, it's still the same job."

"How do you mean?"

"Basically, his job was to guide and teach the community. Well, that's still his job, only now his community is less plastic, less docile, less interested, and even less inclined to be guided. It's a much harder job than it used to be, Mr. Leventhal, and a much, much harder job than teaching in a college where your teaching is limited to a rigid framework of classes at specified times, quizzes, credits—"

"Well then, why would you choose the rabbinate over college teaching?" the young man demanded.

The rabbi smiled, for he now knew he had found his own answer. "We say it's hard to be a Jew, and it's even harder to be a rabbi, I suppose, who is a kind of professional Jew. But haven't you noticed in your own life, Mr. Leventhal, the harder the task, the more satisfaction there is in doing it?"

51

Diffidently the rabbi rang the Hendryx bell. "Oh, it's you," Sergeant Schroeder said belligerently. "I've got some things to say to you."

"It will keep, Sergeant," said Bradford Ames. "Come in, Rabbi."

The room was ablaze with light from floodlamps mounted on collapsible stands, and several plainclothesmen were busy measuring, photographing, dusting for fingerprints. Ames explained that Hendryx's relatives from the West Coast were coming for his effects, so this was their last chance to give the place a final going over.

"How about the bureau? You want me to take some pictures of the drawers, Sergeant?" asked the photographer.

"Yeah, take each drawer. It'll give us a kind of inventory."

Ames motioned the rabbi to the bed. "Sit there. You'll be out of the way," he said. "I'm accepting your explanation on the Kathy Dunlop story, but I might as well tell you, your little investigation at the Excelsior Motel, well, that depends on what you came up with." He showed no anger, but his tone was distinctly cool.

The rabbi told them what he had learned—that no one at the Excelsior had seen Roger Fine and that the motel switchboard had been out of order that day. "So no one could have called him from outside."

Schroeder rubbed his hands. "Well, that's all right then. That's just fine."

Ames, too, smiled his satisfaction. In a more friendly voice, he explained, "You see, if it had been the other way, if there had been some chance of a possible alibi, then your inquiries could have fixed it in the person's mind, or even insinuated it there."

"I didn't really expect an alibi from Kathy's story," said the rabbi. "All she remembered was the time she called him at school. She did suggest that if Fine had just killed someone, however, he would scarcely be likely to visit her immediately after."

"And yet," said Ames, "there are cases reported in the literature of just that sort of thing. Adds a certain zest to the love-making as I understand."

"Well," said the rabbi, "the next day I checked with Fine in jail on the chance there was something Kathy had overlooked, but he didn't want it known he had been with her at all. He said even if that offered a possible alibi he wouldn't use it. To see for myself whether Miss Dunlop's story was true, I decided to check with the motel people."

"I can follow your reasoning," Ames admitted, "but that phase of the inquiry should have been left to the police."

"Hey Sarge," the photographer called out, "this bottom drawer is empty."

Ames went over and the rabbi joined him, feeling he was not actually required to remain seated on the bed. "Hendryx probably used that bottom drawer for his soiled laundry," Ames said. "It's what I do when I'm staying in a hotel."

"I don't think so, sir," said Schroeder. "There's a hamper in the bathroom."

"Then he probably didn't have enough stuff for that last drawer," said Ames.

"And yet the other drawers seem pretty full, even crowded," the rabbi offered.

"Is that so?" Ames chuckled. "It looks like we'll have to use that Talmud trick you told me about, and wait for—who was it, Elijah?—to come to solve that little problem."

"Talmudists didn't use it until they had exhausted all other possibilities," said the rabbi reproachfully.

"Well now, I did a little reading on the subject after I spoke to you," said Ames, "out of idle curiosity, you know, and according to this article in the encyclopedia, a good part of your Talmud is just a bunch of stories and old wives' tales and moralizing. But even the legal part, I gathered, was largely unsystematic arguing sometimes about the most improbable cases."

"The Talmud has a little of everything," the rabbi admitted, "but perhaps the most useful function it serves is the method it developed."

The technicians had finished and had packed up. Schroeder asked Ames whether he could give him a lift downtown.

"Just a minute, Sergeant. The rabbi is giving me a lesson in the Talmud." He chuckled. "And what was this method, Rabbi?"

"Basically," said the rabbi seriously, "it consisted of examining every aspect of a problem from every possible point of view, which is what I assume your encyclopedia meant when it suggested that some of the cases were highly improbable. They had plenty of time, those old Talmudists, and the more recent ones, too, and they didn't share the concern that you find in Common Law about the irrelevant, the immaterial, and the incompetent. Take this empty drawer, for example—"

"Yes, what would your Talmudists have said about an empty drawer in a bureau?"

The rabbi smiled. "Well, they would certainly have considered the two possibilities: A) that the drawer had never been filled; and B) that it had been filled and then emptied."

"I don't get it," said Schroeder. "Meaning no disrespect to this Talmud, whatever it is, what difference does it make whether it was filled and then emptied, or never filled. It's empty right now."

"Well, if it had never been used, wouldn't you wonder why?" said the rabbi. "Obviously it's not because he had nothing to put into it. Look where these sweaters have been piled on top of the undershirts."

"So maybe he was a guy who didn't like to bend down."

"But he had to bend down. His shoes were on the floor of the closet," the Rabbi observed.

"All right," said Ames impatiently. "Let's assume there was something in the drawer originally. Where does that lead us to?"

"To the next question: who emptied it? It was either Hendryx or someone else."

"Well, that sure is logical," said Schroeder sarcastically. "You could also say it was either me or someone else, or George Washington or someone else."

Ames grinned, but the rabbi continued as though there had been no interruption. "Or it could be both."

"It hardly seems that two people would be required to

empty one bureau drawer," said Ames.

"I didn't mean they did it together," said the rabbi. "I was suggesting that Hendryx probably emptied the drawer to make room for something else. And that this something else was then removed."

"And removed by someone else? Is that what you're driving at?" asked Ames.

The rabbi nodded.

Light broke suddenly on the sergeant. "Hey, I get what he's driving at! Hendryx clears out that drawer to put something special in it, like papers or documents. Then he gets killed, and—now get this—Roger Fine comes here to get them, because naturally they're important to him—the confession and the exam papers. They're the only proof that he leaked the exam. So once he's here, he sees how easy it is to make it look like Hendryx returned to his apartment after the cleaning lady left, which would put Fine in the clear because he'd have an alibi, so he puts the pipe in the ashtray and lights a few matches."

The rabbi nodded approvingly. "That's very good, Sergeant, except that it couldn't be Roger Fine."

"Why not?"

"Because Fine has no alibi. Besides, Hendryx wouldn't have to clean out a drawer for the papers you mention. He'd probably put them in his desk."

"Then what *did* he put in the drawer?"

"I suppose the sort of thing anyone puts in bureau drawers—clothing."

"You mean it was the murderer's clothing and he came to get it?" asked Ames. "But why? I still don't get it."

"Try she," suggested the rabbi. "*She* came to get it."

"A woman?" Ames thought about it for a moment. "Well, if she were—"

"Yeah, why not?" exclaimed Schroeder. "The guy was a bachelor, you'd expect him to shack up with a broad every now and then." He remembered Ames and stopped.

"It's all right, Sergeant," said Ames. "I know the facts of life."

"Well, what I mean, sir, is that if he had a woman drop in on him every now and then, naturally she'd stay the night."

"Naturally."

"And maybe she'd keep a nightgown here, and some pretties if she came often enough." He snapped his fingers. "Of course! Betty Macomber! They were secretly engaged. They don't wait nowadays. And come to think of it, she didn't seem so terribly cut up, not what you'd expect of a girl whose fiancé had just died."

"You said her father was not terribly upset either," remarked Ames.

"That's right. Hey, look—he's a golf nut," said Schroeder excitedly. "The kind that keeps his clubs right there in the office. Matter of fact, when I went up to see him, he was practicing putting on the rug."

"What's that got to do with it?" snapped Ames.

"Don't you see, sir, a golf club has a hook on the end like a cane."

"Hm." Ames nodded slowly. "Father and daughter. If he resented her marrying him—"

"Or say he found out she was sleeping with him," suggested Schroeder.

"Then he would kill him?" The rabbi looked his surprise. "Even though they were engaged? And come here to retrieve his daughter's nightgown so that her honor would not be besmirched?"

"It does sound silly the way you put it," Ames admitted.

The rabbi pressed on. "And does President Macomber have an alibi? Or his daughter?"

"No one in the case seems to," Schroeder admitted.

"Except Millicent Hanbury," said the rabbi.

"The dean?" Schroeder exclaimed. "Cummon!"

"An attractive woman," the rabbi pointed out. "Still

quite young. And unmarried. It was you who first suggested her, Sergeant."

"I did?"

"When you first came to see me with Lanigan, you suggested she might be involved. We ridiculed the suggestion as I recall," the rabbi went on smothly, "but it just shows that the intuitions of an experienced investigator are not to be lightly dismissed."

"Yeah, I did, didn't I?"

Ames chuckled. "This alibi you mention——"

"There were actually several," said the rabbi. "The meeting with the student committee at two-thirty—It was she who picked the time, I understand. Then walking out of the meeting was an excellent alibi because it was not immediately apparent. To ask someone for the time is automatically suspicious. But to leave a meeting and not return is to insure that after a while people will get restive and start looking at their watches. But the clincher was when she got back to Barnard's Crossing and called the police to report that she had found a window open. They could produce no evidence that it had been forced, of course, but the call had served its purpose—to record the time on the police blotter. Quite by accident I found out that the Barnard's Crossing Police Department is very strict about it."

"All police departments are," said Ames. "But the murder was committed earlier, probably around twenty-past two, and all those alibis are for later."

"That's why she had to make it look as though Hendryx was alive *after* she left. And the students would back her alibi."

"But what about the medical examiner's autopsy?" Ames persisted. "She'd have to know that he would report the actual time of death."

"Ah, but that's because he examined the body shortly after death," said the rabbi. "And that was only because of the bombing. In the normal course of events, the body would not have been discovered until Monday morning, probably by me when I came in for class. That's some sixty hours later, and no medical examiner could have fixed the time within an hour or so, so long after the event. Besides, the evidence in his apartment would show that Hendryx was alive long after she had left the building."

Ames nodded. "And knowing we'd check his apartment, she stopped to retrieve her nightgown? Panties? Stockings? Yet how could they be identified as hers?"

"How about something a bit more personal?"

"More personal than panties?" asked Ames with a smile.

"I was thinking of a knitting bag," suggested the rabbi.

"Ah yes," said Ames. "I can see where she'd have to get that."

"Look," said Schroeder, "maybe I'm just a dumb cop, but you still haven't explained how she could have pulled that statue down on him without a struggle." He thought a moment. "Even if she once was a Phys. Ed. teacher."

Ames flashed the rabbi a questioning look.

"Let's go back to the Talmud again," the rabbi said. "It's the same business of considering all the possibilities. A statue on a shelf can tumble down as the result of a concussion, like a bomb's explosion. That was the point of view of the police when you arrested the students. Or it can be pulled down, which is the basis for your suspicion of Professor Fine and a moment ago, Sergeant, of the Macombers. But it can also be *pushed* off the shelf, and that's what I think happened."

"Pushed?" said Ames. "How could it have been pushed?"

The rabbi said quietly, "Our office phone feeds off the line in the dean's office; the wire comes through a hole in the wall above the top shelf near the ceiling. The statue was right in front of it. In fact, the phone man had to move it to make the hole."

"So there's a hole in the wall, and the phone wire goes through it," said Ames in annoyance. "What of it?"

"The wire comes through it, but there's still enough room for a thin but strong steel rod to be pushed through," said the rabbi.

"A thin steel—a knitting needle!" exclaimed Ames.

The rabbi nodded. "My guess is that when she heard me leave—and you can hear through those walls; the office shares a common partition—she moved the desk over to the wall and climbed up. Then she pushed the knitting needle through the hole and toppled the statue. Sure enough, it tumbled down and killed him."

Ames was silent for a long moment. "And motive, Rabbi," he said at last. "Do you have some theory as to motive?"

"I have a theory," said the rabbi diffidently. "My guess is that she assumed she and Hendryx were going to be married, perhaps as soon as he was made head of the department. It was no secret that she was pushing for it but so far had been unsuccessful. Hendryx must have decided he'd have a better chance if the daughter of the president backed him, so he made a play for her and they became engaged. Friday morning, when President Macomber told the dean that Hendryx was at last getting his appointment, he probably told her why, since he'd know nothing of the prior relationship between his future son-in-law and the dean."

"It's a lovely theory, Rabbi," said Ames, "and it seems to cover everything, but you realize of course that you don't have a particle of proof."

"I'm not so sure it covers everything, at that," said Schroeder. "You say she moved her desk and then climbed up on it."

"I'm sure that's what happened," said the rabbi. "Any of the chairs would have been too low."

Schroeder shook his head slowly in flat negation. "The desk is a good three feet from the wall and it's screwed to the floor. She couldn't have moved it."

The rabbi frowned. Bradford Ames giggled nervously.

"Three feet, you say? Yes, I suppose it is." The rabbi's face brightened. "Then I might even be able to offer your proof, Sergeant." Rising from his seat, he stood about three feet away from the wall and leaned forward, his left arm outstretched, his hand pressed against the wall to support himself. He drew a pencil from his breastpocket, and jabbed it against the wall. "High up on the wall, there's a good chance the print is still there."

She looked up from her knitting as the three men entered her office. "You remember me, don't you, ma'am?" asked Schroeder politely.

"Oh yes, you're from the police."

"And this is Mr. Bradford Ames, assistant district attorney. He's directing the investigation."

"How do you do, Mr. Ames. And this man?" she asked.

"He's our fingerprint expert, Miss Hanbury," said Ames. "All right, Bill."

The man looked at the wall. "I'll need something to stand on," he said.

"Why don't you hop on the desk here," Ames suggested. "I'll put this paper down so you won't scratch it with your shoes."

She watched with interest as Bill mounted the desk, as he peered at the wall. "Yup, it's here," he said, "one print, full palm and all five fingers. Perfect."

She smiled as she bent over her knitting. "So you know."

"Yes, Miss Hanbury, we know."

52

Later, Ames joined the rabbi at the apartment.

"I could use a cup of coffee," said Ames. "Seems to me I noticed a jar of instant coffee in the kitchen."

And with the long practice of the bachelor, he scurried about the kitchen, boiling water, rinsing cups, setting the table.

They were both seated at the kitchen table, their steaming cups before them, before Ames said, "In spite of that Talmudic razzle-dazzle, you must have had some idea of where you were heading. And please spare me your facile explanation to the good sergeant that it was he who first put you in mind of Dean Hanbury. What was it actually?"

The rabbi set his cup down. "From the day I first met her, Millicent Hanbury has been in my mind. I suppose it's our general way of looking at things: the biblical injunction to be fruitful and multiply. To us, the unmarried woman, the spinster, is a tragic figure because she has not had the chance to complete her normal life cycle. In the *stetl*, the small ghetto towns of Russia and Poland where every girl was required to provide a dowry for her marriage, the poor girl, the orphan, was furnished a dowry by the community so that she would not be condemned to a life of spinsterhood. Even if she was ugly, they managed to pair her off with someone. There were no spinsters in the *stetl*."

"How about bachelors?"

"An occasional one." The rabbi smiled. "They were not considered so much tragic figures as failing in their duty, not pulling their weight, as it were."

"You, too?" In answer to the rabbi's questioning look,

he explained, "I've got it from my family most of my life —not pulling my weight, not doing my duty. But it wasn't because I remained single; it was because I didn't become a bigshot lawyer. Not fulfilling my potential is the usual remark."

The rabbi smiled. "Well, in our modern system, where you marry for romantic love, it's pretty much a matter of luck whether you marry or not. But I venture to say that in the older system of the arranged marriage, you probably would not have remained a bachelor, and Miss Hanbury certainly would not have remained a spinster. She is too attractive. So I found myself wondering why she hadn't married. Was it for the sake of an academic career?" He broke off as a thought crossed his mind. "You know, the chances are that if you had married, your wife would have seen to it that you became that bigshot lawyer."

Ames chuckled. "Then it's just as well that we don't have the arranged marriage."

The rabbi grinned in sympathy. "Well, shortly afterward I bumped into Chief Lanigan and he told me about Millicent Hanbury. She was a Hanbury, and Hanburys didn't associate with just anyone. But since she belonged to a poor branch of the family, she didn't even associate with those she considered her equals. She couldn't. It was a matter of pride in her family, her upbringing. And it left her emotionally crippled."

"I've known similar cases," said Ames.

"Yes, I imagine so. Well, along comes Hendryx who had left Barnard's Crossing in his early teens. And the Hendryxes were of the same social class as the Hanburys. She had known him, and it's quite possible that in spite of the difference in their ages she could have had a crush on him."

"Or *because* of the difference in their ages."

"True. And now he comes to her for a job. And he is not married. She not only gets him a job, but manages to maneuver him into the position of acting head of the department."

"He was a legitimate scholar?"

"Oh yes. Nothing outstanding, I gather, but he had a good degree and had even published some."

"Then why was he out of a job when he came to Windemere?" asked Ames. "We backtracked him and found he'd had several jobs in the last ten years or so."

"It could be a matter of personality," said the rabbi. "He was proud and supercilious, given to making snide, cutting remarks. In a lot of places, one's colleagues in the department decide on matters of tenure and promotion, and I'm sure these traits rubbed a lot of people the wrong way—as they did Fine. But I suspect that here at Windemere he at last decided to stay. He was no longer a young man. He was already in his forties, and unless you've made your mark it's not so easy to get a job at that age."

Ames nodded.

"I'm sure Miss Hanbury assumed they were going to be married. I just can't imagine her—what's the phrase, shacking up?—I can't imagine her just shacking up with a man. Her pride wouldn't let her accept so anomalous a situation."

Ames agreed. "When we questioned her, she said they were planning to get married as soon as Hendryx got tenure. Then she could leave her job, would have to, in fact, because they have a rule here against husband and wife both on the staff."

"Of course," said the rabbi. "And as long as his was a temporary appointment, hers was by far the better job. So if they got married before he got tenure, he'd be the one to go and she'd be supporting him. I'm sure she wouldn't care for that, and neither would he. So it was just a question of time."

"But he couldn't wait?"

"That's what I think," said the rabbi. "Hendryx decided to go for the president's daughter as the quicker and more certain route to his goal. And it worked. But Millicent Hanbury was proud, too proud to permit herself to be used and then discarded." He shook his head reflectively. "I wonder how he was able to manage it, courting one woman—"

"While diddling another?" Ames chuckled. "Oh, married men manage it often enough. It's even easier for a bachelor."

53

"I hope you don't mind my asking you to come this afternoon, Rabbi," said President Macomber, "but on Friday afternoons the building is practically deserted. We can talk in privacy and without interruption. But first, are you enjoying your teaching here?"

"Oh yes, I had twenty-five in my class this afternoon."

"Indeed," murmured Macomber.

The rabbi realized the president had no idea what he meant and hastened to explain.

"I'm sure it's the result of your teaching," said Macomber politely. He fiddled with a pencil and appeared embarrassed. Finally, he cleared his throat and said, "You shared an office with Professor Hendryx. You talked with him?"

"Yes, occasionally. Not too often, and usually not at great length."

"Tell me, Rabbi," he leaned back in his chair, "in your opinion was Professor Hendryx anti-semitic?"

The rabbi pursed his lips. "I wouldn't say so. He was prejudiced, all right. Most people are against one group or another. It's a natural reaction to the stranger, to the member of a minority. We Jews have suffered it more than most, I suppose, because we have been a minority in so many countries. But I don't call it anti-semitism if I am not liked, even if I'm not liked because I am a Jew. I don't consider it anti-semitism unless the prejudice is translated into action, political or legal or social. To work, a multiple society doesn't require that every segment of the population like every other segment. That's utopian. It works if every segment accords equality to every other segment, whether they like them or not. As for Professor Hendryx, he made disparaging remarks about Jews on occasion, but he also made similar remarks about Irish and Italians and Negroes. He was given to making bitter, sarcastic remarks on almost anyone and anything. I considered him a vexed, unhappy man."

Macomber nodded slowly. "I see."

"You seem disappointed."

The president laughed shortly. "In a way I am. It would make matters easier for me if Professor Hendryx *had* been anti-semitic." He was silent. Then, "With the end of the term approaching, we are quite disorganized. We do not have a dean, and the English department does not have a chairman. Normally, that last would be no great concern, but we're also short-handed there. And with Professor Fine leaving . . ."

"Does he have to leave?"

"Well, that's just the point." Macomber picked up a long white envelope lying on his desk. "Before his death, Professor Hendryx made grave charges against Professor Fine to Dean Hanbury, charges which she brought to me and which led to my decision not to renew his contract. I venture to speak of this because Mr. Ames intimated that you were familiar with the circumstances." He looked questioningly at the rabbi.

The rabbi nodded.

"Well, I just can't ignore these charges, even though Dean Hanbury could be considered—er—discredited by the events that have since transpired. It's the sort of thing that a college president simply can't ignore. Not if he has a conscience."

"Let me understand, President Macomber, you would like to keep Fine on because you are short-handed—"

"And because I think he's a good teacher."

"But because you have reason to believe that he committed the sin of leaking an exam to a student, your conscience won't allow you to overlook it?"

"Ye–es, I'd say that's about right," said Macomber unhappily.

"But if I had said that Hendryx was anti-semitic, you would have considered that the charges had stemmed from bias and could dismiss them."

"Considering that I knew of the situation only through Dean Hanbury. I didn't talk to Hendryx."

"But now you feel she's been discredited."

"Yes, but there's this envelope, unfortunately. It contains proof of the charge," he said. "It's sealed as you see, with Fine's name written across it, but I know what's inside since I told Dean Hanbury just how I wanted it worded. I wrote it out for her to copy, in fact." He pulled open a drawer and drew out a folder. It contained a single sheet of notepaper. He passed it across the desk. "Go on, read it."

"It's not signed." The rabbi read, "No date." He looked up inquiringly.

"That's so we could add a recent date in the event Professor Fine went back on his promise," he explained.

The rabbi read on: "I hearby admit of my own free will that I arranged to show a copy of the final examination of the course English 74 to a student taking that course, thereby permitting said student to get a higher mark at the end of the summer term. I regret this action and promise that I will not be guilty of a similar offense during the remainder of my tenure here."

"The one in the envelope is of course signed by Professor Fine," said Macomber.

The rabbi was silent for a moment and then said, "The traditional function of a rabbi is to sit in judgment. Did you know that?"

Macomber smiled. "Bradford Ames said something to that effect when he discussed—er—things with me. Are you suggesting that if you were the judge you would view the charges differently?"

"If I were hearing the case, I would not admit this as evidence at all. It is contrary to Talmudic law."

Macomber smiled. "Since Roger Fine is a Jew, I suppose there would be a certain justice in judging him by Talmudic law. Judging a man by his peers, you might say. All right, how would you proceed?"

"I would first hear from his accusers."

"But that's impossible. They're both—"

"Precisely."

"But there's his own admission."

"But I could not admit it as evidence. By our law, 'No man may call himself a wrongdoer.' This is a fundamental principle with us in criminal law."

"Come to think of it, I guess it is in our Common Law, too," Macomber remarked.

"But there's a difference," said the rabbi. "In Common Law a man cannot be forced to testify against himself. In our law, he can't even if he wants to."

"I see, so if you were sitting in judgment on this case?"

"I would dismiss it," said the rabbi promptly.

Macomber smiled. "It's a way out, to be sure. And yet—"

"And yet you are dissatisfied."

"Well, yes I am."

"I am too," the rabbi admitted. "I suppose it's because we're involved not so much with law as with conscience. Yours and mine. I believe I first referred to it as a sin rather than as a crime. This sin of leaking an exam—as a college president you regard it as unpardonable?"

"Well, no sin is unpardonable, I suppose," said Macomber."

"Then how would someone go about getting his sin pardoned?"

"I guess that's more in your province than mine, Rabbi. I suppose by confession— and repentance, and by promising not to repeat the offense."

The rabbi brightened. "Well, isn't that what Fine has done?"

"When? Now?"

"Right here in this paper. 'I admit of my own free will' —that's confession. 'I regret this action'—that's repentance. 'And promise that I will not be guilty of a similar offense'—that's the third element."

Macomber considered. Then he smiled. "Yes, I think that will do it. And that will take care of our problem with the English Department at the same time." He sat back in his chair and beamed. "Tell me, Rabbi. I don't suppose you'd like to try your hand at being a dean, would you?"